刘醒龙当代文学研究丛书

刘醒龙研究（四）

重温《凤凰琴》

张士军　主编

WUHAN UNIVERSITY PRESS

武汉大学出版社

图书在版编目(CIP)数据

刘醒龙研究.四:重温《凤凰琴》/张士军主编.—武汉:武汉大学出版社,2023.4

刘醒龙当代文学研究丛书

ISBN 978-7-307-23594-6

Ⅰ.刘…　Ⅱ.张…　Ⅲ.刘醒龙—文学研究　Ⅳ.I206.7

中国国家版本馆 CIP 数据核字(2023)第 026999 号

责任编辑:白绍华　　　责任校对:汪欣怡　　　版式设计:马　佳

出版发行:**武汉大学出版社**　　(430072　武昌　珞珈山)

(电子邮箱:cbs22@whu.edu.cn　网址:www.wdp.com.cn)

印刷:武汉邮科印务有限公司

开本:720×1000　　1/16　　印张:23.75　　字数:340 千字　　插页:1

版次:2023 年 4 月第 1 版　　2023 年 4 月第 1 次印刷

ISBN 978-7-307-23594-6　　定价:99.00 元

目　录

一曲弦歌动四方
——重读《凤凰琴》

於可训

刘醒龙的中篇小说《凤凰琴》改编成影视剧后，产生了强烈的社会反响，获得了从政府大奖到文学月刊的年度奖等各种层次的奖励。这次又荣膺本省第三届"屈原文艺创作奖"，再度引起读者的重视和注意。这篇小说所造成的"轰动效应"，为八十年代中期以来的纯文学作品所罕见，其中涉及的许多文学创作问题，值得我们进行深入的思索和探讨。

教育问题自改革开放以来，就是全社会关注的重心。有识之士把它视作立国之本，富强之道。党和政府更是下大力气来抓教育。但是，由于历史遗留的问题太多，包袱太重，在短时间内还不可能使整体状况得到根本的改善。尤其是农村的启蒙教育和基础教育，从物质条件、师资力量到整体水平，还处在一种不能不让人深感忧虑的境况之下。正是怀着这样的忧虑，刘醒龙以他的小说，向全社会提出了这个关系到国家民族的"百年大计"的根本问题。作者所描写的那所山区小学的自然环境的险恶，物质条件的简陋，以及教师和学生的处境、教和学的艰难，都是山外的人们尤其是深居都市的人们所难以想见的，因而起到了一种振聋发聩的社会作用。这篇作品很容易让人联想到同样是以教育题材起过振聋发聩的社会作用的刘心武的《班主任》。如果说《班主任》的作者曾经发出过"救救孩子"的呼声，那么，刘醒龙的《凤凰琴》的立意也在"救救孩子"。虽然前者是针对"四人帮"的"坑害"，后者是归究于尚未完全摆脱的"贫穷"，但二者的忧虑之情是同样深切的。《凤凰琴》之所以会以一所小学的教育问题而引起朝野上下的普遍关注，正是这一点忧虑之情牵动人心。一曲弦歌，四方震动，可见其影响力之大。

如果说"救救孩子"是《凤凰琴》的一大主题，那么，这部作品还应该有一个主题，便是对教育事业的忠诚。在这一方面，这部作品又容易让人联想到谌容的中篇小说《人到中年》。《人到中年》写了一群知识分子在极端艰难困苦的情况下撑持自己的事业的赤诚，曾经令观者为之动容。《凤凰琴》同样写了这样的一群乡村知识分子，不论自然环境多么险恶，物质条件多么贫乏，个人生活多么艰难，都矢志不渝地坚守自己的工作岗位，默默无闻地向渴望启蒙的乡村少年传授知识，给他们幼小的心灵灌注崇高的感情和美好的理想。如果说《人到中年》让人想到的是撑持科学文化事业的脊梁，那么《凤凰琴》让人见到的就是扛起教育事业的臂膀。正是这些乡村知识分子默默无闻的奉献，才使得千千万万尚未完全摆脱贫困的乡村孩子从蒙昧中得救。从这个意义上说，在作品中，"救救孩子"的主题主要是由这群乡村知识分子用血肉之躯来承担并叙述完成的。他们的精神同时也让那些利己主义的灵魂受到鞭挞，得到净化，使之在献身这项神圣的事业的同时，也升华到一个崇高的境界。如果说这篇作品在关注教育问题之外另有什么深意的话，我想，这该是它对于每一个从事艰苦平凡的工作的人们的一点殷切期望。

毋庸讳言，《凤凰琴》是属于"问题小说"的范畴。在中国新文学史上，"问题小说"曾经产生了许多脍炙人口的重要作品。新时期以来，以揭示社会问题著称的小说创作，在八十年代中期以前，也产生了持续的社会效应，并且成就了许多重要作家的文学声名。所谓"问题小说"，从根本上说，也就是一种现实主义形态的小说。无论什么时候，也无论在何种情况之下，只要社会问题不灭，"问题小说"自有它存在的意义和价值。不管你愿意承认与否，这都是一个不可更改的文学史的事实。除了上述种种，这也是《凤凰琴》在艺术上给我们带来的一个重要的启示。

（原载《湖北日报》1996 年 1 月 5 日）

《凤凰琴》的经典意义

蒋述卓

湖北作家刘醒龙的中篇小说《凤凰琴》发表了 30 年,如今在它的原型地湖北英山县举行了重温系列活动。一是在当地的父子岭小学举行了《凤凰琴》《天行者》原型地揭牌仪式,二是当地的两个村子要合并,竟然要按小说的名字取名为"凤凰琴村"。

这是一桩现象级的文学事件。1992 年,当《凤凰琴》在《青年文学》第 5 期发表之后,产生了极其轰动的效应,并很快漫出文学界在社会上发酵。此篇小说还引起了当时主管教育的领导批示,促使了全国民办教师转正工作的启动并最终完成。一篇小说促成了一个社会群体命运的改变,这在当代文学界是绝无仅有的事,它充分说明,文学对生活的介入和真实反映是文学社会作用和价值的最好表达。

此后,小说还不断被改编和广泛传播,不仅被改编成电影和电视剧,而且作者还在它的基础上进行续写,再度创作,写成长篇小说《天行者》,并以此获得中国文学的最高奖茅盾文学奖。2021 年 12 月 1 日,中央广播电视总台央视综合频道大型文化节目《故事里的中国》第八期,重现了电影《凤凰琴》里的经典片断,刘醒龙也在录制现场介绍了创作背后的故事,再度回顾了他塑造乡村知识分子精神群像的动力与过程。

一篇小说深深地嵌入当代中国教育史中,正在于它抓住并反映了社会的痛点和热点,提出了问题,反映出了民办教师的困境与艰难、忠诚与奉献。作者有一种悲天悯人的情怀,以悲情与苦难为叙事推力,但又不是简单地诉苦和陷入低沉,而是让人物与故事充满温情和希望。

民办教师们的悲情挣扎中透露出悲壮和坚强，表露出对幸福生活不断追求的强烈愿望。今日回顾起来，我们仍感到一种小人物在奋斗历程中不懈努力的生活力量。作者所表达的就是这一特殊群体酸甜苦辣的奋斗生活。

小说中的余校长、明老师、孙老师为了学校的生存与发展，为了乡村孩子不辍学，竭尽全力，想出各种办法筹集资金，默默付出。同时还要与村霸们周旋，力争为学校争取最大的生存和发展的机会。那把凤凰琴就是一个象征：在大山深处平凡朴素地存在着，不为人重视，但为了民族文化的传承和祖国的百年大计而忠于职守，弦歌不辍。这便是一种奋斗与牺牲精神，从这个意义上说，他们也是民族脊梁的象征。他们在转正名额到来的时候，在机会竞争和人性良心的冲突中，最后都选择将名额给了重病中的明老师。张英才对余校长等扫盲工作做假的不理解和举报，内含一种正义和原则，也是一种大别山人的骨气，但当他一旦明了余校长他们是为了争取奖金拿来修补学校使孩子们冬天不受冻的动机之后，他内心震撼，促使其为改变学校面貌向省报反映学校困难和真实状况，从而将自己融入余校长他们的群体之中。在张英才的成长中也表露出作者对民办教师困境的同情与理解。

《凤凰琴》不回避社会矛盾，但又以人性之光照亮生活，从而使小说体现出强大的艺术感染力。生活就是人民，人民就是生活。刘醒龙对当时处于社会底层、几乎被人们遗忘的民办教师群体的关注和反映，让这个边缘的社会群体走向人们关心的中心，这正是文学深入人民、与人民水乳交融的最好标本，也是现实主义文学具有无穷生命力的典型。

小说还给中国当代文坛留下了最难让人忘怀的文学图画：一所处于两省交界的山区小学界岭小学，孩子们正对着上升的国旗敬礼，伴奏的音乐却是由老师用笛子吹出来的。这个画面经过电影的视觉传达，成为文艺讲好中国故事的经典符号。小说中还写到，孙老师在工作之余，表达感情的方式就是用笛子吹奏《我们的生活充满阳光》的旋律。尽管他经常将节奏吹得很慢，让欢快变成了悲楚，但透露出的期望还是让人感到他是一个生活的强者。这两个经典画面正是《凤凰琴》成为现实主义作品饱含诗性感发的美学魅力。

《凤凰琴》创造了中国当代文学中的经典题材、经典人物、经典意象和画面、经典的社会效应，这正是它成为文学经典的重要因素。

刘醒龙：悲剧美学的深入与上升

丁 帆

30 年前，一次偶然的机会，我与刘醒龙彻夜长谈，他向我讲述了自己十几年来创作的艰辛，我惊讶地发现，他的小说《村支书》的底稿竟有一麻袋之巨。随后，我们深入讨论了他即将发表的中篇小说《凤凰琴》，他把故事情节和人物塑造的构思详细诉说了一遍，我们展开了热烈讨论，甚至连细节的预设都做了研磨，气氛亲切而兴奋，直到鸡鸣五更仍无困意。这是我有生以来唯一一次私密性的二人研讨会，终生难忘。

不久，我就接到了刘醒龙寄来刊于《青年文学》的《凤凰琴》全文，一气读完，读到悲处，潸然泪下，读到预设情境时，便会心一笑。无疑，小说的基调是悲剧的，没有越出我们讨论中预设的美学描写阈限，因为我们坚信只有悲剧的力量才能配得上这样的题材和人物，只有悲剧才能突破当时廉价的喜剧和悲剧描写。毋庸置疑，刘醒龙的《凤凰琴》是成功的，他突破了《村支书》观念的局限性，占领了当年悲剧美学写作的制高点。后来我对电影改编《凤凰琴》时淡化悲剧色彩极不满意，觉得影片远不如原著更有现实主义的悲剧审美意识，无形中消弭了小说最宝贵的悲剧美学，小说《凤凰琴》是一个标杆，它是刘醒龙后来作品美学风格的一次定位。

于是，我在 1992 年 6 月 10 日夜半的"涕泗交流"中完成了一篇《读〈凤凰琴〉所想起的》读书笔记，这篇文章留有底稿，却忘记了发表出处。无疑，《凤凰琴》是刘醒龙写作的新起点，我以为，这部作品所获得的许多荣誉并不重要，重要的是它的悲剧美学效应给刘醒龙日后的小说，尤其是中长篇小说带来了强大的活力，一步一个台阶，一直走到《圣天门口》。毫无疑问，是悲剧的力量使刘醒龙的作品别具一格，与同时代同题材许多作家的风格不同，刘醒龙的小说形成了自己的独特风格。对于中国乡土小说，他在题材上的突破是有创新性的；对于一贯被冷落的中国教育题材小说，这种触及广大农村基础教育命门的作品，从内涵到形式的悲剧叙述又是前所不及的。作品没有仅仅停留在亚里士多德的古典悲剧美学"引起同情和怜悯"的层次上，而是开掘了一个具有"现代性"的悲剧描写场域，将"英雄情结"置于知识者和追求知识者身上，开启了悲剧英雄新的篇章，所有这些，我在这篇文章中并没有充分展开，这是一大遗憾。但是，在刘醒龙接二连三的中长篇小说创作中，其悲剧美学观念一直都围绕着这个标杆前行，而且呈不断深入和上升的趋势。

从《秋风醉了》《暮时颂课》《白菜萝卜》哀愁式的悲剧显现，到《分享艰难》具有现代反讽艺术效果的黑色幽默式的悲剧变幻，刘醒龙的悲剧观念在小说作品的创作中不断增值、不断扩容、不断变化。

显然，在长篇小说中，从《威风凛凛》《至爱无情》到《生命是劳动与仁慈》，刘醒龙的悲剧色彩似乎有点削弱，这些倾向在我与刘醒龙的通信中进行了充分讨论（《小说评论》1997 年第 3 期），我们坦诚地交流了各自的观念，我提出不能和解的现实主义悲剧效应问题。这个讨论的后果在《寂寞歌唱》《爱到永远》《往事温柔》等长篇中得到了一些回应，直到《痛失》的出现，我才激动地写下了这部长篇小说评论文章，指出其要害就是完美地诠释了世纪之交中国现实主义创作的"痛点"——现代悲剧的回归意识让这部作品留在文学史的长廊之中。

当然，我并不否认刘醒龙长篇小说的一个里程碑是《天行者》，倒不是因为它最终一举拿下了茅盾文学奖，而是作者又回到了他所熟悉擅长的题材和悲剧美学表达的语境中，重新抒写了一曲乡土教育的悲歌。

以我陋见，《圣天门口》是刘醒龙最能够入史的一部扛鼎之作，其重要在于它的史诗性，它纷繁的情节和众多的人物设置，它悲剧的美学效果,以及它揭示了中国 20 世纪家国的史实——并且是以悲剧的形式抒写了那段隐秘的历史。所以,它获得了评委们的一致首肯和赞誉。后来我看到有人赞颂这部长篇巨制是一种"暴力美学"的呈现,我却不以为然,其实,这仍然是悲剧美学内涵的优秀作品,尽管我对有些枝蔓不甚满意,但是用恩格斯的"典型环境中的典型人物"来衡量这部长篇巨制,却也是符合现实主义悲剧美学的风范之作,只要熟悉世界美学史的人都应该能看出其中林林总总的悲剧美学元素。然而,反躬自问,这部长篇是不是刘醒龙创作的顶峰呢?显然,后来的《蟠虺》虽然也是一部力作,却无法与《圣天门口》相比。

从《凤凰琴》开始,至《圣天门口》等止,刘醒龙的悲剧美学跋涉贯穿于他整个小说创作体系之中,期间的创作图式呈螺旋式上升的态势,至于今后如何发展,我们拭目以待,作为朋友,我不希望刘醒龙被堵在"圣天门口"。

中国乡土的给予

李师东

中国当代文学一直在与发展同行，与变化同步。历经艰难困苦、觉醒超越，我们不应忘记在社会发展的不同阶段，发挥过重要影响的文学作品；它们为匆匆前行而风生水起的时代，留下了深刻、厚重的文化印记。这些作品正处在被经典化的进程之中。重读它们，可以真切地了解我们的过往，坚定我们走向未来的信心。这是我们组织出版"中国当代文学新经典丛书"的用意。

20世纪80年代，中国当代文学不断实现题材的突破和拓展、表达方式的实验与创新。一时节，人才辈出，效应轰动。进入90年代，在经过文学的喧哗与骚动过后，人们陡然收住了脚步，回到了当下和眼前，开始打量历经沧桑变化、而今依然窘迫困惑的现实。这个时候，出现了一位从大别山深处走来的作家。他清清亮亮、真真切切地告诉我们：中国还有不少的贫困地区，那里的人民生活很艰难，他们的人生很艰辛，他们同样满怀对生活的美好憧憬。他是刘醒龙。30年后，在国家实现全面摆脱贫困、全面建成小康社会之时，站在新时代新的历史节点上，我们回首文学往事，能够较早、较集中、较典型地描写中国贫困地区人民生存状态的作家，还得首推刘醒龙。从当代文学史的角度，我们甚至可以说，刘醒龙在20世纪90年代初的写作，拉开了全社会正视贫困、战胜贫困的文学序幕。这个时期，刘醒龙接连发表了《威风凛凛》《村支书》《分享艰难》等作品。其中，中篇小说《凤凰琴》最具代表性。《凤凰琴》写到了中国贫困地区的人民生活，写到了在贫困地区艰难生存的乡村教育，写到了为了转正而苦苦挣扎的乡村民办教师。

民办教师是当时的一个极其特殊的群体，他们在从事教书育人的神圣工作，但实际的社会待遇却是村民。这样的民办教师，在当时的中国有 200 万人之巨。而正是这些带着农民身份的民办教师，在支撑中国乡村的基础教育。

在《凤凰琴》这部作品里，有这样一幅让人过目难忘的画面：清晨，山村小学的校长领着十几位农家子弟在升国旗。他们衣衫褴褛，赤脚踩在初冬的霜地里，国旗伴着太阳一同升起。《凤凰琴》的中心事件是几个民办教师为一个转正名额的明争暗斗。所谓"转正"，是对民办教师转为国家公职教师的说法，转了正就意味着可以离开乡村小学获得好的工作条件和生活待遇。最后几位教师把这一名额让给了一位新来的年轻人。作品细腻真切地描写了中国贫困地区基础教育的艰难处境，写出了师生们为此而付出的艰辛努力，同时也由衷赞扬了乡村教师在极其艰苦的生存条件下无比高尚的职业道德和敬业精神。

《凤凰琴》发表后，很快被改编成同名电影、电视剧，产生广泛影响，全社会前所未有地关注起民办教师这一社会群体。可以说，《凤凰琴》对民办教师转正工作起到了功不可没的推动作用。现如今，《凤凰琴》的小说篇名变成了地名，湖北正式有了一个最基层的社区组织——"凤凰琴村"。一部当代文学作品，能够艺术地影响社会发展的某个侧面、某个方面，随着时间的推移，还能够物化为实体性、生活化的社会存在，这是文学的功绩，同时也无疑是中国当代文学经典化的有力佐证。

收在本书中的另一部中篇小说《挑担茶叶上北京》，与《凤凰群》异曲同工。《凤凰琴》写的是乡村教师的遭遇，而前者聚焦的是乡村如何脱贫，以及脱贫中的难处和困境。有意味的是，前者的主体意象是"凤凰琴"，后者是"冬茶"。近 30 年后，再来读《挑担茶叶上北京》，不能不让人深感脱贫攻坚的艰辛和不易。《凤凰琴》和《挑担茶叶上北京》，都是刘醒龙在 20 世纪 90 年代的代表性作品。所不同的是，《凤凰琴》发表的时候还没有鲁迅文学奖，而《挑担茶叶上北京》正好赶上首届"鲁迅文学奖"的评选，荣获全国优秀中篇小说奖。

2019 年，央视的重头栏目《故事里的中国》，要拍《凤凰琴》的故事。我陪刘醒龙去录制现场，见到了心仪已久的凤凰琴。琴不大，长不到两尺，靠几排按键发出不同声音，可以平放在膝上或是桌面。这是一位热心的读者专程寄送给刘醒龙的。而正是一件简朴无华的乐器，却给当年的乡村少年传来了乡村之外的文化气息，带来了新生活的未来憧憬。如今要找到这样一件乐器，肯定不容易。但有《凤凰琴》的小说在，还有一个以"凤凰琴"冠名的乡村在诞生。它们在昭示我们：潜藏在中国乡土深处的，是人民对生活对生命的热爱和执着。这是中国乡土的秘密。这一份给予，曾经成就了《凤凰琴》这部作品，打动过处境不一的其他人们；在今天，它依然会感同身受、润物无声。

如何长成一棵树

——刘醒龙创作脉络梳理

李师东

1984 年，刘醒龙开始发表文学作品。这一年，我大学毕业，分到中国青年出版社做文学编辑。一个写作品的人和一个编作品的人，迟早会遇上。

时间似乎长了些。与刘醒龙的交集，要等到 1991 年的初春，起因是刘醒龙把一篇七万来字的中篇小说《威风凛凛》寄到了《青年文学》杂志。征得编辑部同意，我专程到湖北黄冈(那时为黄冈地区)找刘醒龙谈修改意见。那个时候，刘醒龙从英山县调到黄冈地区群众文化馆做创作辅导员才一个来月。据他后来说，在黄州城里，当时能认识他的不到十个人。而我从武汉坐长途汽车风尘仆仆前来，问到的第一个人，居然说认识刘醒龙。这一凑巧，如今看来，也是我和刘醒龙的缘分注定。

经过修改后，《威风凛凛》就在《青年文学》第七期上发表了。紧接着，我编发了他的中篇小说《村支书》和《凤凰琴》。一个全国性的刊物，在十个月之内连续发表一位并不知名的青年作家的三部中篇小说，在今天也是罕事。但《青年文学》就这么做了。

至今，我们上冯牧先生家，请冯牧先生撰写《村支书》同期评论的情形，仍历历在目。《青年文学》1982 年创刊后，就有一个惯例，编辑部看中的、要发头题的作品，会去请一位在文坛上有影响的评论家撰写同期评论。为了《村支书》，主编陈浩增、副主编黄宾堂和责任编辑我，在 1991 年 10 月初，拜访了冯牧。冯牧先生年事已高，但思路清晰，精神很好。冯牧先生了解来意后，有些无奈地说：我现在握笔都费劲，你们看我这手。冯牧的手在不听使唤地颤抖着，就像手里攥着一个活物。"等我看完作品再说。"五天后，我收到了冯牧颤颤巍巍亲笔写下的关于《村支书》的四千字评论：《催人奋进的发人深省之作》。冯牧先生提携文学后进的真挚和诚恳，让人动容。

给刘醒龙带来广泛声誉的是发表在《青年文学》1992 年第 5 期上的中篇小说《凤凰琴》。小说一发表，就好评如潮，很快被改编为电影和电视剧。《凤凰琴》的推出，不仅使民办教师群体受到关注，对当时全国 200 万民办教师转正工作更是起到推动作用。民办教师的处境和待遇，因为《凤凰琴》而得到国家政策上的调整和改善，刘醒龙是有功之臣。这自然也是一部优秀文学作品所应有的社会价值。

后来，我还陆续编发过刘醒龙的其他作品，包括他荣获首届鲁迅文学奖的中篇小说《挑担茶叶上北京》，还有他很看重的长诗《用胸膛行走的高原》等。

刘醒龙的其他作品，我也熟悉。通过对刘醒龙作品的理解，梳理刘醒龙的创作脉络，是一个值得思考的话题。

现在的刘醒龙，无疑是中国文坛上的一棵树，一棵枝繁叶茂、果实丰硕的大树。面对这样一棵树，人们往往想要了解这是一棵什么样的树。但是，这棵树在文学丛林里生长了这么多年，它的纹理结构，它的姿势形态，它的来龙去脉，不是靠简单的评断就能完成的。我在想，我们与其要说他是一棵什么样的树，不如去打量这棵树为何长成如今的样子。

一、刘醒龙开始发表作品时的 1984 年，正值中国社会拨乱反正方兴未艾之时，思想解放借助文学的社会影响力正如火如荼。新时期文学深孚众望，突破一个又一个题材禁区，有力拓展着文学的表现疆域；各种国外的文学思潮，因应改革开放的情势被翻译介绍到国内，文坛正满腔热情掀起此伏彼起的喧哗与骚动。刘醒龙创作一开始，就感受到了社会与文学桴鼓相应的这一浓烈氛围。在创作题材不断开拓和表现方式花样翻新的前提下，随之而来的是"寻根文学"的提出和深化，以及年轻的先锋作家在叙述语言、文体革新上的试验和探索。这些，无疑启发了刘醒龙对生活本土的文化探寻，撩拨了他用直观感受力彰显文学才情的创作冲动。对生活本土的文化观照和诗意化的文学感知，给刘醒龙早期的创作打上了本土情怀和先锋姿态的烙印。而这两者，从刘醒龙的创作轨迹和未来走向上看，可以说是理解刘醒龙创作发端的两把钥匙。本土的情怀和先锋的姿态，是刘醒龙创作的两条路径，我们会在刘醒龙今后的创作中反复体味到它们的袅袅余音。

这一时期，刘醒龙创作的主要作品收在他的第一部中短篇小说集《异香》里。这部副题为"大别山之谜"的小说集，是刘醒龙80年代写作的主要成果。在感染中、在感召中、在感应中，刘醒龙完成了自己的80年代写作。这是刘醒龙的起步期、摸索期，也是他的先锋期，准确地说，是他的文学初恋期。在这一时期里，刘醒龙感应的"本土"和"先锋"，更多是情怀和姿态上的，是时代所裹挟，也是时代所点醒的。他顺应着时代的文化潮流，但还没来得及在潮流中识别自己。

很显然，刘醒龙的创作实力还远远没有被证实。

二、跨进20世纪90年代，刘醒龙的创作进入重要收获期。以《凤凰琴》《分享艰难》《挑担茶叶上北京》等为代表的一批中篇小说，受到广泛好评，也因此奠定了刘醒龙在中国当代文坛的地位。这些作品，以其坚固的现实质地，在一个时期被冠以"现实主义冲击波"的说法。其实，这些作品最明显的特征，也就是写实。刘醒龙是90年代"底层写作"的代表性作家。他的这些作品贴近大地，讲述底层人民的生活，写他们在贫困之中的人生努力和对新生活的向往，有一些贫寒中的幽怨，有一些困境中的自怜，但更多的是面对人生的坚忍不拔和意志上的执着坚定。这些作品雄辩地昭示我们：这是大地的力量，更是生命的底力。刘醒龙也因此步入了创作的井喷时期。除了发表30余部中篇小说外，刘醒龙更是完成了《威风凛凛》《至爱无情》《生命是劳动与仁慈》《寂寞歌唱》《爱到永远》《往事温柔》等多部长篇小说的写作。在这些作品中，主人公都是底层人物、小人物，是弱势群体，是卑微者。这些作品充分展示了刘醒龙根植于大地、面向着现实的本土情怀和平民本色。这一时期，刘醒龙创作中坚固的写实质地是那样的醒目，人们被他笔下的现实所牵引，为他塑造的卑微者所牵挂，从而认定他是体验型的作家，在地地道道地"写实"。

其实，刘醒龙还有一副笔墨，这就是他的"写意"。只不过这写意是隐忍的、潜沉的，那是在写实的内核深处沁出的、饱含悲悯而又苦涩的一份诗意和柔情。人们会依稀记得，在刘醒龙的成名作《凤凰琴》里：清晨，在山村小学里，乡村教师用口琴吹奏着《我们的生活充满阳光》，学生们光着脚丫，在天寒地冻中升起国旗。贫寒之中的坚忍，幼小生命对未来生活的憧憬，跃然纸上，感人至深。刘醒龙把他的柔情和诗意，体现在他对物象的选择和细节与细节之间的组织中，哀而不伤，含而不露。

同样的情形也出现在他荣获首届鲁迅文学奖的中篇小说《挑担茶叶上北京》中。小说中"冬茶"的寓意，无人深究。一年四季，到了冬天，生命的光亮就展现在那一抹茶尖上，它们凝聚了生命的能量，同时也是来年农家生计的指望。这样的"冬茶"要被采摘，要被县上的领导送上北京去，让农人们翘首期盼着办成公事后能带来好日子。我在编发这篇作品时，直觉到作品里充盈着复杂丰富的内容。刘醒龙在物象上、在细节里，寄寓了深重的现实关怀和欲言又止的无言悲情。我们不能不叹服刘醒龙对底层生活的实际拥有。只有曾经赤着脚走在寒冷的大别山山地上的人，才会生发出如此苦涩的诗意和如此悲伤的柔情。

现实的风骨和诗意的柔情，在刘醒龙 90 年代的写作中，内化了、深化了刘醒龙 80 年代的本土情怀和先锋姿态。在这样的转寰中，刘醒龙确立了自己的创作重心，也为人们用文学的眼光打量社会现实平添了底力，找到了支点，调动了感受。这无疑是刘醒龙个人的文学发现，也因此感染了处境不一的其他人们。所以我们说，从本质上看，刘醒龙更是一位诗人，一位悲天悯地的诗人。

回首刘醒龙的 90 年代，我们还发现，90 年代的中国一门心思搞经济建设，抓"市场经济""不争论"；刘醒龙则憋足劲，在全力写实，在坚固的现实筋骨和诗意的个人柔情中写实。这是刘醒龙的"写实期"。

　　三、进入21世纪，国家的经济建设走上了快车道。第一个十年过去的时候，中国的国民经济总量跃居全球第二。而这一时期的刘醒龙在忙什么呢？他在用大部分的时间，在写一部史诗性的作品，这就是《圣天门口》。书名很欧化。"圣天门口"，实为"圣·天门口"。刘醒龙要把"天门口"这个地方"史化""诗化""圣化"。他在"天门口"上要凝聚起20世纪初以来中国社会从封闭走向开放的社会风云和世间烟雨。为此，他花了足足六年的时间边琢磨边写作。我个人以为，《圣天门口》是刘醒龙迄今为止最用心、最用力的作品。在刘醒龙以往的作品中，他特别擅长抓住一个一个的"现实物象"和"生活细节"来体现自己对生活的理解和领悟。如今，在《圣天门口》里，"现实物象"变成了一个地域的所在，而"生活细节"变成了半个多世纪的"风云烟雨"。刘醒龙开始了属于他自己的"宏大叙事"。

　　面对一个他以为"圣"的地域上近一个世纪的社会变革和人生命运，刘醒龙开始了自己的选择和组织。他选择了两个家族的兴衰存败，组织了一干人等的悲欢离合。他在选择和组织中，展现自己对时代、对人生的理解，包括他所认识的社会和政治。在展示这些刚性的社会存在和命运走向时，他还尽情绽放他以前内隐的诗意和柔情。比如书中大段大段的、一片一片的主观性驻留和舒缓式吟唱，比如他对纯朴劳动的礼赞，对爱情的抒怀，对生命的吟诵等。而意味深长的是，小说的主体部分，放在了中国现代的"鄂东"，我们知道从这里走出了无数的革命者；小说的副线，则是20世纪70年代才在中国"鄂西"发现的汉民族文化史诗《黑暗传》。《黑暗传》在小说中的穿插和呼应，是要让现代的"鄂东"具备更为开阔、更为深邃的时空。刘醒龙的确是在写一部史诗。《圣天门口》获得了广泛的反响，"风骨与柔情"更加鲜明、完整地体现在刘醒龙的创作中，成为了刘醒龙的个性化标识。

　　吊诡的是，这样一部自己以为、他人也认为的史诗性作品，最终还是与当期的"茅盾文学奖"失之交臂，听说只为一票之失。而在中篇小说《凤凰琴》基础上续写的长篇小说《天行者》，则在下一届"茅奖"中榜上有名。看来，刘醒龙的"史诗"需要有更长的时间和更大的空间来解读。而眼下，人们对刘醒龙最鲜明的印象，还是以《凤凰琴》为代表的"写实期"里的"写实"。作为当年《凤凰琴》的责任编辑，窃以为，《天行者》能荣获茅盾文学奖，这是对刘醒龙90年代写实功绩的一次反哺。

这是刘醒龙的"史诗期"。

四、临到21世纪的第二个十年时，刘醒龙的个人文化生活里，发生了两件事情。一件事是，他由一位个体写作者，成了《芳草》文学杂志的主编；一件事是，他写起了毛笔字。他办刊物，办得很有特点和个性。打开《芳草》，有这样八个字："汉语神韵，华文风骨。"这是刘醒龙的办刊宗旨。而刘醒龙的书法，圆润墩实，自有法度。笔画结构上不求规矩，而通体看来却气韵贯注，心力充盈。刘醒龙的生活显然在"人文化"。刘醒龙的创作也步入了"人文期"。

"蟠虺"是一个不常见的词汇。读音要正确，得查字典，而了解它的含义，要上百度。"蟠，音盘；虺，音毁。蟠虺，意为屈曲的小蛇，是青铜器饰物形象之一。"刘醒龙自己是这样介绍的。"蟠虺"这两个字是刘醒龙新长篇小说的书名。从现实物象和生活细节，到现代地域上的社会变迁和个人命运，再到远古与当今从物质到精神上的关联，刘醒龙的创作走出了一条从表及里、由浅入深、从今到古层层掘进、不断深化的创新之路。

选择"蟠虺"两个很生僻的字，作为长篇小说的名称，自有刘醒龙的用意在。"蟠虺"是国之重器"曾侯乙尊盘"上的饰物，小说围绕着这一重器在当今的遭遇展开。一件古老的器物，能与今天发生联系，在于今天人们欲望的过度膨胀。正因为是国之重器，权重者就想据为己有，护佑自己飞黄腾达；而谋利者，则不择手段，变本加厉。于是，围绕着对"曾侯乙尊盘"的争夺，就上演了一出多方势力参与、各种利益纠缠的闹剧。如何仿制，如何以假乱真、以真乱假，又如何护住神物，引出了盗墓者、仿制者、不法商人、青铜器鉴定专家和大小官员的好一番你争我斗。直到青铜器权威曾本之把真正的"曾侯乙尊盘"放进了省博物馆，这场戏方才谢幕。从上面的叙述中可以看出，这是一部情节性很强的小说。刘醒龙没想写出一部关于知识分子的小说，他有意回避了有关青铜器的一些专业问题，而着力呈现道德滑坡、欲望横行的现实情形，从而提出了人如何自持和把守的话题。《蟠虺》的扉页上印着这样两行字："识时务者为俊杰，不识时务者为圣贤。"与"蟠虺"相较，"时务"更能让人耳熟能详。而"时务"出现在这部小说中，恰恰是"蟠虺"的反义词。在今天，我们的现实是太过于"时务"了。这个时候，我们才恍然大悟，刘醒龙为什么要用"蟠虺"做书名，是因为这两个字我们太陌生了，就如同我们心目中的正义感、道德感已然生疏一样。刘醒龙无疑是在借这两个生僻的字在警醒世人，同时也是在唤醒我们心目中对神圣、对崇高的敬畏和尊崇。

《蟠虺》有很好的立意，这是刘醒龙的现实思考所得。我个人不大满足的是，这样的立意是靠人物关系和情节故事来推进的，故事情节上的外在纠缠，多少会影响小说的深度。作品的重心是用说事来彰显立意，而没有更在意如何去塑造人物。读《蟠虺》，我总感觉刘醒龙与他笔下的人物存在着一些隔膜，我们没能走进这些人物的内心，从而产生更好的共情。

五、又一个十年过去了。刘醒龙的写作，像是在精心制作一架风筝，并在倾心放飞着。这架风筝随着天空中的气流和风力在上下腾挪、左右抖动。他把它放出去收回来，收回来再放出去，含辛茹苦，乐此不疲。直到有一天，他陡然意识到在收放之中，还有扯动线绳的那么一双手的存在。正是这双手在不动声色的牵引中，源源不断地传递出秉性和风采、风骨和柔情。这双手其实就是故土。

很多年前，同样出生在鄂东这块土地上的著名诗人闻一多曾经这样评价先贤庄子：庄子运用思想，与其是在寻求真理，毋宁说是在眺望故乡。闻一多说庄子时，不知道有没有夫子自道的成分，而此时的刘醒龙确实是开始了对故乡本土的深情回望。在回望之中，他感受到了刻骨铭心的痛楚和牵扯。他写出了《抱着父亲回故乡》的著名散文。随后，他推出了长篇小说新作《黄冈秘卷》。

刘醒龙回望故乡、重返故土，开始了他文学创作的重写期。

重写，是对作家文学创作获得全身心触动后的形象表述。他不是颠覆、推倒重来，事实上不同的年龄阶段、不同的生活处境，都有其他时段不可替代的感受内容。它也不是简单的肯定或否定，不是非此即彼，而是深化和升发，需要有不断增厚的人生积累和生命感触，更要等到一个特定的触点，得到一个难得的契机，过去已有的一切才会被洞穿、被唤醒，才会有深入骨髓的牵扯和撕裂，才会有灵魂出窍般的回瞻和反顾。这就是创作意义上的重写。我们从大量的创作经验中发现，尽管文学作品的外在表现深浅不一、形态各异，但作家的每一次明显的创作进步，往往是基于新的经验和认知上的回望，其实更多是重写之功。

刘醒龙也不例外。按我个人的理解，刘醒龙的创作，至少经历过两次的重写。起步时期，他从故乡本土出发，受到时代文化潮流的触动，隐隐感应到自己生长生活的土地有一种异香的奇特存在。他没有来得及给这种异香找到更多的生活实感，但它是刘醒龙对生活本土认知在个人情怀上的最初发动。这里有初出茅庐、血气方刚的成分，可谓气血之作。在写实时期，刘醒龙直接面对生活本土中的社会现实，从现实物象和生活细节着眼去呈现有血有肉的现实。这是他的第一次重写，意在感应、感召的前提下写出真相和事实。刘醒龙的文学功绩由此生成。在史诗时期，他的着眼点是历史与现实的血脉关系，这是他的第二次重写，对生活本土的来龙去脉进行重写。而到了目前的回望和重返时期，刘醒龙才开始了真正意义上的重写。他结合了感应、感受和感念之上的层层递进，在气血相应、血肉相连、血脉相系的基础上，用切身的感思感怀去写与本土的血缘亲情，写出一块土地的血质和血性。一路走来，刘醒龙这才开始真正审视安身立命的故乡本土，探究它的本真和秉性。

在长篇小说《黄冈秘卷》里，刘醒龙依旧在使用自己的独门绝技：他把现实物象推到前台，做出特写效果，这便是人所共知的"黄冈秘卷"；他把生活细节推向历史纵深，要写出充溢在故乡本土上的人的品格和精神，这是另一部为人所不闻的"黄冈秘卷"。

现如今的"黄冈秘卷"太有名，这么多年参加过高考的学生都做过黄冈秘卷，它是高考的秘籍和宝典。提到黄冈这个地方，人们会很自然地想到它是黄冈秘卷的出生地。可以说，黄冈秘卷是当下人们认知黄冈的最鲜明的标识。小说从黄冈秘卷写起，很容易拉近人们与叙述本体的关联。这是刘醒龙在叙述策略上的考虑。而刘醒龙想让人们真正认识的却是藏在这张名片身后的另一部博大精深的"黄冈秘卷"。

在我看来，《黄冈秘卷》的最大价值，在于对父辈祖辈人生经历的回望，和在回望中对一方土地气质品格的揭示。一个人只有具备了一定的生活积累和人生阅历，才有可能通透地理解他人的人生价值和生命意味。作品写到了刘家大湾、林家大湾在社会变迁中的命运遭际，写到了"我们的父亲""王朤伯伯"等的沧桑经历和坚定不移的信念操守。与刘醒龙的其他作品所不同的是，《黄冈秘卷》是从血缘亲情上切入，其所流露出的情感也就更为贴切、深挚。历史的外在呈现总是变动不居的，而潜藏在历史心灵深处的基因、血脉，从来都在生生不息。家国民族也从来如此。关键在于我们如何更为包容、更为通脱地去看待、去发掘。从这个意义上说，刘醒龙对故乡本土的重写，实际上是对一方土地上的人生努力的重新发现和阐释，是对专属于一方土地的性格秉性和精神气质的张举和重塑。因此，《黄冈秘卷》中对"我们的父亲"等的形象塑造，可谓我们理解历史认知传承的一个典型文学范本。就刘醒龙的创作而言，《抱着父亲回故乡》完全可以与《黄冈秘卷》互读，前者可视为后者的导读和索引。

六、经过30多年的创作实践，刘醒龙把自己长成了一棵树。这棵树露出地表后，轻盈自在地沐浴着阳光雨露，感受着文学森林的微风细浪。这个树长得真是地方，那里山清水秀，文脉绵长，而且因为地处偏僻，百姓贫困，它得以不受侵扰，自然生长，机敏早熟，自有风骨。路过森林的人，很容易辨识出这样一棵树。这棵树应运而生，与势俱动，渐渐有了自己的一方天地。在这一天地里，有山村，有大湾，有天门口，有界岭小学，有茶园，有乡村教师，有村支书，有五驼子，有贫寒和清苦，有尘世烟火气。出现在情景之中的，都是些生活在底层的普通人，他们身份低微，生活困窘，却执拗不屈，刚直不折。这一方天地，呈现出了一个不发达地区百姓生活的现实图景。这样一个现实图景，引发了不同生活处境的人们的内心触动。在展现这些现实的生活场景和生命内容之后，这棵树把根须探入更深的泥土里，要去领略历史的厚重，探寻一方天地的生存秘密。它用功甚勤，用力甚猛，让不明就里的人多少有些诧异。他当然也感受到了身边涌动的浮尘躁气，他甚至索性要翻出一件久远的物什，看看它在今天现实中的成色模样和相较之下的世道人心。等到他把这些都做好了，发现有一件细小微弱的物什在不经意扯动自己的心脏肺腑，他用自己特有的灵敏感触知晓了那是故土伸出的一双手。这双手绵柔无力，且断且续，但从来没有在某一天那么强横刚硬，直把人逼迫到生命的出处。从本土出发的风筝飘得再高远，总有一天会伏在地上憩息。用刘醒龙自己的话说：再伟大的人回到故乡都是孙子。故乡不仅是故乡，乡土不单是乡土，这是人生出发地，更是精神再生处。与其说刘醒龙在长成一棵树，不如说他在不断锻造、提炼一棵树所拥有的灵魂和精神。

这棵树一直以来，随着生活场景的不断变化，用感知和觉悟去迎候着新的生活内容。它从来没有放下跟随时代和生活的脚步，并且在不断留下清晰可辨的文学印记。它接纳着一方天地的万千气象，因应着浮尘俗世的烟火气息，传递出生命绵绵不断、生生不息的那一束束星火光亮。

刘醒龙用一棵树的站立姿势，见证着风过雨去、人来人往。他就是这样的一棵树。

介入的现实主义及其启示

黄发有

我们应该把刘醒龙的《凤凰琴》放到 90 年代现实主义转型的脉络中进行考察。《上海文学》的主编周介人曾经提出了"现实主义冲击波"的概念，他把刘醒龙当时的新作纳入这一潮流中，高度肯定其现实意义。我个人认为，在 90 年代的现实主义创作潮流中，刘醒龙的创作做出了不应被忽略的独特贡献。基于此，我们在衡量《凤凰琴》的文学史地位时，应该把这篇小说和《分享艰难》《村支书》《黄昏放牛》《菩提醉了》《暮时课诵》《秋风醉了》《威风凛凛》等一系列作品放在一起来评析，这样我们一方面能够看到刘醒龙 90 年代小说创作的丰富性，另一方面能够更加准确地评估《凤凰琴》在现实主义发展脉络中的价值与意义。80 年代的现实主义创作往往带有一个启蒙的叙事框架，这种叙事框架当然有其本身的价值，但是也带来了一些问题，那就是主题先行，容易陷入公式化、概念化的套路，作者试图居高临下地引导现实，结果往往与现实脱节。

在时隔三十年之后，我们回过头看《凤凰琴》，在重读时依然会被作品的魅力所打动。这跟作品内在的情感力量、人性的力量有非常大的关系，作品中的明爱芬、张英才、孙四海等人物，每一个人都不一样。在 80 年代的现实主义作品中，人物往往是类向的，他们都是大同小异的。《凤凰琴》写了多个民办教师，每一个人看问题的方法、形式和方式都有他们自己的特点。除此之外，我认为不能忽略《凤凰琴》的综合品格，那就是对现实的介入性，也可称之为"介入的现实主义"。其介入性表现在两个方面：首先，作家既不是置身事外，也不是自作高明，而是真正地融入现实，设身处地地感受并理解民办教师的生存状况与现实困境。其次，作品中包含一种推动现实变革的精神动力。这篇小说通过对人性的深入挖掘，让广大读者和社会各阶层关注民办教师的命运，在为他们的辛勤付出而感动的同时，期望他们获得应有的尊重。《凤凰琴》与"新写实"有明显的差异，"新写实"在面对现实困境时往往是默默忍受或一声叹息，其总体格调是灰色的或灰暗的。如果将《凤凰琴》与稍后的新生代小说进行比较，我们会立体地发现其审美的异质性，这篇小说是一个特殊的精神标本。在新生代作家的笔下，先锋小说形式探索的激情余响不绝，新写实"零度介入"的倾向是其审美底色。以《凤凰琴》为代表的艺术探索，走的道路与"新写实""新生代"小说格格不入，为90年代现实主义的发展带来了多样性。

在90年代的市场化进程中，文学边缘化的趋势不断加剧，而《凤凰琴》积极介入现实的创作姿态，不仅改变了民办教师的集体命运，而且在价值选择和审美观念上都有一种纠偏的意义，通过创作姿态的下沉，重新唤醒现实主义创作推动时代进步的内在活力。文学之所以边缘化，在某种意义上是作家自身的选择，当文学与现实日渐疏离，文学与时代的精神联系也就变得越来越松散。有趣的是，当我们把《凤凰琴》置放在现实主义的洪流中，还可以更为清晰地看出90年代现实主义从宏大叙事到日常叙事，从大历史到人的历史的转变。《凤凰琴》关注民办教师这个群体，其成功之处在于凸显出个体的现实以及它背后的集体与历史，这些人虽然卑微，但是作为个体无可替代，他们虽然有缺陷，但是他们也有独属于自己的性格光芒。

从"介入的现实主义"角度来看，《凤凰琴》的创作并不局限于这一篇小说文本。刘醒龙为改变民办教师命运所做的努力，以及他对乡村教育事业的持续关注，既是《凤凰琴》的延续，也和《凤凰琴》构成一个具有整体意义的"大文本"。2021年7月，我陪醒龙老师和李遇春教授一块到了曲阜，去看曲阜师范大学的中国教师博物馆。中国教师博物馆是教育部批准建立的，教师博物馆里面有很多的展板，其中有一个非常重要的板块——"乡村教师"，我们在现场发现醒龙老师对于中国乡村教师的历史和处境都了如指掌，对那些比较有代表性的乡村教师的事迹烂熟于心，并对如何丰富并细化展览的内容，提出了富有建设性的意见。由此可见，刘醒龙创作《凤凰琴》《天行者》确实是有非常充分的准备，将民办教师置放于中国乡村教育发展的历史坐标中进行定位。

值得重视的是，刘醒龙对于现实主义的探索还在不断发展与深化。当我们把《凤凰琴》跟《生命是劳动与仁慈》《圣天门口》《蟠虺》《黄冈秘卷》等作品进行对照阅读时，不难发现刘醒龙的创作具有一种内在的生长性，随着时代环境的变化，作家在创作中注入了新的内涵，既坚持现实主义的创作方向，又在与现实的深入互动中，构建新的艺术元素与审美形态。《圣天门口》更加重视对历史的反思与开掘，在表现形式上融入了一些浪漫主义的情怀与手法，梅外婆和雪柠在动荡的时势中保持仁慈、悲悯的情怀，如同穿透黑暗云层的精神光亮。作家在揭示被遮蔽的历史风景的同时，始终对人性和现实怀有信心与期待。楚文物曾侯乙尊盘在《蟠虺》中既是一个象征性的符号，又发挥串联并推动情节的结构性功能。曾侯乙尊盘不仅是旧时代的文化遗存，而且在现实生活中验证出知识分子品格的成色与真伪。青铜器专家曾本之尽管承受着巨大压力，还是深刻反思自己提出的"失蜡法"铸造说的草率，保全了自己内在的独立与尊严。而把学术作为工具的郑雄随波逐流，不择手段，通过扭曲自己来谋取名利。这些作品都重视现实和历史的呼应，作家更加关注故乡的历史和故乡人的历史，在浩荡的历史进程中观照那些顽韧的生命力和不屈的精神力量。

在80年代文学"向内转"的进程中，不少作家将创作与现实对立起来，使得文学在"纯化"的过程中失去了烟火气与生命力，成为一种纯粹的文字游戏。进入21世纪以后，文学在市场化与边缘化的双重压力下"向外转"，文学主体为了实现自己的价值，想方设法让自己变得"有用"。不应忽略的是，文学过度的"向外转"，往往使得文学丢失了自我，成为达成某种目标的工具，甚至沦为某种目标的附庸。就像《蟠虺》所写的那样，当假的曾侯乙尊盘以假乱真时，真的曾侯乙尊盘就变得无足轻重，真的甚至被视为假的。

在这样的情形之下，文学还有其独特性和不可替代的价值吗？正是在这样的背景之下，介入的现实主义有其不应被低估的价值与意义。"介入"意味着以作家为精神桥梁，文学与现实相互嵌入，互在其中。文学不是超脱于现实之外的精神孤岛，文学成为现实有机的组成部分，成为影响现实结构组成与运行轨迹的内在动力。

从《凤凰琴》说开来，刘醒龙创作历程中对于"介入的现实主义"的探索与实践，有三点启示值得重视。其一，作家以故乡为精神根基，以故乡的现实变化折射中国动态的现实进程。作家走出故乡之后，以外部的眼光重新审视故乡，使得故乡成为中国乡村的样本和缩影。通过倾听亲人们和乡亲们的心声，通过对故乡历史文化的深层掘进，以作家的生命轨迹为通道，故乡与外部的乡村、城市形成了一种多向度的对话，现实的故乡逐渐成为精神的故乡和象征的故乡。其二，作家推崇现实主义，但又不局限于现实主义。刘醒龙在创作实践中兼收并蓄，以开放性的胸怀吸纳浪漫主义、现代主义、魔幻现实主义的艺术手法与形式要素，使得现实主义突破惯性的、僵化的创作成规，在多元互动中被重新激活，在与时代的碰撞中寻求新的创造。其三，忠实于自己的生命体验。《凤凰琴》之所以打动人，在于作品中回荡着一种十指连心的关切。刘醒龙的笔下有形形色色的人物，但他最为牵肠挂肚的还是那些卑微却将尊严视同生命的乡村小人物。作家在创作时并不是一种单向度的表达，那些小人物也给作家的内心注入力量，形成一种你中有我我中有你的精神交汇。面对瞬息万变的现实与社会，刘醒龙的创作有自己的精神原点和文化根基。基于此，他才能避免隔靴搔痒的现实摹写，而是有重点地找到深度介入现实的突破口。

《凤凰琴》管窥

金 宁

我想，我们此刻线上线下在场的各位都应该感谢作家刘醒龙！庆幸的是每一个时代、每一个时间节点上都会有值得感谢的作家，因为他们凭良心、有社会责任感的现实主义叙事拓展了我们的认识，丰富了我们的情感体验，唤起了个体的勇气和集体的力量去投入人文关怀。这是文学文本可以成为社会文本的重要支撑，这样的文学在中国现当代文学史上是有丰富的谱系的。

关于《凤凰琴》及《天行者》我有时间会写一点文字，在这里只是简单地表达一点切身的感受。小说中有一句话，大意是说将七十二行人中的好人全部加在一起也比不上第七十三行的民办教师。这一行现在整体性地消失或者身份转化了，这是社会发展的结果，这个里面也包括了文学在内的创作所起到的加速作用，比如《凤凰琴》。因为"文革"的原因，我从北京去河南信阳地区，1969年我在乡村教师的课堂上接受过洗礼，那个地方是河南、湖北、安徽三省交汇之处，相对来说还不是最贫穷的地方，但是民办教师的窘迫、痛苦、度日艰难，以及捉襟见肘的教学给我留下了深刻的印象。

说两点：一个是土桌土凳下雨的时候会坍塌，我们会摔在地上。还有教师会带着我们去搓麻绳来换取一些学习的资料。当年读小说《凤凰琴》唤起了我的这些记忆，后来看《天行者》同样如此，无论如何我真的觉得至少在当时没有这些教师，一村子的人就很可能都是文盲。醒龙先生描写的是一个世界的角落，重点也是人性的角落，带孩子受教育是一份责任，虽然自己活得不爽，但是还有一份责任。他们看到的是渺茫的希望，是缺吃少穿，还有抬不上桌面、见不得阳光的难以满足的情感等。在不具备流动性的社会，地域跨越、身份跨越、阶层跨越都极为艰难，小说中很多幽默的描写也是一种辛酸泪。这样塑造出来的情节才会让读者共情，一部让人共情的小说才会让人记住它几十年，一部具有社会意义的小说才会在今天和未来发挥它的作用。

对这本小说的文学文本，我的概括是，这是让小人物发出微光的小说。这种微光平常被散布在卑劣的角落，也会猛然间被聚光到一个高台上，文学需要对微光的聚拢与表达。社会的变化是深刻的，作家应该及时观察它、描写它，在微光中找到可以改变人生的力量。

我今天就说这么多，谢谢大家！

源于生命之根的"仁爱慈善"
——重读《凤凰琴》《天行者》

康　伟

　　《凤凰琴》问世三十年，可谓"三十而立"。《天行者》问世十三年，正当"豆蔻年华"。"三十而立"也好，"豆蔻年华"也好，都经历了时间的考验。《凤凰琴》和《天行者》都已经经典化了。当然，如果放到更长的时间维度来看，它们是走在经典化的路上，但脚印坚实。去年十一月，刘醒龙的故乡、湖北团风县上巴河镇张家寨和螺蛳港两个行政村合并，合并后的村名由村民投票改为"凤凰琴村"。"凤凰琴"已经从文学的一部分，而沉潜、生长为大地的一部分、故乡的一部分。《凤凰琴》推动了民办教师转正问题的解决，从而使自己成为历史的一部分。

　　《凤凰琴》和《天行者》有内在的联系，但区别也是显而易见的。《凤凰琴》是中篇；《天行者》是由《凤凰琴》而来的长篇，《凤凰琴》成为《天行者》三部的第一部。这是最明显的体量的区别，但体量的区别是外在的。《凤凰琴》的结尾，张英才成为界岭小学第一个转为公办教师的民办教师，离开界岭小学；《天行者》的结尾，张英才重返界岭小学。从整体上看，由《凤凰琴》到《天行者》，是树到森林的过程，是诗到史诗的过程，是感怀到沉思的过程。

　　由《凤凰琴》到《天行者》，有作家十七年的念念不忘。十七年的时间，对于一个人的生命来说，是漫长的。如此漫长的时间无法割舍，一定是跟作家的生命发生了本质性的血肉联系。《天行者》里，几位民办老师对界岭小学的无法割舍，作家是用"中毒"来表达的。"中毒"的概念，在书中不同的部分反复多次使用。我们也可以说,刘醒龙十七年放不下,也是"中毒"的表现。当然,这里的"中毒"是爱之切的一种隐喻和极具生命张力的表达。比如万站长在送张英才去省教育学院报到下山途中对张英才说:"你要小心,那地方,那几个人,是会让你中毒和上瘾的!就像我,这辈子都被缠得死死的、日日夜夜脱不了身。"很显然,刘醒龙也是被这一群民办教师们的命运"缠得死死的","日日夜夜脱不了身"。于是,才有了《凤凰琴》到《天行者》的生发和蔓延。

《天行者》这部大书本身同时也是"解药"。它既是对作家个体生命的文学交代,也是对民办教师这一群"天行者"的文学交代,更是对历史和民族记忆的文学交代。

民办教师是中国独特的社会现象。无论是放到乡村治理语境中,还是放到城乡二元结构中,或者是放到教育事业体系中,又或者是放到社会生活谱系中,民办教师都是超乎人们想象的群体。他们生活之艰难、工作之辛苦、身份之尴尬、地位之边缘,与其精神之崇高、影响之深远、贡献之巨大,形成极其强烈的反差。这个反差,形成强烈的悲剧色彩。这个反差,在《天行者》中有着真切的表现。但是,正如界岭小学余校长所说:"当民办教师的,什么本钱都没有,就是不缺良心和感情。"他们以自己的坚守,传薪播火,改变了无数乡村孩子、改变了无数乡村的命运,为国家的发展,为人作为人的进步,作出永不磨灭的贡献。《天行者》以"献给二十世纪后半叶在中国大地上默默苦行的民间英雄"为主旨,可谓恰切。

当余校长、邓有米、孙四海这三位老民办教师,张英才、蓝飞这两位新一代民办教师,夏雪、骆雨这两位支教老师的故事,在大山深处的界岭小学展开,我们深入的是颇具陌生感、痛感、悲剧感乃至荒诞感的时间和空间。界岭小学既是具象的地理坐标,是作家故乡书写的一部分;但它更是一种精神时空,借由民办教师个体的血脉接通时代的神经系统和读者的神经系统。惟其如此,我们才能真正具体而微地感受到他们的疼痛,他们的困境,他们的苦难;也才能真正感受到他们在疼痛中、在困境中、在苦难中的持守;也才能真正感受到时代的变迁。作家以"理解之同情",细致入微地书写界岭之苦、界岭之难。界岭之苦既有物质的,更有精神的;既有工作的，更有生活的；既有山上的，更有山下的；既有自然的，更有社会的。在这幅苦难图景中，作家如同"天行者"们的"同行者"，开掘出他们身上的光，把苦难照亮。余校长、邓有米、孙四海被称为"刘关张"，性格迥异，各有各的生活逻辑、情感逻辑，各有各的人性的弱点，各有各的小算盘，家家有本难念的经，刘醒龙写出了他们的各各不同的样貌。但在根性上，他们作为师者的品格、作为乡村知识分子的良知成为他们的光源。他们带着孩子们坚持升国旗；想尽一切办法给孩子们教授知识、护送孩子们回家；余校长长期让孩子们住在家里，给他们做饭，提供庇护。更为重要的是，他们对乡村的启蒙，对孩子们的知识输出、人格完善，起到了决定性作用。作为知识分子，他们有中国传统文化中知识分子以天下为己任的家国情怀；作为乡村知识分子，在中国社会最底层坚守着精神家园。他们是悲剧命运和苦难叙事中的弥足珍贵的发光体，由此，他们成为真正的民间英雄。

几个爱情故事构成了界岭叙事的助推器。孙四海和王小兰之间的故事最为曲折。王小兰作为一个婚姻不幸的农村女性，与民办教师孙四海之间的感情，既有不被世俗所容的道德焦虑，更有心心相印的真心真意。王小兰之死既出人意料更令人叹息不已。余校长生命里先后出现的两位女性明爱芬、蓝小梅，在不同的阶段成为界岭小学女性图谱中重要的构成。包括整部作品结尾处叶碧秋与张英才含蓄的情感，都引人慨叹。这些跟女性有关的情节，提供了观察乡村女性命运的"界岭视角"。

《天行者》的可贵之处，还在于通过描摹作为乡村知识分子群体所在的界岭小学与界岭村的纠缠、撕扯、矛盾，而刻写出中国乡村社会的裂变，特别是乡村治理中的症候。由于民办教师的工资需要村里来支付，所以界岭小学和界岭村委会之间有着各种妥协和斗争。被称为"村阀"的村长余实在选举中败给了叶泰安，而半年之后，叶泰安被迫辞职到广东打工。为了阻止孙四海参选，余实派出会计来许以帮助王小兰离婚嫁给孙四海、用村委会名义帮他贷款交付民办教师转正的工龄钱等条件。最终余实败选，直接导致王小兰的死亡。这些乡村治理之痛，看似闲笔，但却有深意存焉。这些带着问题意识书写的前脱贫攻坚时代、前乡村振兴时代的乡村治理症候，必须是当下所必须避免的。

最终，在国家政策之下，界岭小学所有民办教师与全国所有民办教师一样，赢得了转为公办教师的历史性机遇。但作家并未平铺直叙，而是写出了深刻的反思。当了一辈子民办教师的几位界岭小学的老师，却又要拿出一笔对他们来说难以承受的工龄款，并由此生发出强烈的冲突和荒诞感，人物命运陷入巨大的悖论之中。这是《天行者》直面问题、直面苦难的集中体现。由此，《天行者》具备了超出民办教师叙事框架的哲学意味，也更加凸显了民办教师们的"民间英雄"形象、"天行者"形象。

刘醒龙在茅盾文学奖获奖感言中说："一个人的生命之根，既是仁爱慈善的依据，也是文学情怀的本源。"《天行者》中，以及在他所有的创作中，我们都可以强烈地感受到他源于"生命之根"的"仁爱慈善""文学情怀"。他的"仁爱慈善""文学情怀"既是向着自己的生命的，更是向着大地，向着大地上的苦难与光亮的。

（作者系中国艺术报总编辑）

真情、温情与共情

——《凤凰琴》的电影改编对当下电影创作的启示

赵　勇

今天的国产电影发展早已进入"新时代"，"主旋律"电影也习惯了大制作、全明星、特效奇观化等生产模式，而且当下的主旋律电影有发展成为新的"样板戏"的趋势，从《战狼》到《我和我的祖国》，从《我和我的家乡》到《长津湖》，毫无疑问的是这几部主旋律电影都是非常优秀的，但随着越来越多类似的的主旋律电影的出现，大众也逐渐出现了审美疲劳，那么在电影创作尤其是主旋律电影的创作中，如何把握好主流意识的传达与吸引观众之间的平衡点，把握好意识形态与大众文化的结合，如何避免主旋律的表达方式单一化，如何避免对大众爱国情怀的过度消费，而走出新的道路，是目前中国电影亟需认真思考和解决的问题。在这个意义上，我们把目光转到 20 世纪 90 年代那个电影的商业化市场化并未完全打开的时代，就会发现在当时，我国的许多电影人早就思考过这个问题，而且还给出了不错的答案。1994 年由刘醒龙小说改编的电影《凤凰琴》就是其中的一部优秀代表作品，这部影片在基本保持原著核心内容的基础上进行了很细微但又很重要的改编，最后呈现出的作品以表达真情、展现温情和唤起共情的方式，在主旋律和大众需求之间架起了一道桥梁，实现了生活、艺术和政治的技术对接与美学融合，这种艺术探索对当下的电影创作，尤其是新主旋律电影的创作有重要的启示意义。

一、文学改编与叙事温情

电影《凤凰琴》基本保留了小说原著的故事情节主线，最大的一个改动是故事的主人公由小说原著中男教师张英才变成了女教师张英子。这一改动除了从视觉上改变了小说中男性角色为主视觉疲劳状况之外，还有以下几重深层次的意蕴：第一，乡村教师作为特定历史时期特殊的社会群体，以巨大的奉献精神支撑起了中国广大贫困落后地区的基础教育。那么，让女性形象承担这一角色的意义就在于凸显这一群体为我国教育事业毕生付出的母性意蕴和为广大贫困落后地区培育人才的孕育精神。第二，小说原著中前半部分几个男性角色围绕转正名额勾心斗角和后面大家的觉悟以及精神升华之间的转折稍显突兀和生硬，而在电影中主人公的性别改为女性之后其中的"斗争"意味被淡化了，这也为后面的主题升华奠定了基础，也使得整个故事的叙事氛围也更为统一。第三，在小说原著中，张英才本是一个很具现实功利主义而且还颇有心机和手段的人物形象，他举报界岭小学虚报扫盲率和入学率的问题更多并不是出于"伸张正义"的公义目的，而更多是发泄自己对于不利处境的严重不满，小说最后张英才让出转正名额也可能是因为自己差点误伤人命的愧疚。而在电影中，同为女性的张英子更能理解卧病在床的明爱芬对于民办教师转正的终生执念，故事最后的人物行为和主题升华也更加具有可信度。

可以说，电影中对于主人公性别的这一改编，是整部电影的点睛之笔，不但让整个电影的叙事前后更加统一和圆润，而且也让整部影片充满一种艰难生活中的温情，而不是让人看后感到悲观失望，让观众在对影片故事共情感动落泪的同时，仍然相信"人间自有真情在"，甚至达到净化和升华灵魂的效果。同时，张英子女性柔情与母性牺牲精神中蕴含的家国意识和情怀也符合了主流意识及大众对于一部现实主义主旋律作品的想象和观看期待。

二、影像细节与叙事真实

在电影《凤凰琴》中，梦想着成为一个公办教师的张英子在时代"命运"的安排下到了环境偏僻条件极差的界岭小学，理想很丰满，现实却很骨感，影片故事一开始，张英子对界岭小学也充满了抗拒与误解，张英子随身带的那本名叫《城里来的年轻人》的书是张英子对自己来到界岭小学这个地方的内心想法，也恰恰是对她来到这里后发生身份冲突的一种互文和注解。

主人公两次写信向外界公开界岭小学的情节与小说原著一致，但是在人物的行为动机上有所改动，小说中张英才举报界岭小学集体虚报入学率和扫盲率"骗取"奖金，除了人物的性格冲动和耿直之外，或多或少有着公报私仇的意味在里面。而在电影中，张英子的举报行为其动机单纯地就是为了"伸张正义"。电影中，张英子品质单纯，敢作敢当，可是现实的情况往往复杂百倍，不是简单的靠说真话就可以解决，许多看似有违道德的行为，却难以用简单的道德标准进行评判，世界并不是非黑即白。张英子为自己的年轻和冲动付出了代价，她的意气用事让她在学校里遭受到了其他老师的排挤。在这种排挤中张英子成长了，逐渐明白了许多看似不能理解的事情背后都有着让人不忍斥责的原因。界岭小学的老师组织小学生采摘药材表面上是压榨学生的劳动力，但却是为了筹集学生的书本费。孙四海和学生的母亲关系暧昧，有违伦理道德，但他们却一起努力帮助那些孩子们上学。谎报扫盲率入学率这种看似违法违背道德的事情背后，更多的是小学里的那些教师们对于学生困苦生活的不忍。在理解到了这种无奈的"底层真实"逻辑之后，张英子开始动用自己的优势，以一篇表现界岭小学真实境况的文章为界岭小学带来了资金，带来了宝贵的转正名额。虽然以一篇发表在省报上的文章博取了上级的重视进而改变人物命运这样的情节设置有"清官图"的套路叙事之嫌，但这的确表现出了张英子与这个一开始不满和抗拒的地方终于和解，并且开始满怀深情。

三、时代症候与大众共情

《凤凰琴》的成功在于"真情"，在于以真情唤起大众的"共情"，用真实的故事和真实的情感打动观众。正如"凤凰琴"这个小说和电影中贯穿始终的意象一样，"凤凰琴"是特定历史年代的乐器，民办教师也是特定历史年代的产物，是社会发展、教育发展不成熟不充分时期的特殊群体，他们身上所遭遇的困境不局限于这一群体本身，也可以延伸到诸多那个时期的人们身上，民办教师对于转正的执念也是社会发展不充分的时代人们对于体制内稳定工作稳定收入的一种期盼，可以说，不论是小说《凤凰琴》还是电影《凤凰琴》，都准确地捕捉到了这一时代症候，然后用具体而微的人物和故事把这种症候呈现出来，从而达到了"共情"大众的效果和目的。

乡村民办教师的生活和心路历程是那个年代的真实写照。影片中的每一个人物，看似都有自身的缺陷，他们为了一个遥遥无期的转正名额，暗自努力且各怀心思。孙四海为了挤出时间复习没有送学生李子回家，害得李子差点被狼袭击，邓有米为了托人找关系转正不惜上山偷树卖钱，这些小人物身上都有着这样那样的缺点，可当转正名额真的下来的时候，每个人却又都处处为他人着想。不论是小说还是电影，《凤凰琴》看似表现了一个美好的人情童话，但在其背后却隐藏着中国传统儒家文化的温良恭俭让的美好道德品质的传承，那些民办教师，虽然生活困顿，但仍然不改其志自强不息，坚守底层的教育事业，虽然只有两个竹笛，仍然要组织学生奏乐升国旗，给学生传递爱国主义和家国情怀，虽然为了奖金"欺瞒"上级部门，但仍然在最大的利益"转正名额"面前选择谦让，先是让给明爱芬这个界岭小学的开创人，后面又让给更有前途的张英子。可以说，这种文化精神融入我们民族的血液中，越是到了艰难的处境中往往越是能够迸发出人性的光辉，这也是中华民族生生不息兴旺发达的根本原因，也是这部小说以及成功改编的电影作品能够打动人心、获奖无数，最终成为经典的终极秘密。

　　总之，《凤凰琴》及其电影的改编不仅对我们深刻理解乡村教育有着重要的意义，而且对于当下的文学经典影视改编有着很大的借鉴价值，尤其是"新主旋律"电影的创作想要保持观众的审美热情，就极有必要从《凤凰琴》这样的成功改编中汲取创作营养，找准时代症候，调动大众的共情点，以真挚而诚恳的态度去面对一部作品，"坚持以人民为中心的创作导向，创作更多满足人民文化需求和增强人民精神力量的优秀作品"。

《凤凰琴》的叙述视角、人物观
与叙事策略

刘　艳

中篇小说《凤凰琴》，原发《青年文学》1992 年第 5 期。正如有论者所说的，於可训先生在小说诞生之初所给出的评价"一曲弦歌动四方"，似乎成了这篇小说的文学预言①，预言了这篇小说此后始终有着如弦歌感动四方这样的一种文学影响。这篇篇幅不算长的小说，历经 30 年而依然散发着文学叙事的魅力。它在如何创造性地创作主旋律题材却不落窠臼、虽是现实主义题材却实属一种新型现实主义文学叙事，乃至是在如何艺术性、艺术再造地创作出能够提出问题解决问题的社会问题小说等多个向度，都蕴含着多层的可解析与能够被解读的角度与维度。这篇小说在现实主义写作方面所表现出的"新"、所表现出的生长性，说到底是基于小说家在小说叙事方面所作出的宝贵探索与伟大创新。

只有从小说叙述的这个切口切入，才能够更切近这篇经典之作，洞悉这篇即使跨越时代都熠熠生辉、始终以一种凤凰琴精神激励过几代人的小说，到底是在怎样的文学话语空间里，呈现其独特的艺术魅力与搭建起别具意味的文学意义的世界。明悉此，或许可以对于我们研究 20 世纪 90 年代初的文学创作，即与《凤凰琴》同时代的小说写作，以及对于我们思考当下的现实主义题材写作的路径及可能面向，都给予极大的启示与可以将思考付诸实践的价值与

---

① 参见李遇春：《〈凤凰琴〉对新时代文学的创作启示》，《湖北日报》2022 年 7 月 1 日，第 15 版。

意义。

一、外来者视角与视点的多重性

《凤凰琴》这篇小说对于限知视角与限制性叙事策略的运用，已为此前的研究者所注意到。小说家摒弃了传统的全知视角的叙述，采用了"第三人称限知视角"①，但此处笔者更愿意将之称为小说主体叙事是"第三人称有限视角"。申丹认为叙述者通常用自己的眼光来叙事，是发生在传统的第三人称的小说当中，而20世纪以来的第三人称小说的叙述者往往使用故事中的人物的眼光来叙事，而不是用自己的眼光，这就让叙述声音与叙述眼光分别存在于故事外的叙述者和故事内的聚焦人物身上②。而申丹所强调的叙述者放弃自己的外部眼光，转用人物的眼光来观察事物属于一种内聚焦——"第三人称内聚焦"，"即叙述者一方面尽量转用聚焦人物的眼光来观察事物，一方面又保留了用第三人称指涉聚焦人物以及对其进行一定描写的自由"③。申丹对于第三人称有限视角的分析与论述，适用于《凤凰琴》这篇小说。张英才是叙述者所使用的主要的视角人物，有论者将《凤凰琴》所采用的叙事视角称为"初来者视角"④，笔者更愿意将之称为"外来者视角"，但是小说在叙述方面的探索远不止于此。以视角为例，《凤凰琴》是以张英才的外来者视角为主，根据情境、场景随时转用其他人物的视角，并有不同程度的视角越界现象的出现。而这一切，又转换自如，不动声色，这是《凤凰琴》在视角采用方面的独到之处。

---

① 参见杨文军：《刘醒龙：从〈凤凰琴〉到〈天行者〉》，《文艺争鸣》2017年第5期。

② 参见申丹：《叙述学与小说文体学研究》，北京大学出版社2004年版，第237-238页。

③ 申丹：《叙述学与小说文体学研究》，北京大学出版社2004年版，第213页。

④ 参见杨文军：《刘醒龙：从〈凤凰琴〉到〈天行者〉》，《文艺争鸣》2017年第5期。

已有论者认为高考预选落选后到界岭小学来做民办老师的张英才的视角，是"初来者视角"："可以借助'初来者'的年轻、单纯和缺少世故，发现一些局中人习焉不察或不以为意的问题""可以借助'初来者'的不知情（视野所受的限制）来制造悬念"①。并将这种"初来者视角"与王蒙《组织部新来的青年人》中的林震、丁玲《在医院中》的陆萍所具有的新人初到一个地方的视角作联系考察，认为这样的视角更易发现初到之处的一些问题。这样的观点是有一定的道理的，比如正是靠张英才这样的能够"发现问题"的初来乍到的人物的视角，他才发现界岭小学的一些所谓的"问题"：这里只有四位老师，却支领 5 份补助；这里的扫盲验收工作，存在着余校长带领大家、连村里都配合"弄虚作假"虚报入学率等"问题"；令他在听取了蓝飞给他的主意——回校装作复习备考民办教师身份转公考试后，可以看到改换民办教师身份在老师们那里所引发的巨大波澜。而初来者视角也的确有因"初来者"视野受限或者不知情过往而带来有益于悬念产生与悬念设置的问题。

尽管如此，笔者还是认为"外来者视角"是比"初来者视角"，更为切合这篇小说的主要叙述视角的称谓。小说需要的主要不是张英才作为初来乍到者，发现界岭小学与这里生活着的人们作为"局中人习焉不察或不以为意"的问题，而是张英才这个人物与这里的人们眼光的不同。具体到叙述学上，是"视点"（point of view）的不同。申丹曾经细述过叙事声音、叙述眼光和视角的不同及多方面含义。比如福勒在《语言学批评》（1986）中提出了视角或眼光（point of view）具有三方面含义：心理眼光或可称为"感知眼光"、意识形态眼光、时间与空间眼光，但是直到 20 世纪 90 年代前半叶，叙述学家们仍然对叙述声音和叙述眼光存在着许多混乱和混淆的判断②。叙述声音是属于小说的叙述者的，但是叙述者如果采用了故事中某

① 杨文军：《刘醒龙：从〈凤凰琴〉到〈天行者〉》，《文艺争鸣》2017 年第 5 期。

② 参见申丹：《叙述学与小说文体学研究》，北京大学出版社 2004 年版，第 204-207 页。

一人物的眼光来叙事，那么心理眼光亦即感知眼光应该是属于故事中所聚焦的人物的意识，比如如果叙述恰好完全采用了张英才这个人物的意识，就不应该再过多掺入叙述者、隐含作者乃至作家本人的意识。

《凤凰琴》正是在视角、叙述眼光方面，彰显了带有一定示范性意义的写作实践，这篇小说的叙述手法，在某种程度上是超越于同时代的许多叙述学家的理论研究的。我们试用西摩·查特曼对于"视点"的论析，及其对于"视点及其与叙事声音的关系"的一些理论观点，会更易于发现《凤凰琴》在叙述方面的独到之处。在西摩·查特曼看来，视点在字面上看是通过某人的眼睛（感知）——这有点像前面所述的叙述眼光中的心理眼光，而"比喻义"是通过某人的意识形态、观念系统、信仰等"世界观"——这有点像前文所述的意识形态眼光，而"转义"是从某人的"利益优势"亦即其总体兴趣、利益等方面来看①。不仅止于此，查特曼对于视点与叙事声音的区别所作的区分是极为清晰的："视点是身体处所，或意识形态方位，或实际生活定位点，基于它，叙事性事件得以立足"②，而叙事声音是话语和如何表达，藉由它们才能与受众实现交流。下面是至为关键的点："视点并不意味着表达，而仅意味着表达基于何种角度而展开。角度与表达不需要寄寓在同一人身上，而可能有多种结合方式。"③正是由于《凤凰琴》中张英才这个人物的视点，与界岭小学与界岭村的人们、甚至与他自己的舅舅万站长的视点，有着各种各样的偏差，才会令《凤凰琴》中张英才这样一个初来者——初来乍到者的的视角，产生与王蒙《组织部新来的青年人》和丁玲《在医院中》的林震、陆萍这些持"初来者视角"的人们不一样的叙述效果。言其是"外来者视角"似乎更为恰切。

① 参见[美]西摩·查特曼：《故事与话语》，徐强译，中国人民大学出版社2013年版，第136-137页。

② [美]西摩·查特曼：《故事与话语》，徐强译，中国人民大学出版社2013年版，第137页。

③ [美]西摩·查特曼：《故事与话语》，徐强译，中国人民大学出版社2013年版，第137-138页。

《凤凰琴》非同寻常的叙述效果，是基于叙述者很好地采用了张英才这个年轻的民办老师的"外来者视角"。外来者视角与本地人物视角最大的不同，不是这个新来的人发现当地人习焉不察或者不以为意的"问题"，而是在看这些问题时，外来者的视点与当地人物的视点，存在着观念系统和利益层面等的差异。界岭小学为余校长瘫痪在床的妻子明爱芬多领一份教师补助，在扫盲验收工作中余校长和邓有米、孙四海、学生们以及村里的干部、村民做了那么多的"欺上"的工作，比如让叶碧秋冒充辍学的学生补作业、虚报入学率等，都是这里的人们刻意为之的，是基于大家共同的视点——无论观念视点还是利益视点，都要求这里的人们这么做，因为这样可以换取被上级表扬、给予奖金，而这奖金可以用来修缮年久失修的校舍，还可以为交不上学费的特困学生省下学费。

用张英才这个人物的视角来叙述，就是很好地利用了人物的视点与这里的人们的视点的不同，才会形成彼此理解的偏差，才会导致张英才自作主张、自以为取得了对于这里的人们弄虚作假的重大发现，而用自己的一封信贴上几张邮票寄出告状、揭露所谓的真相，就导致了奖金的泡汤和后面一系列的麻烦。

与《组织部新来的青年人》和《在医院中》很大的不同是，后两部作品中的初来者视角，基本上等同于叙述者、隐含作者甚至是作家本人的视点，也基本上等同于读者的视点；而《凤凰琴》中张英才的视点，与小说叙述者、隐含作者甚至是作家的视点，是很不相同、差异巨大的，甚至与小说中这个人物的重要亲戚——舅舅万站长的视点也迥然有异，而读者也更倾向于小说中界岭小学的余校长、邓有米、孙四海以及村民们的视点，读者乐得见到这样的集体"造假"的行为，而且期盼它能顺利实现。张英才这个人物的视点，与叙述者、隐含作者以及作家、读者的观念视点、利益视点等的视点分离，不仅产生了情节推动力，而且形成了一定程度上的戏剧化冲突。

张英才这个外来人物的视点，与叙述者对这一人物视点的表达之间的差异，叙述者并没有采取讽刺式对立来承担和呈现。在对张英才是如何对待扫盲验收中的弄虚作假的态度和行为的叙述当中，叙述者先是通过近乎惯性作用那样持续认同张英才的利益视点，即便他对界岭小学的实情和许多事情的真相毫不知悉，叙述者对他的视点也保持基本认同，甚至会在张英才发现叶碧秋的作假行为等细节时，还有一种发现真相的意味在里面；当万站长对张英才偷偷写信告状施以打耳光的教训并吐露作假背后的真相时，叙述者的利益视点又偏离了张英才，转到万站长和余校长等人物的身上，与张英才的感知视点和利益视点等彻底拉开了距离。叙述者和隐含作者始终让自己的视点隐而不显，转而采用张英才这个人物的视点，并通过不同人物视点的转换，对同一个人物的视点也采用距离化的处理手法，有时近有时远，有时与之同一有时又与之判然有别。张英才同他来到的界岭小学这里的人们，感知视点与价值视点的偏差、交错乃至对立，才促成了张英才这个人物的"外来者视角"的限知，从而令小说形成一种限制性叙事策略。张英才这个人物的"外来者视角"与这里的人们所形成的"视点"偏差，方才令小说中很多看似平平常常的叙事，都显得那么妙趣横生、极具可读性。

张英才这位初来者的"外来者视角"的第三人称有限视角，与当地人视点（世界观、价值观、兴趣与爱好等方面）所发生的"视点"的不同与偏差，令小说在艺术真实性、文学性等方面，都较之陆萍林震们的"初来者视角"，表现出在叙述学、小说文体学等方面的显著进步①。《凤凰琴》的叙述者不仅擅长悄悄表现这些人物的不同的视点偏差，还在不动声色中自如调度叙述者的视点与不同人物视点的距离关系，有时会是与张英才的视点较为贴合，由于张英才初来者和外来者的身份，对当地的很多民情物事并不了解，紧贴他的视点，可以令读者产生现场感与身临其境之感，激起很多探秘与解密的阅读兴致。但在叙述当中尤其是解密时刻，叙述者又暗暗地将视点转向其他人物、更加贴合其他人物。这样做的最大好处是可以几乎完全脱离此前传统的全知叙述的弊端，不仅是能够制造和产生很多悬念，而且能够调节叙事节奏，令原本非常平常的物事

①　参见刘艳：《拨动生命琴弦，书写时代音符》，《长江文艺评论》2022年第5期。

也常常变得妙趣横生，很有趣味。

比如张英才刚到界岭小学不久，家长们来帮余校长收红芋，十几个小学生也跟着帮忙。"张英才看见小学生翘着屁股趴在地上折腾""心里直发笑"，待看到他们脸上是鼻涕泥土、头发上尽是枯死的红芋叶，"想到余校长将要像洗红芋一样把他们一个个洗干净"，他喊学生们注意卫生和安全，余校长反说"让他们闹去，难得这么快活，泥巴模样更可爱"①——这是余校长的感知与兴趣视点。余校长"用手将红芋一拧，上面沾的大部分泥土就掉了，送到嘴边一口咬掉半截，直说鲜甜嫩腻，叫张英才也来一个"②。这里是余校长的视点，包括张英才拿了一个要去溪边洗，余校长说的"莫洗，洗了不鲜，有白水气味"③，也是余校长的视点。这种兴趣爱好和观念的视点并不能为张英才接受，于是张英才装作没听见，依然去溪边洗了个干净，这是张英才这个人物对自己视点的坚持与维护，但这种情形之下，他也不好再回去，于是回屋烧火做饭。凡此种种，都是再寻常不过的日常生活叙事，叙述者貌似把自己的观念视点隐藏了起来，其高妙之处就是：这样做，反而能够在不同人物的观念、利益、兴趣视点之间自如转换，叙述者尽可能"中立"地表达人物所不能清晰表达的东西，而且将这些所表达出的东西，皆附着于人物自己的视点，从人物自己的角度出发，叙述者将一切都做得不动声色。当读者觉不出叙述者的观念视点的时候，反而是最容易被代入到小说情境当中。从此意义上来说，或许可以将《凤凰琴》的叙事声音和视点，称为隐蔽了叙述者声音的限制性第三人称视点④。

以下面这些叙事片段为例：在余校长送完放学回家的小学生、路上眼花夜撞墓碑的叙事片段；在邓有米想为自己民办教师身份转

① 刘醒龙：《凤凰琴》，广西师范大学出版社 2022 年版，第 35-36 页。

② 刘醒龙：《凤凰琴》，广西师范大学出版社 2022 年版，第 36 页。

③ 刘醒龙：《凤凰琴》，广西师范大学出版社 2022 年版，第 36 页。

④ 参见 [美] 西摩·查特曼：《故事与话语》，徐强译，中国人民大学出版社 2013 年版，第 138 页。

公筹备点钱、没有他法儿只能砍山上的树打算偷卖换点钱结果被拘，妻子来学校求助学校解救丈夫、闹哄的叙事小节；在放学的李子未回到家中，大人们前去找寻发现她遇狼群躲到了树上，大家纷纷施救的故事里；在余校长邓有米孙四海先是派叶碧秋借问数学题打探、然后纷纷自己亲自前来探看究竟——来打探张英才是否在为准备民办教师转公备考的叙事片段；等等。叙述者都能做到以张英才的"外来者视角"为主，兼能灵活运用视角（视点）转换，采用从不同的人物的限知视角，完成同一个叙事片段的叙述。这是这篇小说并没有太过离奇曲折的情节，篇幅体量也很有限，却可以做到故事一波三折，故事性可读性都很强的一个重要原因。

二、倾向于"功能性"人物观而非"心理性"人物观

　　笔者在此前对于余华代表作《活着》的研究当中发现，余华《活着》（原刊发于《收获》1992 年第 6 期，原发是中篇版）堪称 20 世纪 90 年代迄今的一个出版奇迹，在当代文学阅读史、接受史上也都是一个具备影响力奇迹的作品个案①。据余华与笔者的微信交流，"2008 年 5 月到 2020 年 3 月，《活着》在作家出版社共印刷了一千一百八十万册。"②这与余华在《活着》中所发生的重要的叙事嬗变有关：余华在《活着》中几乎完全废止了传统意义上的心理描写，完成了由"心理性"人物观到"功能性"人物观的叙事演变。这不仅标示着余华小说写作的重要叙述转型，标示着余华创作的转型和成熟，而且也是中国当代文学经由此前的先锋派文学，向此后 20 世纪 90 年代文学直至新世纪文学的文学转型之作。③ 这其中暗含和部分标示了传统小说写作当中的"心理描写"已遭遇困境和必须发

---

　　①　参见刘艳：《心理描写的嬗变：由"心理性"人物观到"功能性"人物观的叙事演变》，《山东大学学报（社会科学版）》2021 年第 5 期。

　　②　刘艳：《余华〈活着〉的叙事嬗变及其文学史意义》，《扬州大学学报（人文社会科学版）》2021 年第 3 期。

　　③　参见刘艳：《心理描写的嬗变：由"心理性"人物观到"功能性"人物观的叙事演变》，《山东大学学报（社会科学版）》2021 年第 5 期。

生嬗变。无独有偶，作为现实主义写作代表性作家的刘醒龙在与余华《活着》几乎是同期发表的《凤凰琴》中，也发生了倾向于"功能性"人物观而非"心理性"人物观的叙事演变，两位作家所共有的这个写作取向，发人深思。

传统现实主义小说需要塑造典型环境和典型人物，所以导致很多现实主义小说作家和批评家都是"心理性"人物观的信奉者。"心理性"人物观往往信奉作品人物真实化的理念，即人物在性格、心理等方面能否对应现实生活中的"真人"，也常常在寻求作品与人物能否"逼真"地再现生活之间的关系。而结构主义叙述学则认为"将人物视为从属于情节或行动的'行动者'或'行动素'。情节是首要的，人物是次要的，人物的作用仅仅在于推动情节的发展"①。结构主义叙述学虽然也看取人物的心理特征，但是认为人物是"将叙述因子串在一起的手段"，或者是"将叙述因子组合在一起的动因"②，也不再把"小说人物当作思想、行为和感情的独立个体来讨论"③。叙事作品当中的人物观，从传统小说家、批评家倾向于考虑人物的"心理特征"，将作品中的人物视为具有心理可信性或心理实质的（逼真的）"人"，转而重视人物的"功能"——它是"将叙述因子串在一起的手段或者是将叙述因子组合在一起的动因"④，这是当代小说家于 20 世纪 90 年代初在叙事上作出的重大的叙事革新。

以此来看刘醒龙的《凤凰琴》，小说家不再关注怎样描写人物的心理，也不是如传统现实主义小说家那样重视作品中人物是否符合"典型人物"的现实主义创作的要求，而是自觉不自觉地将人物

① 申丹：《叙述学与小说文体学研究》，北京大学出版社 2004 年版，第55 页。

② 参见申丹：《叙述学与小说文体学研究》，北京大学出版社 2004 年版，第61 页。

③ 参见申丹：《叙述学与小说文体学研究》，北京大学出版社 2004 年版，第60 页。

④ 参见刘艳：《心理描写的嬗变：由"心理性"人物观到"功能性"人物观的叙事演变》，《山东大学学报（社会科学版）》2021 年第 5 期。

视为从属于情节或行动的"行动者"或"行动素"，直接以叙述来写出和表现出当时情境中人物的心理。《凤凰琴》中，人物到底是在怎么想、持何样的心理，都不是直接去写，差不多是摒弃了传统的心理描写的方法，小说家重视还原事件与故事的现场真实性和即时的现场感，是通过不动声色地描摹场景、衣着等以及人物的行动，或者是通过一些对于情境的细节化叙述来予以实现的。而这些，无不是将人物视为故事和事件的"行动者"和"行动素"，而不是去看人物到底有多少现实真实性、是否能逐一对应现实生活当中的人。事情就是这么吊诡，小说家越是不刻意去摹写与现实生活中真实性存在着的"真人"所对应着的人物，人物反而个个鲜活。连小说里写到的界岭小学常跑到教室里的那头爱吃粉笔灰的猪，都有其他地方的小学声称他们学校就有一头这样的猪，而小说的艺术真实性还令小说具备走出了小说所写的原型地区的能力，在全国好多省份都具备了普遍适应性。在作家自己揭秘写作的原型之前，无数的小学声称自己的学校是界岭小学的原型，就部分说明了小说叙述所产生的艺术真实性具备普遍的适应性和收获了很好的艺术效果。

比如，张英才刚到界岭小学不久，就目睹了余校长仅仅是在邓有米、孙四海两只笛子的吹奏下，用自己嘴巴叼的一个哨子，把山坳里的十几个学生召集起来，举行朴素却依然庄严肃穆的降国旗仪式。

跟着那十几个学生从山坳里跑回来，在旗杆面前站成整齐的一排，余校长望望太阳，喊了声立正稍息，便走过去将带头的那个学生身上的破褂子用手理理。那褂子肩上有个大洞，余校长扯了几下也无法将周围的布扯拢来，遮住露出来的一块黑瘦的肩头。张英才站在这个队伍的后面，他看到一溜干瘦的小腿都没有穿鞋。这边余校长见还有好多破褂子在等着他，就作罢了。这时，太阳已挨着山了。余校长猛地一声厉喊："立正——奏国歌——降国旗！"在两只笛子吹出的国歌声中，余校长拉动旗杆上的绳子，国旗徐徐落下后，学生们拥着余校长、捧着国旗向余校长的家走去。①

---

① 刘醒龙：《凤凰琴》，广西师范大学出版社 2022 年版，第 16 页。

　　这段叙述，落笔在"这一幕让张英才着实吃了一惊"，但叙述者没有继续探究，反而是陡然转向张英才"一转眼想起读中学时，升降国旗的那种场面，又觉得有点滑稽可笑"①。很明显，作家并不去过多触及人物此时的心理，整个降国旗仪式的简单、庄重、肃穆又庄严等，全部都是通过学生们破旧不堪的衣着、余校长对学生们的关心爱护到极细微处的行动等这些叙述因子来表现的，不仅折射出了不同的人物当时的心理状态，人物的衣着、当时的场景、人物的行动等，还成为推动情节发展的重要的推动力。对于降国旗时学生们的破旧的衣着、当时的场景和人物尤其是余校长的行动的叙述，高度还原了当时素朴而庄重的降国旗仪式的现场感，人物也的确是作为从属于情节或行动的"行动者"或"行动素"，一举一动无形中都推动着情节的发展。

　　再比如，张英才在写了检举信导致学校痛失可以修缮校舍的奖金，从而也遭到全体同事的彬彬有礼地排斥、连课都暂时不再给他安排了之后，他进城解忧，然后听取了蓝飞的主意，回校后，装作复习要准备民办教师转公考试的样子，这无疑在界岭小学的老师们当中掀起了惊天巨澜。余校长、孙四海先是安排了学生叶碧秋来问张英才数学题，其实意在通过学生打探情况。然后是邓有米的笛声有些三心二意了，孙四海直接上门探看了，在张英才刚到界岭小学时，他就已经搞清了张英才的眼镜度数是 400 度，竟还是走到桌边，拿起那副眼镜，问眼镜的度数是多少？张英才说已经告诉过他，他以记性差敷衍，但所掩饰的其实是"边说，眼睛狠狠地将每一本书盯了一下"。然后孙四海就下山去了，伸手不见五指时才回来，背回了一大摞书。"邓有米也请假下山去了一趟，回来后神情忧郁"，然后是余校长亲自找张英才谈话，无比关心他在看书是干什么。往后的一个月中，邓有米往山下跑了七八趟，余校长甚至还以送琴弦为借口再次上门打探。邓有米的频繁往山下跑，也因而闹出了盗伐树木想偷着卖了送礼走后门却被查了出来让派出所抓去了、妻子前来求救的一出戏。孙四海则因夜以继日地复习，导致没

――――――――――

　　① 刘醒龙：《凤凰琴》，广西师范大学出版社 2022 年版，第 16 页。

把李子送到家就赶回来，结果落单的李子遇上狼群，所幸是李子躲到树上，才躲过了一劫。

张英才假装备考民办教师转公的考试，在几位同事这里引起的波澜，不是通过直接描写这几个人物怎么想、是怎样的心理状态来表现的，而主要是通过张英才的视角，间或转用另外几个人物的视角来作行动、场景等的叙述来实现的。人物的言行、行动是重要的叙述因子，人物是将行动等叙述因子串在一起的手段，也是将这些叙述因子组合在一起的动因。《凤凰琴》的作者就如那些结构主义叙述学家一样，是把自己的注意力，从人物身上拿开，转而放在了事件或行动的所构成的小说叙述的深层或浅层的结构上。人物构成情节或行动的"行动者"或"行动素"，而小说叙述借助行动等诸种叙述因子的组合与呈现，也令人物的心理在行动当中得以展现。这是刘醒龙《凤凰琴》与余华这样的先锋派转型作家，在小说叙述皆系持"功能性"的人物观而非"心理性"的人物观方面，殊途同归的地方。

面对人物心理描写的难题，余华在《活着》中是转而采取"让人物的眼睛睁开，让人物的耳朵矗起，让人物的身体活跃起来"……是通过人物串起来的行动等叙述因子的组合与呈现，来体现人物心理，而不是去直接描写人物心理，这不仅是写作先锋派叙事的余华得以获得文学叙事成功转型的重大契机，在以创作新型的现实主义文学叙事著称的作家刘醒龙这里，也让人惊喜地看到了作家在小说叙述学和文体学方面的重要探索和所取得的极为难得的突破。

三、叙述创新与传统再造

前文已述，《凤凰琴》在小说叙述上，创造性地使用了"隐蔽了叙述者声音的限制性第三人称视点"①，以张英才这个初到界岭小

---

①　[美]西摩·查特曼：《故事与话语》，徐强译，中国人民大学出版社2013年版，第138页。

学任民办教师的年轻人的"外来者视角"为主，间或使用其他人物的视角叙述，不同视角的叙述之间又转换自如，尤其是能够呈现不同人物之间的视点偏差，以此形成现场真实感和艺术真实性，并在很大程度上构成情节发展的动力，形成悬念和波澜起伏、一波三折的叙事节奏。现实主义小说强调典型环境、典型人物的写作传统，能够自觉或者不自觉地采用"功能性"的人物观，而不是拘泥于传统的"心理性"人物观所重视的人物的心理描写等。在对事件与故事等深层结构和浅层结构的重视当中，人物的行动、场景等皆是重要的叙述因子，人物是将其串在一起的手段，或者是将其组合在一起的动因，人物作为行动素推动着情节的发展，而行动、细节叙述等这些重要的叙述因子被组合、被叙述出来时，人物的心理也在叙述者不动声色的叙述当中得以深入展现或体现。凡此种种，都是作家刘醒龙在小说叙述方面所作的叙述创新。这些创新，是在当时先锋派文学风起云涌然后又戛然而止、退潮般散去的时候，在文学亟待作出重要转型的时候，坚持现实主义写作的作家所作的探索与创新，是现实主义自身发展和作创新性调整的一种可贵表现。

　　言及《凤凰琴》所体现的小说叙述的创新性，并不是说小说不重视对传统的继承、赓续与再造。不仅是中国现代时期的现实主义创作的累积，还有当代时期现实主义小说传统的深度影响，再有就是 20 世纪 80 年代风起云涌一时的先锋派文学叙事以及整个 80 年代对于西方文艺与人文思潮的引进，都有影响的因子、都有云影留在了《凤凰琴》这篇小说当中。而中国古典小说传统也有很多的影响因子作用于这篇小说，中国古典小说所分类而成的传奇体和笔记体两大类型，其中的传奇体在《凤凰琴》中也有约略的留痕和潜在的影响。不仅仅是"凤凰琴"这个物象本身具有传奇性的特征，小说中有很多叙事片段，都呈现出传奇体小说传统的影响。比如，学生家长们帮忙侍弄孙四海的茯苓地，关于茯苓跑香的传说，张英才表示疑问，大家则对他的言行表示不屑。对待茯苓"跑香"一说的不同人物的视点，反而令茯苓跑香别具一种当地乡间特有的传奇色彩。而界岭小学的老师送学生们回家走山路，也是颇具"传奇"色彩的故事频出。邓有米送完学生，刚绕过山嘴，竟然会突遇狼群，正吓得不知所措、动也不敢动，"那狼也怪，像赶什么急事，一个接一个擦身而去，连闻也不闻他一下"①。余校长送完学生，结果是落得挂着一根树枝靠在路边石头上呻吟，原因是他送完学生返回时天黑了，路上"明明看见一个人在前面走着，还叼着一只烟头，火花一闪一闪的，他走快几步想撵上去做个伴"，行到近处，"他一拍那人的肩头，觉得特别冰凉，像块石头"，仔细打量，还果然是块石头，不仅是块石头，还是块墓碑，心里一慌，脚下乱了，便一连跌了几跤，膝盖也摔得稀烂。② 按当地人走黑路受了惊吓的风俗，要赶回去找一找魂魄，否则会大病一场。于是余校长等到了张英才他们，终于能够回去一找，竟然真是墓碑，还是逝去的村里老支书的墓碑。老支书一向是爱教育爱学校的，于是孙四海借机说不要把余校长惊出毛病来，而且要保佑几个人早点转正——这段叙事，充满了乡间传奇的味道。加上句子多是短句，语言的凝练古雅，其中不仅有古典小说传奇体的影子，或写真人真事、或写鬼怪神异的古代笔记体小说的影响，似乎也隐约可见。

《凤凰琴》中除"凤凰琴"这样一个典型的物象，成为小说暗寓的一个隐现的叙事线索，起着伏脉和贯通之效，还有"国旗"物象——升国旗和降国旗仪式的反复出现，每次出现都是有特别或者特定的叙事作用。而为升旗和降旗仪式配乐"奏国歌"(亦即吹奏笛子)的邓有米和孙四海的笛声，也是会随着吹奏者的心情、心事以及界岭小学这里所发生的喜乐忧愁而发生着曲调的变化的。而他们吹奏的那曲固定曲目《我们的生活充满阳光》本身也是一个重要的物象。《凤凰琴》中还有一个重要的物象和叙事伏脉，就是张英才的女同学"姚燕"和张英才每逢在需要吐露心声或者安抚自己内心情绪、情思等的时候，就需要给她"写信"的这个行为。从最初的具有朦胧美的青年男女的情愫倾诉，到最后张英才觉得对谈情说爱一点兴趣也没有，姚燕的信没读完就被他塞进口袋里了，原因就是

---

① 刘醒龙：《凤凰琴》，广西师范大学出版社 2022 年版，第 41 页。
② 刘醒龙：《凤凰琴》，广西师范大学出版社 2022 年版，第 40 页。

其时的他更关心自己写的那篇投给省报的篇名为《大山·小学·国旗》的文章下落将会如何。他更关心由于自己冒失写检举信，而导致界岭小学痛失了可以修缮校舍与能给困难学生减免学费的奖金，而且还令孙四海不得不提前收了地里的茯苓卖了换钱、借给学校来修缮校舍。可以说，对于因此而引起了一系列让大家不快的事件，他其实是心里深有愧疚的，而且也跟余校长他们一样更加地盼着能有什么办法做些补救工作。张英才对于女同学姚燕的情愫、牵挂与写信、寄信、盼信、读信等，串起了小说一条内含的隐线，还时时与小说主体叙事彼此之间发生互相的影响和彼此映现的作用。可以说，关于这条伏脉的叙事作用不容忽视。

明清小说评点当中，多见以"金针"的喻象来赞誉作者细节处理的能力；① 当代小说也不乏通过设置一些有寓意的物象来结构情节，与传统小说里的"金针"作用相类，"发挥着贯通、伏脉和结穴一类的功能"②。《凤凰琴》中对于物象的设置，更显细密，其所起的"金针"、伏脉和贯通之效，也格外见出作家精巧和精细的心思。《凤凰琴》当中在对于情节的处理、叙事线索与悬念的设置以及小说叙述的一些细节等方面，编排极为尽心，有些细微处的精细程度，不输于一些长篇小说布局谋篇和叙述安排的功力，金针物象等前后呼应、隐线各自发展，区区中篇小说却常见草蛇灰线伏脉千里的叙述安排。作家的叙事安排和手笔，可谓既宏大又具体而微、绵密细致如织如锦。

比如教导主任孙四海与王小兰，是一对事实夫妻却因现实境况而不能生活在一起。他们的关系，是在故事和事件发展与展开的过程中，靠张英才的视角、其他人的视角和一些细微的细节，比如夜里孙四海的笛子是曲调欢快悠扬又略有惆怅的，那一定王小兰刚刚从他那里离开。李子是两个人的女儿，但小说家、叙述者一直没有

① 参见刘艳：《互文阐释视野下的张翎小说创作》，《中国文学批评》2019 年第 4 期。

② 参见高侠：《论张翎新移民小说叙事的意象营构》，《常州工学院学报》2014 年第 4 期。

将此关系直接挑明，而是前前后后用了很多暗示来指涉这一点。最为突出和明显的一个点出来"父女关系"的时刻，是孙四海被张英才做样子装作复习备考民办教师转公的考试"拐带"，也跑城里买了很多中学的书来复习，于是便把送学生放学回家尤其是天天把李子最后一个送回家，临时作了变更。

因为想赶早回来复习，就没把李子送到家门口，而是半路就与李子分了手。结果导致李子遇上了狼群，幸亏李子爬上了树，坚持到大家来解救她，才侥幸躲过狼群的袭击。当时，母亲王小兰见女儿没回家，匆匆忙忙赶去学校找李子，王小兰首先就叫开了孙四海的门，上来就是"气喘喘地问：'李子呢？女儿呢？'"然后便是"孙四海说：'她不是回家了？'"请注意，这里就暗藏玄机，王小兰上来就问"李子呢？女儿呢？"——说明王小兰、孙四海彼此之间是有默契的，他们共同默认"女儿"也是两人私下里惯用的对于李子的称谓。情急之下，女儿没回家、不见了的紧急时刻，王小兰一下子就带出了他们俩平时的说话习惯和话语方式。而孙四海对此也是认可和默认的，同样因为是恰逢紧急时刻，孙四海甚至都没想到要提醒王小兰在屋外说话须谨慎并注意掩人耳目，而是直接就按两人平时的说话习惯和话语方式，默认下"女儿呢？"这句问话，并紧接着反问"她不是回家了？"这也说明孙四海这位一直觉得亏欠母女的、作为事实上的丈夫和父亲，当时也对女儿不见了这件事无比地着急，十分急于与王小兰一起赶紧搞清楚到底是个怎样的情况。《凤凰琴》当中作家在叙事安排、情节处理和细节化叙述等方面，像这样细致考量、设置和巧思入微的地方，还有很多都值得挖掘并予以分析研究。

笔者始终以为，《凤凰琴》在叙述视角、情节处理、叙事线索设置、悬念设置、"金针"物象的使用、细节化叙述等方面，都表现出相当成熟的叙事策略与叙事技巧①。这里面，既有运用叙述学尤其是结构主义叙述学的理论和相关的文体学知识，才能洞悉其中

---

① 参见刘艳：《拨动生命琴弦，书写时代音符》，《长江文艺评论》2022年第5期。

玄秘的小说叙述学与小说文体学方面的了不起的创新性实践，也有对于中国古典小说传统的继承、赓续与创新性应用。《凤凰琴》不仅涵蕴着中国传统文化的影响因子，更有在现代小说技巧方面的伟大创新。这也在一定程度上标示着中国当代小说在形式方面的日趋成熟，而且也显示出现实主义写作自身的生长力与不断发展自我、更新自我的能力。

拨动生命琴弦，书写时代音符

——刘醒龙《凤凰琴》经典重读

刘　艳

　　众所周知，2009 年，刘醒龙的长篇小说《天行者》荣获第八届茅盾文学奖。这部茅奖获奖作品，被认为是刘醒龙发表于《青年文学》1992 年第 5 期的中篇小说《凤凰琴》的进一步续写、改写之作，是对《凤凰琴》加以情节扩充与丰赡完备的再创作。但是哪怕是在《凤凰琴》发表 30 年后的今天，我们重新阅读与审视这篇已经被当代文学史经典化了的作品，依然能够感受到作家寄寓到作品中的那种不失悲怆沉郁但却正向有为的情怀，为作品折射出的积极奋发向上振奋人心的精神力量所感染。

　　作家以生动、细腻而又真实感人的文学笔触，写出了 20 世纪 80 年代至 90 年代初当时中国贫困地区启蒙办学的艰难，写出了贫困乡村地区老师与学生之间淳朴醇厚的师生情，更是将乡村教师扎根乡土、将身心无私奉献给乡村启蒙教育的精神作了极为深入的刻写。如作家刘醒龙自言，他在《凤凰琴》与《天行者》中刻画了"乡村知识分子的精神群像"。《凤凰琴》作为中篇小说，体量受限，但是它在小说叙事、文学审美及其带来的社会效应等方面的成功，都是让人惊叹的，或者说在某种意义上成为一个范本。小说在文学审美与社会效应双向维度，都堪称一篇当代文学史绕不过去的经典之作。

　　作家在作品里，藉由"凤凰琴"的物象，拨动了自己、所写人物和小说读者心中深埋的生命琴弦，在"民办教师"题材里面，书写出了时代的音符。虽为中篇，奏出的却是记录人民与时代精神力量的最强音——这是中篇小说《凤凰琴》具备撼动人心的精神力量与审美价值的根源所在。"民办教师"群体已经成为历史，但民办教师身份终得以转换，却离不开这样一篇文学作品的巨大作用与贡献。今天重新释读经典，其实是再次面对一段真实的历史，同时也反思我们当下的文学该如何呈现现实主义的精品力作，如何能够创作出更多的可以拨动生命琴弦、书写时代音符的作品。

一、一部优秀文艺作品的"威力"

近年来，当代文学作品发表与出版的体量与数量都足够巨大，但是却罕有一篇小说尤其还是中篇小说，再有那般《凤凰琴》所产生的社会影响"威力"，即作品具备在广大读者、全国与全社会乃至教育体制等方面所产生的历史性的巨大影响力。

《凤凰琴》是一部（篇）优秀文艺作品展现出巨大"威力"的典型个案。当年小说甫一发表，立刻引起社会轰动性效应与高关注度。不止是全国数十家报刊转载，荣获"第五届《小说月报》百花奖"，由小说改编而成的同名电影与同名电视剧，也纷纷获奖，小说《凤凰琴》所展现出的这些社会影响力，被认为是"充分显现出该作品的现实意义和人文主义分量"①。

但《凤凰琴》的作用还不止于此，小说直接推动了筑基乡村启蒙教育的从业者——民办教师的身份、待遇等的历史性转换。时任国务院副总理的李岚清就在访谈录中回忆自己在 1994 年去江西吉安农村调查研究时，在一所农村小学见一位 50 岁左右的民办教师正在认真批改学生作业，而从业 17 年的乡村教师的月工资竟然只有 56 元。李岚清副总理提道，"正好那时拍了一部描写山村民办教师爱岗敬业、鞠躬尽瘁的感人故事的《凤凰琴》，故事情节扣人心弦，艺术感染力很强，催人泪下"。于是，又推荐给李鹏总理和国务院其他领导同志看，中央召开会议时也让与会代表观影《凤凰

---

① 刘早：《乡土文学的精神力量——〈凤凰琴〉原型地考》，《小说评论》2021 年第 2 期。

琴》，又让中央电视台播放影片，并给予肯定性评价："这的确是一部优秀的文艺作品，起到了预想不到的作用，为合格的民办教师转正，为他们能享受与公办教师同等的待遇助了一臂之力。"①受惠于《凤凰琴》这篇小说的，不止是全国的读者、全国的观众，更是200多万民办教师切切实实的身份转换。这里面，不止是福利待遇的问题，而且更有教育工作者应该享有的、与"公办教师"一样同等被尊重的"精神"层面的待遇。《凤凰琴》作为优秀的文艺作品所显示的历史性功用以及所起的历史性作用，其所彰显出的价值不可被抹杀更不可被忘记。这"威力"不仅是作用于"民办教师"身份转换的问题，更是一种直接对乡村启蒙教育发生极为积极正向的促进与提升作用的历史性价值与历史性效用。

　　试想一下，当下很多作家在创作文学作品的时候，总是觉得自己的创作没有引起足够的重视、没有获得很好的社会回馈，难道是当下已经没有关系国计民生的问题需要被我们的文学作品反映了吗？答案是否定的。在当下重读《凤凰琴》，重温《凤凰琴》曾经造成的社会影响力与所产生的社会效应，重新阐释《凤凰琴》作品本身的艺术价值与创作技巧等，都会对当今的创作以有益的启示。

　　刘醒龙在《凤凰琴》中，做到了将地域性特征与普泛性的近乎全国范围的广泛适应性两相结合。作品显著的艺术特色之一，就是这部作品在反映湖北地域性特征、独具湖北地域特色的同时，又能被全国各地的读者广泛接受。甚至不同省份的读者、乡村教师，还各自拿出在他们自己看来十分确凿的证据，来证明作品中的"界岭小学"就是以他们那里的小学为原型。有关界岭小学的原型在哪里，以及一度近乎是此起彼伏的原型小学之争，就很有意思。作家为《凤凰琴》中的小学取名"界岭"小学，就是很有艺术匠心的。既符合湖北英山县当地小学以及小说背景所描写所呈现的地域特征，又有那么一些放之四海而皆准的意味。

　　刘醒龙曾经在电邮里同《天行者》英文译者艾米莉·琼斯有过

---

① 李岚清：《李岚清教育访谈录》，人民教育出版社2003年版，第38、39页。

一番问答。对方问："'界岭'是虚构的地方吗？应该在中国哪里？"作家回答说："界岭是中国乡村中极为常见的地点"，不同的村、镇、县彼此交界处，常常直接取名叫"界岭"，类似的名称太多，甚至只能以"东""西""南""北""中"界岭或者"大界岭和小界岭"来作区分，这样的地名"老家黄冈市就有四十四处"，而"没名气的太小的界岭，就更多"①。当不止是来自湖北英山县，甚至其他省份的人都自称他们那里的小学是"界岭小学"原型，并曾经为此争论多年争论不休的时候，在 2020 年 8 月的一次文学座谈会上，作家刘醒龙终于坦承揭秘了界岭小学的原型是——英山县孔家坊乡的父子岭小学。

地名取用"界岭"，小学取名"界岭小学"，本身就让小说在有现实性背景因素的情况下，具备了充分的虚构性，所以也才会有那么多不同地方的小学来认领和自称系界岭小学的原型。正如有论者所说的："但凡山岭分水之处，总有地名被当地百姓称为界岭。百川千山，界岭无数。正因为有如此多的界岭，界岭小学之名也拥有了普遍意义，更能凸显出其文学象征。"②除了地名性因素，小说中很多物事人情与情节、细节元素，都可以奏出走出鄂豫皖、走出湖北区域，从而激起全国读者心灵共鸣的艺术弦歌。比如就有人自称他们那里的小学就也养有一头爱吃粉笔灰的猪，等等。其实，令小说中所写之物、所写之人与事，能够走出鄂地大别山区域、激荡着全国读者内心的，还是作品所写题材关切到了人民群众的切实利益、教育这一百年大计，作品在艺术本质特征方面具备一种高度关切现实问题的现实主义题材的特性所致。

在《凤凰琴》发表 30 年后重读这篇小说，依然能被作品本身的艺术魅力与所传达出的情怀所感染。而且这艺术感染力还是跨越时空的，能够令既没有乡村生活经验同时也对民办教师这段过往历史

---

① 刘醒龙：《刘醒龙文学回忆录》，广东人民出版社 2019 年版，第 242 页。

② 刘早：《乡土文学的精神力量——〈凤凰琴〉原型地考》，《小说评论》2021 年第 2 期。

全无了解的人，也被作品所深深地吸引和感染着。家中13岁的少年翻看了笔者搁在案头的《凤凰琴》，竟然手不释卷，一气读完，感叹说写得真好，说小说写得特别真实，不像有的作品写乡村却让人觉得有很多非乡村的东西在里面……对于这位没有乡村生活经验的小小少年为何觉得《凤凰琴》写乡村写得特别真实，确实不清楚个中缘由，但是笔者同样没有乡村生活经验，却也有深深的同感：《凤凰琴》写乡村写乡村的小学启蒙教育以及生活在乡村的人们的生活细节，写得"很乡村"——很真实、很贴地、很具有现实感并且是令人信服的。须知在当今社会，即使没有亲身经历的乡村生活经验，眼耳及各种媒体形式、包括各类文学作品影视作品，都可以让你知道什么才是真正的乡村与乡村经验。贴地的现实主义文学书写及写作方式，与凌空虚蹈地一味进行文学虚构、既于细节处流露出虚假成分又具有难以令人信服因素的写作方式，差别还是很大的。脱离现实生活的真实与细节真实，恣意闭门造车式地虚构故事，是难以瞒得过读者的眼睛的。读者哪怕仅仅凭借日常生活中靠耳濡目染积累起来的"乡村生活"细节场景等经验的积累，也足以鉴别出小说写作是否"很乡村"、是否系具有高度艺术真实性的乡土文学写作。

《凤凰琴》中的余校长，在爱人明爱芬几成废人、精神也不正常的情况下，除了自己家的孩子，还养着二十来个乡村孩子。当张英才初到界岭小学，看到一些学生在课间往山坳里跑或者往山上跑，然后匆匆把采的蘑菇、扯的野草分别放进余校长家的猪栏和厨房里，张英才起初还认为余校长是在剥削与欺压少年，但接下来的一幕出乎他的意料：余校长匆匆结束与他的交谈，进厨房给里面的学生打饭，一会儿的功夫就有许多学生端着饭碗从里面走出来。送张英才来小学报到的张英才的舅舅万站长见状，赶紧让张英才把自己先前请客买给他的十来根油条分给学生，每个学生只能分半根，可孩子们还是吃得津津有味。万站长忧虑余校长妻子身体已经垮了，吃住并寄宿在学校、在余校长家里的孩子们会更加把余校长全家拖垮，余校长却为了孩子们甘愿奉献与牺牲。张英才这才明白真实情况是：

张英才听了半天终于明白，学校里有二三十个学生离家太远，不能回家吃中午饭，其中还有十几个学生，夜晚也不能回家，全都寄宿在余校长家。家长隔三岔五来一趟，送些鲜菜咸菜来，也有种了油菜的，每年五六月份，用酒瓶装一瓶菜油送来。再就是米，这是每个学生都少不了要带来的。①

这样的关爱学生并且实际上已在生活上养育学生的例子，最能在读者心里留痕。就在最近两三年，还不乏《中国好校长火了！自掏腰包，每天给学生做饭》这样的新闻被报道出来。虽不能说当下现实中仍然在这样做的小学校长，是阅读了《凤凰琴》才学会并这样做的，但至少说明两点：第一，《凤凰琴》所写的余校长供孩子吃饭、住宿这样的情况，曾经一度或者长久地存在着，业已成为一种优良的师德传统，属于在甘于奉献的乡村教师身上，是屡屡发生着的现象与感人事迹。所以说，哪怕是民办教师身份已经转换了的今天，在相对落后地区的小学，依然有这样做饭给孩子们吃的好老师、好校长。第二，当然也不能完全否认，《凤凰琴》所写的人与事，打动了读者尤其是教育行业的从业者，余校长身上所具备的勇于奉献的精神、为了基础教育不计个人得失的良好传统，一直在被一辈辈、一代代的乡村教师继承、发扬与光大着。

邓有米、孙四海送放学的孩子们回家，李子还要特地多绕出很远的路，一方面是照顾其他同学，她如果不绕远路，别的同学就得绕远路；另一方面，也是为了路上可以多拣些中药材。比如令张英才这样一个成年男性、老师身份的人都感到有畏惧感的草丛里的蛇蜕，对于英子与她的同学们来说，却是"宝物"——在他们眼里那是捡得越多越好，李子把它们交给母亲，等售卖了可以贴补给学校里使用。学校校舍修缮没有经费，孙四海决定提前收自家所种的茯苓，宁可自己亏钱也要早早挖茯苓卖了得钱来帮助修校舍，家长们

① 刘醒龙：《凤凰琴》，广西师范大学出版社2022年版，第13、24、48页。

全都来帮忙挖掘茯苓，等等。这些故事其实都是可以走出界岭小学、走出湖北，让全国各地的乡村小学执教从业者或者令乡村少年们激起心灵共鸣的经验与故事。

在《凤凰琴》发表不久的20世纪90年代前半叶，就已有研究者作出思考，《凤凰琴》算得上是"阡陌之作"，小说所塑造的人物是"山野布衣之人"，叙述的也是反映较为常见生活经验的故事而非传奇故事，与社会主体形象和主体文化相比，《凤凰琴》所写与所反映的可谓"角落文化"。这样一篇貌似反映和呈现"非主流"文化与审美的小说，何以反响巨大？何以拍成电影电视剧后备受全国读者与观众的青睐？研究者认为是小说在很大程度上忠实地摹写了社会现实问题与真实地反映了人们"审美价值取向""审美情趣""审美观念"使然。① 一篇中篇小说在审美性、文学性与产生巨大社会效应、真实与切实地推进了重大社会问题的解决等方面，都显示出了一部优秀文艺作品的巨大"威力"，这也令《凤凰琴》具备给予当下创作很多启示性思考的价值与意义。

二、崇情尚真的情怀与现实性文学叙事

《凤凰琴》的成功，在于文学性、艺术性与现实主义题材现实性观照及家国情怀等多方面诉求的兼擅与兼备。小说遵循了艺术创作的美学规律，体现出虚构艺术文本的小说独特的与不可抹杀的审美价值。而《凤凰琴》中的浓厚的审美性、文学性，离不开作家自具的崇情尚真的情怀。创作主体所具有的崇情尚真的情怀与心理追求，才是小说呈现善与美的价值维度的基础，而且《凤凰琴》所体现出的崇情尚真的态度，并不是作为孤立个案或者说并非是作为孤立的元素而存在的。正是因为拥有这种情怀，才会有《威风凛凛》《村支书》《挑担茶叶上北京》《天行者》甚至是近年的长篇小说《黄冈秘卷》等深具情怀之作，这些作品无不是体现出作家浓厚的现实

① 参见普生：《〈凤凰琴〉的美学追求》，《文艺理论与批评》1994年第3期。

关怀与浸透着创作主体崇情尚真情怀的真挚之作、良心之作。比如长篇小说《黄冈秘卷》，就提供了一部正向生长的故乡书写与家族叙事，它所要彰显出的和向读者打开的也是湖北黄冈"贤良方正"的地方文化记忆。① 笔者在此前对于《黄冈秘卷》的研究当中就指出过，第八届茅盾文学奖《天行者》授奖词中那句话"他的人物从来不曾被沉重的生活压倒，人性在艰难困窘中的升华，如平凡日子里诗意的琴音和笛声，见证着良知和道义在人心中的运行"，之后也继续在刘醒龙的《黄冈秘卷》当中生长着，小说已"不止是对贤良方正的地方文化记忆的复原和赋形，同时也兼具了作家在历史的阳面写作的正当性"和表现出作家具备"一种国家精神的自觉担当"②。其实对这些予以追根溯源，都可以追溯到《凤凰琴》这里。

《凤凰琴》中寄寓了作家情怀，同时也唤起了读者及电影与电视剧观众浓烈情感的升国旗、降国旗仪式，就写出了作家的真情实感。这些场景描写，往窄小处讲，是借张英才的视角来观察、感受与叙述他如何被余校长和孩子们简陋却不简单的降国旗、升国旗仪式打动；往宽广处看，这仪式里面其实寄寓了作家的一种家国情怀。彼时张英才刚到界岭小学，还对这里有些人生地不熟，小说贯穿始终的一条线索，即两支笛子合奏的场景，在这时才刚刚第一次被描写与呈现出来。作家马上笔锋一转，余校长的一只哨子，就把十几个穿着破褂子的学生从山坳里招呼了出来，而初来乍到的张英才站在这个队伍的后面，看到的是"一溜干瘦的小腿都没有穿鞋"，余校长本来或许是想纠正一下他们的仪容姿态，但"余校长见还有好多破褂子在等着他，就作罢了"。作家用极简的笔法，用"没有穿鞋"的一溜小腿和"许多破褂子"来形容与指代界岭小学的学生们，可谓将学生们简朴而不简单的升降国旗仪式抓取得既生动形象又传神感人。

---

① 参见刘艳:《家族叙事破译黄冈文化精神密码》，《当代作家评论》2019 年第 1 期。

② 参见刘艳:《家族叙事破译黄冈文化精神密码》，《当代作家评论》2019 年第 1 期。

　　而张英才看到教室学习栏上那篇李子写的题为《我的好妈妈》的短文，用的是一个乡村女孩子李子的视角来叙述自己的妈妈每天怎样把同学们交来的草药洗净晒干，聚上一担就挑到山下收购部去卖。"山路很不好走，妈妈回家时身上经常是这儿一块血迹，那儿一块伤痕。"①逢上了当年天气不好，草药霉烂了不少，收购部的人又老是扣秤压价，就还没凑够给班上同学们买书的钱，"妈妈后来将给爸爸备的一副棺材卖了，才凑齐钱"。这样的妈妈，在余校长他们决定请村干部来吃饭解决一下校舍修缮资金问题时，就来帮忙做饭了，而酒至半酣村会计就借酒装疯要求自己每喝一杯，李子的妈妈王小兰必须亲他一下，张英才好不容易替她挡下了会计的骚扰与为难。散席后，张英才见王小兰趁人不注意溜进了教导主任孙四海的屋子，张英才不好贸然去偷听，便是："他装作走动的样子，轻轻到了窗外，听见里面女人的哭声嗡嗡的，像是电影镜头里两个人搂在一起时的那种哭声。"②王小兰与孙四海持续多年的感情历史，却因为现实原因不能生活在一起。这样的描写，既含蓄又真实生动感人，符合两个人的真实关系与现实性处境。

　　呼应前文提到的问题，《凤凰琴》为什么写得真实感人？这与作家的生活经验、与作家本人人生阅历相关联的创作积累以及写作态度等，都有很大的关系。作家本人阅历的贴近生活、贴近乡土、贴近故土，都有具体的作家创作年谱和传记类资料可查，此处毋需赘言。笔者于此想要强调的是，想要了解作家何以写作出《凤凰琴》这样一篇堪称文学经典的作品，以及如果想要了解作家为何在从《凤凰琴》开始及至近年的创作，一直都是呈现创作力丰沛的状态，而且能够一直以创作出富有情怀的作品为自己创作上的显著特征与典型标识，甚至能够持续以艺术虚构性小说文本表达和重塑知识分子的文化品格（比如《蟠虺》），能够以小说表现贤良方正的地

---

①　刘醒龙：《凤凰琴》，广西师范大学出版社 2022 年版，第 13、24、48页。

②　刘醒龙：《凤凰琴》，广西师范大学出版社 2022 年版，第 13、24、48页。

方文化记忆和呈现一种家国精神的自觉担当(比如《黄冈秘卷》)，等等，是个很有意味的研究命题。其中，作家本人的阅历、人生经历和创作经历都非常重要，值得加以全面了解和细致研究。而加入了作家自己对于文学的体悟，以及对于自己所创作的作品的研判与分析、梳理、回顾的由作家自己写作的文学批评①，可以视为作家文学创作尤其小说创作的一种"副文本"，更是一种研究作家创作的必不可少的宝贵资料与文学批评须尤为关注的研究对象。"好的作家回忆录，是集作家的自叙传、创作年谱、创作谈等诸种精神品相于一身，兼有文学随笔、文学批评和非虚构文学等多种文体特征和内涵，是文学史的副文本之一种。"②在某种程度上，或可以将作家自己所写作的创作谈及文学回忆录，皆视为"文学史副文本之一种"。

现实性文学叙事的艺术性、审美性，离不开作品所传达出的"真"和作家情怀的真。《凤凰琴》所表现出的艺术感染力，与作家刘醒龙热情拥抱现实的创作主体品性的"真"和在写作态度上所具有的情怀的"真"，是分不开的。认识刘醒龙本人、听其畅谈过文学的人，都很容易被其所葆有的一种对于文学对于艺术的充沛的、真挚的激情所感染。如此纯粹与真挚的对于文学与艺术的态度，如此深挚的创作情怀的"真"，显而易见一直贯穿在《凤凰琴》当中以及作家刘醒龙此后的一系列作品里面。《凤凰琴》里写余校长、写邓有米、写孙四海等人，全都写得真实感人、惟妙惟肖，人物往往已经不再是单纯地"躺"在二维文本空间里，而是呈现出复杂立体丰赡的人物性格，场景和情境描写也具备立体而丰盈的画面感。对于人物及场景的描写皆富有画面感，能够显著增强读者阅读的代入感，显而易见这些都可以构成作品艺术真实性与感人动人的审美性产生的前提和基础。说明作家已经不再仅是简单地在文本空间里作文字的描述，而是在长年累月的生活观察中与具体写作中，都很注

---

① 参见刘醒龙：《刘醒龙文学回忆录》，广东人民出版社 2019 年版。

② 刘艳：《文学史副文本之一种——简论〈刘醒龙文学回忆〉录》，《山花》2020 年第 10 期。

意积累和还原富有画面感的场景与情境。不乏优秀的作家非常重视在作品中呈现一种"画面感"、还原富有画面感的场景，比如苏童的小说被认为是容易出画面的，苏童称这是他自己迷恋图像的原因。① 他曾经很喜欢收集画册和"破译图像"，这也就令苏童小说的画面感和图像生成成为常态，令其小说产生一种非常难以言说的小说质地。② 苏童称自己写院子里的一口井也要把它写到读者能闻到水井里的气味、能摸到水里的青苔为止③。或许是现实主义题材作家作品与先锋派并作了先锋派转型作家作品的天然区别，刘醒龙《凤凰琴》里的场景描写与画面感，更多地是来自作家熔铸到生命当中的对于现实生活的体悟与对于现实性事物的艺术再造能力，更多人民性因素和现实性指向；而苏童小说的画面感更多来自于他对自己长期坚持购买的画册的观摩以及一种图像破译的能力，这些都是与其秉承的先锋派或者具有先锋性的文学叙事的创作追求相关联的。

　　虽然跟苏童相比，无论题材还是写作手法等，刘醒龙显然是另外的创作路径，但毫无疑问，从细致观摩人物的散文随笔到《凤凰琴》这篇小说虽为中篇却形象生动、场景感人甚至情景场景犹如画面，小说画面感丰盈，令现实主义题材作品得以产生让人信服的事实性与艺术真实性、文学审美性，刘醒龙无疑在这条创作道路上累积了较为成功的经验。要知道，文学作品、虚构小说的事实性与虚构性从来都不是绝然对立的。现实主义题材的小说也依然是虚构小说，不能在事实性真实性上与纪实类作品的事实性作比，不能混淆现实性文学叙事与讲究客观性、事实性的纪实类的文体边界，但现实性文学叙事的虚构小说作品又不能丢掉生活事实性与艺术真实性。笔者在此前谈及非虚构写作与虚构写作时，曾经辨析事实性与

---

　　①　参见刘艳：《"南方"的重构与先锋的续航》，《山东师范大学学报（社会科学版）》2020年第4期。

　　②　参见刘艳：《"南方"的重构与先锋的续航》，《山东师范大学学报（社会科学版）》2020年第4期。

　　③　参见刘艳：《"南方"的重构与先锋的续航》，《山东师范大学学报（社会科学版）》2020年第4期。

虚构性之于非虚构和虚构文体的关系问题。因为"事实性和虚构性看似是对立，其实也是关联甚深的两个概念。在所有的文学类别中，事实性似乎都是在逻辑上先于虚构性的"①，但两者哪一个为重或更受重视，或许可视为虚构与非虚构(纪实类)文体的一种区分方式。如何令现实主义题材作品既能具有事实性与现实性的"真"，然后又能葆有虚构小说的艺术性、虚构性，使之祛除生活现实与现实生活的事实性粗砺和事物原初性的那一面，并与纪实类非虚构作品的客观性、真实性有着一个天然的区别，这是考验小说家艺术创造功力的一个重要方面与维度。

要实现以上方面与维度，除了作家要具有深扎生活、体验生活和拥抱现实生活的能力，还要有化生活的能力。需要写出现实生活的真，又不能完全等同于现实生活的真。这也是《凤凰琴》写的虽然是民办教师题材、写的是乡村启蒙教育办学的艰难与困境，但是作品又具有能够穿越题材限制而直抵人的内心并能反映人间疾苦与人民心声的艺术魅力。不同年龄段、不同成长经历、不同行业领域的读者都能被作品打动，概因在此。小说开篇，张英才是个被当年残酷的高考遴选机制——"高考预选"淘汰下来的高中生，他天天捧着书到垅边去等舅舅。作者没有过多描写他心灰意冷的状态，而是直接用人物的行动，用张英才与父亲母亲之间别别扭扭的对话——这样一些行动与语言层面的"叙述因子"，来表现张英才年轻气盛但是高考预选未过(相当于无缘高考)的情况下那种沮丧、急于寻求出路、却将烦闷之气不经意间也撒到了父亲母亲身上的心理状态，悉数展现了出来。是"不写心理"地写出了人物真实的心理状态，这已经比传统现实主义强调的心理描写，作了艺术手法上的变化和进一步的创新探索。

《凤凰琴》作品那扑面而来的"真"，很大程度上缘于作家对于叙述视角的恰当运用。小说叙述基本上放弃了传统的全知视角，主要采用了张英才这个人物的限知视角，而且或许可以称之为第三人

---

① 参见刘艳：《非虚构写作的文学性维度及可能面向》，《当代作家评论》2022 年第 3 期。

称有限视角(也有人称之为"第三人称限知视角"①)。下文还要详述这个问题。作品中很多场景描写的生动、真实与感人，除了与作家作了极为周详的创作笔记的创作准备有关，还与作家灵活使用人物限知视角有关。张英才在思想观念、生活方式以及价值判断等很多方面，与界岭小学的老师们、学生们以及在当地生活的学生家长们，是有着很大的不同的，这不同便使得限知视角得以产生成为可能。比如《凤凰琴》中令人印象深刻的升国旗、降国旗仪式，新来的年轻老师张英才看到的，是有着视觉新鲜感和与自己既有记忆印象形成偏差的：在界岭小学，升降国旗这样庄严的仪式，依然庄严，却有了很多超乎人想象与预期的特别之处，比如国歌是邓有米与孙四海二人的笛子合奏，参加仪式的学生们穿着的简朴、身上的破褂子，完全不影响孩子们庄重的心情和神态。

余校长他们张罗的全员动员的准备工作，来迎接扫盲工作检查验收，实际上就是检查小学入学率。余校长所宣布的三条纪律："一切为了山里的教育事业，一切为了山里的孩子，一切为了学校的前途。"其中话里有话的字面意思背后的深意，只有当这个叙事片段结束的时候，才得以完整揭示。余校长与邓有米孙四海为了给学校争取到验收合格的经费，让叶碧秋等孩子替已经辍学的孩子做作业，这弄虚作假，并不让读者反感，反而会与读者日常的价值判断形成一种价值衡量尺度的偏差，亦即在叙事学研究看来，《凤凰琴》在读者的阅读期待视阈里，余校长等人的弄虚作假须得千万实现了才好，这种与通常的世界观价值观"视点"发生偏离所形成的读者"视点"，是与作品中余校长他们的视点具同一性的，却是与张英才这个人物的视点偏离和不一致的。这会令读者阅读产生较为真切和强烈的代入感，读者很清楚这是解决界岭小学校舍修缮问题、部分家庭困难的学生学费没有着落等经费亟需解决困境的唯一办法。

可是叙述人在这部分的叙事片段，所用的张英才的限知视角，

---

① 参见杨文军：《刘醒龙：从〈凤凰琴〉到〈天行者〉》，《文艺争鸣》2017年第5期。

又与余校长、读者对此事的价值判断，形成一种价值衡量尺度的偏差。张英才以他的外来者视角，所表现出的是决不能认同这种张冠李戴、偷梁换柱之计，他写了揭发信寄给自己的舅舅和县教委负责人。按通常的价值观尺度来衡量，张英才所做没有错，但是从作品当中所深隐的更深一层的价值立场来看，张英才对余校长他们的苦心、对界岭小学的孩子们，犯下了大错，引得舅舅都不由分说给了他几个大耳光，舅舅所代表的是所有帮着界岭小学维护那个善意的谎言、善意的弄虚作假的人们，对界岭小学和孩子们深挚的爱护之情。甚至也代表着读者的一种阅读期待，作品所反映出的弄虚作假的余校长们身上深深埋藏着的真、善、美，使得读者也认为张英才有必要被舅舅等人惩戒，这样的艺术效果是现实性文学叙事自带的艺术魅力，也是该类作品亟需重建的维度，《凤凰琴》不该是反映如此真切的崇情尚真情怀和反映社会问题解决社会问题的现实主义题材孤本之作，它的经验值得我们回味、总结与发扬光大。

《凤凰琴》小说中后部，大家终于苦苦等到了一个民办教师转公的指标，用无记名投票来决定指标给谁，张英才的舅舅认为按以前的习惯，肯定是一人一票，亦即每个人都投自己一票，所以当舅舅看到张英才在投票纸上写下余校长的名字时，恨不得给外甥一个耳光。但唱票结果竟然还是一人一票。说明什么？说明余校长把票投给了张英才。这个场景和情节的描写，凸显着人性人情之美和感人动人的真性情。而大家一致同意将名额让给因为不能转正而一直病重的余校长妻子明爱芬，想让她知道自己可以转正而能够死而瞑目。而明爱芬死后，名额又被让了出来，大家一致同意把名额给更加适合这个名额相关要求的张英才的时候，作品所一直铺垫、晕染和酝酿不显的人性人情之真之美，全部呈现了出来，而其中还内蕴着含蓄蕴藉的悲壮悲怀之美，撼动着每一个读者的心弦。

正像研究者们所注意到的，一座座山，孕育与滋养了刘醒龙的生活经验与形成了他文学创作素材的积累，而这样的来源于生活、回馈生活的写作态度，正是他作品贴近大地，贴近乡土，他的乡土文学写作让人觉得特别贴地气，特别符合现实生活真相的一个重要的原因。作家情怀的"真"与写作态度、写作素材来源于生活的"真"，才会诞生作品中的"真"。而真与善，一定是文学审美性产生的基础与前提。好的现实主义题材的作品，即使本身是虚构性艺术的小说文本，也同样离不开作家作品要具备崇情尚真的内在情怀。

三、小说叙事探索及现实主义的可能性维度

正如有研究者所提出的，20世纪90年代，刘醒龙以《村支书》《凤凰琴》《分享艰难》《挑担茶叶上北京》等一系列"新现实主义"作品，与其他几位现实主义作家的现实主义题材作品，给当时的中国文坛带来了巨大的"现实主义冲击波"①。研究者意在提醒与强调在当时先锋派文学余绪不绝与文学批评也并没有从先锋派文学批评当中走出来的情势下，这样一种文学潮流的意义与价值："其实这场'新现实主义'文学潮流的本质正在于重新恢复被各种现代主义和后现代主义思潮所削弱的文学人民性特质，重申了中国作家直面中国改革开放背景下的社会现实、重建文学与人民生活的血肉联系的必要性和可行性。"②事实上，《凤凰琴》等作品不仅在当时有如此重要的意义与价值，也对于当下有着启示性意义，在向我们提醒着同类的、相近似的问题：就是现实主义题材小说叙事，在反映社会现实、重建文学与人民生活血肉联系以及在文学性艺术性的建构与重构等方面，该如何尝试写作技巧方面的创新、该作何种样式的小说叙事探索，从而展现出现实主义文学在当下获取新发展的向度与可能性维度。

《凤凰琴》在叙述视角、情节处理、叙事线索设置、悬念设置、"金针"物象的使用、细节化叙述等方面，都表现出相当成熟的叙

① 参见李遇春：《〈凤凰琴〉对新时代文学的创作启示》，《湖北日报》2022年7月1日。

② 参见李遇春：《〈凤凰琴〉对新时代文学的创作启示》，《湖北日报》2022年7月1日。

事策略与叙事技巧。前文已述，近年有研究者已经注意到《凤凰琴》所采用的不是传统意义上的全知全能的叙述方式，而是"第三人称的限知视角"①，亦即叙述学所认为的"第三人称有限视角"，具体而言就是采用了张英才这个人物的有限视角，间或使用其他叙述方式，这是刘醒龙在《凤凰琴》中所作的叙事创新。在这样的叙述方式当中，叙述者主要采用故事中主要人物的眼光来叙事而放弃掉了自己的眼光，导致"叙述声音与叙述眼光不再统一于叙述者"，而是分置于"故事外的叙述者与故事内的聚焦人物"之中②。

已有研究者将张英才这个人物的第三人称有限视角，称之为"初来者视角"，认为这种视角的好处是"可以借助'初来者'的年轻、单纯和缺少世故，发现一些局中人习焉不察或不以为意的问题"③。并将其与王蒙《组织部新来的青年人》中的林震、丁玲《在医院中》的陆萍作比，认为张英才同林震陆萍们一样，发现了自己新到的环境中的一些问题。研究者也通过作品中具体的事例和情节分析，发现了《凤凰琴》的写法和效果，已不同于前两部作品当中的"初来者视角"，表现出创新和超越之处④。这些无疑都是可贵的发现，但是研究者并没有真正分析出《凤凰琴》对于"初来者视角"的使用，为什么明显不同于前两部作品，究竟是何原因导致了明显的创新与超越？

《凤凰琴》所用的张英才的第三人称有限视角，已经不单单是在传统意义上借用年轻人张英才这样一个人物的视角，作品在叙述方式上真正做到了叙述声音与张英才这个人物的叙述视角的分合有度。该完全用张英才的视角去叙述时，叙述人得心应手；该与张英

---

① 参见杨文军：《刘醒龙：从〈凤凰琴〉到〈天行者〉》，《文艺争鸣》2017年第5期。

② 参见申丹：《叙述学与小说文体学研究》，北京大学出版社2003年版，第237、238页。

③ 杨文军：《刘醒龙：从〈凤凰琴〉到〈天行者〉》，《文艺争鸣》2017年第5期。

④ 参见杨文军：《刘醒龙：从〈凤凰琴〉到〈天行者〉》，《文艺争鸣》2017年第5期。

才的视角稍作偏离的时候，叙述人分寸也拿捏适度。张英才的视角，也不完全是以一个"初来者视角"去发现"局中人习焉不察或不以为意的问题"，这个人物的视角还是一个典型的"外来者视角"。他的视角不仅仅是用来发现"问题"，而且是他的视角里有很多世界观、价值观、兴趣爱好等方面的"视点"，与界岭小学的余校长、老师和学生们所持有的并不相符合与吻合甚至是有点矛盾、冲突和彼此对立的。彼此之间的理解与价值偏差方才在真正意义上导致了张英才这个人物的视角是有限的、限知的，而这个人物视角里所蕴涵的诸方面的"视点"偏差，令小说叙事别具意趣，加之又是中篇小说，其情节复杂程度是天然受到体量限制的，但是却很吸引人，在读者的阅读期待里产生了极佳的阅读效果。

《凤凰琴》作者刘醒龙很好地掌握和运用了张英才这个人物视角的有限与限知。比如，到界岭小学前，舅舅给他一副近视镜，连眼镜度数都告诉他，希望他佯装近视戴上眼镜，既显老成，也可让界岭小学的人们更看重他些。初出茅庐的张英才自是不解，但余校长邓有米孙四海还是真在乎他戴的这副近视镜。张英才初到界岭小学，他看到学生们课间去采蘑菇、扯猪草，丢到余校长家里去，正待有校长"剥削"学生劳动的不好感觉，可是很快就发现学生们尤其是家境困难的学生是吃住在余校长家的，余校长在无私奉献地照顾着这些学生。孩子们帮着一起收红芋，余校长看孩子们身上衣裳沾了泥水，是习以为常的，余校长觉得红芋不洗就吃才能最鲜甜、不水气，这些却都是张英才所不习惯的，用他的视角去叙述，而且叙述人的叙述声音又腾挪有度，就会令极为普通的乡间师生共同劳动的场景显得那么妙趣横生和生动形象，极具艺术感染力。

全校甚至连村长村民们都在全力支持的扫盲工作验收，其中的偷梁换柱之计，目的不过是为换取校舍修缮经费和资助最困难的那些学生的学费。张英才却以他年轻气盛、眼里揉不得沙子容许不了弄虚作假行为的心态，写信揭发了其中的弄虚作假的行为。林震陆萍们那样的"初来者视角"，读者与他们的价值观尺度、目的及追求等都是合一的，在张英才身上，却与之发生了价值观衡量标准尺度与目的和追求的偏离，读者是与余校长他们与界岭小学的孩子们、界岭村的村民们持同一的价值尺度和目标与追求的。张英才的视角已经不仅仅是一种"初来者视角"，更是一种"外来者视角"，这种第三人称有限视角，与当地的人们的视角在很多层面会发生或多或少的"视点"（世界观、价值观、兴趣与爱好等）的不同与偏差，正是这些不同与偏差，产生了极佳的叙述效果。在艺术真实性、文学性与叙事效果等方面，都能够超越此前陆萍林震们那样的"初来者视角"，这是《凤凰琴》在小说写作学与叙述学、小说文体学等方面的显著进步。

刘醒龙的《凤凰琴》在情节处理、叙事线索设置以及与之相关的悬念设置等方面，在当时表现出卓越的处理能力。小说虽为中篇，但是情节铺展环环相扣，叙事线索在以张英才所见所闻所遇为叙事主干的前提下，发展出多条线索呈现枝繁叶茂的树状辐射样态——线索多条、繁富。一篇中篇小说情节与叙事线索繁复与密集到什么程度呢？一个典型的例证就是，它可以被扩充写作而成一部长篇小说《天行者》，这部获得茅盾文学奖的作品与《凤凰琴》的渊源关系，都已成为研究者可以细致梳理的研究论题①。多条线索在叙事主干的四周各自发展，小说家在每条线索里都预埋了很多情节的关键的点，显而易见这有来自中国古典传统小说的影响，草蛇灰线伏脉千里；也有西方现代小说技法的影响痕迹，每条叙事线索皆能前后呼应，自成自己完整的因果链，很多小说叙述方面的用心和技巧，从小说叙述学理论的层面同样可考。《凤凰琴》吸引人的一个重要方面，就在于在一篇体量有限的中篇小说里，能够把繁富的情节和叙事线索精心设计、编织，在与之相关的悬念设置、悬念揭示等方面，都作了极为精心的安排和考量。有叙述学理论家曾言，"悬念"通常被视为"痛苦与愉悦的一种奇特的混合"，好的艺术往往更依赖"悬念"而不是倚赖制造"惊奇"，过于青睐制造"惊奇"，反而很容易出现那惊奇所制造的趣味很快变"陈迹"，而悬念通常

---

① 参见史建国：《从〈凤凰琴〉到〈天行者〉——中国当代小说"续写"现象观察之一》，《百家评论》2019 年第 5 期；杨文军：《刘醒龙：从〈凤凰琴〉到〈天行者〉》，《文艺争鸣》2017 年第 5 期。

会由"预兆"以及"关于将会发生什么的迹象"来构成①。小说家的智慧或许就部分存在于这些预兆以及迹象的预设里面。

《凤凰琴》的作者很注意在每条线索里设置"悬念"，给出一些预兆或者迹象，甚至不作明显的预兆或者迹象的提示，但是在细节处做足功夫。比如张英才要去界岭小学时，舅舅万站长为了让他看起来老成、让界岭小学的老师们看重他，坚持要不近视的张英才戴上他给的近视镜，还嘱咐这近视镜的度数是 400 度——看似不经意的一笔，待到张英才初到界岭小学，老师们果然对他戴的近视镜感兴趣，孙四海还拿去试戴了并问及度数，还肯定张英才所报的度数准确。这些都是前后呼应的一些情节。而孙四海与李子和李子母亲的故事线索，也是在设密般的悬念一层层被揭开后，孙四海与李子母亲王小兰的私情故事也渐次被揭示了出来，而这样的不乏苦情味的感情，也为小说结尾孙四海甘愿放弃竞争民办教师转公作了精心的铺垫——他不能离开界岭小学，因为他还要照顾李子一家人。而两人私情故事的揭开，除了从张英才所发现的孙四海送学生们送李子放学回家和其他人口中隐约得知，还在上级要来扫盲验收工作前夕所穿插的学校老师们请村支书村长和会计来吃餐饭的叙事中体现出了两人的私情，帮做饭的王小兰因为会计借喝酒朝她撒酒疯而备感羞辱，撤席后两人在孙四海的屋子里，女人嘤嘤地哭。

张英才的初来者+外来者视角，令他很难参透余校长和老师们"弄虚作假"对待扫盲验收的目的何在，他自以为是、自认为自己很有正义感地给舅舅和县教委负责人写信，向他们揭露界岭村和界岭小学在验收工作中的偷梁换柱、张冠李戴等见不得人的伎俩。殊不知舅舅等人全都明白这里扫盲工作的艰难和已经取得的不俗的成绩，他们是心里知晓余校长他们所做的"弄虚作假"的行为目的是想得到验收合格的经费来修缮年久失修的校舍，并且余钱用来接济家境较为困难的学生。正是由于张英才看这些事情的"视角偏差"，才导致他做出了写检举信的行为。

---

① Sylven Barnet, Morton Berman, and William Burto, A Dictionary of Literary Terms, Boston: Little Brown, 1960, pp. 83-84.

张英才导致学校修缮经费泡汤，才有他被老师们和和气气地暂停了教课，也才有了他赌气进城，而蓝飞给他出了主意——装作准备民办转公的考试，会换回同事们的尊重和巴结。也正因为有了这个主意和这个主意被张英才付诸实施，才会在界岭小学的几位老师们那里引起轩然大波，每位同事都在与他套近乎和想探听他关在自己屋子里到底在忙什么。也才会有孙四海也跟着起劲地复习备考而没能把李子送回家，导致了李子遇狼群的险情——而这些又关联着小说最后孙四海为什么觉得还是照顾李子母女更为重要的缘由，这条情节线索的发展才最终得以完成。

而如果没有张英才搅局导致界岭小学痛失经费，以及他到界岭小学以来的所有见闻，加上他心里的愧疚感，就不会有他写给省报的文章和引来记者做专访并发了头版，稿费阴差阳错地解决了校舍修缮经费的问题。而小说反复写到的界岭小学因陋就简的升国旗、降国旗仪式的感人场景，熔铸了作家和民办教师、山区孩子们的爱国情怀在里面，张英才在自己"初来者+外来者"视角的观察之下，才一次次地被打动、被感染，这都是促成他写作那篇投给省报的《大山·小学·国旗》文章的心理动因。甚至也与后来他不听舅舅的劝，一定要把民办转公的名额的票投给余校长的原因有着某种隐秘的关联。

小说取名《凤凰琴》，缘由是张英才在界岭小学发现的那把凤凰琴这一物象所蕴含的秘密所致。其实是舅舅、明爱芬当年争那个民办转公名额，舅舅以不很光彩的手段胜出，明爱芬产后趟河导致落下重病病根、精神也变得不正常，舅舅在离开界岭小学时留下这样一把琴，希望能约略表达自己的歉疚之情。但实际上，这把凤凰琴是落寞的，是直等到张英才的到来，它才终于被发现，被一个初来者+外来者的视角所重视。明清小说评点，常以"金针"这一喻象来赞誉作者细节处理的精巧;① 而当代也不乏小说家设置一些有寓意的物象来结构情节，这些物象便是起到传统小说里的"金针"之

---

① 参见刘艳:《互文阐释视野下的张翎小说创作》,《中国文学批评》2019 年第 4 期。

用，有着难以言说的意义，给予读者暗示，令读者产生联想，"发挥着贯通、伏脉和结穴一类的功能"①。《凤凰琴》里不只有凤凰琴，还有国旗等"金针"物象，值得研究者注意与发掘。

　　《凤凰琴》虽为中篇小说，在细节化叙述方面也展现了小说家相当的叙述功力，这些都是与作家细致的创作准备功课和艺术功底分不开的。也正如有研究者所说的，《凤凰琴》也"给新时代现实主义创作提供了一个绝佳的文学样板"，"凤凰琴精神"及其文学意义世界，双向关联着魅力无尽的"文学地理空间"与"文学话语空间"，它在文学阅读、专业批评以及影视剧改编等方面，都不断实现与践行着於可训先生 30 年前对《凤凰琴》所作的评价"一曲弦歌动四方"②。而今天我们身处千年未有之历史大变局的崛起年代、大发展的新时代，对于历经文学史批评史淘沥、已经被经典化了的文学经典之作的重新释读，无疑会助益我们思考现实主义文学创作在当下及未来的新的可能性维度，文学经典的作用与意义必然是宽广而深远的。

---

　　① 参见高侠：《论张翎新移民小说叙事的意象营构》，《常州工学院学报》2014 年第 4 期。

　　② 参见李遇春：《〈凤凰琴〉对新时代文学的创作启示》，《湖北日报》2022 年 7 月 1 日。

《凤凰琴》的诗意美

谢克强

听了很多专家的发言，大家对《凤凰琴》社会意义探讨很多，诸如《凤凰琴》的历史意义就在于这部小说的发表和改编成电影之后，让整个社会对于乡村民办老师的生活境况有了深刻了解，促成乡村教师最后得以全部转正。

但我以为，一部文学作品的社会性或社会作用，是由这部文学作品的艺术性所决定的。一部经典作品之所以成为经典作品，其社会作用也许会随着时间的流逝而消逝，但它的艺术性却是永恒的，不会因为时间的流逝而消逝，反而经过时间的淘洗，更具艺术魅力。我以为《凤凰琴》就是这样一部经典作品。

《凤凰琴》经典的艺术魅力，首先表现在这部小说的诗意。诗意是文学艺术形象的高级形态之一，对于小说而言，诗意应该是好小说的标配。

《凤凰琴》的诗意表现在哪些地方呢？我以为至少表现在这三个方面：

其一，诗意的意象。在《凤凰琴》里有很多鲜明的意象，诸如五星红旗、凤凰琴、竹笛还有一次又一次写到的风雪。其他的我就不说了，单说五星红旗这个意象，其意味就非常强烈，也有余味。不是么，我们看看界岭小学升国旗的仪式：当余校长猛地一声厉喊："立正——奏国歌——升国旗！"在孙四海、邓有米两位老师用笛子吹奏的国歌声中，五星红旗与太阳一道，从余校长的手臂上冉冉升起来。群山怀抱界岭小学的操场上，几十个山里孩子神情专注地敬礼，国歌的旋律在大山里回荡，国旗在大山中飘扬，那些孩子们仰起的脸上没有了平日的嘻笑，而浮现出一种真诚的庄严。

这个镜头应该是《凤凰琴》里一个最经典的镜头，也是让人震撼的一个镜头，而这个镜头里的五星红旗的升起，不再是一种普通的升旗仪式，而是一种坚守，一种对土地的坚守，一种对信仰的坚守；更是一种忠诚，一种对国家的忠诚；同时也是一种向往，一种对未来的向往；当然，更是一种主人感的自豪。所以，五星红旗对于生活在大山里的师生们也就意义非凡。不是么，当一个失学的孩子，一个只有十二岁的孩子，因为父亲病死了，他不得不回去支撑一个家。但他站在自己家门口就能看见学校的五星红旗时，就知道有祖国、有学校，也就有信心和力量面对自己所要面临的一切。

在这里，升起来的五星红旗飘在空中，实际是就产生了一些看不见的文字的空白，这些空白就成了老庄哲学中的"无用之用"。它就能激发读者的思维引擎，让你不由自主走进作品所设置的艺术深渊，去抽丝剥茧，阐发新意。或者说这种空白有着极大的弹性空间，读者尽可以结合文本发挥自己的想象力，探寻作品的思想感情和精神内核，与作者的写作动因发生神交，以达到二者之间的情感契合。

其二，细节的描写。我以为，叙事文学的成败在于细节，细节的描写决定了叙事文学的成功。在《凤凰琴》里，有很多细节描写是让人拍案叫绝的，比如万站长把他的外甥送到界岭小学去，这个中间他的心理的细节描写不仅细致入微，而且形象生动。但更叫人拍案叫绝是描写明爱芬填写转正表的这个细节。

界岭小学得到一个转正名额，几位民办老师终于看到曙光就要照射到自己；可余校长却另有盘算，只想让气息奄奄、几欲自杀的明爱芬走得舒服点，走得高兴些，便请求大家将这个转正名额让给明爱芬。这一提议立马得到大家的一致同意。明爱芬知道后，她拿着这张她梦寐以求的转正表，她要洗净自己的手来填写这张转正表，可表格还没有填完明爱芬就猝然离开了这个世界。

看到这里，就是石头也得动情，不要说人。正是这样的细节，不仅让人潸然泪下，也让人心隐隐生疼。就是这样的一个个典型细节，支撑了整个《凤凰琴》。

其三，人性的开掘。《凤凰琴》里充满了人性的关怀，这种悲天悯人的人性关怀正是通过人性的揭示、人物命运的刻画来还原人之初。人之初是什么？人之初，性本善。

应该说，界岭小学的民办老师所处的生存环境和工作情境都不尽如人意，且不说奢望转为国家老师，就是微薄的工资也被长期拖欠、克扣。即便如此，他们依然毫无怨言，依然坚持超负荷地工作。你看，余校长家徒四壁，但他却执意负担着学生们的食宿，把自己简陋的家变成了孩子们的食堂与宿舍；孙四海失去青春与爱情，但爱校如家，仅仅为了孩子们有书读，他每周都要带孩子们采中草药卖钱买回课本，甚至贱价卖掉自己辛辛苦苦种植的茯苓，只是为了维修学校的危房好让孩子们顺利过冬。可是当真有转正指标下来后，他们几个才发现几十年如一日，自己早已与这方土地融为一体。正是发现"我的一切都在这儿"，终于有了"人活着能做事就是千般好，别的都是空的"感叹。

在这里，无论是余校长，还是孙四海和邓有米，他们每个人都是行动着的，并且由行动本身表达着自己。小说在叙事时也十分克制、简约洗练，从不铺张。这不，就是幽微一笑，且还带着几分苦涩，但却可以从这幽微一笑中看到人物身上的一道亮光。正是顺着这几个人物的走向和故事的脉络前行，小说穷尽地写出了每个人的思想和心理反差及其变化，并以此构成小说的"故事性"。同时，在一连串的行动的故事中，小说意蕴丰盈的文字之外，是语言张力的劲韧、诗意的席卷，不仅坚守与坚韧的精神在他们身上得到彰显，也深刻地揭示或展示了他们每一个人所具备的个性美！

仅以一个诗人对于《凤凰琴》浅显的感知，不足以揭示《凤凰琴》全部的诗意美；但正是《凤凰琴》所蕴含的丰沛的诗意，才使它的思想性和艺术性达到了高度的统一，使之成为一部"以文立心、以文铸魂"的现实主义精品力作。

2022 年 7 月 10 日　草于武汉望天庐

《凤凰琴》的经典性含义

刘益善

　　刘醒龙是新时期以来中国文坛隆起的一个高峰，他以上千万字的长、中、短篇小说，长、中、短篇散文垒起了这个高峰，他以当代中国文学最高奖鲁迅文学奖、茅盾文学奖双奖获得者奠定了这个高峰。

　　1992年刘醒龙发表了中篇小说《凤凰琴》，后来又写了长篇小说《天行者》，《天行者》的第一部就是《凤凰琴》；《天行者》获第八届茅盾文学奖，那么这个奖的三分之一就是《凤凰琴》。

　　如今《凤凰琴》发表三十年了，刘醒龙在《凤凰琴》之前和之后，写了许多的好作品。《凤凰琴》经过30多年岁月的淘洗和历史的挑选，今天读者还在读，而且还能读出其历史和当下的美学与担当意义，是不多见的，堪称当代文学的经典。

　　文学经典是指在文学史上具有独创性，蕴含社会与历史意义，凝聚着很高的审美价值，具有长久生命力的典范作品。刘醒龙的《凤凰琴》用以上标准来衡量，是当代文学中的经典当无疑义。

　　《凤凰琴》是部经典，其经典性的表现有三。

　　一是文本。《凤凰琴》4.1万字，是黄金字数，两三万字的中篇不够饱满，五万字以上的中篇略有点长。刘醒龙的其他中篇，如《秋风醉了》《分享艰难》《挑担茶叶上北京》等，都是这个字数。写中篇选择这个字数，对于作者展开情节，书写故事，刻画人物，是最恰当的容量。《凤凰琴》的人物设置，一个山区小学，余校长和他长年生病的妻子明爱芬，副校长邓有米，教导主任孙四海，再加上乡教育站站长和他带来的张英才，其他的人物都是配角。故事围

78

绕着山区的教育和民办教师转正的种种情节，在这几个人物中间展开，情节发展得合情合理，不蔓延不累赘不多余不缺少，正合适。《凤凰琴》的结构，呈线性，在线性的叙述中偶尔夹杂一点点回顾，结构的不复杂与一目了然，适合大众读者的阅读。《凤凰琴》的语言，是一种没有搽过油的通畅中略带点涩，这也是刘醒龙小说一贯的语言风格。这种语言，就是让你读起来不能太顺畅，太顺畅了会让你读起来跑火车，一目十行，读得快，效果是印象不深刻，对作品的接受是种伤害。读刘醒龙的作品，如果寻求快读酣畅的效果，你就会受阻碍，逼得你一句一句地读，读得扎实到位，真正撷取作品的全部汁液。总之，《凤凰琴》的文本，体量适中，人物设置合理，结构得当，语言有个性，是一个比较完美的文本。

二是作品的蕴含。《凤凰琴》是写大别山里的一所乡村民办小学几个民办教师的故事，写出了大山里教育的艰难，写出了民办教师为了乡村教育所作出的无私奉献，写出了村民为孩子和孩子们为了读书，所克服的种种困难。办好乡村教育，不能耽误孩子受教育的时光以致误了将来为国家出力。如果到此，这部中篇小说的意蕴内涵也很不错了，也很正能量了。但是，经典的写作和一般平常的写作的区别就在于，经典的写作能在你看是已经表现得很充分的地方，还能开掘出更深刻更宏大的意义来。大别山里一个偏僻的乡村学校，有一面国旗，先是有一支笛子一支口琴，后来又有一把凤凰琴，三件很乡村很大众的乐器，演奏国歌，鲜红的国旗在朝霞里升起，在夕阳中降下。一群穿着破烂和瘦弱的孩子，面部庄重严肃枯槁的余校长，三位认真演奏国歌的民办教师，在国旗下犹如雕像，深刻在读者的脑海里。读到这里，我们立即感受到小说里的那种家国情怀，那种小人物内心里装着的一种伟大。这种表达，才是一种经典的品质。

三是长久的生命力和影响力。习近平总书记在中国文联十大中国作协九大开幕式的讲话中说：经典之所以成为经典，其中必然含有隽永的美，永恒的情，浩荡的气。《凤凰琴》发表后，呈现了文本接受阅读的多年性，表现了长久的生命力和影响力。对于今天的读者来说，那种为了山里孩子们能学知识，为了孩子们能够成才，民办教师们的无私奉献，民办教师们身上的善良敬业，是仍然有着感染力和榜样的作用的。这种作用在将来，还会发挥作用，这也是《凤凰琴》的现实主义影响力。除了普通读者外，中国300万民办教师更是把这部作品当做枕边书，《凤凰琴》改拍成电影后，其影响力更加大了。评论家和文学史家们，对《凤凰琴》进行了全方位的研究，当代文学史在论及当代中篇小说时，《凤凰琴》会是不可或缺之章。因为《凤凰琴》的发表，促进了国家民办教师向公办教师转正的进程。如今，《凤凰琴》中写到的界岭小学已改为凤凰琴小学，也因为《凤凰琴》的影响，刘醒龙的家乡湖北省黄冈市团风县把张家寨、螺蛳港村合并一村，改名为凤凰琴村。这些影响力和生命力，充分证明了《凤凰琴》具有习近平总书记所说的隽永的美，永恒的情，浩荡的气。

《凤凰琴》和文学的影响力

冯 艺

很高兴以刘醒龙的朋友和一个作家的身份，参加"一曲弦歌动四方·《凤凰琴》发表30周年系列活动"。在此向刘醒龙表示敬意和祝贺！

刘醒龙的中篇小说《凤凰琴》1992年5月发表在《青年文学》杂志上。《凤凰琴》以其精湛的艺术构思、巧妙的艺术细节和深刻的现实关怀，成为一个时期关注中国改革开放转型期农村教育状况和乡村民办教师生活、工作及命运的标志性作品。刘醒龙将我国20世纪八九十年代，中国乡村依然落后贫穷，给农村教育和学龄孩子，特别是为了支撑中国教育大厦的底座而不懈坚守的民办教师的苦难呈现在世人面前，也生动、鲜活、真实地书写出了中国农村民办教师充满乐观、淳朴、坚忍、激情、向上的精神面貌，鲜明呈现出作者的独特光彩、人道主义的悲悯情怀和现实主义的艺术风格。

我不是评论家，我只想从一个作家的角度，从《凤凰琴》中得到的启发，谈谈文学作品的影响力，读者在阅读作品之后受到什么感动和温暖。在中国文学两千多年的发展历程中，现实主义文学一直担当着文学主潮、文学主流的审美功能，是中国文学最重要、最具特色、最有艺术感染力、影响力最大的审美理念和艺术模式。

刘醒龙是有独特的现实关怀和强烈的审美追求的作家，他以作家强烈的时代感和现实精神，很好地书写、描绘和回应了这个新旧交替时代所遇到的新问题，并以文学的影响力、感染力推动着全国乡村民办教师的地位和尊严这一社会问题得到解决，实现着当代中国文学的现实使命、精神担当和美学功用。

从这些意义上来说，《凤凰琴》丰富了现实主义文学的内涵，也从不同角度丰富、深化了中国现实主义文学的审美风格。这些便是文学的影响力。

关于文学的影响力。作为一个作家，我想讲两个我亲历的故事。

我于1973年在县里的高中毕业。毕业以后，城里的同学就到农村插队去了，农村的同学就回到了农村。我们班里有5个农村的同学马上就被派到所在乡村的小学当代课老师，后来又叫民办教师，因为编制一直都没有得到解决，一直就是这样在乡村学校里干下去。

2003年是我们高中毕业30周年。因为我曾经当过班长，有一些后来当了小小官员，或者做生意有了钱的同学，向我提出要召集同学们在一起聚聚。我说，要聚的话，大家都有车了，也要把农村的同学接出来，这样才叫纪念毕业聚会。聚会的那天，除几位同学因病或已去世之外，大家都来了。

30年过去了，城里的同学容貌大多变化不大，但家在乡村的同学却基本上都是白发苍苍，手粗脸糙了。那5位当乡村教师的同学也已形如《凤凰琴》电影里的余校长一样苍老背驼，看起来很是心酸，那时我们才是40多岁啊！

聚会席间，我就专门问候了这几个当了30年乡村教师的同学，我说，你们的民转公解决了没有？他们都说解决了。他们说，据说是你们有个作家写了一篇小说，是写我们民办教师的，写乡村小学的，这部电影在我们村里放过，这部电影改变了我们的命运，使得我们终于有了正式的身份。我说，这部电影叫《凤凰琴》，是我的朋友刘醒龙写的小说。我知道他们可能没有去看原著，尽管他们看的电影《凤凰琴》还是有一些差距，但是我知道，刘醒龙的《凤凰琴》所展现出来的文学力量，已经推动了那个时期中国农村民办教师命运的转变，这些纯粹的乡下人心里有知，我也沾了醒龙的光，因为，他们都说你们作家真好！为我们说话。当时，我泪目。

第二个是，小说《高山下的花环》的作家李存葆有一次到广西写作，因为他时任解放军艺术学院院长，他不想惊动地方，也不想惊动广西军区政治部。他就找我和张燕玲陪同他在广西的活动。

那天，我们在柳州。正好晚上有一场足球赛，是八一队对阵申花队的比赛。没成想，李存葆居然是个足球迷，我们就悄悄地坐在观众席上；也没成想，八一队队长李富胜在观众席上，一眼就看到了身着便装的李将军。他突然出现在李将军的座席前，"啪"，一个军礼，"首长好！"顿时，观众席上一片哗然，观众们投来崇拜的眼光，"这是《高山下的花环》的作者"，有人说。"梁三喜，一笔抚恤金还买不了一头牛啊"，居然有人还记得。看来李将军微服出访失败了。果然，消息马上传到了驻柳某集团军。某集团军首长强烈要求李将军到部队，一定要给集团军官兵们做一个报告。这是因为集团军每年新兵入伍时，都会给战士们放一场电影，影片就是《高山下的花环》。广西地处南疆边陲，小说写的就是发生在广西、云南边境的一场激烈的战争，一场戍边将士为国奉献生命的伟大战争。第二天，我们陪着李将军一起走进军营。大门两侧整齐排列的队伍，一片肃穆。我们一下车，"将军好！作家好！"致敬声音一浪又一浪，此起彼伏，响彻云天。我知道，"作家好！"这些来自戍边官兵的声音，发自心底，是给李存葆的，是因为文学，这也是文学的影响力。此时，我们心里震撼，我们也泪目。

在今天，现实主义文学依然是新时代中国文学必然的审美选择，仍然需要作家像刘醒龙一样，大力书写时代重大命题，关注现实，关注普罗大众的难点、痛点，以文学的强大影响力，推动社会向前进步。

（冯艺，中国作家协会主席团委员、广西作家协会名誉主席）

《凤凰琴》带给我们的启示

贺仲明

在几个月前接到会议通知以后，我就一直在思考一个问题，就是《凤凰琴》这个作品已经发表 30 年了——尽管从我个人感觉说，似乎没有觉得有这么长时间，但事实就是这样——但在今天看来，它依然具有很强的生命力。文学史和读者都一直记得它，今天阅读作品还是会被它感动。那么，是什么原因如此？今天上午很多老师都谈到这一点，我也一直在思考。我觉得《凤凰琴》成功的原因不只是它本身的问题，而是能够具有一定的普遍性，给其他作家创作一些启发。我感觉，主要有两个方面的原因：

第一，一个作家要写出真正有生命力的作品，首先需要从现实当中去发现真问题，真正沉入到生活当中。它需要作家有丰富的生活积累和底蕴。我和醒龙老师认识不少年了，在我的印象里，他是一个非常聪明的人，好像做什么都很轻松，但是刚才听丁帆老师对往事的回忆，醒龙老师年轻时候在创作上也是下了很大功夫的。这也是情理之中的，就是我们平常没有看到和感受到而已。不过在与醒龙老师的一些交往，特别是对他作品的阅读中，我知道他生活的积累很丰富，底蕴是很厚的。显然，他在生活积累方面也是下过很大功夫的。确实，只有具有丰厚的生活基础，一个作家才能够从现实生活中挖掘到一些非常重要的、很深层内在的东西，能捕捉、把握到生活的脉搏。只有这样，他所创作的作品才可以呼应这个时代的要求，才能够真正感动读者，并且被社会所重视，对社会产生大的影响。这一点，特别是针对写现实题材的作品。如果浮在生活表面，没有深入的熟悉的生活，是永远也写不出有生命力的作品的。

84

第二，一部好作品不能停留在生活本身，而是要有对生活的超越。我们看文学史，比如当代文学史，在80年代、90年代也有很多当时红极一时的作品，甚至有比《凤凰琴》更红的作品。典型如1985年左右的政治体制改革小说，当时有些作品非常受欢迎，社会影响非常大。但是现在文学史基本上把它们遗忘了，读者也把它们遗忘了。所以说现实题材作品，针对现实重要问题还不是创作出优秀作品的唯一条件。因为80年代的体制改革也是很重要的问题，也是大众非常关心的问题。那么为什么这一类作品只能轰动一时，却不能被文学史和读者记住呢？我以为就是需要具有高度的文学性，需要超越生活本身，进入到文学的境界。文学不能停留在事件本身，而是要从人的角度去写，在写事件中写出人性，写人深层的爱恨情愁，写他的理想和追求，写他的困境和艰难，要写出这个人生存的喜怒悲欢和复杂面。只有超越生活、事件本身，进入到对人的关怀，写出了真实复杂的人性，这样的作品才是真正的好的作品。《凤凰琴》在这方面做得很好。作品中体现的对人的关怀，以及对复杂人性的揭示都很有深度。这也是它能够具有跨越时空价值的重要原因。

这是我在今天回顾《凤凰琴》后的一点小感受，思考这部作品为什么具有如此的生命力？我觉得我讲的这两点应该是所有优秀文学作品，特别是现实题材文学作品所应该具备的。而且，这两方面特点也应该是优秀现实主义文学作品的重要价值所在。

我就讲这么多，谢谢！

关于《凤凰琴》历史内涵的两点思考

王鸿生

今天重读《凤凰琴》，我觉得实际上回答了两个问题，第一个问题是90年代延安文艺道路怎么走，第二个问题是支撑作者走过来的力量是什么。

第一个问题。我们知道，80年代中期以后，"向内转""纯文学""形式即内容""寻求现代个体价值确立"等思潮，与以往僵硬的意识形态教条展开拉锯战，并得到了相应的历史逻辑支持，由此催生了一种新的文学生产机制和文学评价秩序。这同时也意味着，延安文艺道路遭遇了实质性危机。然而，80年代播下了龙种，90年代却收获了跳蚤。由于小叙事大面积盛行，个人化写作终于把那个千呼万唤的"现代个体"询唤出来了，但其形象往往是沦落的，甚至是变态的。鸡零狗碎、颓废无聊，脱节于历史、现实之外，使得许多作品的人物、语言不仅模糊、雷同，而且非常缺乏文学形象的伦理光辉。刘醒龙对自己的写作处境显然是非常敏感和清醒的。如何摆脱已经崩盘的文艺教条，又避开先锋文学的实验困境，在新的历史条件下去激活延安道路和现实主义文学的生命力，《凤凰琴》做出了一个很有力的意味深长的回应。其实，作为小城里的年轻人，张英才这个人物现成的逻辑可能性就是成为一个文青，一个"读书读懒了身子"的小知识分子，他不太能理解文学的人民性，不太能理解什么叫行动的文学，他写的那篇关于界岭小学的文章所引起的巨大社会效应完全出乎其意料。刘醒龙的办法很简单，就是把张英才扔到乡村教育一线，扔到山上去，扔到他人的苦难命运里去，这一扔就扔到延安文艺的方向上去了，一种皮肉里熬出来的真理就开始启动了。回望 30 年，《凤凰琴》至今余响不绝，其特殊的美学经验仍非常值得珍视。

第二个问题。昨天听了一天，我很惊讶，居然有这么多熟悉的作家、教授当过民办教师，或者在民办教师的粉笔灰中发蒙，这说明我们大家都有一个卑微的出身，都经历过某种意义上的"转正"。作为一个发展中国家，积贫积弱的中国在近代史上也曾是卑微的，我们一直走在向现代化"转正"的途中。"转正"是《凤凰琴》的核心意象，它构成了小说的叙事动力，贯串着整个情节和矛盾冲突，小说人物的悲剧意蕴也和能否"转正"息息相关。这个核心意象需要进一步思考。我理解，所谓转正，其实质在于为获得承认而抗争。这个抗争又分两个层面：一是对社会不公进行抗争，以求制度性改变；二是对自己内在的幽暗面进行抗争，以达到人性的升华。不能不注意到，小说里面的人物都兼有不平感和负疚感，也都能知耻而后勇。这就形成了小说特殊的政治—伦理结构，通过这样一个结构的往返运动，界岭小学每个老师的外在尊严和内在尊严就统一起来了，良知、坚韧、自我牺牲的精神，并不完全是天生的，而是在双向抗争的过程中逐步生成、彰显出来的。这就是"低到尘埃里的崇高"，也是鲁迅先生所说的"向下超越"的力量。中国人正是依靠这种力量，绵延了自己的文明，并重新崛起于世界民族之林。可以说，刘醒龙不仅及时触碰了时代的巨大痛点和难题，更重要的是，他懂中国人的政治—伦理特性，知道生活中什么东西才是最重要的。虽然时过境迁，虽然全国民办教师早已转正，但由于作者抓住了中国人特殊经验内部的巨大矛盾和冲撞能量所携带的创造性叙事契机，《凤凰琴》抵达了一种小说意义上的普遍性境界，它的历史内涵无疑是隽永而深刻的。

脚踏乡土大地，追寻理想人格

——论刘醒龙《天行者》中的苦难叙事

高　玉　肖　蔚

自刘醒龙 1992 年发表《凤凰琴》，距今已有整整三十年的时间，由《凤凰琴》改编、续写而成的《天行者》于 2009 年出版，也已过去了十三年。在岁月的无情销蚀下，民办教师这一特殊群体在历史的岁月中已渐渐蒙上烟尘，但《凤凰琴》《天行者》中所书写的一群山村小学民办教师的故事却有着永久的撼动人心的力量，完成了初步的经典化。这与刘醒龙在作品中对"苦难"的恰当处理有着密切的关系。

苦难作为人类人生经验中十分重要的一种组成部分，也是众多文学作品中着重表现的主题之一。苦难叙事在文学作品中十分常见，"苦难在文学艺术表现的情感类型中从来就占据优先的等级，它包含着人类精神所有的坚定力量"。① 通过对苦难的呈现，文学作品的内涵将更有深度与力度，给读者带来更强大的反思能量，同时，"对苦难的叙述是文学对生活本质的一种呈现"②，苦难不仅仅是生活中的一部分，它往往能直接穿透生活表面，反映出深刻的社会问题与时代痼疾。从 1992 年的《凤凰琴》到 2009 年的《天行者》，历经十七年的时间，作者续写了第二部《雪笛》与第三部《天

---

① 陈晓明：《表意的焦虑——历史祛魅与当代文学变革》，中央编译出版社 2002 年版，第 404 页。

② 张宏：《新时期小说中的苦难叙事》，中国传媒大学出版社 2009 年版，第 4 页。

行者》，最后与第一部《凤凰琴》集结出版为《天行者》（以下统称为《天行者》），并于 2011 年获得了第八届茅盾文学奖。在续作中，界岭小学这一群民办教师的故事得到了更为完整的叙述，故事中的每一位人物也都拥有了相应的结局。继张英才转正之后，界岭小学的三位民办教师余校长、邓有米、孙四海相继迎来了夏雪、骆雨、蓝飞等人前来支教，支教的年轻人们来了又走，余校长、邓有米、孙四海三人却始终坚守在界岭深处，几十年如一日地燃烧着自己的精力与热望。他们的生存境遇随着界岭小学中发生的新事件不断地变化与起伏，但有一样东西是恒常不变、贯穿始终的，那就是苦难。"苦难"作为一种已知与未知并存的状态，从未远离过他们的人生，只要他们还身处遥远落后偏僻的界岭，不管是民办教师还是苦苦追求的"转正"为公办教师，苦难的阴翳始终笼罩在界岭、笼罩在这一群默默无闻的教师身上。此外，人生中的波折与突变也在威胁着他们本已羸弱不堪的命运，这群民办教师在一种被时刻压制与毫无希望的生活状态下，还需要承受"巨石"般的灾难随时降临的可能性。

一、苦难，作为一种现实写照

《天行者》是对民办教师这一群体曾经历过的苦难做出的现实写照，不论是从作者的个体经验出发还是根据真实资料记载，20世纪下半叶至世纪末民办教师的生存境况十分艰难是被社会公认的事实，刘醒龙的小说则反映出了这一基本事实。从《凤凰琴》到《天行者》，刘醒龙秉承现实主义精神，不断深入现实，将二十世纪后半叶乡村民办教师所面临的苦难情境进行了真实、客观、细致地再现。

首先，界岭小学民办教师的故事来自于作者的个人直接经验，他所描写的界岭小学有真正的原型。"刘醒龙出生于黄州，成长于英山，先后工作于英山、黄州和武汉，他用西河镇、界岭、圣天门口、黄州、武汉等精心构织了自己的文学世界——鄂东，于此自由驰骋文学想象，实现文学理想。"①界岭是一个镌刻着作者本人成长经历与生活印记的地点，在 2020 年 8 月纪念作家姜天民逝世 30 周年的文学座谈会上，"刘醒龙长吁一声，情不自禁地透露出埋藏心中近四十载的秘密——界岭小学的原型正是英山县孔家坊乡的父子岭小学"。② 刘醒龙正是在英山工作生活期间写出了《凤凰琴》，"那时他刚从英山县阀门厂借调到县文化馆，跟一位副馆长下乡搞文化站建设，工作之余，喜欢到四周的山野里走走。有天傍晚，他爬上乡政府左侧的山岗，忽然发现半山腰的几间土坯房前，树着一面国旗。旗杆是用两根松树杆捆扎而成，旗帜经过风吹日晒，已经见不到鲜红的颜色。那面国旗下面，有一所小学，就是当年的父子岭小学。此后，一连数日，刘醒龙每天傍晚都要爬到那道山岗上，望着那面在晚风中飘荡的国旗，心中也禁不住漾起阵阵情感的波澜。"③刘醒龙在将生活中的真实素材转换为文学作品的过程中，以极其严谨负责的态度取材加工并创造，他曾坦言道："无论是在青藏高原深处，还是在东南沿海，只要有机会见到乡村学校，哪怕只是进去看上一眼，我也要进行一定的了解。并用各种形式，记录下许多灵感。"④最大限度地尊重历史、贴近现实，以严谨负责的态度进行文学创作，就是刘醒龙在创作过程中现实主义精神的最佳体现。

其次，据王献玲的《中国民办教师始末研究》可得知，民办教师在很漫长的一段时间内无法得到公正的社会待遇，"民办教师主要集中在贫苦落后的农村地区，越是经济不发达的农村地区，民办教师的比例越大，也就是老、少、边、山、穷地区"。同时民办教师中的诸多问题如"亦教亦农的尴尬境遇、低待遇、'民转公'的艰

① 汤天勇：《在闳约深美的路上——刘醒龙论》，《中国当代文学研究》2022 年第 1 期，第 95-106 页。

② 刘早：《乡土文学的精神力量——〈凤凰琴〉原型地考》，《小说评论》2021 年第 2 期，第 153-160 页。

③ 於可训：《文学奇境一种》，《芳草》2021 年第 1 期，第 177 页。

④ 胡殷红，刘醒龙：《关于〈天行者〉的问答》，《文学自由谈》2009 年第 5 期。

难期盼、极度的心理屈辱与精神压力"等，这些在民办教师群体中曾真实出现过的典型问题在刘醒龙的叙述中都得到了如实的反映。如故事的主人公几位民办教师所任教的界岭小学，"界岭是这一带山区中最远、最深、最高的那一片，站在家门口抬头往那个方向看上一眼都觉得累"。① 然而那并不是人们心中的世外桃源，而是被用来激励与警戒的反面教材："死在城市的下水道里，也胜过活在界岭的清泉边。"（第2页）界岭所在地是极为偏远的山区，与此相应的是极其落后的教育状况："界岭那一带除了山大，除了盛产别处称为红薯的'红苕'，还有吃东西不会拿筷子的男苕和女苕，更以迄今为止没有出过一名大学生而闻名。"（第2页）当张英才得知要去界岭小学代课时，他"耳朵一竖"，母亲"不相信"，父亲"脸色变了"，这些微小的细节描写都充分证明了界岭小学在当地可谓"臭名远扬"，被"外界人"所深深嫌恶。事实上，作者通过张英才视角呈现出来的界岭小学更加令人触目惊心："几间教室里一个老师也没有……黑板上也辨不出，都是语文课，都是作文、生字和造句等内容。"（第12页）"大部分学生都没有课本，手里拿的是一本油印小册子"（第13页）"那褂子肩上有个大洞，余校长扯了几下也无法将周围的布拉拢来，遮住那露出来的一块黑瘦的肩头……一溜干瘦的小腿都没有穿鞋。"（第19-20页）界岭小学的办学条件已经不仅仅是"简陋"二字可言，而是能够维系下去都已实属不易，不论是老师还是学生，都生活在极度艰苦的环境之中，"饭都吃不饱，哪能顾到教育上来哟。"（第25页）余校长的这句话正道出了界岭教育落后的根本原因，即经济条件的极度落后。余校长、孙四海、邓有米三位民办教师单薄瘦弱的肩上肩负着整个界岭教育的未来与希望，因师资力量严重不足，他们三人要担起教学任务，孩子们手中的油印课本是余校长刻的，直到他手上生了大骨节再也刻不动；学校里二三十个学生因为家太远都要寄宿在余校长家，孙四海在教学的同时还种着一块茯苓地，这块茯苓地在每当学校陷入困难

---

① 刘醒龙：《天行者》，广西师范大学出版社2021年版，第2页。下凡引此书，仅在引文后注明页码，不再一一注释。

境地的时候都不得已直接充了公……孙四海低声说的那句"村里已经有九个月没给我们发工资了"（第 13 页）直接道出了民办教师被拖欠工资的辛酸事实。那一首《我们的生活充满了阳光》本是节奏欢快的一支曲子，但在孙四海与邓有米的演奏下，"那旋律慢得别扭"（第 30 页）"一个声音高亢，一个声音低回，缓慢地将那首欢快的歌曲吹出许多悲凉。"（第 19 页）如泣如诉的笛声是他们长期身为民办教师复杂心绪的无言传达，不甘、痛苦、决绝……那些隐藏在日常生活轨迹之下的精神痛苦都通过苍凉的笛声表达了出来。从界岭小学的物质设施条件、基本教学情况到老师、学生的衣食住行，再到对民办教师之间对于"转正"迫切却又遮掩的微妙心理的刻画，作者对界岭小学的人们所经历的苦难进行了全面且细致的描写，切中实际、感人肺腑。刘醒龙不仅关注到了这一群体在二十世纪下半叶这一历史阶段中民办教师的真实境况，并且在现实主义的写作中正视他们的苦难，忠诚地为民办教师群体画像。

　　最后，刘醒龙对苦难的书写是层次分明且清晰的。有人对"苦难"进行分类："所谓苦难，从狭义的个体角度，可以理解为现实苦难（艰难和不幸的遭遇）和精神苦难（例如痛苦）；从广义的社会学角度，则可以理解为社会苦难（贫穷、动荡、战乱等）和大地苦难（自然、生态苦难）；而从哲学角度理解，苦难则可以被看作是人存在着的本质困境和永无止境的痛苦遭遇，因此必然具有'深刻的悲剧精神'。"①《天行者》中涉及的苦难叙述更多倾向于"现实苦难""精神苦难""社会苦难"与"大地苦难"，它是具体的、可感知的，而不是抽象的、神秘的，它直接反映时代与现实，指向社会与民族，紧紧与历史中民办教师这一群体的命运走向相钩连。我们可以从作者全景式的叙述中感知到这群民办教师所承受的"苦难"基本上来自于个人（如民办教师所面对的诸多困境及其由之带来的精神苦痛）、社会（如民办教师社会地位低、被拖欠工资、迟迟得不到转正等）与自然（界岭自然环境恶劣，发生暴雪、暴雨等自然灾

　　① 张宏：《新时期小说中的苦难叙事》，中国传媒大学出版社 2009 年版，第 1 页。

害的风险高）等，作者借苦难叙事展开了真实的民办教师生活。

二、苦难，作为一种叙事策略

作者的用意并不只是单纯地去呈现苦难，而是穿透苦难、审视苦难中人的存在，发现苦难中人性的光辉。此时苦难作为一种叙事策略在文本中创造出了一个特殊的情境，触发的是作者与读者对人类命运更深层次的反思。作者如何去述说苦难，表现的不仅仅是小说文本形式风格的塑造方式，更是对于作品主旨内核的理解与传达。

首先，从叙事视角来看，第一部《凤凰琴》与后两部采用的视角有明显的区别，不同的叙事视角所叙述出来的"苦难"侧重点显然也发生了变化。《凤凰琴》从张英才的视角出发，采用的是限定人物的"内聚焦"叙事视角，作者通过张英才的所见所闻以及内心活动来反映界岭小学的情况。张英才作为一个初来乍到者，他观察界岭小学的目光是陌生而又敏锐的，那些常人难以发觉的细节与问题在他的目光下展露无遗。张英才不断认识界岭人、事、物的过程，也是读者跟随张英才的第一视角去感受界岭小学的"苦难"的过程，从而产生极强的代入感与情境感。在重重悬念的设置与揭开中，作者无需使用大段篇幅渲染苦难，读者就已对界岭小学、民办教师们困难的处境产生极为深刻的印象。张英才看到"为实现界岭村高考零的突破打下坚实基础"的标语"心里觉得怪怪的"（第11页），界岭小学就这样从传言中突然来到了眼前，这种"怪"是一种不适应，是一定程度的抵触，也是疑惑中的难以置信。当他看到余校长被万站长批评时邓有米"红着脸不说话"、孙四海"嘴角挂着一丝冷笑"，便开始察觉这三人之间可能是面和心不和，三人之间可能隐隐存在着一种"竞争"关系，即便同为"受难人"也免不了互相猜忌。再到他"看见学生们小心翼翼地品尝着分到手的一点油条，心里有点不好受"。（第16页）再普通不过的油条却成为了孩子们十分珍视的食物，界岭村民物质上的极度贫困牵动着张英才的心。当邓有米问万站长还有没有转正名额时，"万站长想也不想，坚决地回答："没有！"大家听了很失望，连张英才也有点失望"。（第17页）张英才作为一个旁观者，他尚未经历过数十年都苦等不来一个转正名额的痛苦，在这种情况下连他也感到了失望，一方面隐含着对自己未来命运的担忧，另一方面也暗示了其他老师听到这个消息时失望情绪之强烈，以及这种沮丧氛围的感染力之强大，转正之"难"赫然浮现。关于张英才心理变化的描述虽简短，却巧妙又精准地展现了界岭小学的人们正在遭遇的物质"难"、人情"难"与转正"难"。《凤凰琴》作为整部作品的开篇之作，使用内聚焦视角有利于创设故事情境、凸显作品悬疑风格，在有限的视角里强化叙述重点。

　　在第二部与第三部中，作者将叙事视角切换为全知的上帝视角即"零聚焦"，这样的安排既是为了叙述上的方便、全面地铺展情节，也是为了更好地通过不同人物的心理状态去展现相似的苦难情境中不同人的心态及做法，试图发现、探寻苦难背后人性的复杂与应有之义。余校长、邓有米、孙四海是作品中的三位中心人物，余校长作为界岭小学的领导者，他心地仁慈善良，做事沉稳持重，同情心、包容心强且胜在有大局观。当他看到打工的人返乡时与孩子亲热的场面会"感动得两眼湿湿的"（第178页），这些家长们在外面辛辛苦苦打了一年工却"从怀里掏了半天，才掏出几张皱巴巴的钞票，将儿子欠的学费交了"（第180页），他会感到心痛不已。而邓有米联想的是如果自己一整年的工资没有指望，"我们自己会更心痛"（第180页），孙四海更是一脸冷笑地想"要好好教训一下村长余实的儿子"（第181页），直接将矛盾与怒气转移到村长儿子身上。三位民办教师在面对村委会常年拖欠教师工资这样的同种情形，心态是完全不同的，相比之下，余校长依旧怀着一颗渡人之心，优先考虑的是自己的学生，而邓有米委屈懦弱，孙四海莽撞冲动，这些人性中的弱点也得到了一定程度上的体现。最后，工资与补助的成功发放是因为村长妻子想要通过走后门的方式让儿子余壮远评上全乡三好学生。面对此种做法，三人的看法依旧有所差异，孙四海愤愤不平，邓有米装作听不懂随话就话，余校长的心思却明亮坦荡，认为村长的儿子书读得好反而能起到一种示范作用，增强人们对界岭小学的信心，这样的说法令其余二人心悦诚服，大家既顺利拿到了工资，也获得了心理上的安慰。作者通过上帝视角洞察所有人的心理，并非是简单地想要获得一种叙述便利，更多是为了将众人面临苦难时人性的复杂面尽可能地平展铺开，这样既能从更宏观的角度直观展现不同人物鲜明的性格特点，也能在比较中得出真正能够应对苦难的方法：不是愤怒也不是逃避，而是以宽广的格局与豁然的心胸去化解负面消极的情绪以消解苦难。通过对这三位民办教师心理的透视，作者发现了苦难中大写的人。

其次，在情节的安排上，苦难叙事中构建的诸多因果相承的事件是推动情节发展最主要的线索，除此之外，事件中场景、细节以及对人物情感变化的摹写是将苦难叙事从"外部情节"转化为"内部情节"的关键因素，其中融入的是作者对乡土生活的朴素真情、敬畏以及对民办教师深深的体恤与关怀。第一，作为常规的"外部情节"，《天行者》的主要情节围绕着四位年轻支教教师张英才、夏雪、骆雨、蓝飞的到来所引起的一系列事件依次展开，他们到界岭小学支教就是一个"受难"的过程，这四位人物的到来掀起了界岭小学内部一阵又一阵的波澜，从而构造了文本中环环相扣、因果相承的基本故事脉络。第二，"内部情节是基于梦境或幻想而不是基于逻辑之上所构成的一系列事件。内部情节有如思想、情感和想象是超越时间与空间的。"①作为"内部情节"，我们可从众多场景与细节中观察出这些支教生肉体上虽受难，精神却在苦痛中得到了洗礼。张英才初至界岭小学时，在余校长家可以吃到的早饭是"猪食一样的东西"（第26页），砌好了灶却还要"愁没有油炒菜"（第38页），在这种艰难处境中，他还陆续经历了写信举报界岭小学导致被冷落孤立、假装准备转正考试又被试探巴结、明爱芬之死以及凤凰琴之谜的解开等事件，最后，当转正名额"降落"到他身上时，他却不愿转正。在离开界岭小学的下山路上，万站长对张英才说"你要小心，那地方，那几个人，是会让你中毒和上瘾的！你这样

---

① ［美］塞米利安：《现代小说美学》，宋协立译，陕西人民出版社1987年版，第132页。

子只怕是已经沾上了。"（第 105 页）张英才沾上的何尝是"毒"？显然，他不愿转正的真正原因是在这些坎坷中，他从见证苦难到亲历苦难，真正体会到了在一座几乎与世隔绝的小学里，一群穷困潦倒的民办教师如同献祭般地付出自己的青春与热血，这默默坚守中有脆弱、有渴望，有一切隐秘而伟大的情感于无言处汹涌流动。张英才在苦难中打磨出的精神与思想因为"懂得"而熠熠生辉，他同样学会了付出与奉献。夏雪来到界岭小学后只靠吃方便面生存，骆雨在霜雪天打着赤脚给学生上课，蓝飞带着狂傲来到界岭小学，一身棱角的他与所有人"硬碰硬"，但醉酒后却在大喊："妈，别让我去界岭，打死我也不去！"（第 200 页）这些支教生最初来到界岭小学时，或多或少都带有功利性目的与不得已的苦衷，"受苦"也并非心甘情愿，但在支教后他们自身的变化以及带给界岭小学、界岭小学这几位民办教师的影响却相当显著。夏雪将自己对诗歌的爱播撒在了界岭孩子们的心中；骆雨真诚地对余校长等人的教学水平提出了建议；蓝飞是界岭小学中第一位给孩子们普及"公民权"的老师，并用自己的实际行动对乡村政治霸权做出了反抗。内部情节的进程赋予了这一切变化合理性，褪色国旗一次又一次地升降，哀婉的笛声屡屡飘荡在山坡的夜风中，这些场景在作品中反复出现多次，成为了内部情节不断发展的标志。张英才在界岭小学的最后一次升旗，他"觉得自己满脸冰凉"，然而那并不是"天上落了太多雪"，而是"堆积着的主要是泪花"。（第 103 页）夏雪在孙四海的笛声中，"一摇头时，眼泪流了出来"（第 125 页），孙四海忘情地吹奏着笛子时，骆雨"在寒风中陪着他悄悄地站半个小时"（第 152 页），这些细节代表着这些支教生的心理、情感与思想已经在潜移默化中发生了转变，它寄寓着作者对苦难中人的生存状态的深刻理解，因苦难而生爱，因爱而崇高，苦难对人有着巨大的塑造作用。

三、苦难，作为一种理想载体

苦难作为一种理想载体，代表了刘醒龙作为一位乡土作家炽热的文学理想与深切的人文关怀。"作品宣扬大爱与大善，显示出对人的优根性的发现与突出，既为其文学理想，也具济世之用。"①刘醒龙一直致力于在文学作品中表现人性中的至爱与至善，《天行者》也同样如此。在此部作品中，作者对特殊时代环境下乡野知识分子的困境做出了集中而深刻的展现与发掘，苦难叙事是一扇窗，它开启的是作者对自身文学理想的表达与再反思，是对"爱的审美"②的独特诠释，这也是作者用文学指引我们的苦难的真正终结点所在。作者纯正的文学理想与人道主义情怀中迸发出的是作品独具一格的文学价值与社会价值。

首先，作者基于特定历史阶段中乡野民办教师的真实情况，通过柔美抒情的笔调，营造了苦难书写中苍凉却不阴冷的基调，创造出写实与抒情兼具的"浪漫现实主义"风格。乡土生活的淳朴旷远，凤凰琴与笛子的乐声肃穆悠扬，《一碗油盐饭》的小诗沉痛悲怆……远山淡影中，是这一群大山中的民办教师坚持着对生命的无私守护、努力维系着偏远地区教育的正常运转，在风雪雨霜中不断发挥余热，在各自牺牲中又惺惺相惜，即便是像界岭这样极度落后的地区，也仍然有温情、诗意、理想与希望。作者饱含深情地在《天行者》后记中写道："生命之上，诗意漫天"（第 401 页），"一个人的生命之根，既是仁爱慈善的依据，也是其文学情怀的本源……于我而言，这情结的名字就叫田野……这情结的名字就叫诗意"。（第 402 页）"苦难"在文学中是一个沉重的、浓缩着悲剧意识的主题，它与人们的生命相伴相随，同时也是人生中的"不可承受之轻"，在对苦难意义的探寻中，不同作家有着不同的见解，对其演绎亦有不同的风格。同时代作家余华笔下的苦难从冷血暴力走向豁达释然，刘震云在现实琐碎与精神消磨中重构苦难，刘醒龙在《天行者》中书写的"苦难"则是一个透着光亮的出口，是"困厄之

---

① 汤天勇：《在闷约深美的路上——刘醒龙论》，《中国当代文学研究》2022 年第 1 期，第 95-106 页。

② 刘醒龙：《阅读和写作，都是为了纪念》，《中国比较文学》2012 年第 3 期，第 110-114 页。

地"里传出的"弦歌不绝"的精神①,是沉重的肉身与飞逸的灵魂之间碰撞、对抗之后伤痕累累却依旧流动出汩汩生命力的一颗强大心脏。曾有人质疑《天行者》存在苦难"轻逸化"、"诗意化"的问题,认为其规避了对社会问题背后真实原因的探讨,而倾向于用道德解决一切困难,"道德似乎成了解决各类社会难题无往而不胜的良丹妙药"。因此作品的现实批判力不足是一大软肋。的确,《天行者》并不是一部批判现实主义小说,它不冷峻、不讽刺、不抨击,也没有过多的解释。然而,在"浪漫现实主义"风格之下,作者通过"以轻击重"的表达方式,"运用了一系列轻逸而柔软的意象,缓解了故事本身的沉重和坚硬"。② 所以才会出现"苦难诗意化"的现象。我们应辩证地去看待苦难自身与苦难的表达之间的关系,作家并不单纯是事实的陈述者,在"披露真相"与"文学表达"之间,不同作家不同的文学观将带来巨大的差异。刘醒龙选择的正是"脚踏乡土大地,追寻理想人格"的创作方式,从发现问题到展露、探索问题,紧紧地"贴住大地"是他的本源,"仁慈与爱"是他人生也是文学创作的信条,"我相信善,相信爱,相信善和爱是不可战胜的,是最有力量的"。③ 善与爱未必是解决一切社会难题的办法,但它一定是苦难中最纯粹、最应去呈现并追求的人性之本质。从《凤凰琴》到《天行者》,界岭这一群民办教师的故事并非一部民间人物志,一波三折的情节、纯净柔美的意象、立体多面的人物、平易朴实的文字……作品创造了一个广袤深远的审美空间,读者将在一个具体的文学情境中通过自己切实的阅读感受去看清苦难并反思自身,从思想与情感上实现对苦难认知上的升华。

　　其次,《天行者》的出版在当时引发了社会对民办教师群体的广泛关注,一度激起了学界对民办教师以及乡村教育的热烈讨论。

---

　　① 於可训:《〈天行者〉:别样动人的教育诗》,《文艺报》2011 年 9 月19 日。

　　② 洪治纲,张婷婷:《乡村启蒙的赞歌与挽歌——论刘醒龙的长篇新作〈天行者〉》,《文艺争鸣》2010 年第 3 期,第 102-106 页。

　　③ 饶翔:《刘醒龙:"我相信善和爱是不可战胜的"》,《文艺报》,2011年 9 月 19 日。

"民办教师"作为一个历史中遗留的现实问题，直至20世纪末，国家贯彻"关、转、招、辞、退"五字方针，民办教师正式退出历史舞台，相关问题也基本得到解决。然而，数十年过去，"民办教师"的话题早已沉寂，这个词汇对于当代人来说已变得陌生，他们曾对国家乡村基层教育做出的不可磨灭的贡献也被封存在历史资料中，不再被世人提及。刘醒龙正是"于遗忘处开始书写"①，他怀有极其强烈的社会责任感与忧患意识，于陈旧往事中打捞出了这一份应被人们铭记的"乡村教育秘史"，在反复揣摩中塑造出了生动饱满的乡村教育者形象，凝结并激活了曾支撑起国家基层教育、在乡土大地间默默苦行的这一特殊群体的时代记忆。数十年后再翻开这本厚实的作品，它仍能给予曾从事过民办教师或正在致力于乡村基层教育的工作者们以心理上的巨大宽慰，唤醒每一位读者心中的良知与善意，在优良民族精神的薪火相传中熊熊燃起国家、民族、社会未来教育的希望。同时，刘醒龙不仅仅是在书写民办教师，更是在书写每一个深陷困顿却自强不息的渺小而卑微的个体，"苦难"在余校长、孙四海、邓有米、万站长等人身上辗转而过，带给他们彻骨的痛楚：连续三次与梦寐以求的转正机会失之交臂、失去自己至亲至爱的人、学校教育事业因资金缺乏一度陷入四面楚歌的境地、长期受"村阀"强权的欺压、暴雪暴雨以及"狼群"给学校师生生命安全带来的严重威胁、乡建筑公司的"豆腐渣"工程直接导致新教学楼的坍塌……然而，苦难在文本中的作用并非制造绝境，而是引领人物通向下一个转机处：余校长最后成功转为了公办教师，孙四海真正成为了李子的父亲并弃教从政当上了村长，夏雪的父母决定将自己工资的一半存起来，届时会再来完成夏雪的心愿重建一座新的教学楼……苦难会给命运带来种种悲剧，但不会剥夺人生中的所有希望，苦难会摧残肉体，但不会消弭精神的力量，这便是作者对于苦难的态度。从正视苦难、试图消解苦难再到挖掘苦难对于人生的价值，作者既是为了完成纪念、抒发情怀，也是为了实

---

① 汪雨萌：《于遗忘处开始书写——评刘醒龙的长篇小说〈天行者〉》，《小说评论》2009年第6期，第52-55页。

现理想。不仅如此,苦难叙事还会给读者带来更深层次的省思,将会有更多的人去关注社会中的弱势群体,也会有更多的人在苦难"这门人生必修课"中实现自我救赎,给生活带来更多的亮色。

苦难叙事或显或隐地贯穿了《天行者》整部文本,作者用精准诗意的笔致将这份沉重的记忆勾画出来,在历史理性与人文关怀形成的悖论之间做出了有效的平衡。刘醒龙运用苦难叙事观照的是上世纪末大山里的民办教师群体的真实境况,其中寄寓着他对远去的乡土大地的思念与感怀,那里有着最真切的情与最淳朴的爱,也暗含着作者对社会特殊群体的高度关注,他们将在写作这种纪念形式中永恒;苦难叙事对于文本自身而言,它既可以作为情节的一部分丰富充实文本内容,也可以作为一种策略推动情节发展、优化故事情境、深化主题内蕴,增强作品的文学性与可读性;作品的苦难书写中浓缩的是坚韧不拔、自强不息的强大精神,中和了"苦难"本身所蕴含的悲剧与消极的色彩,真正做到了鼓舞了一代又一代读者对理想的热爱与坚持,并对人性中的"善与爱"给予最大的信任与支持。

总之,作者刘醒龙书写苦难,一方面是因为他的心灵深深根植于乡土大地上,他充分了解那片结实的黄土地上还有这样的一群默默耕耘的苦行者,他选择坚定地走在现实主义这条道路上,真诚地去展现生活在这片乡土大地上的特殊群体。同时,他善于去挖掘民间的、基层的、乡土之间的那些"隐秘的角落"中无言的智慧,他在客观的描摹中融入的是自己的切实生活经验与对生命、苦难的深刻理解。另一方面,"苦难"作为一种叙事策略,它不仅是有效推动作品情节发展的重要线索,也是一种特定的叙事情境,在"苦难"的触发之下,人性的复杂面得以淋漓尽致地呈现,从而达到深化主题意蕴、形成小说独特鲜明的美学风格的效果。最后,苦难作为一种理想载体,寄寓的是作者对生命的追问,对逸出苦难本身的哲学意义的探寻以及对理想人格精神的仰望。

《凤凰琴》对新时代文学的创作启示

李遇春

回眸中国当代文学的风雨历程，1992 年面世的《凤凰琴》绝对是一个具有标志性的文学事件。尽管刘醒龙在很多场合表达过对《圣天门口》的格外钟爱，但文学史是不以任何个人的意志为转移的，即使是作家本人也不例外。其实文学史上存在很多类似的错位，一个作家最喜欢的作品不一定是最受读者欢迎的作品，而大众读者最喜欢的作品也不一定能得到专业读者即批评家的青睐，反过来，批评家高度评价的作品也不一定能得到大众读者的认同，而无论大众读者还是专业读者对作品的好恶也无法改变作家自身的喜好。所以作品一经产生，它的命运就不再掌控在作家手里，当然最终也不会被批评家所操控，而是取决于文学史的选择。文学史的选择虽然一时也难免会被主观的文学史家所拨弄，但放在更长的历史时段来看，真正能够构成文学事件的作品是不会被文学史所永远埋没的，而且愈到后来愈能彰显其独特而内在的恒久价值。这就是文学经典的力量，它能够战胜个人的偏见而赢得历史的永恒。想当初，《凤凰琴》在 30 年前诞生时也遭遇过大众读者与专业批评家的错位评价，即使是在根据《凤凰琴》续写或再创作的《天行者》荣获第八届茅盾文学奖之后，依旧存在《圣天门口》优于《天行者》的说法，这对于刘醒龙而言当然是值得骄傲的事情，毕竟有多部作品被拿来反复比较遴选对于很多作家来说是一种奢望。但这同时也意味着《凤凰琴》在中国当代文学史上的独特地位与价值还需进一步彰显，尤其是在当前新时代文学处于开创性的历史关口，重温《凤凰琴》及《天行者》的创作风范，可以为新时代文学的发展与繁荣提供新的艺术路径和文学启示。

　　从新时代文学的发展趋势而言，《凤凰琴》及《天行者》正是新时代文学所亟需召唤的那种坚持以人民为中心的创作导向的"人民史诗"型作品。众所周知，在20世纪九十年代的市场经济大潮中，中国文坛商业化写作之风劲吹，私人化或个人化写作盛行，当代中国文学的人民性特质不断被削弱，而此时的刘醒龙仿佛横空出世，他以《村支书》《凤凰琴》《分享艰难》《挑担茶叶上北京》《生命是劳动与仁慈》等一系列"新现实主义"作品给当时的中国文坛带来了巨大的"现实主义冲击波"，而《凤凰琴》更是其中的精品力作。其实这场"新现实主义"文学潮流的本质正在于重新恢复被各种现代主义或后现代主义思潮所削弱的文学人民性特质，重申了中国作家直面中国改革开放背景下的社会现实、重建文学与人民生活的血肉联系的必要性和可行性。回过头看，当时的先锋批评家们过于执拗，他们沉浸在各种西洋化的文学理念圈套中不能自拔，满足于从理论到理论的"主义旅行"而忽视了文艺之树长青的秘密在于生活之水永不枯竭的真理。作为当年"新现实主义"文学领头羊的刘醒龙，他以巨大的现实主义勇气向整个主流文坛发出挑战，即使遭到各种误解与激烈的批评也从未放弃自己的人民立场与现实主义人文关怀。刘醒龙一直坚持书写黄冈革命老区大别山一带的底层人民生活，他的笔下出现过乡村民办教师、农民革命英雄、乡村基层干部等众多系列人物典型形象，在整体上具有鲜明的"人民史诗"艺术品格。这种"人民史诗"继承了20世纪五六十年代"革命英雄史诗"的革命现实主义宏大叙事传统，同时又吸纳了八九十年代以来"新写实主义"的日常生活叙事资源，将宏大叙事与日常叙事相融合，将人民性与人性相融合，从而成为了"新时期文学"过渡到"新时代文学"的历史桥梁。站在新时代文学的发展高度来看，当年刘醒龙及其《凤凰琴》的出现绝非偶然，而是作家主动回应人民的呼唤和历史的召唤的必然选择。这也是我们在30年后重读《凤凰琴》依旧能兴致勃勃的重要原因，因为这部经典作品的背后埋藏着巨大的中国当代文学史奥秘，需要我们不断去破译。

　　借助《凤凰琴》及《天行者》的艺术成功，我们需要进一步思考中国现实主义文学的源流问题，尤其是探索新时代现实主义文学的发展道路问题。在中国现当代文学史上，现实主义长期占据主潮位置，即使是在那些现代主义或后现代主义风起云涌的特定历史时期里，现实主义依旧是不可或缺的存在。但现实主义确实需要不断与时俱进，需要不断调整自己的艺术发展策略。有人说《凤凰琴》是"问题小说"，但问题小说并非不能产生艺术精品，在五四问题小说创作潮流中，鲁迅和叶绍钧的问题小说就明显高出时人一筹，成为了一代现实主义文学经典。而在革命问题小说创作潮流中，赵树理的问题小说力作同样构成了新文学经典。所以《凤凰琴》有社会问题意识不是它的错，而是构成了它成为文学经典的重要前提，因为历史上众多文学经典都具备鲜明的社会问题意识。还有人说《凤凰琴》是"主旋律文学"，但问题在于反映了什么样的主旋律和怎样反映主旋律。如果是简单地把文学变成时代精神主旋律的传声筒那自然是庸俗投机之作，而《凤凰琴》及《天行者》并非如此。刘醒龙在创作中超越了民办教师行业题材的限制，跃进到了反映人民心声和民间疾苦的永恒主旋律境界，而且这种主旋律境界是通过细节精妙的写实技法和含而不露的反讽技巧达成的，这就让人不能不佩服作家在新现实主义小说叙事形态上所作出的宝贵探索。事实上《凤凰琴》及《天行者》并非天上掉下来的无根之物，而是深深扎根于中国大地和中国传统的现象级文本。许多人在重读《凤凰琴》时将其与鲁迅的《孔乙己》、叶绍钧的《潘先生在难中》、王蒙的《组织部来了个年轻人》、路遥的《人生》等现当代文学经典文本进行比较分析与阐释，就此重构了《凤凰琴》在中国现当代文学历史谱系中不可或缺的地位，这无疑是多少显得有些迟到的文学史褒奖，也是任何文学奖项所不能取代的文学荣耀。这也证明了现实主义精神接力代有新变，它昭示着新时代中国作家必须深切关心人民群众的现实生活与历史命运，在新时代社会主义现代化建设中创造出无愧于时代、无愧于人民的现实主义精品力作。我们的作家要大胆创作新时代的"问题小说"，要勇敢而深刻地揭示时代主旋律和精神正能量，不要被众说纷纭的话语纷争迷惑了自己的心灵和眼睛，如此方能有力地回答时代之问与人民之问。

从文学传播与接受的角度来看，《凤凰琴》及《天行者》的经典化进程正在阔步前行。这也给新时代现实主义创作提供了一个绝佳的文学样板。《凤凰琴》之所以成为经典，是因为它具有独特而内在的经典性或经典特质，因此能被大众读者与专业读者反复阅读与多样阐释，由此构筑了"凤凰琴精神"这个耐人寻味的文学意义世界。这是一个具有无穷魅力的文学地理空间和文学话语空间。它在人民大众的传播中、在专业批评家的阐释中、在电影电视剧编导的改编中不断地拓展自己的意义世界和话语空间，真正实现了于可训先生30年前的文学预言——"一曲弦歌动四方"。30年后《凤凰琴》依旧弦歌不绝，以底层人民奉献为核心的"凤凰琴精神"早已传向了祖国的四面八方。如此深入民心的文学经典化力度，在改革开放以来的中国文学发展进程中是不多见的，也是不可多得的文学奇迹。在全媒体和互联网语境中，刘醒龙的《凤凰琴》及其《天行者》作为一个经典文学IP实际上已然成形。这是一个闪耀着底层人民德性之光与人性之美的纯文学IP，它不是那种世俗化和商业化的文化工业IP，它的出现与存在，彰显了新时代所亟需的文学力量。琴声依旧三十年，不老凤凰意绵绵。《凤凰琴》是说不尽的，刘醒龙也是说不完的，我们期待着宝刀不老的刘醒龙为新时代文学创作出更多具有思想含量和艺术力量的新现实主义力作来！

论《凤凰琴》的经典性品质

张丽军

　　非常感谢会议的邀请，因为一些原因很遗憾不能参加现场的会议，但是很高兴听了很多前辈老师的发言，非常受启发。我非常同意大家的看法，认为《凤凰琴》是一部中国当代经典。我从几个角度谈一谈它的经典性品质。

　　从文学史看，评价一部作品是不是经典、在文学上是否有位置，重点在于它是否提供了新的人物、新的审美经验或者说新的语言形式探索。刘醒龙30年前创作的《凤凰琴》经受住了实践的检验和时间的淘洗，在今天依然被人提及、谈论、喜欢，依然是文学研究关注的热点和重点，这就充分呈现一种经典性品质。

　　《凤凰琴》的经典性品质首先在于它为中国当代文学史提供了新的中国乡村民办教师的人物形象。这是以往没有的，民办教师的人物形象是一种新的呈现，那么它汇入了中国当代文学史的经典人物形象画廊当中。其次，《凤凰琴》的经典性是它叙述了具有当代中国独特历史文化特征的中国故事。这个故事具有历史性、当代性和地方性，讲述了在中国改革开放前后很长时间段里面在中国教育发展史上曾经有一个特殊的人文群体。毫无疑问，这一个中国故事，是中华人民共和国成立之后很长时间段内奉献牺牲、艰难中发展的中国教育故事。正是刘醒龙的小说《凤凰琴》的创作，让民办教师这一独特群体凸显出来，促进了我们对教育问题的思考。再次，《凤凰琴》的经典性品质体现为深厚的文学人民性特征。民办教师是小知识分子，最"低谷"之中的文化人，但是恰恰是他们乐于奉献和付出，成为了鲁迅说的中国的脊梁。几十年下来，这些民办教师成为中国乡村最可敬的群体，是地底下的当代中国脊梁，是托起乡村中国教育希望和未来的最可爱的人。最后，《凤凰琴》的经典性体现在浓郁的地方性文化元素。小说人物语言、环境、行为、饮食，都处处呈现出浓郁的荆楚文化特征，从审美形式中获得丰厚的艺术生命力。

今天，当我们回顾我们的成长历程的时候，我和一些朋友们都会说我们的童年、小学时期得到了一批具有奉献精神的民办老师的哺育，是民办老师带大的一代代中国文化人。中国人是特别重视教育的民族。《凤凰琴》在故事深层中蕴含的是教育救国、乡村立国的理念。改革开放取得这样的成功，正是因为我们的教育振兴和发展。在这个过程中，民办教师承担了一个重要的历史责任。他们在艰难的时期里面培养出了一批批乡村孩子们，特别是贫困山区的孩子们。我的小学老师都是民办老师，他们特别敬业。对我们这一代人来说，包括我们的前辈来说，讲述民办老师的故事，都是一种很温暖、极为难忘的集体记忆。从某种程度而言，刘醒龙的《凤凰琴》不仅仅是一个小说，而在更大的意义上重构一个时代的民族集体记忆。

21世纪以来，国家倡导乡村振兴。但是今天的社会更复杂、更多样化。今天的乡村振兴，包括城乡差距的问题、乡村教育中的留守儿童等种种新问题需要特别重视。

从这个角度来谈，刘醒龙的《凤凰琴》为21世纪中国乡村教育未来走向提供了一种启示，也是一种警示。我期待更多的青年作家对新世纪中国乡村振兴，尤其是乡村教育问题给予新的审美书写。

《凤凰琴》及刘醒龙的诗意现实主义论纲

张志忠

我讲的和刚刚有些老师讲的话题有一些相近，也是讨论现实主义的命题。我要说的是《凤凰琴》所表现的诗意的现实主义的延续性。

从这个角度来讲，现实主义有不同的观照面相，有不同的情感取向。《凤凰琴》兼顾现实、直面现实，而且是90年代广大的、关乎千家万户的乡村现实，一大批民办教师存在，他们的贡献，同时，这些民办教师又牵动他们的学生，学生的家庭，孩子的成长，家庭的希望。有现实生活的覆盖面，有历史的纵深感。

另一方面会看到，刘醒龙不会说只因为这些民办教师令人尊敬就把他们神化，就把他们美化成不食人间烟火，相反他们在人间烟火当中，在现实当中，他们的很多作为确实是让我们感到很卑微也很可怜，甚至有时候还有一点悲悯，有一点可笑，有人性的各种弱点。同时我注意到了小说当中的一个细节，尤其是后来扩展到《天行者》当中，这些民办教师实际上他们的教学能力也非常有限，外来的年轻老师，不管是来实习的，还是来正式任教的，他们带过班级的学生的水平有所提升。这样写，是真正直面现实，而且注意到了生活的复杂性的体现。

但是我今天要讲的主旨是讲到刘醒龙的诗意现实主义。这个命题也不是我提出来的（如朱向前和傅逸尘关于《圣天门口》的对谈就名之为《"诗意的现实主义"与"超越性"的历史叙事》），此后，在《天行者》荣获第八届茅盾文学奖的获奖演说中，刘醒龙提出"生命之上诗意漫天"的论述："一个人生命之根，是感恩的依据，也是文学情怀的根源。每个读书人都有永远摆脱不了的情结，于我而言这情结的名字就叫文学，无论文学是辉煌还是寂寞，也有它永远摆脱不了的情结，这个情结的名字就叫诗意。此时此刻无望无际，生命之上诗意漫天！"

但是我觉得这个命题还没有得到足够的阐释，有待生发与深化。

从我自己的解读来讲，刘醒龙的诗意表现在几个方面：

一是关于乡村风景的描写。《凤凰琴》里面对相关景物的描写，非常用心。在今年早些时候，王干提出来"为什么现在的小说没有风景描写"，并且在《光明日报》展开讨论。我觉得风景描写跟一个人内在的情感、内在的抒情性相关联。再一点就是《凤凰琴》里面融合了很多别的文本，比如那一首被他们用笛子反复地吹响的《我们的生活充满阳光》，和每天升国旗时吹奏的国歌形成两个向度，把小说很多如果用直接描写展开来看也会带来很多累赘的东西，通过这么一首在 80 年代非常欢快的歌曲体现出来了。

这些方面来表现它的抒情特色，但是抒情又不能概括我所说的诗意的现实主义。诗意的现实主义还有很重要的一条，就是醒龙说的生命之上诗意漫天，《凤凰琴》这部小说是有理想色彩、理想精神、理想追求的。它不但是写三个民办老师的奉献，也提到李子写的那篇作文《我的妈妈》，就是他的妈妈为了帮助孙四海给学生买课本，把丈夫的棺材卖掉了凑钱，从这些方方面面都看到了民间的普通人的理想色彩。

诗意来自饱满的生命，饱满的生命是会不断成长的，内因是一粒麦子不仅要扬花吐穗，还要尽力生长到籽粒饱满，完成其生命的全流程，外因是春风化雨，似火骄阳，季候的变迁推助了旺盛生命的竞为自由。从《凤凰琴》到《天行者》是如此，从《分享艰难》到《痛失》亦是如此。

刘醒龙《凤凰琴》的文学史测位

朱寿桐

中国的现实主义文学发展到刘醒龙现实主义写作开花结果的时代，可以说是"七十多年尘与土"。自《凤凰琴》发表的那时倒溯 70 多年，正是五四新文学现实主义传统的确立时期。中国现实主义文学的历史厚土与扬尘，至此差不多就是 70 年。

为什么刘醒龙的《凤凰琴》可以立于中国现实主义文学发展的一个端点？因为它是最后一部可以涉入社会生活并产生较大社会影响力的作品。有资料表明，《凤凰琴》的发表以及相关电影的热演，促进了全国性的民办教师转正这样的历史进程，甚至说"《凤凰琴》的发表对当时全国 200 万民办教师转正工作起到了推动作用"。①

一部文学作品不仅能够产生相当大的文化影响，占有相当大的文化市场，而且能够对超越文学甚至超越文化的社会生活起到某种促进或改变的作用，也就是文学作品客观上涉入了社会生活的状态与进程，这是过去的那个世纪经常发生的事情，当然也是过去那个世纪基本综结了的一种文学文化现象。宣告这一文学文化现象综结的恰恰不是一份文件，一个讲话，或者一个会议，一篇评论，而是刘醒龙《凤凰琴》这部作品。

《凤凰琴》之后，当然还有许多杰出的文学作品问世，相当多的作品也都产生了较大的文学影响和文化影响，如《白鹿原》《废都》《生死疲劳》等，但其影响仅止步于文学和文化之内，难以涉入

---

① 《凤凰琴：一篇小说，一群人，一个村》，《新华每日电讯》2021 年 11 月 26 日。

社会生活的状态与进程之中。虽然无法预言今后的文学作品可否涉入现实的社会生活，但可以说，在 20 世纪这个文学的世纪中，在始终与现实社会生活相扭结的现实主义文学发展的过程中，《凤凰琴》确实标志着文学涉入社会的文学历史的综结。这是新文学以后绵延 70 年一脉传统的综结，也是对刘醒龙以及他的《凤凰琴》在整部中国现代文学史上的一种测位。

一、"谛视人生"

汉语新文学以热切的现实社会关怀开启了伟大的传统。这一伟大的现实主义传统以人道主义为基本情怀，同情被压迫、被奴役的"第四阶级"，公然打出了"血和泪"的文学旗号，开创了中国现代文学现实主义发展的新路。这条波澜壮阔的现实主义新路在茅盾的表述中就是"谛视人生"，① 在鲁迅的表述中就是"'为人生'，而且要改良这人生"。② 此后，现实主义、人生文学或者社会文学等，都以法兰克福学派所指称的"理想类型"方式出现在理论表述、批评论争和学术概括之中，它们代表着理想的价值状态和肯定的价值倾向，具有毋庸置疑的先进性甚至革命性，甚至为后来的革命文学、社会主义文学所直接吸纳并发挥，相应地产生了"革命的现实主义""社会主义现实主义"等文学思潮与文学潮流。

"为人生""谛视人生"也就是关注人生的现实主义文学倾向催生了将文学的正统性和文学的正宗性绑缚在人生的鞍辔之上的文学理念。几乎所有的文学理论都会强调文学与人生的紧密关系，这体现着文学理论和文学观念的正宗与正统。即使被称为非人生派的文学家，也都不愿离开人生的关怀和人生的谛视这一关键命题，郁达

---

① 茅盾将叶圣陶等人的创作概括为"冷静地谛视人生，客观的地，写实的地，描写着灰色的卑琐人生"。《导言》，《中国新文学大系》(小说一集)，上海良友图书有限公司 1935 年版，第 22 页。
② 鲁迅：《我怎么做起小说来》，《鲁迅全集》(4)，人民文学出版社 2005 年版，第 526 页。

夫就曾经这样质问那些试图将他和他的同人划为"艺术派"的批评者："古今来哪一种艺术品是和人生没有关系?"①人生关怀,人生谛视,人生改良,一直是中国新文学的突出主题,至于作品采用怎样的方法,是写实的还是幻想的,是叙事性的还是戏剧性的,是现代派风格的还是浪漫派风格的,都统属于现实主义的人生旗帜之下。

与郁达夫的观点一样,创造社从不承认自己是"人生派"以外的"艺术派"。创造社成立之初以某种反叛的姿态异军突起,别树异帜,想在为人生的艺术之外高标为艺术的艺术之类的口号,于是郭沫若、成仿吾等人都发表了一系列较为偏激的"艺术的艺术"宣言,郭沫若声称:"艺术是自我的表现,是艺术家的一种内在冲动的不得不尔的表现。"②郑伯奇认为"艺术是艺术家的自我的表现,再无别的";③ 成仿吾宣布艺术的价值在于"除去一切功利的打算,专求文学的全(Perfection)与美(Beauty)"。④ 不过当这一派文学家被称为是与人生派相对的"艺术派"的时候,他们则矢口否认:郭沫若宣称"我更是不承认一书中会划分出甚么人生派与艺术派的人"⑤;郁达夫认为分出"为艺术的艺术"派与所谓的"为人生的艺术"派,是对古今艺术家的一种"痛诋"。⑥ 为什么盛气凌人的创造社对于"艺术派"的桂冠那么敏感和紧张?是因为"为人生"毕竟体现着时代精神,体现着文学文化的主流价值观,他们非常不甘心于被排斥在主流之外。事实上,郁达夫《沉沦》等作品体现的文学精神是最为写实的,甚至被他们表述为"精赤裸裸的写实";郭沫若的小说所走的正是郁达夫"精赤裸裸的写实"路线,他们的作品都

---

① 郁达夫:《文学上的阶级斗争》,《创造周报》第 3 期。

② 郭沫若:《印象与表现》,《郭沫若研究资料》(上),中国社会科学出版社 1981 年版,第 195 页。

③ 郑伯奇:《新文学之警钟》,《创造周报》第 31 期。

④ 成仿吾:《新文学之使命》,《创造周报》第 2 期。

⑤ 郭沫若:《论国内的评坛及我对于创作上的态度》,《郭沫若文集》,上海亚新书局 1935 年版。

⑥ 郁达夫:《文学上的阶级斗争》,《创造周报》第 3 期。

是对人生采取了"谛视"、观照和批判的态度。

中国新文学的伟大传统便是"谛视人生"的现实主义为主导，其他几乎所有的文学流派都不愿脱离为人生的价值理念和现实主义的艺术轨道，包括积极主张唯美主义、浪漫主义的创造社，包括摄取王尔德、尼采、波特莱尔和安特莱夫等"'世纪末'的果汁"、同样标榜"为艺术而艺术"的浅草社和沉钟社，鲁迅认为这样的文学团体仍然具有"为人生"的文学品质，他们的作品所塑造的人物，"和'为艺术而艺术'的作品中的主角，或夸耀其颓唐，或衔鬻其才绪，是截然两样的"。① 所有的文学流派不过是"为人生"风格化的展演，所有的文学风格承载的不过是现实主义的精神延伸与人生谛视。

有人将五四时代新文学传统的主流概括为"浪漫的一代"，这应该是文学风格考察的结果，显然不是从文学思想倾向和文学价值理念考察的结果。从文学思想倾向和文学价值理念考察，中国新文学的主流和传统只能是为人生的现实主义。以为人生的现实主义为主导，甚至视为规范，是中国新文学的天然习性，与生俱来的文化定势，这样的传统超越于文学流派和文学风格之上，是这时代文学占统治地位的总体倾向和总体风格。谛视人生、为人生并改良这人生体现着那一时代的文学精神，这样的时代精神将中国新文学的现实主义推向时代浪潮的顶端，而其他文学流派、文学思潮和文学风格都作为时代文学现实主义精神主干上衍生出来的文化枝叶。这种特殊的文学文化构架是中国新文学几十年发展的稳定结构，现实主义作为文学精神和灵魂处在最高层次的统制地位，其余各种文学流派和文学风格呈开枝散叶之势，拥抱着现实主义，支撑着现实主义文学的丰富性和厚重性。于是，现实主义文学与中国新文学领域的其他各种"主义"，从来就不是文化地位上的并列关系。

虽然其中存在着许多理论的浅乏、简单和粗糙，但文学与生活的紧密联系，文学对社会人生的重要作用一直受到肯定，受到强

---

① 鲁迅：《〈中国新文学大系〉小说二集序》，《鲁迅全集》(6)，人民文学出版社 2005 年版，第 251-253 页。

调，受到推崇，进而发展成为神气十足、堂堂正正的"干预生活"论的出现。

二、"干预生活"

由"谛视人生"到"干预生活"，中间层经过"文艺组织生活"论，都是中国现代文学理论强调文学与社会生活紧密结合的理论，都是革命文学功利观的体现。

"干预生活"论起于苏联，苏联社会主义作家奥维奇金和尼古拉耶娃等通过特别的"特写"以及小说，暴露社会主义社会特别是底层社会出现的社会矛盾和工作问题，试图通过文学披露的方式对社会生活进行"干预"，让新社会出现的新的问题和新的矛盾得以用新的方法加以妥善解决。

这样的现实主义是一种充满时代气息的现实主义，体现着新的社会气象下知识分子和文学家以社会为己任，担负起社会责任，以及在新社会当家做主的文化气概。刘宾雁《在桥梁工地上》具有奥维奇金"特写"的文体特征，是社会主义中国"干预生活"的代表作品。另一代表作品当然是王蒙的《组织部新来的青年人》。这些作品无疑都运用现实主义创作方法，这当然是"干预生活"作品的基本要求。

"干预生活"的作品继承了苏联同类文学的基本经验，将文学"干预"的视角聚焦于基层干部的官僚主义和思想僵化、作风粗疏。典型的"干预生活"作品无不如此，这也是苏联"干预生活"作家奥维奇金、尼古拉耶娃所共有的创作特征。党的基层干部数量庞大，一般都缺少相当的教育背景，在具体的领导工作中常常犯主观主义、官僚主义的毛病，同时不良的生活习惯和简单化的思维习惯都会给党和人民的事业造成一定的影响与损失。关键是，这种针对基层干部思想、政治和工作缺陷的"干预"性的文学表现，在政治上既正确又安全，应该得到肯定与鼓励。这就是奥维奇金的相关"特写"成果与理论会得到《真理报》加持的重要原因。因此，文学"干预"的是基层社会的生活。

　　"干预生活"文学的作者一般都是血气方刚的青年作家。他们之所以成为敢于"干预"的作家，是因为他们一般根正苗红，受到新中国的培养，没有历史的政治包袱，对党对社会主义的赤胆忠心难以置疑，因此基本上不会有心理上的负担。在社会主义新中国的政治环境中，这些没有历史包袱，没有心理负担的青年作家又因为自己的才华而充满自信，王蒙的《组织部新来的青年人》中的那个青年人正是这代人的精神和形象写照，于是他们会以新中国的主人和社会主义的建设者姿态"干预"生活。1956年的一篇文章正写到了这批"干预生活"青年作家的心理状态："不久前，听一位作家谈起他正在描写的一部以反对右倾保守思想为主题的小说。他说，在创作过程中，当描写到其中一个坚决反对领导上的右倾思想的年青的县委副书记时，不知不觉就把自己也写进去了。自己在农村里体验生活时对某些问题的看法、想法、意见，甚至考虑问题的方式，都自然而然地注入到了这个形象的身上，他和这个人物一道忧虑，愤慨，也一道兴奋，喜悦，作家自己这时感到不这样，心里就很不好受。"①这样的心态其实就是王蒙、刘宾雁等"干预生活"的青年作家的普遍心态。

　　从现实主义的文学观念出发，"谛视人生""干预生活"都是拉近、扣紧文学与生活的关系，是现实主义文艺观的典型体现。在社会主义生活情境中，"干预生活"论如果能够处理好文艺与为人民服务的关系，勇于"干预生活"的作家如果能够处理好向工农兵学习的问题，那将更容易为社会所接受，为时代所包容。从文学主体的角度而言，"干预生活"论较多地体现启蒙主义思维方式，不自觉地赋予文学和作家以"高于生活"的价值定位，这显然是有一定的政治风险的，也是"干预生活"的创作者大多逃不脱被打成"右派"命运的重要原因。刘绍棠在80年代初就曾经这样提问：我是党的孩子啊，怎么可能是反党分子呢？这疑问现在应该可以得到解答，他们没能摆正作家与社会的"高低"关系，没能理解启蒙和服务的复杂关系，他们在这两个重要关系没有处理好之前，就匆忙

---

　　①　唐挚：《必须干预生活》，《人民文学》1956年第2期。

地、高调地拉近并扣紧文学与生活的关系，从而必然承担现实主义理论一般来说不会导致的政治风险和文化风险。

改革开放时代，拨乱反正成为政治和文化生活的主题，伴随着文艺界"右派"的改正，"干预生活"论也得到了一定的理论"平反"与修复。刘宾雁认为，改革开放时代就如同新中国初期的那个"早春"时代一样，非常适合于"干预生活"文学的生长。"二十三年前的一九五六年，我们曾面临过一个同今天十分相似的形势，大规模的急风暴雨式的阶级斗争基本上过去了，生产资料所有制的社会主义改造基本完成了，全党各方面工作的重点，正在向社会主义经济建设上转移。文学艺术和科学研究的百花齐放，百家争鸣的局面，开始出现。正是在这样的一年里，出现了《在桥梁工地上》、《组织部新来的年青人》、《本报内部消息》等以反映人民内部矛盾为主题的作品．显然，这不是个偶然现象。"①作为"干预生活"的积极提倡者，刘宾雁认为"文学艺术和科学研究的百花齐放，百家争鸣的局面"的出现，是"干预生活"文学重生的关键。王若望认为，"干预生活"是文学反映客观现实的需要："官僚主义和特殊化必须大力揭露和反对，人民对官僚主义，特殊化，违法乱纪等不正之风有着强烈不满……显示出文艺界提出'干预生活'这个口号还是有客观据据的，虽则它不是包括一切的口号，但它却是吸引作家深入生活，和人民同呼吸共命运，并使他的作品拨动千百万群众心弦的关键所在。"②他对"干预生活"的文学论理解得比刘宾雁更宽，刘宾雁认为"干预生活"主要解释"人民内部矛盾"，王若望则认为应该与生活中的"违法乱纪"进行"干预"性斗争。

"干预生活"论不仅得到了平反，而且得到了更为热烈的欢迎和更加宽泛的解释。那个时代几乎所有产生广泛社会影响的作品都曾被列入"干预生活"的作品。1980 年，评论家这样总结 1979 年的文学创作："一九七九年的文艺花园，虽然不完全风调雨顺，但却

---

① 刘宾雁：《关于"写阴暗面"和"干预生活"》，《上海文学》1979 年第 3 期。

② 王若望：《反官僚主义和"干预生活"》，《社会科学》1980 年第 6 期。

称得上长势喜人。记得在《于无声处》刚刚上演的时候，人们曾发出热烈的欢呼：'惊雷必将带来喜雨！'果然，随着文艺思想的解放，一大批积极干预生活的作品，如雨后春笋般涌现出来。如果要从这碧野花山中推举代表，我们想选《人妖之间》、《乔厂长上任记》和《报春花》。这不仅是因为它们分别代表了特写、小说和戏剧三个不同的品种，更重要的，是这些作品一诞生，无不象旋风一般卷进生活的海洋，立刻激起强烈地反响：有人欢呼，有人皱眉；有人要当毒草拔掉，有人视为奇花赞美……两种截然相反的意见，促使我们思考一个问题：为什么'干预生活'的作品，都有如此相似的遭遇？"①显然，"干预生活"在这一时代成了文学理论的"理想类型"，凡是对社会生活产生一定影响的作品都被理解成"干预生活"的作品，于是早于1979年发表的如卢新华那篇影响巨大的《伤痕》当然也算是"干预生活"的作品。

上述这些作品有的已经成为时代的标志，它们都曾越出文学的畛域，在不同的生活领域掀动起轩然大波，并对当时的社会生活形态、社会生活面貌、社会生活趋尚甚至社会生活结构产生了一定的影响。但将这些作品一概称为"干预生活"的文学，显然还显得有些简单。"干预生活"的文学效果对于那时候大部分作品而言都是客观形成的，不代表作家的主观目标的实现。而"干预生活"论无论从苏联作家的意图还是从中国作家的理解、阐释，都是带着强烈的主观倾向的现实主义追求。

三、"触脉社会"

无论经过怎样的摔打，文学与生活的近切关系和紧密联系，作为一种文化结构样式，始终得到理论的肯定与坚持，这说明中国当代现实主义理论阵脚始终稳固，现实主义思维方式一以贯之。

改革开放初期涌现的"干预生活"文学潮流，推出了一波又一

---

① 杨志杰：《敢为人民鼓与呼——从部分新作谈文学"干预生活"问题》，《文学评论》1980年第1期。

波真正对社会生活和时代运作产生实际影响的作品。《班主任》推动了基础教育的改革，《伤痕》《于无声处》《一封终于发出的信》等推动了政治层面的反思运动，《伤痕》还与《爱，是不能忘记的》等作品一起唤起了全社会亲情和爱情的修补与尊重，《乔厂长上任记》和后来的《新星》等，则成了工厂与农村改革的示范性作品。那是一个几乎所有人都会关注文学并期盼文学发出声音或者给出某种线路图的时代，那是一个从上到下都在欢迎文学"干预生活"的时代，只有在那个时代，党的领导机构会主动向反对和质疑暴露社会问题的"歌德"派文学主张提出严厉批评，党领导的主流媒体宣布这种片面倡导对社会"歌德"而掩饰矛盾文体的论调是"春天里的一股冷风"。许多文学人怀念80年代，称赏那个时代特有的文学生态，并不知道这样的时代魅力并不意味着文学自身魅力的超常发挥，实际上是文学"干预生活"或"触脉社会"引起的政治、文化效应所产生的巨大吸引力。

"干预生活"中的"干预"二字在汉语中富有较强的刺激性。它强调主体意愿和目标意识。如果说"干预生活"被理解为从主观意图上对社会生活特别是政治生活产生影响，那么，真正可以称得上"干预生活"的作品可能是《于无声处》《一封终于发出的信》等有限的几部，《伤痕》等作品实际上是在"谛视人生"的基本现实考量中有意无意地触碰到了一定时代的社会脉息，然后在客观上产生了波及整个社会生活的震荡效应。这样的作品与"干预生活"文学有着重要区别：它们按照文学"谛视人生"的一般现实主义规则进行创作，带着一定的自觉甚至不自觉触碰了社会的脉息，引发了一定范围和一定程度的震荡效应，也可以说是王蒙所言说的"轰动效应"，甚至可能激发起社会行为和社会运作，这样的作品从社会效果来说可以概述为"触脉社会"的文学。

关注社会现实的现实主义文学总会以一种真诚、虔敬的态度对待现实的严峻与冷酷，当然也有暖意与希望，同时以一种善意、审美的眼光看取并表现社会的疼痛与酸楚，当然也不排斥快慰与甘甜；现实主义文学家最可贵的境界是以个人化的体验扎入社会生活的深处，以个体性的敏觉触碰社会的脉象和时代的脉息；现实主义文学最理想的状态便是以历史的和美学的触须触脉社会，激荡起一定程度的社会、时代共振效应。这样的文学始终处在文学和艺术规律的曲线之中和象域之内，它始终是文学，甚至是最精致的文学作品，但客观上可能被当作政治运作的引爆装置，时代运作的推进器具，社会改良的参考文本。只有这样的作品才可能是既触碰到社会的良心和时代的脉搏，同时又保持自身的文学品质和文学魅力的精致的现实艺术品。

《凤凰琴》就是这样的精致的现实艺术品。它从构思和创作都来自作家刘醒龙个人化的体验和个体性的敏觉，他深感大山里的民办教师这样一个特别的群体，以他们的默默奉献和沉沉承受彰显着一种社会良心，以及这样的良心深处激发出怎样的一种对于中国基础教育和乡村教育结构型改革的期盼与呼吁。它与《乔厂长上任记》《新星》等作品完全不同，它不负责揭示乡村教育改革的方法论和线路图，几乎排除了所有技术性思维介入作品和人物的可能性，因此作家能够使得作品虽然十分现实但依旧保持艺术的完整性。作品中人物的形象，命运、情感、心理乃至声腔、动作都散逸着具体、生动的时代气息、生活气息和乡土气息，小说以一个现实艺术品的精致以及这种精致的完整性，还有它非常紧致的魅力，触碰了全社会的基础教育改革的脉象，触动了中国山村教育的脉息，于是，产生了迅速扩大的时代震荡效应，以致为"民办教师"这样一个虽不怎么美轮美奂但却有无限社会价值和时代价值的历史"遗形物"画上了一个虽然缓慢但堪称圆满的句号。

现实主义文学如果要想抵达既触脉社会同时又保持自身艺术的精致性，既服务于时代同时又行进在文学自身的艺术规律中，就需要总结触脉社会和时代的成功作品《凤凰琴》的经验。这样的经验可以被概括为一种现实主义深化和美化的理论。现实主义文学家需要按照现实主义的艺术规律和艺术原则谛视人生，关注生活，从历史和美学相结合的方法论介入个人化的体验和个性化的表现，以富有魅力的艺术的精致去触碰社会的脉象和时代的脉息。但这一切都不是作家自身努力的结果，现实主义作家只能保证这一理想运作图式的前半部，也就是个人化和个体性的那些方面。对社会脉象和时代脉息的触碰以及产生的效应则不是作家的主观努力所能把握的。当然，个人化体验和个体性写作与社会脉象和时代脉息能否成功触碰，取决于作家关注和聚焦的"核心现实"是否能与现实社会脉搏构成共振关系。现实主义作家不仅要深刻体验现实主义典型的"本质现实"，而且要从个人化的体验和个性化的思考中提炼并表现自己最感兴趣，最有感触，也最能动心的社会现象，这在一定时期一定条件下构成了作家特别在意的"核心现实"。现实主义作家每个人都会有自己所认知、所认定的核心现实，一般可以界定为，一定条件下与自己所处的、所感受的和所动心的人生场景相关甚至是相交叉的现实生活，便是他的核心现实。因为对自己及周边的世界而言，有恒心和能力聚焦的只能是自己。聚焦的对象当然才是核心现实。注重"核心现实"的作家所表现的文学人生，所开拓的文学体裁，所塑造的文学人物，其实相对于大多数读者和评论者而言，可能是陌生地带，在边缘，可以想象但很难企及的生活境域，但并不妨碍在作家的意念中将其确定为他个人的"核心现实"。凤凰琴，以及围绕着凤凰琴展开的民办教师们的故事，对于许多人来说都是边缘性的叙事对象，但对于刘醒龙来说，就是他在 80 年代末到 90 年代初特别关注的核心现实。通过这样的"核心现实"他顺利完成了现实的聚焦，人生的聚焦，他将他对相对陌生题材的开发成功地处理为对核心现实的开掘。正好就是在那样的年代，社会脉象和时代脉息在基础教育、农村教育和山区教育的体制改革方面凸显出日渐活跃的搏动现象，《凤凰琴》应运而生，以它艺术的精致和完整碰响了社会的脉象和时代的神经。一个历史性的文学文化现象就此完成。

在王蒙不无遗憾地宣布文学失去了轰动效应①之际，包括王蒙在内的不少文学家都感叹，文学产生社会性、时代性轰动效应的时代已经一去不复返，此后的文学就是文学家自己的文学。而《凤凰琴》的发表以及所引起的社会震荡则将文学激荡社会效应的历史阶段后延了四年。《凤凰琴》改写了文学家和文学史家公认的历史。

---

① 阳雨：《文学：失却了轰动效应以后》，《文艺报》1988 年 1 月 30 日。

也许是因为文学激荡社会效应的历史阶段注定需要一个标志性的作品，这个作品有能力作为这段辉煌而伟大历史的浏亮的尾声。无论是巧合还是某种历史的必然，《凤凰琴》之后，确实没有遇到过文学效应溢出文化本身，有力地"反作用"于社会生活层面的作品。《凤凰琴》成为文学"触脉社会"的时代的终结者。

　　同时，《凤凰琴》及其创作也给后来的文学时代提供了有价值的文本资源和文学经验。文学完全在艺术规律的轨道上发展，即便是作家关注的核心现实与客观的社会现实具有较大幅度的吻合度，也不妨碍文学自身的艺术性和完整性建设，触脉社会运作、时代运作的作品不会牺牲自身的精致和规律性的展示机会，这体现着当代中国文学文化的理性风貌。

当代小说经典化的路径考察之一

——以刘醒龙《凤凰琴》为例谈小说的情感

徐福伟

《小说月报·大字版》有个"经典再读"专栏，每期选载一篇中国当代文学中的经典小说。这些小说我以前零散读过，为了做好这个栏目，这次是系统阅读，时隔多年，有的甚至二十多年。在我经历了职业小说阅读工作的锤炼之后，对小说的审美要求明显提高了，并且对大量题材同质化、情感平淡化的小说作品深恶痛绝，有时甚至阅读得有点反胃，但当重新阅读这些经典小说时，仍然会带来强烈的情感冲击力，仍然会不自觉地被带入小说的叙事时空中，仍然会被人物的命运所感动，仍然会被温暖的细节所触动，虽然我反复地告诫自己：注意，不要被带入进去，这是圈套，要保持理性的阅读。但是在这些经典小说面前，我对自己的告诫都是徒劳的，我所依持的职业素养也是无效的。这些经典小说中就有刘醒龙的《凤凰琴》。《凤凰琴》首发于《青年文学》1992 年第 5 期，《小说月报》1992 年第 8 期选载并荣获第 5 届《小说月报》"百花奖"，2010 年被《小说月报》编选入《小说月报 30 年》这一小说经典选本，时隔 30 年后，《小说月报·大字版》第 7、8 期又将其选入"经典再读"栏目。从这个意义上而言，《小说月报》参与并见证了《凤凰琴》不断被经典化的过程，不能不说《小说月报》与刘醒龙，与《凤凰琴》有着极深的缘分。《小说月报》最先选载刘醒龙的小说是 1989 年第 3 期的《十八婶》，1993 年第 4 期选载了《秋风醉了》，1996 年第 3 期头题选载了《分享艰难》，等等。可以说，除了长篇小说，刘醒龙的中短篇小说代表作都曾被《小说月报》选载过。

　　这促使我不得不思考这个问题，经典小说为何能够永流传，我们一代又一代的读者义无反顾地投入进去，享受阅读所带来的有效情感慰藉，这是因为故事情节吗？是因为人物形象吗？是因为哲思内涵吗？是因为细节吗？似乎这些原因都有，但又似乎不是，我一直在苦苦寻找着那个最为重要的着力点，无论是情节、人物、细节还是哲思都是从创作主体及文本本身出发的，但经典小说能够经典永流传与一代又一代的读者有很大的关系，从读者接受学的角度而言应该是情感共鸣，也就是共情，这是阅读主体与创作主体在小说文本所构建的时空中的交流与碰撞，从而产生共同的情绪情感的深刻体验，这绝不是物理反应，而是有效的化学反应。因此我认为，情感是小说创作的灵魂所在，也是经典小说永留传的不二法门。我特别认同作家刘庆邦那句话，"从本质上说，小说是情感之物。小说创作的原始动力来自情感，情感之美是小说之美的核心。我们衡量一篇小说是否动人，完美，一个重要的标准，就是看这篇小说所包含的情感是否真挚、深厚、饱满。倘若一篇小说的情感是虚假的、肤浅的、苍白的，就很难引起读者的共鸣。这就要求我们，写小说一定要有感而发，以情动人，把情感作为小说的根本支撑。我们写小说的过程，就是挖掘、酝酿、调动、整理、表达感情的过程。"刘庆邦提出了"小说是情感之物"的论点，"缘情而作"的创作路径，他的创作实践也践行着这一标准。这与历史上刘勰之论"夫缀文者情动而辞发，观文者披文以入情"，李卓吾之论"《水浒传》者，发愤之所作也"，形成了遥相呼应的关系与印证。

　　诚然，考察当代小说经典化的路径不难发现，除了与读者共情之外，还依赖于文本本身所具有干预现实生活的能力路径，具有典型化中国特色的选刊、选本的"文选"促成路径，不断获奖的加深路径，影视化改编的"普罗大众"路径，等等。但这些路径的开发归根结底还是依赖于文本本身的情感因素，是否能够与最广大的读者"共情"。

　　小说是关注人的内心情感世界的，尤其是带有普遍意义与价值的情感更是其所关注的重中之重。这是中国小说的典型传统与文脉，尤其是明清时更为注重"情理"。明代李渔说："凡说人情物理者，千古相传。"清代西湖钓叟则说："小说始于唐宋，广于元，其体不一。田夫野老能与经史并传，大抵皆情之所留也。情生则文附焉，不论其藻与理也。"周作人说："我们写文章是想将我们的思想，感情表达出来的。能够将思想和感情多写一分，文章的艺术分子即加增一分，写出得愈多便愈好。"当代钱谷融也曾说："文学作品本来主要就是表现人的悲欢离合的感情，表现人对于幸福生活的憧憬、向往，对于不幸的遭遇的悲叹、不平的。"经典小说《凤凰琴》继承中国古典小说的"情理"传统，将丰富的人生阅历内化为情感体验，更具有"沉郁顿挫"的特点。其并不是单纯着眼于小说的艺术审美价值追求，而是更加注重对小说情感空间的开拓，执着于对具有普遍意义的"人情物理"和"世道人心"的深入开掘，强调情感的日常化、伦理化、传统化。这种对情感空间的深入开拓极易与读者产生共情的化学反应。《凤凰琴》就像是一个大的情感吸纳器，吸纳着一个人的情感，一群民办教师的情感，甚至一个时代的情感。从这个角度而言，刘醒龙是一位典型的人道主义作家，与现实社会始终保持着"痛痒相关、甘苦与共的亲密关系"。刘醒龙说过这样一句话："对于一个真正的作家来说，必须以笔为家，面对着遍地流浪的世界，用自己的良知良心去营造那笔尖大小的精神家园，为那一个个无家可归的灵魂开拓出一片栖息地，提供一双安抚的手。"此语道出了作家所坚守的"为人生"的五四文学传统以及关注"普遍人性"的价值立场。

《凤凰琴》的共情能力根源于"有意义"的小说品质。

小说作为一种虚构性的叙事性文体，尤其是中篇小说和长篇小说，首先应该是能够讲述一个生动的故事，其次还应该"让读者能够一掬感动之泪、产生心灵的共鸣，而且还是最精确的社会——道德的地震仪，甚至能对未来的暴风雨、民族、社会心理乃至人类的苦难做出预报"，这是对哲思层面的要求，也就是所谓的"有意义"。

韦斯坦因说，"'意义'指文学作品中和问题或思想有关的方面，要言之，即作品的'哲学-思想的主旨，道德的基础'方面"。小说是写给读者大众看的，总会不自觉地探求"意义"。布鲁克斯说，"我们不应该忘记，每个人或早或晚都会提出这样的问题，即：生活的意义何在？要是一篇小说不以这样或那样的方式来关心这个问题，我们就会失望之至"。米兰·昆德拉说，"小说的存在理由是要永恒地照亮'生活世界'，保护我们不至于坠入'对存在的遗忘'"。由上述人的言论不难发现，小说一定要"有意义"，其指涉小说的思想、主旨，隶属于哲思层面，代表着作者对这个世界、社会、人生、历史、文化的一系列的看法和见解，此外，还关涉小说阅读者的代偿心理的需要。

《凤凰琴》以平实的笔调，书写两代乡村民办教师的悲欢命运故事，提炼出乡村民办教师身份转正这一有"意义"的社会话题并予以艺术呈现，从而让隐蔽在中国乡村角落里的四百万之众的民办教师进入读者大众的阅读视野之中，引发了整个社会的持续关注。

《凤凰琴》中充斥着浓郁的情感因子，在界岭小学所形成的时空中悠扬飞翔。坐落在大山深处的界岭小学只有五位民办老师，其中一位是因为急于参加转正考试而蹚冷水过河患病的明爱芬老师，还有一位是托舅舅万站长的关系想以此为跳板转正公办的刚毕业青年学生张英才，其余三位是界岭小学的教学主力团队，分别是余校长、副校长邓有米、教导主任孙四海。正是这几位力量有限的民办教师保留住了乡村孩子们受教育的种子，并且在他们的细心呵护下发芽生根，甚至茁壮成长。教学环境和生存境况的恶劣，也是通过张英才这个外来者的叙事视角来呈现的，虽然在这种恶劣环境中，民办老师们依然在努力地维护着教育的尊严，兢兢业业地培养着学生们，希望他们能够有朝一日飞出大山。最为难能可贵的是，民办教师的这种质朴的坚守与守护之爱温暖着大山里孩子们的心。如吹着笛子升国旗的严肃场景，护送学生回家的场景，余校长家成为学生食堂兼宿舍的场景，等等，这些由温馨的细节构成的场景无疑在强化着民办教师们身上善良质朴品格的坚守，这种坚守正是中华民族传统文化中"有教无类"的传统优秀文化因子在当代社会的传承与弘扬，正是"师者所以传道授业解惑也"的当代性表达，他们的身上闪烁着东方人伦情感的魅力。正是这种最为普通的司空见惯的情感感动了无数的读者，打动了人心，深化了人伦情感的认知。

　　诚然，界岭小学民办教师们的身上也各有缺点，并非传统意义上完美的师者形象，都有自私自利的一面，其中最为重要的诉求就是期待转正名额，由民办教师转为带编制的公办教师。这种身份转换的诉求是他们为之奋斗的重大目标，其迫切性、重要性可能是我们这些没有类似生活体验的人所无法体会的，但是这种身份转变的情感确是共通的，或许我们每一代人都有可能在生活中遇到这种困境。这种身份的转正一方面是他们生存的需要，另一方面更是一种心理情感上的社会身份认可的需要。他们虽然名义上是教师，但前面还有两个刺耳的字——"民办"，这种情感的困境并不是界岭小学的几位民办老师，而是千千万万的和界岭小学一样身份的民办教师所遭遇的普遍性困境。这种困境由此导致了很多极端事件的发生，如明爱芬老师就是因为这种迫切的追求而葬送了自己后半生的幸福。张英才、余校长、邓有米、孙四海也都在暗中较劲，张英才甚至因看不惯他们的作风与行为而故意恶作剧捉弄他们，张英才的这种不负责任的行为差点引发出大事件，邓有米为此去偷树差点犯罪，孙四海无心送孩子回家差点导致孩子被狼群吃掉。是张英才这个关系户的到来打破了这种平衡，同时也带来了新的变革的因子。张英才作为外来的闯入者，一方面担负着日常工作、生活的重任，另一方面也经历了激烈的思想斗争，由对他们的隔膜，甚至厌恶，再到认同，甚至最终主动让出转正名额，决定在此扎根乡村教育事业，这种转变暗示着一种难能可贵的和解。正如刘醒龙所说："我相信善能包容恶，并改造恶，这才是终极的大善境界。"

　　这里就涉及小说创作中关于情感的一种有效的处理方式了。《凤凰琴》一方面写出了乡村代课教师共通的故事、情感，共思的哲理，能够获得读者的普遍性共情，另一方面若对情感的处理极端化则会误入歧途。考察经典小说，我们不难发现其对情感的处理几乎都是在克制中走向和解的。这对作家，尤其是青年作家来说，无疑是极其重要的能力和品质。因为在我们的现实世界中，黑暗与光明、善良与恶毒、救赎与沉沦往往是并存的，我们的作家们往往对人性之恶揭露得很顺手，而对人性之良善的书写缺乏足够的信心。小说中的和解无疑关涉小说中的情感空间。就我观察而言，我觉得当下青年写作普遍存在拒绝和解的情感价值倾向，以为只有写得决绝、写得极端才能体现深刻，其实写好和解同样可以深刻。《凤凰琴》就是这方面的典型代表，值得青年作家们关注并学习。舅舅万站长因为走婚姻的捷径而由民办老师转正成功但却陷于良心的谴责与婚姻泥沼中难以自拔，虽然买了凤凰琴送给明爱芬老师想以此赎罪，但最终事与愿违，成为了刺激明爱芬老师的导火索，最终在转正的问题上尊重了张英才和余校长们的意愿，将转正名额给了明爱芬老师，明爱芬老师才得以瞑目。舅舅和明爱芬都走向了情感的和解，虽然这代价是巨大的。余校长、邓有米、孙四海，尤其是张英才，更是如此，张英才从进入界岭小学的第一天就梦想着转正，可是，随着时间的流逝，经历了那么多刻骨铭心的事件之后，张英才与环境、张英才与余校长他们、张英才与自身也达成了情感的和解。达到和解而艺术效果及情感空间再度升华的小说佳作还有林希的《蛐蛐四爷》，同样是中篇经典，与《凤凰琴》具有异曲同工之妙。

《凤凰琴》创作至今已 30 年了，还在被不断地经典化的过程之中。我每读一次感动一次，也许这就是经典永留传的不二法门：情感是小说创作的灵魂所在。我们当下的许多小说恰恰丢失了情感。

《凤凰琴》：刘醒龙小说创作
艺术奥秘的一把钥匙

朱小如

首先，我对《凤凰琴》这篇小说感触比较深，一方面是源于作品产生的社会影响力特别巨大，众所周知的是一位政府高层领导就因为观看了此作品之后，立即批示行政命令，要求从此以后各级地方政府即便再穷，也不能拖欠教师的工资。一部文艺作品能起到这样的社会影响力，就我的印象中似乎也就是传闻美国的林肯总统是因为读了《汤姆叔叔的小屋》之后，才发动了著名的南北战争。

《凤凰琴》这篇小说发表三十年过去了至今仍然有着持续性的社会影响，说实话，中国当代文学史上这样的作品数量有限。

另一方面是源于我本人在黑龙江插队时当过一段时间生产大队小学民办教师，甚至还教过"复式班"，也就是在一个教室里同时教一年级又要教二年级，一个星期 36 堂课，音体美全包的那种。七十年代的民办教师还没有月薪工资，挣的也还是工分，是一定要等年底了，全大队各个小队分完了红之后才能计算出全大队的平均分值，民办教师比社员们工分拿得晚，且比强劳力拿得少，也不过就是全大队社员的平均分值。"转正"是乡村教师可以有月薪，不再拿工分的唯一道路。所以"转正"就成了民办教师之间的首要矛盾焦点。民办教师开始有月薪，还是八十年代后期土地承包到户之后的事。因此我对那个年代民办教师的艰辛困苦有切身体会。同时，我也有幸去醒龙老家英山地区参观过，由此对《凤凰琴》中描写的山村社会生活环境和人物心理状态不仅不陌生还相当熟悉，这就使得我在这部作品的阅读感受上很容易被打动。《凤凰琴》小说中的"转正"应该比仅仅有月薪工资外，还多了一层意思，那就是教师的工作业绩希望能得到社会认可和充分的尊重。一个教了几十年书的堂堂校长还不能获得"转正"，在社会上脸没地方搁。小说中的余校长和他为"转正"不成而几度自杀的妻子，这种教师——知识分子爱面子才会具有的特殊失衡心理状态可以说相当典型和普遍化。《凤凰琴》小说之所以能产生出巨大的社会影响力，事实上也不外乎是因为它真实地揭示出这样一种普遍化且典型化的乡村社会现实矛盾。

其次，想说一说，《凤凰琴》在刘醒龙整个小说创作中的地位作用问题。评论家普遍都认可的是"代表作"，我当然同意，但我更倾向于"成名作"的说法。就我近十年来对他文学创作的了解和观察，也在细思这篇小说在刘醒龙整个小说创作中究竟具体有哪些"代表"性。

刘醒龙的文学创作，起步于八十年代，正是"寻根"文学之后，"先锋"文学盛行的时代，刘醒龙最早的《大别山之谜》小说创作必然受到了当时文学新思潮的影响，所以，《大别山之谜》的叙事艺术风格明显地近于现代主义，和现实主义有相当的距离。

《凤凰琴》这篇小说则发表于1992年。众所周知，九十年代的中国文学正处于低潮期，陈忠实的《白鹿原》，王安忆的《长恨歌》，贾平凹的《废都》也都要一年后才发表。由此，《凤凰琴》这篇小说深刻揭示的尖锐社会现实矛盾一发表即备受文学界关注，尤其是该小说93年改编为影视作品放映后，刘醒龙就此成为中国当代文坛不可或缺的重要作家，紧接着他的《分享艰难》这样的"代表"性作品问世，文学评论界一致地推波助澜将其放在了"现实主义冲击波"的作家群之首。就中国当代文学史的研究角度而言，这个"现实主义冲击波"的文学浪潮，确确实实地为当代中国作家及其作品，重新获得了广大文学读者的青睐，以及重新生发出广泛而强大的社会影响力起到了不可磨灭的作用。

然而，在我看来，刘醒龙被仅仅定格在现实主义作家的"代表"性上，仅仅停留在对其作品具有强烈的深刻社会批判研究上，事实上是无法完整地阐释清楚刘醒龙小说作品的一些隐含的思想主题，以及他整个小说创作中的叙事艺术风格和美学追求的。

以《凤凰琴》这篇小说为例。我们不难看出小说特别以《凤凰琴》为题名，而这把凤凰琴恰恰最后才披露出乃是张英才舅舅，主管掌握民办教师"转正"的万站长当年送给余校长妻子的，想必舅舅和余校长之妻的个人关系匪浅，但也正因为有这一关系，原本可以有更多"转正"机会的反而迟迟得不到"转正"，于是三番五次和自己过不去，甚至绝望自杀。可见，作者就已经不仅仅停留在尖锐的社会性批判上，而是深刻地探究起小说人物内心世界不尚透明的真相，人性深处难以厘清的污垢，难以理顺的皱褶，以及最终方显现出的人性明光。这种深刻的人性探究其实是现代主义文学作品的母题。

同样以这篇小说为例。虽然小说整体上看起来似乎是比较典型的现实主义风格作品，但是仔细阅读和认真比较刘醒龙的前后所有作品之后，事实上《凤凰琴》在叙事语言艺术风格上，基本保留着他早年《大别山之谜》写作中的山林野地间笼罩的一些神秘气息氛围，尤其是他在小说局部的细节描写上和故事情节的奇妙安排上都处处显示有别出心裁，匠心独具的地方，不仅丝毫不违反现实主义写作规范，相反给现实主义写作传统，添加了一些更为新奇夺目的绚丽色彩。

如写余校长送学生回家，夜里走山路所遇到的神奇幻境；写余校长之妻在填写完"转正"表格后的安然离世；写最后余校长最后在"转正"表格上填写的竟是张英才的名字等，这种一波三折，出其不意，却又情理之中的蹊跷和奥妙的故事情节，原本大多也只是出现在浪漫主义文学传统作品中。而刘醒龙能将这些具有强烈表现力的写作要素移植，嫁接到现实主义写作传统中，让人读着完全没有故意炫耀之感，让人读着感觉这一切依然是完全忠实于生活的原貌。

由此，在我看来，《凤凰琴》这篇小说作为刘醒龙整个小说创作中的"成名作"，一举奠定了刘醒龙小说创作中的叙事艺术风格和美学趣味追求。而不论是荣获茅盾奖的作为《凤凰琴》续篇的《天行者》，以及《圣天门口》和最新的《黄冈秘卷》这样的长篇力作中都无一不隐含着他创作《凤凰琴》时就已磨炼成熟的叙事艺术风格和一以贯之的美学趣味追求。可以说这篇小说其实就是打开刘醒龙整个小说创作艺术奥秘的一把钥匙。

重读《凤凰琴》

李浩

在给刘醒龙先生写过的印象记中，我曾谈到："我至今还记得第一次读到刘醒龙小说时的情景，那时我还在写诗，读小说很少，所以读到《凤凰琴》完全是种偶然——我甚至忘了我是在哪本刊物上读到它的，甚至忘了自己是在上午读到的还是下午读到的……我只记得我读完最后一个字，天已经快黑了，可那种让我沉浸其中的情绪还在纠缠缠绕，让我真的是难以自拔。我是在自家的院子里，已是黄昏，家里竟然还是空无一人——我怀着激动从院子里走出去，走在街上。我急于寻找一个可以说话的人，我要和他说我今天读到了一篇小说《凤凰琴》，里面的故事是这样这样，我怎么会有这样强烈的感觉……河北沧州，海兴县，一个巴掌大的县城当然能遇到的熟人很多，但他们不是我'可以说话'的那个，于是我一路走着直到县文化馆……后面的情况我已记不清了，我不知道自己是不是遇到了高向东还是杨双发，是不是敲开了路如恒老师的门他在不在，我记不清了，我只记得当时的天色和我内心里涌动而起的激动。那时我还在写诗，脑子里全是埃利蒂斯、里尔克、帕斯捷尔纳克等等一大堆洋名字，阅读也主要集中在现代诗上，可刘醒龙的《凤凰琴》竟然在那个时间、那个阶段中'闯入'，现在想想也颇有些意外。我甚至猜测，在最初阅读时我应是带有某种轻微的也是先期的'敌意'进入的，那个年月我年少轻狂，这种轻狂甚至完全不需要理由和支撑，就是一味地不屑、鄙视，对小说这种俗文体尤其中国小说抱有一种不可理喻的精神傲慢，可我，竟然'挫败'地被《凤凰琴》所征服。"重复这一段文字并不是别的意思，而是再次地声明：此言非虚，同样这样激动的时刻还有第一次读完杜拉斯《抵挡太平洋的大坝》和第一次读完加西亚·马尔克斯《百年孤独》的时候。而读到《凤凰琴》时的激动，要大大超过《抵挡太平洋的大坝》和《百年孤独》。

同样在那篇印象记中，我谈到我对刘醒龙先生其他几部作品的阅读，譬如他的《分享艰难》《秋风醉了》，譬如《圣天门口》《大树还小》，譬如《圣天门口》《天行者》……他是我所敬重的作家，也是影响到我的写作和写作思维的作家，在这里，我愿意再次表达我的敬意。在这里我也愿意多提几句《圣天门口》——同样是在那篇印象记中，我说，在阅读到这篇小说之前我就想象了它的好，对它有期待，但这部《圣天门口》还是意外地超过了我的期待，我没想过它会有这么丰富、厚重，没想过有如此茂密的"神经末梢感"，没想过它是这样的生动紧张，又充满着悠长回味。和注重幽微情感的《凤凰琴》不同，《圣天门口》是浑厚阔大，是波澜的大褶皱，它提供给我的是另一个刘醒龙，一个出我意料之外的刘醒龙。邵燕君谈到，"《圣天门口》堪称近几年来一部难得的现实主义力作，在一系列历史'重述'作品中成就最为突出。这部作者耗时六年创作的长达 100 万字的鸿篇巨制，以武汉附近的天门口小镇为切入点，对中国 20 世纪波澜壮阔的历史进行了颠覆性的'重述'。如果《秦腔》的特点在于其'反史诗化'的写法，《圣天门口》特点恰在于其对'史诗化'写法的全面继承和发扬。刘醒龙是一个来自民间也扎根民间的作家，他坚信依据'朴素的真理'可以'还原历史的真实'……"引用邵燕君老师的评价并非讨巧，一是她所说的这些我极为认同，二是在我们的讨论中，她所说的这些是经过我们的反复争辩之后的呈现结果，是我们的一种"共同感受"。我记得参与北大评刊的同学们个个傲慢而苛刻，但对刘醒龙的《圣天门口》，好评却是一致的，大家可商榷的似乎只有语言感觉的问题，故事讲述上的问题……不只是我，是邵燕君和我们大家，都能感觉到刘醒龙在写作中的可贵坚持，一种扎实的、不讨巧也不有意讨好的韧劲儿，一种向着不可能再推进一步、向着小说的理想状态再推进一步的韧劲儿。在这个浮躁的闹哄哄的表象时代，他显得有些笨，有些不同。

我欣赏刘醒龙先生在他的写作中呈现出的这种"笨劲儿"。铁凝说过,文学需要大老实,而刘醒龙先生所呈现出的笨劲儿,在我看来就是大老实的表现,是不在必须要认真面对的点上讨巧的坚韧和坚持,是那种在艰难处"正面强攻"的勇气和毅力。

因为这次的会议,我又重读了《凤凰琴》以及《天行者》,甚至也读了由李遇春、邱婕主编的《从〈凤凰琴〉到〈天行者〉》和《刘醒龙研究(三)》的大部分篇什。两部评论集的阅读或多或少让我后悔,因为我发现我想说的许多话都被像吴晓东、夏元明、於可训、姚楠、李遇春、韩春燕、周新民、郭宝亮、李美皆、王春林、吴义勤等人说过了,甚至试图吹毛求疵的话也被管兴平先生《三论〈天行者〉》给说出了——在任何一位作家、批评家的后面跟着"指认"都属于"渺小后来者"的重复,可完全绕开、"左右而言其他"又是不智的和无意义的……是故,在左右为难之中,我选择更多地从自我的感受出发而不是普遍的价值指认出发,这样,或许会有更多的"发挥余地"。

第一,无论是《凤凰琴》还是《天行者》,它们都有一个"背景依赖"的问题,它们都具有太强的时代感和时代特色,它们依赖于"乡村民办教师转正"这一具体的、具有时代性的背景,越是处在那个时代、越是有亲身经历的人对它越有共鸣——而这一背景在时下是解决了的、取消了的,也就是说它的背景性存在在此时已经消解,摧毁。那么,背景的取消是否会影响到甚至严重影响到我们的情感共鸣,我们(尤其是新时代的年轻读者)是否就再也感受不到像余校长、孙四海、明爱芬以及张英才的那种"渴求"了呢?随着这一背景的消失,是否它们的价值意义也随之消失了呢?在那么多年之后,刘醒龙再以一部长篇的容纳"改写"和拓展已经"经典化"的《凤凰琴》,他试图抓住的又是什么?

事实上,莎士比亚的戏剧也会面临这一问题,他反复书写的"国王"已经在这个世代不复存在,国王们明显地丧失了权柄;《红楼梦》在此时也必须面对的是,当下的中国人已经不那么说话,甚至不那么看问题想问题……那我们对这些文本的阅读,共鸣感在哪儿?如果允许,我悄然地换一下这个问题,更具体也更个人些,我在重读《凤凰琴》以及《天行者》的过程中，是否还有共鸣感，是否还会感觉得到来自文本的力量？进而，我也许必须思考，为什么？

力量还在。共鸣还在。甚至，在此刻，我的感受较之以前初读的时候更为强烈了些。我想给我力量和共鸣的是来自于余校长、邓有米、孙四海和张英才，包括万站长，此时给我感吁、触动和紧紧抓住我的已不仅是故事的风生水起，更重要的，是从他们身上透露出的"远去的精神风景"。这一风景，或者说这一精神性的指向，并没有随着背景性依托的消失而消失，相反，它获得了更多的凸显，尤其是那种"可贵处"。莎士比亚的戏剧中描述的国王、王子的生活已成过去，但"生存还是死亡"的问题还在，它依然是对我们内心的质问和追问；《红楼梦》中的大观园、荣国府已是想象的痕迹，但浸润于生活的诗意、挣扎和好了之思还会在我们的心头萦绕。无疑，在《凤凰琴》中，刘醒龙从余校长、孙四海和张英才等人身上的那些"萃取"，透过万站长之口所说出的那句（在批评中无数次被引用的）名言："想说界岭小学是一座会显灵的大庙……那地方，那几个人，是会让你中毒和上瘾的！……"——它们带有精神宣喻的性质，而在这个世代，甚至更令我共鸣，更令我有感动和触动。

在他们身上的，某些褒有，在这个时代难道就可以可有可无了吗？在他们身上的某些褒有，随着"民办教师"这一队伍的消失就可以消失吗？

第二，围绕在余校长、邓有米、孙四海等人身上，或者说围绕在界岭这个贫苦的小学民办老师们的身上，他们都有两个同时存在又同样刻骨的"向度"，一种是使命的、责任的，对教育和孩子们的内在尽职；一种是对于"转正"的近乎是痴迷和疯狂的渴念。它们相互交织，相互拉扯，相互抵牾也相互撕咬。使命的、责任的这部分趋向于神圣的因子坚固地存在着，尽管小说中并没有将其刻意地神圣化或宣教化，相反，它在刘醒龙的笔下相对平静，自然而然地呈现着……恰恰这份自然而然，给我和我们的感触更深，更有亲近和动人。而另一面，对于"转正"的渴望同样是坚固地在着，它是世俗计较，是面子和利益得失的计较，而它在界岭小学的民办教师们的身上同样地"根深蒂固"，影响着甚至是严重地影响着他们的行为和处事。我来自乡村，父亲是教师，因此我大约更能感受刘醒龙先生笔下写出的这些人物和他们的在意，这，或许也是当我初读《凤凰琴》时"超常激动"的原因之一。

正因为计较，属于内心深度的共有渴念，因此那个"让名额"的戏剧才显得更有力量和涡流感，它甚至推升了故事的高潮，让我在再次读到明爱芬填表过程中死去的情节时依然心颤不已。

"转正"，无论是在《凤凰琴》还是在《天行者》中，都占有极端重要的位置，是重中之重。王春林在他为《天行者》所写的评论中提到，"如果说，'凤凰琴'中第一次关于张英才转正的描写，还具有崇高的正剧意味的话，那么到了'雪笛'中关于蓝飞转正的描写，就已经带有明显的闹剧意味。到了《天行者》中，关于余校长、邓有米、孙四海他们最后转正的描写，所表现出的干脆就是带有突出荒诞色彩的悲剧意味了……"我们看到生活给予他们的一次次重压，更看到他们渴念的难以实现，加上社会机制的各种制约，使得这些具有象征性的乡村知识分子成为了"被侮辱和损害的"群体中的一员，难以出头；然而，这样的认识包括他们的"自知"中，我们又可发现他们不受这一渴念干扰和影响的一面——这一面，我不想用刘醒龙在小说中未使用的词来概括，因为每个词都有轻度的拔高的嫌疑，同时又有轻度的下拉的嫌疑。他们只是出于自身的原始本能和职业本能在做，只是在日常中一天天一日日地做着，继续做着，而这种持续的坚持中自有崇高。这两种向度都是极有张力的部分，它构成矛盾、计较和挣扎，构成小说中极有"故事性"的部分，更是贮满了力量感的部分。

在这两种核心性的人性向度之外，他们每个人身上都还混杂着其他的复杂，这种复杂真切真实而又滋生出别样的丰满，它们使故事更加厚重。在《凤凰琴》和《天行者》的书写中，刘醒龙有着明显的理想指向和道德指向，这里的人物有着对应性的塑造，而最为可贵的是刘醒龙没有概念化处理，而是让他们成为活生生的人，有着活生生的情感，有着心灵的幽暗之处，有着试图不被人发现又总是被敏锐发现的光或影。正是这一部分，使小说合情合理，动人动心。

　　第三，我觉得刘醒龙的《凤凰琴》和《天行者》，应当属于这样的作品：它们对于读过并喜爱它们的人构成一种丰富的经验；但是对于那些保留这个机会，等到享受它们的最佳状态来临时才阅读它们的人，也仍然是一种丰富的经验。

　　在这次重读的过程中，我似乎是"忽然"（更应当是：更加。但忽然却是我在重读过程中的直接感受）意识到它原来有那么多的丰富、曲折、多意；"忽然"意识到它原来经意地埋伏着这么多、这么多精心之处，而我可能在初读的时候没能体会到。小说是艺术体，话题和思想的深刻并不能保障它的有效和成功，尽管那种深刻性不可或缺。"一切智慧的因素，不可避免地要在小说中出现，从根本上来说，都要以某种方式溶化到情节中去……溶化成可以吸引读者的逸事，不是通过作品的思想，而是通过作品的颜色、感情、激情、热情、新颖、奇特、悬念和可能产生的神秘感。"马里奥·巴尔加斯的这段话让我深以为然，在我看来任何一部具有经典性的文本都应在思想性和艺术性上经得起双重的苛刻考验，单一向度的优长无力保障它的伟大。

　　凤凰琴，在《凤凰琴》和《天行者》中都有极为巧妙的运用，它成为了故事的环扣和推进力的有效支撑；我想我们也会注意到几次狼的出现，它其实是一个非常重要的点，除了象征和寓意之外，还是故事起伏中的波澜设置。在《凤凰琴》中刘醒龙是轻描淡写来处理的，而在《天行者》中，我发现刘醒龙依然轻描淡写，并没有使它获得大的繁衍——这样的段落，如果交给玛格丽特·杜拉斯来写，如果交给君特·格拉斯来写，它们都可能需要至少 3000字……我理解刘醒龙的轻描淡写，他其实是用这种方式提醒我们：这样的发生其实是常态，是那个年月的常态，在界岭这些民办教师、学生和家长们日常所见的常态，"不值得"特别注意，当成一件大得不得了的事儿来看待。在两种写法之间，我不会轻易地选择只褒奖任何一种，但就《凤凰琴》这样的具体作品和具体处理而言，我个人可能更倾向刘醒龙在小说中的方式。

　　两部小说都展示了刘醒龙良好的故事能力，无数曲折、复杂、环环相扣的故事在小说中不断叠加，而在这个叠加的过程中又有极强的统一性和"统一走向"，使得故事的明晰感得以彰显，吸引力强。更为重要的是，在故事的层叠推进中，他时时点到为止，为小说留出诸多的耐人回味之处，让我们这些阅读者调动自己的经验和知识为其有效填充……在小说中，那些精妙的、有意味的设置实在是太多了，譬如升国旗，譬如孙四海的笛子吹奏和那曲《我们的生活充满阳光》，譬如张英才的信函，譬如……这些设置都足见刘醒龙的耐心和精心，它们使得小说在每一页纸上都有小小的闪光，进而，汇成。

新时期文学进程中《凤凰琴》的意义

许春樵

三十年后看《凤凰琴》，跟三十年前是大不一样的。20 世纪八十年代兴起的先锋文学在经历了众星捧月和过度狂欢后，渐渐地失去了继续的向前的动力和信心，缺少现代物质支撑和哲学准备的中国文学，不得不冷静下来，重新思考和规划文学发展的方向和路径，于是，九十年代初由《钟山》《上海文学》《小说家》《北京文学》等刊物陆续推出的"新写实小说"率先将新时期文学扳回到了"现实主义"的道路上，刘醒龙和他的中篇小说《凤凰琴》就是这次文学转型的代表性作家和代表性作品，所以，《凤凰琴》这部小说文学史的意义大于时代的现实的意义，是新时期文学进程中的一个标签式的作品。这一定位对于这部作品来说，是重要的，也是必须的。

《凤凰琴》为批判现实主义确立了一个新的价值模本，这就是幽暗中的亮光，冷酷中的温暖，批判中的关怀，挣扎中的人性。与传统的批判现实主义写作相比，刘醒龙的《凤凰琴》没有艰难中的沉沦和挫折中的绝望，小说写出了一群乡村民办教师的辛酸、卑微和受伤，但小说更写出了他们的忍耐、牺牲、奋斗，写出了个人利益冲突下人性中的善良与仁慈，余校长和瘫痪在床的妻子、孙四海与寡妇、张英才没钱寄信、拖欠的民办教师工资被抢、民办教师上山偷伐树木被抓，小说为浮萍一样无根无底无奈无助的乡村教师给予了道义上的声援和呐喊，小说中赤裸的真诚和慈悲具有极大的冲击力，三十年后重读，依然持久感动。直面现实的残酷，直面人生的惨淡，小说没有美化和粉饰，为了修校舍，大山里的界岭小学扫盲数据造假，还有冒领空饷、教师抓学生的差、与寡妇苟合、为转正各怀心思，所有这些不堪的叙事不是作品灰暗，而是现实主义巨大真实，是现实主义审美的魅力之所在。最后在转正的尖锐关口，大家由相互争夺，到相互推让，尤其是将名额定给病入膏肓的明爱芬老师，让其带着希望和尊严离开这个世界，人性的光辉和小说所渗透出来的悲悯情怀在此被推向了极致。将《凤凰琴》放在新时期批判现实主义小说生态中，与早期的"伤痕文学"划开了明显的界限，虽然都是质疑、批判、反思现实，但《凤凰琴》少了一些尖锐，多了一些温和；少了一些愤怒，多了一些关怀；少了一些幻灭，多了一些希望；少了一些坍塌悲观，多了一些抗争和奋斗。现实主义创作有多种可能性，托尔斯泰的《复活》、哈代的《德伯家的苔丝》等许多经典都写出了幽暗人生中的人性挣扎和向善，但《凤凰琴》在新时期批判现实主义的狂飙突进和刺刀见红中，这种侧重于与生活合作，与现实和解的价值立场独树一帜，用"真善美"去瓦解"假恶丑"，而不是用"假恶丑"去毁灭"真善美"，这可以看做刘醒龙现实主义创作的一个个性化的审美取向。

在时间和岁月沉淀后，一部小说是否成为经典性存在，小说的技术保障必须是出类拔萃的，甚至是无可挑剔的，从技术层面看《凤凰琴》，可以看出是刘醒龙自觉将一部小说推向了新时期文学的前沿。首先这是一部好看、抓人的小说，好看在小说人物关系和情节的戏剧性设计，比如，张英才从年轻气盛的书生到融入真相的生活，从检举揭发学校为当先进弄虚作假到给省报写稿挣回了奖励，从个人利益出发暗地里借助舅舅的势力谋划转正，到主动让出名额，走向自己的反面是人生的成长、成熟，也是小说不断变化的戏剧性体现，界岭小学的几个教师之间关系微妙而富于变化，他们为自己的利益暗中较劲，但为了学校利益相互包庇相互掩盖，完全一致，最后在转正名额的确认中，深明大义，纷纷做出让步，道义克服了私利，张英才从与同事关系亲密到检举后被同事孤立冷落，舅舅、明爱芬与余校长，人物关系一直在纠葛变化中丰富着小说的情节和故事的力度。人物众多但每个人各具个性，独具品质，差异化带来丰富性。其次是小说的细节杀伤力。细节是小说的血液，故事好找，细节难求，明爱芬病床填表转正，要洗干净手，这一神圣的场景，也是致命的场景，三十年后依然动人心魄。吹笛子奏国歌升国旗，只要看过小说，这一细节就会扎根到读者的记忆里，甚至会渗透进读者沸腾的血液中。

《凤凰琴》最具审美意义的是，现实主义严酷中的浪漫主义气质。凤凰琴不是一个礼物，也不简单是一个道具，它是一个象征，是对未来、对美好生活的等待和憧憬。邓有米和孙四海两人吹着一高一低音的笛子，寂寞孤独时吹《我们的生活充满阳光》，操场上升旗时吹《国歌》，尤其是电影中吹笛子升旗那一场景，极具视觉冲击力和心灵震撼力。树下弹琵琶苦中作乐，是信心，是希望，是力量，很浪漫。如同《泰坦尼克号》沉船前四重奏乐手演奏《与主亲近》的曲子，绝望中的信念，忧伤里的浪漫。小说里反复出现凤凰琴、吹笛子奏国歌、升旗等场景，所有这些已不单单是技术性设计了，而是构成了整部现实主义小说中的浪漫主义的调性。都说现实主义和浪漫主义相结合，说起来容易，做起来很难，尤其是在新时期文学中，很少有作家能在压抑和窒息的叙事中，凿开一个透气孔，让光线和空气进来，更难以在废墟上开出鲜花和唱出歌声。《凤凰琴》的浪漫主义调性在新时期批判现实主义文学中同样具有标签性的意义。

刘醒龙的《凤凰琴》是丰富的、厚重的、扎实的、好看的、深刻的、闪烁着人性光辉的现实主义力作，它提供了许多研究的维度和方向，但放在新时期文学进程中去考察这部作品，除了发现艺术价值，还有文学史意义上定位的必要性。

"越界"与"流动"：刘醒龙创作新论

——兼对其文学史定位问题的思考

温奉桥　李旭斌

　　自 1984 年发表《黑蝴蝶，黑蝴蝶……》，刘醒龙的创作已近 40 年。作为当代文坛一个"不安分"的存在，刘醒龙在生活、文学、自我之间，不断"调适"，拒绝固化，拒绝标签化，甚至拒绝"文学史化"，不断在"越界"中找寻属于自己的位置。

　　刘醒龙曾将自己的文学创作分为三个不同阶段[①]，但在看似不断衍变的过程中，有其一以贯之的精神基点，那就是其现实主义的价值立场。刘醒龙坦言："我自认为是一个有理想的现实主义作家，或者说是具有浪漫精神的现实主义作家。在骨子里，我的小说更多的是表达对现实的质疑。"[②]从《凤凰琴》《分享艰难》《圣天门口》到《天行者》《蟠虺》《黄冈秘卷》，刘醒龙现实主义创作在坚守中完成了对自我的"越界"，不断"越界"使刘醒龙成为了当代文学史上"熟悉的陌生人"，或者说，他成为了一个"溢出"文学史的存在。

　　一、毫无疑问，刘醒龙是新时期现实主义文学的一面旗帜，但同时又是被文学史严重遮蔽了的作家。20 世纪 90 年代末，刘醒龙是被"现实主义冲击波"捆绑进文学史的。然而，"现实主义冲击

---

　　① 参见周新民：《和谐：当代文学的精神再造——刘醒龙访谈录》，《小说评论》2007 年第 1 期。

　　② 饶翔：《刘醒龙："我相信善和爱是不可战胜的"》，《文艺报》2011 年 9 月 19 日。

波"本身就是一个含义模糊的策略性概念,其参照系是新写实主义。尽管刘醒龙并不认同这一文学史定位:"我总觉得,作家如果真的能够被划归一个流派,一个真正的作家也就消失了。"①然而,刘醒龙的文学史形象却逐渐被僵硬地固定下来。显然,刘醒龙的丰富性、复杂性及其独特的文学个性,被"现实主义冲击波"遮蔽了。

那么,对于刘醒龙而言,从何处"入史"以及如何"入史"才能体现其现实主义创作的独特性?这直接关系到刘醒龙的文学史定位问题。客观而言,文学史的书写是一种线性叙事,而支撑这种叙事逻辑的是文学史的整体性视野和话语谱系的建构,事实上,文学史叙事逻辑内含了某种难以克服的矛盾与冲突,因为没有了对局部、具体、非连续性的关注,谱系学也就丧失了其合法性意义,而所谓文学史的整体性视野,则意味着将研究对象按照各种类型(如题材、手法、关系、影响等)进行分门别类再编码,这种文学史处理方式,对"十七年"文学尚且适用,但是具体到90年代以来的文学,则必然展现出某种"无序"和"片断性"②特征。同时还应注意到,90年代以来的文学在当代文学史叙述中并不占据重要地位,处理方式也相对简单,即通过某些代表性文学潮流的整体式概述,以求尽可能形成具有稳定评价的文学"事件"③,或者说,将其作为"固态"的形式以缓解"在场"的不确定性所带来的书写焦虑。这在客观上,对90年代以来的文学形成了某种简单化效应。

---

① 刘醒龙:《刘醒龙文学回忆录》,广东人民出版社2019年版,第142、143页。

② [法]米歇尔·福柯著,严锋译:《两个讲座》,见《权力的眼睛——福柯访谈录》,上海人民出版社1997年版,第221页。

③ 例如,"个人写作""下半身写作""私小说""现实主义冲击波""新体验小说""新状态小说"等。

客观而言，在新时期作家中，刘醒龙属于"入史"较晚的一位①，更重要的是，刘醒龙的文学史定位与其创作之间长期存在"错位"的现象，这种"刘醒龙式"文学史困境，其实并非刘醒龙独有，这一问题在创作时间跨度长、作品数量多、风格多样的作家身上尤为突出，例如当代文学史对王蒙、莫言、贾平凹等作家进行的

———————————

① 对几部具有代表性的中国当代文学史进行分析，可以发现：洪子诚的《中国当代文学史》(北京大学出版社1999年版)只设一章来专门论述"90年代以来的文学状况"。在90年代的重要文学现象中，洪子诚提到了"现实主义冲击波"这个文学潮流，但也认为文学潮流在90年代的文学演进中所扮演的角色已经弱化了，"难以看出类似于80年代(尤其是80年代前中期)那样以潮流的方式推进的痕迹"(第388页)。对于"现实主义冲击波"及其代表作家没有单独而具体的阐述，刘醒龙在这部《中国当代文学史》中留下的唯一"痕迹"就是在书后所附的"中国当代文学年表"中的1996年1月被提到"刘醒龙的小说《分享艰难》发表在《上海文学》第1期"(第427页)，按照此书的撰写体例，在年表中被提及的作品多与正文中所述的文学现象相关，而刘醒龙此前的创作特别是因电影改编而广受关注的《凤凰琴》等作品均被忽视了。而在2007年修订版的《中国当代文学史》中，洪子诚在《修订版序》就已明确表示应该"适当增加90年代文学的份量"，或许是对90年代文学能否"入史"以及"入史"限度的谨慎，作者只是在原有章节结构的基础上，专门列出了对"现实主义冲击波"这一文学"事件"较为详细的阐释，而作者为其寻找的"入史"限度就是这一文学潮流的发生应该与中国"新文学"强烈的社会性传统有关，同时，也与90年代国家意识形态部门的操作有关：它是将现实题材长篇小说创作纳入"主旋律"文化战略实践的结果(第344-345页)。陈思和的《中国当代文学史教程》(复旦大学出版社1999年版)与洪子诚的编写体例不尽相同，这本文学史没有按照文学流派或文学思潮作为结构全书的逻辑理路，而是选取了不同时期的具体作品来统领全书。书中虽然没有提及刘醒龙和"现实主义冲击波"，但陈思和并非漠视了刘醒龙的创作。在对《分享艰难》的争论中，陈思和就很有见地指出当时很多文学批评都是对小说和作者的误读(见《刘醒龙文学回忆录》第235页，根据刘醒龙本人的回忆，陈思和提醒人们此"分享艰难"非彼"分享艰难")。陈晓明的《中国当代文学主潮》(北京大学出版社2009年版)将刘醒龙等人的创作纳入了现实主义乡土叙事的视野，并重视其在90年代对现实主义文学转型的努力。陈晓明已经注意到了刘醒龙进入当代文学史的"滞后"问题，他对刘醒龙的《凤凰琴》《分享艰难》和《圣天门口》三部作品进行阐释，并指出了刘醒龙创作的特点和不足。

"压缩"与"分割"处理即是明证。具体而言，刘醒龙 1984 年发表处女作《黑蝴蝶，黑蝴蝶……》，随后创作了浪漫诡谲的"大别山之谜"系列①；而直到 1996 年"现实主义冲击波"兴起，刘醒龙的创作才真正被文学史关注，即刘醒龙所说："始料不及的是，九六年风云变幻，大家忽然将我同何申等作家绑在一起，硬是弄成了一个'冲击波'。"②不难看出，刘醒龙是被裹胁进文学史的，这就可以理解为何对刘醒龙文学史形象的建构，存在明显"滞后"与"错位"的现象。

然而，对刘醒龙而言，更为"尴尬"的是如何"入史"的问题，即文学史对作家的"归并"或"类型化"处理能在多大程度上体现历史的有效性与合理性？毫无疑问，文学史是一种权力话语，其本质是"赋予形式"或"引入意义"③，而"类型化"是中国当代文学在制度化建构时期确立的基本"入史"方式，自然有潜在的意识形态含义。同样，"现实主义冲击波"在文学史叙述中也并非自主地呈现，而是被赋予意义的某种"形式"，包含着将其纳入"主旋律"的期望。在文学界掀起"分享艰难"和"现实主义冲击波"的讨论后，作为被命名者的刘醒龙所扮演的角色却是有限的，作者个人的创作特征或精神意图被正反双方的情绪立场所隐没，这说明具体作家"入史"的前提是搁置独特性或个性，因此，刘醒龙在进入文学史之后，他和作品的存在就不是"文学"的形态，而是作为某种"类属"的表现，一旦进入文学史逻辑，"不管作品的个性特征是多么突出，它也只是这个'类属'中的一份子"。④ 但不可否认的是，如何"入史"不仅

---

① 根据刘醒龙的原意，该系列小说应写作"大别山之迷"，但目前出版的刘醒龙著作和评论文章基本都写作"谜"，为保持统一，本文也用通行的"大别山之谜"来表述，下文同。其具体含义将在下文阐述。

② 刘醒龙：《浪漫是希望的一种——答丁帆》，《小说评论》1997 年第 3 期。

③ 王德威：《想像中国的方法：历史·小说·叙事》，生活·读书·新知三联书店 1998 年版，第 299 页。

④ ［德］瑙曼：《作品与文学史》，见范大灿编：《作品、文学史与读者》，文化艺术出版社 1997 年版，第 181 页。

是寻找或确立作家与文学史关系的一种"方法"，还可以转变为思考作家创作独特性的一个角度。刘醒龙为这一问题，提供了一个最佳个案。

二、毫无疑问，刘醒龙的创作给当代现实主义文学"增添了新的魅力"①，事实上，这种"新的魅力"对当代现实主义文学传统形成了某种挑战。或许，只有将刘醒龙置于20世纪现实主义文学整体性背景上，才能看清他真实的文学史形象和意义。

在中国新文学诞生后，乡土文学一直是现实主义文学的"主潮"，刘醒龙创作成就最高、影响最大的也是乡土文学，然而，刘醒龙却在"主潮"之中展现出了他不可取代的独特性。其实，乡土文学背后隐含的是启蒙的现实主义视角，除此之外，20世纪中国的现实主义文学还有革命的现实主义视角。这两种不同的视角却共同依赖于历史工具论和历史进化论的理念建构，它们都要求在对现实的书写中反映本质的"真实"。但是，刘醒龙最具代表性的《凤凰琴》和《圣天门口》分别表现出了对以上两种现实主义传统的疏离，可以说，刘醒龙不是"扎根"已久的传统现实主义文学孕育的"地之子"，他是在"水边"成长起来的"水之子"："像水一样，可以幽深、可以清澈，可以惊涛拍岸，可以明静如镜"②，在平静中孕育变化，像水一样具有流动性。水的流动性决定了任何一滴水都是没有确定的归属感或家园感的，而每一滴水似乎又在寻找汇入主流的可能，因此，他只能在动态变化中寻找属于自己的独特性，这构成了刘醒龙现实主义文学创作的根本特征。值得注意的是，流动性使得刘醒龙的现实主义创作具有了鲜明的人文主义特征，而不仅是认知与判断的理性主义特征，具体而言，刘醒龙的流动性又有两个基本表现形态——"越界"与"寻找"。

"越界"并非意味着刘醒龙对现实主义传统的彻底反叛，他一

①　周新民、刘醒龙：《和谐：当代文学的精神再造——刘醒龙访谈录》，《小说评论》2007年第1期。

②　刘醒龙：《刘醒龙文学回忆录》，广东人民出版社2019年版，第288页。

方面继承了经典现实主义面向社会、面向大众的文学立场；但另一方面，又根据自身的生命体验极力张扬现实主义文学的主体性，延展现实主义文学的边界，使现实主义原本缺乏的人文情怀变得充盈。这既是对现实主义的挑战，也是对文学传统的新变，因此，作为"溢出"文学史的存在，刘醒龙与主流的疏离感和他作品中强烈的主体性就构成了对传统现实主义的突破，但这种"越界"不是对"自我"的不满，而是不满足。而他不断"寻找"的动力则源于其人生经历中挥之不去的漂泊感："漂泊是我的生活中，最纠结的神经，最生涩的血液，最无解的思绪，最沉静的呼唤。"①为了应答漂泊中孤独的呼唤，他只能在情感上不断寻找故乡的抚慰。"故乡"包含着独属于作者精神世界的身份和情感认同，以及为建构这些认同而进行的"越界"与"寻找"。正如有的学者所说，刘醒龙寻找的意义并非回归现实的故乡，而是"从'他者'和'异端'的生存空间里回归到真正的'自我'，它近乎本能一样深深地融进了每一个生命体之中"②。"自我"带有刘醒龙对人性深度的独到理解，是作者对感动与温情的感悟和想象。

回顾刘醒龙的漂泊生命历程，是为了更好地理解其现实主义创作的"越界"与"寻找"。刘醒龙的精神世界在其不经意中表露出来，仍以"大别山之谜"系列小说为例，刘醒龙最早将其命名为"大别山之迷"，而非"谜"，在刘醒龙看来，之所以用"迷"来代替"谜"，是因为"谜"到底是有确定的答案或结果的，而"迷"则需要让人们反复"越界"、不断"寻找"。这说明在刘醒龙创作伊始，他的现实主义文学观就是十分超前的，在他看来，作为反映人们精神世界而存在的文学，即使是现实主义的也不应该有稳定、单一的价值指向，否则，就是简单还原、临摹现实的"现时主义"，而非真正意义上的现实主义。

---

① 刘醒龙：《钢构的故乡》，见《寂寞如重金属》，北京十月文艺出版社2011年版，第1页。

② 但红光：《大别山之谜：刘醒龙创作研究》，中国社会科学出版社2017年版，第56页。

　　事实上，刘醒龙的"越界"首先也是最重要的就是对现实主义文学内部的突破。他的作品里基本不存在固定、单一的叙事结构或表现方式，相反，往往建构出一个对立统一的矛盾结构。这种结构在《村支书》《凤凰琴》和《分享艰难》中，已经有了较为明确的暗示，到《圣天门口》《蟠虺》等作品中则有更为精致的表现，即社会生活所展现的矛盾冲突隐喻的是人们心灵与精神的扭曲与挣扎，从中我们可以读出的是刘醒龙强烈的社会责任感与使命感，这与"新写实"的"零度"叙事显然大相径庭。同时，对于真正"自我"的渴望，使其在矛盾结构的一方确立了一种可以依附的传统。以《凤凰琴》《天行者》为例，小说中矛盾结构的一方是作为有根基有依附的存在，而结构的另一方是"越界—寻找"的漂泊存在，前者以余校长、邓有米、孙四海为代表，后者则以张英才、蓝飞、夏雪、骆雨等为代表，可以说，《凤凰琴》集中展现了刘醒龙现实主义文学"越界"与"寻找"的根本特征，这是因为，小说的矛盾或"轮替"结构已经与"十七年"文学和新时期之初现实主义文学宕开了距离，《凤凰琴》"不是遵循一个从困境到结局，或从幻灭到觉醒的辩证发展过程，而是从'悲中喜'到'喜中悲'、从'离中合'到'合中离'的无休止轮替"①。如果对小说的这种结构模式作精神分析学的抽象分析，从中窥测作者的情感和精神印记，或许可以发现刘醒龙更为真实和隐秘的"自我"。

　　此外，还可以从一个更为广阔的视角来理解刘醒龙小说的"越界"特征。"越界"的目的不是对已经发生或存在的现实的"寻找"，而是对人类"可以成为的"和"所能够"存在的确认②，或者说，"越界"的程度不仅是对生存现实之界的超越，还与更多无法融合的背景有关。在现代心理学看来，当人们意识到自己的存在因为承受着各方面的压迫而逐渐失去"本我"、呈现出一种"非人"的状态时，

――――――――――

　　① ［美］浦安迪著，刘倩等译：《浦安迪自选集》，生活·读书·新知三联书店 2011 年版，第 210-211 页。

　　② ［捷克］米兰·昆德拉著，孟湄译：《小说的艺术》，生活·读书·新知三联书店 1995 年版，第 55 页。

他们身上的原始强力就会被激发出来，这也是"越界"的真实原因。例如，刘醒龙小说中总是存在某种力量，这种力量既可以是小说中的某个人物，也可能是潜在的叙述者。总之，这股力量与其生成的空间之间存在矛盾与张力，更有对时代环境和文化氛围感到不适的"发声"。而从历时性的角度分析，刘醒龙"恢复"现实主义"尊严"的尝试也是对"自我"的超越。① 《圣天门口》在历史中追忆现实，作者没有建构中国革命发展的现实逻辑，而是"高扬了个体生命的价值，提出了'人'是社会变革的基本准则的文化理念"②。"自我"始终在"越界"与"寻找"的冲突中存在。刘醒龙认为，"现实主义需要一种精神，现时主义只是某种情绪"③，用"自我"冲突的形式表现深潜于社会现实中的"精神"，具体而言，这种精神得益于作者敢于书写人类身处"绝望"境遇中的反抗，实则印证了人类存在的可能和人性本原的韧性与光辉，或者说，刘醒龙用越轨的笔致书写先锋的精神，对沉沦在消费时代与物质欲望中的人的精神救赎才是刘醒龙力图恢复的现实主义的本质内涵与"尊严"。④ 因此，在"越界"与"寻找"的冲突中得以印证的精神"自我"，体现了刘醒龙现实主义创作中对人性的道德关怀，毕竟作者在矛盾结构中确立的可以依附的传统，不仅是文学或精神层面的传统，也可以指向道德意义上的传统。在更深层面上，刘醒龙其实是一个伟大的人道主义者或人本主义者，他说："文学的第一要旨是表现我们的民族精神与灵魂。"⑤贯穿其创作最核心的价值立场是对生命的关怀，"对人活在

---

① 赵斌：《"现实主义"的"尊严"如何恢复？》，《新文学评论》2015年第3期。

② 周新民：《〈圣天门口〉：现实主义新探索》，《小说评论》2007年第1期。

③ 刘醒龙：《现实主义与"现时主义"》，《上海文学》1997年第1期。

④ 参见周新民：《论刘醒龙的小说创作道路》，《中国现代文学研究丛刊》2017年第1期。

⑤ 曹静、刘璐：《刘醒龙曾被人嘲笑"坐家"：我不是写作天赋高的人》，《解放日报》2011年11月25日。

世上的意义的关怀"①。《凤凰琴》《分享艰难》《天行者》等作品关注的是现实人格，而《蟠虺》《黄冈秘卷》则主要投射于历史文化人格。显然，刘醒龙是一个既有高度理性自觉又有深刻人性关怀的现实主义作家，这一点使刘醒龙超越了绝大多数现实主义作家。

对于现实主义，刘醒龙有自己的认知："作为一种精神，'现实主义'本应表现更多的真的来源于生活，来源于普通人中间的内容。……'现实主义'的精神之力正是取之于这一点。"②刘醒龙在其小说中用非凡的眼光考察了普通人道德的复杂性或者说是人性中"自我"的冲突。从某种程度上说，不断"越界"与"寻找"，让刘醒龙成为了新时期现实主义文学的"边缘人"，但毫无疑问，他是有意义的"他者"。从创作伊始，刘醒龙就不屑做"时代的记录员"，反感"带着笔记本下乡，记到什么东西回来就写什么"③。他从客观事实的层面"越界"而出，不局限于美与真的结合，从而能够"寻找"到美与善、真与诚契合的精神"自我"。他虽然强调现实主义"正面强攻"的文学精神，可他的作品却像水一样，是从心里自然流淌出来的原始心态的文学与面向心灵的现实书写，呈现出"水到渠成，自然而然，徐徐进入"④的审美风貌。

刘醒龙的创作，一方面立足于中国的现实土壤，有强烈的现实关怀；另一方面，他又有更高的艺术追求，他关注的是人，是人性，从日常生活出发，抵达的是人性的深处，蕴藉在字里行间的，是对生命本相的凝视和勘探，因而具有某种普遍的抽象性，这形成了刘醒龙独特的现实主义美学品格。他的现实主义精神指向，不故意批判，也不故意"意识形态化"，而是始终保持必要的张力和艺术个性，不但拓展了现实主义文学的边界，而且升华了现实主义文

---

① 周新民、刘醒龙：《和谐：当代文学的精神再造——刘醒龙访谈录》，《小说评论》2007 年第 1 期。

② 刘醒龙：《现实主义与"现时主义"》，《上海文学》1997 年第 1 期。

③ 刘醒龙：《刘醒龙文学回忆录》，广东人民出版社 2019 年版，第 139 页。

④ 饶翔：《刘醒龙："我相信善和爱是不可战胜的"》，《文艺报》2011 年 9 月 19 日。

学的境界，赋予现实主义文学某种超越性带来的大气象、高境界，可以说，刘醒龙把现实主义文学在艺术上升华至一个新的精神高度，而这正是现实主义文学的"神"和"魂"。

三、很显然，刘醒龙进入当代文学史的机遇是"现实主义冲击波"，但策略性的概念仅仅回答了从何处"入史"的问题，它在使作家形象逐渐经典化的同时也变得僵化与迟滞了。而要重新思考刘醒龙的文学史定位问题，就关系到寻找或确立一个既能够表现其创作的本质特征又能够彰显其独特性或差异性的"入史"视角。

如前所述，流动性是刘醒龙现实主义文学的根本特征，思考刘醒龙如何"入史"的问题，也要在新时期现实主义文学的流变中来考察。从文学史实践来看，自80年代中期以后，现实主义文学从内外两个方面进行调整，"现实主义在与其他创作方法和艺术流派的碰撞与融合中，必须创造出新的形态，才能适应新的社会生活对文学的要求"①。前者有先锋文学的形式实验，后者体现在新写实小说对世俗生活的认可。从《村支书》《凤凰琴》《威风凛凛》开始，刘醒龙转向"现实"的创作就承继了现实主义文学走向融合与深化的过程。具体地说，刘醒龙此时的创作传承了鲁迅奠定的人道主义传统，同时注重文学作为精神"产品"的独立品格和艺术特性。这使得刘醒龙的现实主义创作并不止于发现问题或批判现实，而总是能够"寻找"到现实生活中所隐含的某种精神，这种精神关系到作者对人的生存价值的无限关注，同时也是刘醒龙对新时期现实主义文学的美学品质进行的内部改造。但作者的痛苦之处在于思量如何将这种精神更为"现实"地表达出来。进入21世纪以后，刘醒龙在反复"越界"与"调适"的创作中不断"寻找"，为此不惜放弃了中短篇小说而转向长篇小说的创作，并在深邃的历史中继续塑造精神"自我"足以依附的传统。

刘醒龙的自我"调适"，最集中地表现在从《凤凰琴》到《天行者》的创作过程中。很显然，从《凤凰琴》到《天行者》，并不是简单

---

①　杨彬：《现实主义文学思潮在中国的百年嬗变》，《海南大学学报》（人文社会科学版）2002年第1期。

的改写或续写，而是一次自我的"突围"。刘醒龙创作《凤凰琴》以后，显然意犹未尽，在十七年后又推出《天行者》，后者是对作家自我与现实的重新认知与发现的结果。因此，与其说《天行者》是《凤凰琴》的续作，不如说是再创造的新作——《凤凰琴》的成功，在一定程度上是文学和现实"共谋"的结果，而《天行者》更多的是对命运、人性的深层思考。正如刘醒龙所说："《凤凰琴》只写了一段情怀，《天行者》则写了这些人的命运。在情怀中，一切源于感动。在命运里，则是历史与现实、社会生活与个人灵魂的全面碰撞，以显现卑微生命在大千世界中的长久的价值。"①《天行者》标志着刘醒龙一次新的审美自觉和文学自觉。在刘醒龙看来，人性是一个难以破解的"迷"，也是一个沉重而悲壮的命题，存在着众多的不定性与复杂性；相比《凤凰琴》，《天行者》就不仅是在"摹写"一个世界，毕竟现实的世界是不可能被简单地还原的，更多的时候，作者是在"创造"一个精神的世界。"人"和"人性"成为了刘醒龙 21 世纪现实主义文学的形式概念，这在《圣天门口》中其实就已经有了表现，当作者的关注重心从此前的社会问题转为理想人性时，从叙事学的角度分析，形式概念的使用会让小说的结构发生相应的改变，《天行者》不再是传统现实主义追求的物理时间的再现，而是展示现代人的心灵史与灵魂救赎的精神空间。

刘醒龙的"越界"与"寻找"，体现了现代人的"不确定性"特质，以及矛盾、怀疑乃至分裂的精神个性，这与新时期以来传统现实主义对"人"的本质化理解与表现是不同的，特别是在身份认同、文化传统和道德情感等层面，刘醒龙的现实主义创作具有"第三世界国家文学"的典型特征。刘醒龙并不认同现实主义就是对"现实"的简单认同，他很早就明晰了写作是对连贯统一的精神"自我"的塑造，然而，刘醒龙"越界"与"寻找"的结果不仅没有确立一贯的"自我"，而是形成了由非连贯经验组织而成的"破碎"记忆，它既不是完整性的认知，也不是"零碎"的日常生活，这也是刘醒龙现

---

① 刘醒龙：《刘醒龙文学回忆录》，广东人民出版社 2019 年版，第 241 页。

实主义文学创作形成流动性特征的根本原因，毕竟流动性就是一个不完整的、甚至直接"破碎"的状态。如果说"新写实"是还原"零碎"的日常生活，那么，刘醒龙的现实主义世界观则是"破碎"的。正是因为记忆的"破碎"，作者才需要从程式化的书写模式和经验世界中"越界"而出，去"寻找"或捕捉生活与人性深处的本真质地，同时，在理想主义光芒的烛照下，用文学给人以精神的抚慰和灵魂的支撑。在刘醒龙看来，要为现实主义"正名"或恢复"真正的现实主义"的尊严，依靠的只能是精神的作用，现实主义文学不应是为功利性目的服务，而是解决现代社会人类的文化精神建构问题。从这一问题出发，为思考刘醒龙如何"入史"提供了契机。

有的学者指出，刘醒龙的文学史意义在于创造了一种"浪漫的现实主义"①或"诗性的现实主义"，以区别于传统现实主义。刘醒龙的小说确有浪漫主义的质素，特别是第一阶段的创作，更是浸染了楚风骚韵的想象魅力，但这并不是其小说的本质特征。其实，刘醒龙小说流动性特征带来的破碎感，是寓言性小说最重要的美学风格。由于言在此而意在彼的特性，使得寓言成了一个"离心"的符号，进而影响到它的文本结构呈现出不完整和破碎性。而刘醒龙现实主义小说的"越界"与"寻找"，其本质就是破碎性的结构，它更适合于表现人在现代社会中的精神特征和心理情绪，进而突出人物的主观世界而非实存的现实世界。这是刘醒龙为表现现代人的精神而建构的独特表现形式。由流动性带来的破碎性结构，使刘醒龙的现实主义能够"溢出"现象层面，在精神建构中抵达了"自觉的寓言层面"②。在他的小说中，除了《凤凰琴》《分享艰难》，《威风凛凛》挖掘的是善与恶的民间根源，在《圣天门口》中，人不再是现实主义文学认识或观察现实的工具或手段，人和人性本身成为了现实主义文学的精神基础；《天行者》也不是对教育体制的批判，而是

---

① 李强：《"浪漫现实主义"与被误读的"分享艰难"》，《新文学评论》2020年第1期。

② ［美］安敏成著，姜涛译：《现实主义的限制》，江苏人民出版社2011年版，第8页。

写出了人性在苦难之境中的磨砺与升华，展现出"超越具象之上而抵达生命本真的能力"①。在这些小说里，都有破碎的结构或记忆的碎片；碎片一方面连接着小说现象层面对生活经验的细致书写，而另一方面则是作者对人在苦难和平凡的卑微之境中的生存抉择所展现出的迸发与扬厉或无奈与喟叹的深刻反思。因此，除了继续推进新时期现实主义文学的融合与深化外，刘醒龙更为重要的文学史意义就在于他的寓言性现实主义创作；或者说，刘醒龙所理解的现实主义是对社会生活中某种精神的寓言式"寻找"，而他得到的结果是"人伦的高贵"，在作者看来，"人伦的高贵，才是潜藏在历史最深层的中华文化神奇而伟大的动因"②，他执着"寻找"的精神对应着人性中的崇高与善良，"'现实主义'的精神之力正是取之于这一点，相对于劣根性，优根性是个客观存在"③。在这个意义上，刘醒龙不仅是现实主义文学的创作者，还是人类精神"自我"的勘探者，正如昆德拉所说，"小说家既不是历史学家，也不是预言家，他是存在的勘探者"④。刘醒龙对自在状态的"越界"与"寻找"，创造了独属于他的"梦幻要求的形式"；他的创作使新时期文学"恢复"现实主义传统后而逐渐出现的形而上的"飞翔"与形而下的"贴地"的裂纹，得到了有效的弥合与重整，也使现实主义文学成为了"人的存在学"⑤。寓言性的现实主义构成了人与世界相互阐释、互为隐喻的复杂系统，符号化的追求使人们避开堕入"简化"的漩涡之中，从而不至于把"理想的人性"彻底湮没。"文学是用尽可能符合人性的方法，给注定要消逝的时代，留下最接近这个

---

① 刘醒龙：《刘醒龙文学回忆录》，广东人民出版社 2019 年版，第 253 页。

② 刘醒龙：《我们如何面对高贵》，《文艺争鸣》2007 年第 4 期。

③ 刘醒龙：《现实主义与"现时主义"》，《上海文学》，1997 年第 1 期。

④ [捷克]米兰·昆德拉著，孟湄译：《小说的艺术》，生活·读书·新知三联书店 1995 年版，第 43 页。

⑤ 谢有顺：《文学：坚持向存在发问》，《南方文坛》2003 年第 3 期。

时代人性本质的记忆。"①刘醒龙始终持守坚定而高贵的文学信念与精神立场,将人类存在的真实境况以寓言性的形式,以颇具独创性和时代感的形式完美表达。

只不过,刘醒龙"越界"的文学史意义是明晰的,而其"寻找"的努力则是有限的。寓言在避开虚伪的真实与"简化"的漩涡之时,也容易陷入建构主义的"陷阱"。例如,刘醒龙对于"优根性"和"真正的现实主义"这类概念,尚缺乏理性的阐释与实践的论证,显现出了某种建构主义的偏执立场;同时,作家用流动性的"破碎"结构建构完整的存在认知,也会造成情感对理性的遮蔽。他曾经用一杯水比喻自己的文学理想,"就好像我们说的一杯水,它应该是一个整体。它由水、杯子以及杯子中没有水的空的那一部分组成。而我们往往会忘记杯子中无水的空的那部分,不去写这一部分"②。刘醒龙的寓言性现实主义就是杯子中"空的那部分",但人们往往有意或无意地忽视了其"寻找"的努力,也就是无法看到这些"不在"的存在;这意味着刘醒龙要实现自己"完整的"理想,还需要更多的"越界"与"寻找"。

---

① 刘醒龙:《独立来自哪里?——李遇春和他的当代文学探索》,《南方文坛》2010年第3期。

② 周新民:《和谐:当代文学的精神再造——刘醒龙访谈录》,《小说评论》2007年第1期。

刘醒龙《凤凰琴》叙事发生学
及其示范意义

王　迅

在文学史上，任何经典杰作都是作品所诞生的那个时代的产物，作家是面向自己时代的书写。一个作家只有真诚面对他所处的时代，直面时代的问题，才有可能洞悉那个时代的真相。同时，关注民间生态，探究卑微生命的纹理，也是文学作为经典生成的重要维度。而这两点对刘醒龙来说都是长项，这种创作向度所要求的人民性和时代性使中篇小说《凤凰琴》具备了经典维度，具有穿越历史、常读常新的艺术魅力，尤其是在主旋律叙事模式上不乏示范意义。那么，从叙事发生学的角度来回顾这部作品的创作过程，可以发现，一个作家的创作立场、创作姿态及其知识分子情怀在主旋律叙事中的决定性作用。从发生学考察新世纪以来的叙事生态，可以从创作主体这个源头检视出一些观念性和根源性的问题。尤其在主题创作繁荣发展的今天，弄清这些问题对优化当前小说生态意义重大。

用"良心"写作的审美实践

二十世纪八十年代，意大利作家伊塔洛·卡尔维诺在《千年文学备忘录》中提出关于"轻逸"的美学命题。之所以提出这个命题，是基于"现实"因素，因为文学创作若要把主题深刻化，必须直面现实世界的"沉重"。如，爱、生死、战争等主题被反复书写，被一代又一代文学家赋予新的时代内涵。卡尔维诺的"轻逸"美学，意味着以举重若轻的"减法"穿透生活本质，高度浓缩地表现世界，认识世界。这是卡尔维诺面对时代的态度。他的创作以"轻"载"重"，彰显了作家的智慧。当然，我们不能苛求所有的作家践行这一美学，但直面现实之"重"对中国作家来说责无旁贷，而对当下之"重"熟视无睹的文学作品却充斥文坛。这意味着一种"放弃"，是对知识分子"良知"的遗忘。作家应该是一个时代的"良心"，这是现实主义作家刘醒龙的座右铭。他实实在在地践行着"良心"写作，承续了自屈原以来我国现实主义文学传统。尤其是《凤凰琴》的创作，为九十年代以来主旋律文学创作树立了新的艺术范式，导入了浓烈的人文关怀意识。

民办教师对如今年轻人来说是陌生的。而20世纪五六十年代到九十年代，在中国广大的乡村，民办教师却是大量存在的，在我国特定时期承担了重要的历史使命。尽管他们如今已经淡出大众视野，但却是一个不容淡忘的群体。二十世纪下半叶，民办教师是中国几千万教师队伍中的草根阶层和弱势群体。在文学审美的意义上，相较于其他书写对象，民办教师是一种更具本质意义的生命形态。当然，书写民办教师的文学作品其实也不少，但这些作品一般都聚焦于苦难叙事，那么，从发生学来看，这种苦难是如何形成的？事实上，一般的作品对此并没有更深层次的思考。因此，以民办教师为主人公，能写出这个群体真实的生活情状与精神形态的作品其实并不多见。而《凤凰琴》的经典性就在于它对一种生命状态的发掘，而这种生命状态的形成又深深根植于当代中国的特殊国情。

当然，刘醒龙的"良心"写作并不流于"口号"，他是以为民请命的姿态来践行这一使命，写出了新时期文学史上的现象级作品。任何文学经典都是某个特定历史的产物。历史的不可复制性及其所蕴含的生活本质，为作家艺术家洞察力和艺术感的萌生提供了契机。刘醒龙从民办教师的苦难生存中找到艺术感觉，并洞察到生命的密码，写出了平常人的不平常，写出了人心的"光"与"影"。刘醒龙从这个群体发掘出独特的时代内涵，并以个性化的审美聚光灯照亮了乡村民办教师的生存本相，而这种发现在中国社会中又不乏普适性。他写出了所有普通人都明白的个人得失与生存意义，以血肉丰满的叙述刻写了卑微者的崇高价值。以余校长为代表的乡村民办教师群像的成功塑造，无疑是刘醒龙对当代文学的重要贡献。他们身处乡村基层，不仅教育资源严重匮乏，而且个人发展问题上面临巨大挑战，但他们坚守岗位，为乡村孩子扫盲和启蒙。他们的人生选择启迪着我们，哪怕主流社会暂时没有关注自己，自己也可拥有家国情怀，让生命发光。余校长是这个群体中的杰出代表，他对张英才和万站长说的一句话真实道出了基层知识分子的情怀："当民办教师的，什么本钱都没有，就是不缺良心和感情。这么多孩子，不读书怎么行呢？拖个十年八载，未必经济情况还不会好起来么？到那时再享福吧！"中国乡村基础教育就是靠着千千万万个余校长支撑起来的。作为基层知识分子，他们真切感受到启蒙教育的紧迫性，感受到肩负的神圣使命。

《凤凰琴》成为书写底层的文学经典，再次验证了作家自身精神力量的足够强大，它来自作家面对生活的立场、态度与情怀。对一个写作者来说，写作姿态何其重要。刘醒龙的写作姿态如其所言："我们这一代人的写作有一个重大的历史责任，想证明本土对文学何其重要。只有认识到故乡的伟大，才有可能面对文学的伟大。"正是因为对"故乡"、对文学"本土性"持有这样的理解，刘醒龙才把他的故乡湖北英山以及基层知识分子纳入审美视野。乡村民办教师是具有中国特色的知识分子群体，在他们身上映现出中国教育体制的历史遗留问题，因而是文学书写故乡、彰显文学"本土性"的最佳载体。新时期以来，中国作家对西方文艺思潮的过度迷恋，全方位改变了文学创作的方向，致使主流文学生态在很大程度上丧失了面对"本土"的家国情怀。故乡对每个作家来说都无异于一个写作的精神根据地，所有的写作皆可从此出发。一个作家无论走多远，都愿意把自己的故乡作为精神的根基。无论是美国的福克纳，还是中国的鲁迅，故乡都是精神的原乡，是写作的精神源头，而不只是黄土高坡式的物理空间。那么，对刘醒龙来说，《凤凰琴》的写作就是一次回乡之旅。这次回乡，让他看到了故土之上那默默耕耘却常被遮蔽的教师群体，看到了他们的生存现状。书写他们的苦与乐，发掘他们身上的精神价值和道德力量，就成了刘醒龙回报故土的一次献礼。

开掘伦理模糊地带所蕴藏的可能性

就主旋律小说而言，关于艺术真实的处理向来是考验作家叙事能力的重要指标。当前不少主旋律小说仍在"主题先行"的道路上执迷不悟，规避了小说发现生活、洞悉人性的种种可能。我们看到，"现实"经过作家一厢情愿的"过滤"和"净化"处理，已经与现实中的真实状况相去甚远。之所以如此，主要原因是写作者对生活中那些熟视无睹却又常被遮蔽的幽微空间缺少洞察。正是因为缺少对生活的辩证认识，很多学者从"纯文学"的精英立场出发，认为主旋律小说大致被看成是"非文学"或"文学性"相当低的，缺乏研究价值的文本。[①] 因此，在现实主义审美范畴中，小说叙事的第一要义应该是对我们周遭的生活有所发现，照亮现实中那些暧昧不清的隐秘地带，实现一种时代秘密的洞穿。《凤凰琴》创作之初，刘醒龙对小说人物关系的设计充分考虑到伦理的模糊地带所蕴藏的可能性。

能否觉察并参透生活中的暧昧区域是考验作家认知能力的试金石。在这部小说中，作者并没有刻意对人物形象作"提纯"处理，而是将人物置于暧昧的伦理地带，去敞开人物内心世界的种种面向。在校内与校外、村里与村外社会关系的交织互动中，这部小说在人性复杂性的揭示上达到了作者预期的审美效果。从接受角度来看，孙四海与王小兰之间的私情多少违背了中国乡村的传统伦理，本是一段见不得光的感情，然而，这一对露水夫妻给我们的感觉却并不是那么令人反感，相反会被大多数读者给予一种理解的同情。为什么会产生这样的阅读效果呢？我以为，最根本的原因是作者看

---

① 洪子诚：《"一体化"与"主旋律"——序〈历史的浮桥——世纪之交"主旋律小说"研究〉》，《海南师范大学学报》（社会科学版）2005 年第 5 期。

到了问题的复杂性，把通常意义上的"私情"进行了陌生化处理。从道德上来讲，孙四海与王小兰的结合自然是不合法的，是有悖人伦的，经不起道德的检验。而这就构成了文学审美的模糊地带，尤其在主旋律叙事语境中如何处理这种关系，处理得是否妥当，考验着作家把握人物性格、洞悉生命密码的能力。那么，究竟该如何让这段"不合法"的私情合法化呢？细细考察，作者主要从两个方面入手，解决了小说叙事中伦理错位的难题。

一是从王小兰家庭内部入手，让她的丈夫瘫痪在床并对之实施精神家暴，接着是派人盯梢、监控王小兰的行踪，通过这种紧张关系的营造，一方面是以此为一个女性红杏出墙留下了空间，另一方面以悲情的生存兑现理解的同情。显然，王小兰在家里过着无比压抑的日子，作者透过张英才的视角描写她的神态，呈现的是一个"哀戚戚的冷美人"。这是博得读者同情的重要因素。二是从外部关系入手，写王小兰与界岭小学的关系，而这种关系的成立及其维系因为小李子的求学而变得顺理成章。基于界岭村的贫困现状，每个家庭都无暇顾及孩子的教育问题，学杂费只能依赖于学生勤工俭学来解决。王小兰把学生在路边采到的草药拿去卖，解决了界岭小学新书购买的经费问题。作者以王小兰为窗口展示了村民对乡村教育事业的热切支援。正如余校长所说："一切为了界岭的教育事业，一切为了界岭的孩子，一切为了界岭小学的前途。"基于这样的总体布局，作者将孙四海与王小兰的"私情"转换成"公共"问题，实现了人情伦理的合法化。

文学经典往往能抓住好的题材，并能深度开掘这个题材所蕴涵的丰富的人性内涵与精神资源。民办教师作为一种接近本质的生命形态，成为刘醒龙点石成金的绝好标本。如果把《凤凰琴》看作教育题材的小说，自然是无可厚非的。但事实上，这部小说的经典性很大程度上在于它超出了行业小说的审美范畴，借助弱势群体的群像刻绘，指出了当时带有普遍性的问题，充分地回应了时代命题。"好的小说不应当被理解为写了这个行业，就是为了解决某个行业的问题，更重要的是从中发现生命在最卑微时所展现出来的伟大意义。"①这个意义上，我们对小说中卑微个体的把握有必要持有理解的"同情"，更多地重视其"伟大意义"。

找寻一条破译心灵密码的审美通道

当刘醒龙把目光投向故土，他思考的问题不是民办教师的物质性生存，也不是界岭小学的教学质量问题，而是这个群体甘于清贫的理由，写出他们人生抉择的来由及其挣扎的过程，刻绘了一群真实的灵魂。对于余校长、邓有米、孙四海这样一群扎根山村的民办教师，灵魂的支撑究竟在哪里？这是小说所追问的，而落实到叙事的层面，就是破译这个群体的心灵密码，这构成了小说叙事的动力。

小说中提到，支撑这群民间英雄的力量源泉，就是"界岭小学的毒"。而这种"毒"对他们来说意味着一种诱惑，它指向卑微深处的伟大，平凡之中的崇高，是一种良知、责任与担当，抑或一种启迪幼小灵魂的"内驱力"。这种"内驱力"在小说中借助笛声微妙地传达出来。邓有米、孙四海每天用笛子吹奏《我们的生活充满阳光》，这当然是他们对未来美好生活的期待，但在当时严酷的现实环境下，这种期待是自然的，也是真诚的，更带有一种庄严感和神圣感。因为他们对未来生活的向往与其文化身份及其使命感密切相关。尊师重道的文化传统在主人公心中根深蒂固，这种潜移默化的影响让他们甘于清贫，奉献教育事业。小说同样为此提供了例证：两个平时私下里较劲的老师，只要是吹奏这首曲子，就配合得天衣无缝。世俗中的个体千差万别，民办教师同样如此。刘醒龙没有把民办教师群体脸谱化，而是写出了每个人物鲜活又饱满的个性，而那份职业道德的初心却保持着惊人的一致。就像余校长跟张英才所讲的，孙四海和邓有米"只是性格不同"，"其实都是一个顶一个的好人"。然而，作者并未刻意拔高人物形象，也没有对人物做"净

---

①　刘醒龙：《乡村知识分子的精神群像》，《中国民族报》2022 年 6 月 11日。

化"处理，而是呈现出农村社会生态的复杂性，在表现民办教师高尚的精神风貌的同时，也没有回避他们所怀有的难言隐衷，甚至是对传统伦理的冒犯，如孙四海与王小兰之间的私情，则显露了人性的另一侧面。

正是因为看到了人的多面性，刘醒龙在运思小说时，充分考虑到人物性格发展的多种向度。拆除主旋律小说把主人公道德化、神性化的壁垒，刘醒龙目睹了民办教师灵魂内部的风景，在甘于清贫的背后，是欲望的滋生空间。那是一种隐秘的诱惑，这种诱惑在作者心中打开了另一重空间，这成为刘醒龙创作《凤凰琴》的最初动机。动笔之前，他已经找到了灵魂的入口，那是一个能够打动无数读者的情感入口，也是一个成就文学经典的审美入口。民办教师是编外教师，工资低，身份尴尬，于是，作者抓住"转正"来拷问生命，捕捉人物灵魂。"转正"的线索若隐若现，却是敞开人物心理、破解生命密码的重要通道。"转正"指标到来之际民办教师既渴盼又谦让的复杂心态，显示出小说无比真实的灵魂刻度。"转正"是作者结构小说的主线，这个词几乎牵动着小说中每个人物的灵魂。而"转正"之所以成为整部小说的焦点问题，就是因为它象征着民办教师身份的转变，意味着拥有更好的物质生活和稳定的工作环境。

然而，小说的叙事终究没有拘囿于主旋律叙事通常所使用的"皆大欢喜"的陈规。作为小说家，刘醒龙不会轻易让"转正"的好运降临到民办教师头上，否则，势必会稀释小说感染力，减弱问题的严峻程度。基于这样的思考，作者安排了一个行将就木的人来享受这份"待遇"，形成一种生命不能承受之重的情感冲击力。于是，我们就看到了这样的画面：好不容易盼到民转公的指标，而四位民办教师却自愿放弃了难得的机遇，让给病入膏肓的明爱芬，因为她是这里资历最老的民办教师，曾经因为错过民转公考试而落下重病，但心中的渴盼从未消失，甚至在梦话里说："哪怕我死了，也要到阎王那里去转正。"随着情节的推进，作者不断强化小说转正的渴望情绪。应当说，这是所有民办教师的梦想。但碍于明爱芬的特殊情况，大家最终把这个名额让给了明爱芬，但显然这只是一种成全，她已无法享受这份待遇。因此，明爱芬填写转正表的场景却是整部小说最打动人心的部分，闪现着人性的光辉。

从发生学来看，《凤凰琴》是创作主体呼应民生和顺应时代的产物。"当年刘醒龙及其《凤凰琴》的出现绝非偶然，而是作家主动回应人民的呼唤和历史的召唤的必然选择。"①30 年过后重温经典，让我们更清晰地看到了它的史诗价值。这部作品发表后引起广泛关注，推动了千千万万民办教师转正问题的解决，改变了中国教师队伍中弱势群体的命运。一部文学作品改变一个社会群体的命运，这已经是一个奇迹。而我以为，"外部"事物变化的诱因终究归根到"人"本身，归根到"人"的观念意识的更新。而这种观念更新有赖于作家对"人"的发现，对人物精神世界和情感纹理的观察和研究。基于这种内在化视角，刘醒龙把《凤凰琴》叙事逻辑的支点置于人物灵魂的追索。这是小说艺术感染力的重要来源。事实上，刘醒龙"选择了表现一颗躁动不安的心，如何与天荒地老的乡村发生契合"②。作者以"一颗躁动不安的心"度量处于中国社会基层的默默奉献的知识分子，考察他们人生抉择背后的灵魂刻度，为小说主题的深化提供了支撑。

结　　语

这部小说中所显示的乡村知识分子的精神向度，在 17 年后所创作的长篇小说《天行者》中变得更驳杂，但并未脱离《凤凰琴》的基本方向。基于一种对乡村知识分子无比崇敬的心情，作者在扉页写下了这样的文字："献给 20 世纪后半叶在中国大地上默默苦行的民间英雄。"这显然是对广大民办教师的嘉许，把他们的社会价值与精神价值提升到空前的高度。《天行者》在对《凤凰琴》的续写

① 李遇春：《〈凤凰琴〉对新时代文学的创作启示》，《湖北日报》2022年 7 月 1 日。

② 刘醒龙：《乡村知识分子的精神群像》，《中国民族报》2022 年 6 月 11日。

中，依然保持了一种向善的灵魂刻度，贯穿了刘醒龙首次"回乡"之旅的伦理指向。这是文学之所以给人以崇高感的精神根基。值得注意的是，文学创作的人民性与时代性，在《凤凰琴》中并不像某些主旋律叙事那样，通过故事情节的发展以外在的表象来呈现，而是借助人物的心理逻辑与情感向度传达出来的，这种叙事逻辑是小说通向经典的必由之路，在当下主旋律文学创作中不乏示范性意义。

论《天行者》中知识分子视角、
民间立场与政治话语的建构与融合

祁　雯　李　勇

　　"民间"概念最早是陈思和在 20 世纪 90 年代提出来的，他在
《中国新文学整体观》的第五章《民间的浮沉》和《民间的还原》两篇
论文中作了系统的阐述，探讨从抗战到"文革"后，新文学创作中
"民间"的存在形态、价值和意义，以新的视角解读文学史，触及
了知识分子的价值立场以及精神重建等问题。在《民间还原的诸种
特点》一节中，陈思和对政治、民间与知识分子三者的关系进行了
梳理，他提到："在传统的中国文化里，庙堂和民间是一个道统两
个世界，既相对立又相互依恃，但到了二十世纪，知识分子文化从
庙堂里游离开去，借助西方文化价值取向自立门户，即存于庙堂与
民间之间的广场。"①五十年代以来，政治意识形态对知识分子文化
和民间文化进行了渗透和改造，以致于民间的文化形态只能够以隐
形的方式出现在小说中。直到八十年代末，"民间才作为一种自觉
状态加盟于文学史"②。因此，从陈思和对"民间"这一概念的分析
和理解出发，我们发现在小说《天行者》当中，存在着政治话语、
知识分子视角和民间立场这三重叙事话语，通过对这三重话语的梳
理和分析，能够帮助我们理解作者刘醒龙是如何在大的时代背景

---

　　①　陈思和：《中国新文学整体观》，上海文艺出版社 2001 年版，第 158
页。

　　②　陈思和：《中国新文学整体观》，上海文艺出版社 2001 年版，第 159
页。

下，探索和记录乡村民办教师的生活处境，又是如何在作品中展现作者个人的精神气质和审美理想的。

一、从情怀到命运：知识分子的责任与担当

刘醒龙的中篇小说《凤凰琴》于 1992 年在《青年文学》发表之后，得到了读者的高度赞扬，有大量读者来信表示希望能够读到《凤凰琴》的续篇。但是，刘醒龙并没有追赶热潮、趁热打铁地完成续篇，而是积蓄力量、等待时机。2008 年，刘醒龙在贵州参加文学活动时意外得知了《凤凰琴》对乡村教师起到的巨大的精神抚慰作用。之后，也通过同行的文章了解到在汶川地震中，乡村教师樊晓霞及其丈夫的感人故事，这对刘醒龙造成了极大的心灵震撼，让他不由感慨命运的荒诞和无可抗拒，认识到乡村知识分子的命运本质，给予了他再次创作的欲望和力量。如果说，《凤凰琴》是作者有感而发的一事一议，那么《天行者》则是源自于其对命运的深刻领悟，"在情怀中，一切源于感动。在命运里，则是历史与现实、社会生活与个人灵魂的全面碰撞，以显现卑微生命在大千世界中的长久的价值"①。从感动到感恩，从情怀到命运，从感性到理性，这十七年的时光让刘醒龙得以沉思、积淀和成长，并自觉养成了一种社会责任和担当意识。

这种责任和担当集中体现在刘醒龙对民办教师的持续关注。民办教师是一个带有"中国经验"的特殊词汇，是中国"红卫兵运动"后期到 20 世纪 90 年代，存在于中国乡村的一类特殊的群体。可以说，20 世纪 70 年代和 80 年代中国乡村的启蒙教育是由民办教师完成的，如果不是这类教师的存在和哺育，"二十世纪后半叶的乡村心灵，只能是一片荒漠"②。时过境迁，民办教师这个身份已经

① 刘醒龙：《刘醒龙文学回忆录》，广东人民出版社 2019 年版，第 241 页。

② 刘醒龙：《刘醒龙文学回忆录》，广东人民出版社 2019 年版，第 246 页。

不复存在，取而代之的是大量的乡村代课教师，他们同当年的民办教师一样，拥有着困苦的境遇和荒诞的命运。民办教师退出历史舞台后，也渐渐地被历史遗忘。然而，刘醒龙自觉地以文字拒绝历史的遗忘，他曾说："这个时代太容易遗忘了。好像不丢掉历史，就没有未来。"①从《凤凰琴》到《天行者》，既有继承，也有发展，作者不仅叙述了民办教师这样一个带有"中国经验"的群体的苦难，更是从历史的高度去记述和保留这样一类教师的伟大贡献，探索她们的生存境遇，对于刘醒龙来说，"文明的坚守传播，不是自生自灭的野火，而必须是代代相传的薪火，一天也不能熄灭"②。因此，从宏观的视角来看，《天行者》理性地关注民办教师转正和义务教育等政治事件，是政治话语的体现，体现的是作者作为知识分子对时代变化的敏感，对"中国经验"的关注。

伴随着时代的发展，刘醒龙在小说中所要传达的内容也与时代发展相贴合，不仅展现了更多的带有时代特色的政治词汇，也揭示了影响乡村教师发展多方面的、更为复杂的社会原因。在词汇上，《凤凰琴》中多次提及《义务教育法》的精神，"入学率"和"退学率"也是余校长等人工作的重点；到了续写的《天行者》，不仅增加了更多的时代词汇，比如将"乡文教站"改为了"乡教育站"，将"县教委"改成了"教育局"，还重点提及了国家下发的"民办教师全部转为公立教师"的红头文件，通过蓝飞之口讲出了《中华人民共和国宪法》第三十四条所规定的公民权即选举权和被选举权。小说中，这些民办教师不仅教书育人，同时也讲政治、懂政治，正如村长余实说的那样："界岭是中国的一部分，大家的认识也有左中右之分，小学生可以不讲政治，你们每天往黑板面前一站，虽然是民办教师，还是要讲点政治才行。"③全书中时常出现的升旗仪式更是一

① 刘醒龙：《刘醒龙文学回忆录》，广东人民出版社 2019 年版，第 248 页。

② 刘醒龙：《刘醒龙文学回忆录》，广东人民出版社 2019 年版，第 248 页。

③ 刘醒龙：《天行者》，人民文学出版社 2018 年版，第 107 页。

个极具政治色彩的行为，那些年纪尚小的孩子们不理解升国旗的道理，但是"望到国旗他就知道有祖国、有学校，他就什么也不怕"①。这些政治词汇和意识形态话语切合我国教育体制和机构的改革，展现了作家对教育行业的关注，以及在作品中所要表现的政治关切。

除了政治词汇的增加和意识形态话语的呈现，作品也突出表现了民办教师与乡村政治的博弈，展现了乡村集权势力对农村基础教育的戕害，表明作者介入现实的责任意识进一步增强。村长这一形象在《凤凰琴》中是存在的，但是叙述不多、相对模糊，在小说中是一个非常次要的人物。然而，在《天行者》中，村长这一形象发生了巨大的变化，他被塑造成了一个负面的"村阀"的形象，在行为举止上呈现出了自私、贪婪、虚伪的丑陋面目，并且对乡村民办教师处处刁难，是小说情节发展一个非常重要的人物。在《凤凰琴》中同样有的村干部来学校吃饭这一情节中，去除了"支书"这一人物，并且也将宣布发放拖欠教师的工资这一好消息的主语，由《凤凰琴》中具有概括性的"村干部"细化为了具体的"村长余实"，表明了作者想要更加突出表现这一人物形象的意图。在后来的情节中，处处展现了村长余实和民办教师之间的对立，村长不满王主任到自己家弄走卤牛肉，讽刺界岭的老师是"水货""酸秀才"，讽刺王主任是"假记者"，讽刺教师给孩子们布置的作业是"含沙射影"。在明爱芬的葬礼上，《天行者》增补了村长余实来葬礼之前的情节，他对葬礼不屑一顾，态度傲慢，装腔作势，连所念的悼词也是张英才提前写好的。最后脱稿的那句话："明爱芬同志是我的启蒙老师，那一年，她才十六岁，她的教育业绩，将垂范千秋。"②在《凤凰琴》中也出现了，但是却起到了截然不同的情感效果，在这里更加表现了村长的伪善，引起张英才的厌恶。在村长竞选事件中，更是集中体现了民办教师与乡村政治的矛盾冲突。正像邓有米所说的那样："对付乡村政治老手，只能寄希望于对乡村政治一窍不通的

---

① 刘醒龙：《凤凰琴》，湖南文艺出版社 2018 年版，第 19 页。
② 刘醒龙：《天行者》，人民文学出版社 2018 年版，第 96 页。

民办教师。"①在文本之内，乡村底层知识分子以一己之力对抗乡村政治，体现了知识分子与政治权力之间的博弈；在文本之外，我们可以看到作家刘醒龙以知识分子的视角介入现实的态度，以及对乡村政治、教育政策的深切关注和自觉反思。可以说，从《凤凰琴》到《天行者》，既是对历史的追溯，也是对现实的关照，刘醒龙在对国家政治话语的历史书写中，融入了一个知识分子的当下思考和责任担当。

二、从民办教师到民间英雄：民间的
创作立场和审美理想

刘醒龙在一次访谈中提到："我自己以为，以往的写作，身份不是特别明显，但现在写作，我觉得我的身份的确是明确了一些，我越来越倾向于真正的民间"，"我的民间是指个性与人性得以充分张扬的空间，是指不附带任何功利性指向的人文情怀"②，这句话清晰点明了他民间的创作立场和民间的审美理想。按照王光东老师的看法，民间文化是一个很宽泛的概念，包括两个层面："一是主要指民间文学、民俗形式、仪式制度等等可以通过语言文字或物质遗存可观可感的文化形态；一是民间的信仰伦理、认知逻辑、稳态的历史传统等等深层次的、无形的心理和精神内容。"③这种民间的伦理和逻辑，能够在政治意识形态、知识分子精英文化等诸多文化要素之间，展现出复杂的张力关系。在《天行者》这部小说的叙述过程中，政治话语并非占据主流地位，小说主要通过民间知识分子民间生活状态的朴素描绘、民间道德立场的深刻展示来表达作者的审美理想，塑造一个个"民间英雄"的动人形象，并帮助作者完成知识分子价值的自我确认。

---

① 刘醒龙：《天行者》，人民文学出版社 2018 年版，第 108 页。

② 刘醒龙：《刘醒龙自选集》，海南出版社 2008 年版，第 537 页。

③ 王光东等：《20 世纪中国文学与民间文化》，复旦大学出版社 2007 年版，引论：民间审美的多样化表达。

首先，从有形的民间文化形态来看，《天行者》对界岭地区的民间饮食文化、方言土语、鬼神迷信等进行了生动的展现，这些都是民间文化的重要内容，共同构成了界岭地区独具特色的乡村图景。比如，在饮食习俗方面，"油盐饭"是小说中经常出现的一种饮食，是李子心中妈妈做的最好吃的饭。按照当地的习俗，"长辈给孩子炒一碗油盐饭是在表示天大的爱，成年人吃油盐饭会被嘲讽为还没长大"①。除了"油盐饭"以外，当地荷包蛋的做法十分讲究，"一般招待客人，做一只太少，两只会被当成是骂人，三只是单数，四只不吉利"②，女人不轻易做荷包蛋，因为荷包蛋还意味着夫妻之间的暧昧。在作物耕作上，当地的特色是种植茯苓，小说中生动描绘了茯苓"跑香""人形茯苓"这类有趣的现象。除此之外，小说中的方言土语也具有独特性。界岭一带将"红薯"称作"红苕"。"苕"不仅仅是食物，也被延伸出了丰富的含义，界岭地区愚笨呆滞、发育不良的男女被外界称为"男苕"和"女苕"。余校长在课堂上介绍"苕"时，特地点名了"苕"和"傻"的区别，"傻"是一种客观事实，而"苕"则抱有一种居高临下的指挥态势，是一种主观的评价，并将"苕"归结为"界岭人生生不息的精神象征"。《天行者》通过对民间风俗和民风民情的展现，既展现了民间朴素生活的风貌，同时也拓宽了作品的审美境界，"使得作品的审美境界不被限定在政治文化形态的视野"③。

其次，从民间文化内部的表现来看，我们可以发现，作者还自觉地用民间的立场来思考和叙述故事，将民间的道德伦理及观念形态作为作品审美表现的主要动力，并通过民间的文化伦理巧妙消解因政治政策带来的矛盾。无论是《凤凰琴》还是续写的《天行者》，我们都能够看到民办教师身上的传统人伦之美，这种美根植于民间和乡土，是民间文化伦理道德的生动体现。

① 刘醒龙：《天行者》，人民文学出版社 2018 年版，第 164 页。
② 刘醒龙：《天行者》，人民文学出版社 2018 年版，第 164 页。
③ 陈若千：《论刘醒龙〈天行者〉中三重话语形态的建构及融合》，《湖北经济学院学报（人文社会科学版）》。

在《天行者》中，一个重点情节是"扫盲工作"的开展。秉持着"一切为了山里的教育事业，一切为了山里的孩子，一切为了学校的前途"①的信念，余校长等人为了完成指标，为学校争取建设费用而弄虚作假，而这一切被"正义"的张英才发现，他说出真相、写信告状，看似正义地戳穿了余校长弄虚作假、偷梁换柱、张冠李戴的"丑恶技俩"，却遭到了舅舅和其他民办教师的谴责和排挤。我们站在读者的角度也会同他们一样谴责张英才的"正义行径"，这是因为小说中潜在着一种民间文化伦理。对于这个偏远的小山村，得到资金的支持和帮助，才是最为紧迫和重要的，余校长等人的弄虚作假，非但不会遭受道德的谴责，反而是正义良善的无奈之举，是一种对不合理政策的化用和抵抗。

另外，作者还通过一波三折的三次转正事件，将这种民间精神进行了深刻展现。在第一次转正风波中，虽然他们平时为了转正挤破头脑，也时常"面和心不和"，但是在转正机会真的来了的时候，他们愿意推己及人，将转正的名额让给瘫痪在床的明爱芬，帮助她没有遗憾地离去。在明爱芬离世之后，他们也同意将机会留给更加年轻、更加合适的张英才。这种推己及人、善良大度的品格无疑是民间精神的生动体现。第二次转正风波中，蓝飞胆大妄为、私用学校的公印，将自己转为公办教师，这件事引起了界岭小学内部极大的冲突和矛盾。在蓝飞最初掌管公印之时，余校长就看出了邓有米的担心，但是没有捅破，只说"留得界岭在，处处有柴烧"②。在事发之后，余校长受到了很大的打击，但是他没有气急败坏，而是选择了接受。面对蓝小梅对蓝飞的训斥，他告诉蓝小梅是自己举荐了蓝飞。他也劝说邓有米等人，认为木已成舟，没有必要为难年轻人，影响他未来的发展。从这里，我们可以看到余校长为人的善良、大度。在第三次转正风波中，邓有米因为余校长和孙四海转正无望而于心有愧，因此偷偷挪用工程捐款帮助二人完成转正，然而，在被发现之后，他也被开除了公办教师的身份。有着普通人的

---

① 刘醒龙：《天行者》，人民文学出版社 2018 年版，第 54 页。
② 刘醒龙：《天行者》，人民文学出版社 2018 年版，第 200 页。

小肚鸡肠、胆小怕事、溜须拍马的邓有米，在为民办教师转正的大事面前同时又具备了大义凛然的英雄胸襟和气魄。这重要的三次转正情节，都体现了他们推己及人的善良和肝胆相见的真情实意，"他们以超越一己之私的情怀实现了利益与道德、理想与日常之间的伦理转换"①。作者以纯粹高尚的民间精神和文化伦理，化解了因国家政策带来的种种矛盾，既体现了政治、现代价值与民间文化心理的张力关系，也呈现出了融合的倾向。

除此之外，小说中民间文化伦理、民间精神的丰富展现，也是作者刘醒龙作为知识分子的自我价值的建构方式，体现着作家个人化的精神和审美构造。这种民间叙述常常与历史叙述和时代精神相结合，使得"民间更多地具有了精神象征的品格，是作家一体精神建构方式在民间客体的观念投射和伦理化的关怀姿态"②。小说采用了现实主义的创作方法，真实还原了在国家教育政策背景下，这些"民间英雄"的真实生活状态。无论是始终坚守在界岭教书的余校长等人，还是迫不得已来到界岭小学，转正之后又回报界岭小学的张英才，或是在国家号召之下，怀揣不同目的来到界岭又在离开后以一己之力帮助界岭发展的支教生夏雪和骆雨，他们都中了"界岭的毒"，按照刘醒龙本人的解释，这种"毒"就是"人们总在向往的人格魅力"③。作品中反复出现的"茗"也是一种精神象征，刘醒龙认为在《天行者》中，他"最喜欢的是叶碧秋的那位茗妈"④，这位在作品中描述不多、知识贫乏、呆傻木讷的乡村女性，在作者看

① 傅华：《暧昧时代的精神叙事——评刘醒龙〈天行者〉》，《小说评论》，2009 年第 6 期。

② 王光东等：《20 世纪中国文学与民间文化》，复旦大学出版社 2007 年版，引论：民间审美的多样化表达。

③ 刘醒龙：《刘醒龙文学回忆录》，广东人民出版社 2019 年版，第 247 页。

④ 刘醒龙：《刘醒龙文学回忆录》，广东人民出版社 2019 年版，第 249 页。

来也许是"一棵从不言语的大树"、一位"旷世的智者"①。因此，作品传达出的不仅仅是这些底层知识分子的文化精神，更是作者本人的精神理想和审美构造。

　　另外，我们联系时代背景，也许更能够体会作者采用民间立场的价值和意义。80 年代中后期以来，现代主义的文学思潮滚滚而来，"现实主义创作方法过时论"甚嚣尘上。在当时，文学界由"写什么"向"怎么写"转型，作家们唯恐自己不新锐、不赶潮流，纷纷向"魔幻现实主义""意识流""象征主义"等方向突进，在形式上大胆创新，在内容上强调潜意识、非理性和人的情欲。难得可贵的是，在这样日新月异的时尚风潮中，刘醒龙坚持民间的创作立场，坚定不移地捍卫现实主义的创作原则。在 1991 年由长江丛刊发起，同《长江文艺》《芳草》杂志联办的"刘醒龙作品研讨会"上，不少与会学者对其创作方向开了药方。但是在此次研讨会之后，刘醒龙仍然坚持走自己的路，"坚守民间立场，对民众做一个知冷知热的作家"②。在《天行者》中，刘醒龙通过对这些在乡野间卑微生存的底层知识分子的描绘，传递出卑微生命在大千世界中的伟大意义，重拾知识分子应有的善与爱。他"对笔下人物和自我之身份认同进行双向互动的修补和弥合，寻找知识分子的道德高地"③，进而完成重建知识分子身份认同的诉求，构筑起时代主流、知识分子和民间日常三重意蕴的审美境界。

三、生命之上，诗意漫天：以诗性浪漫
淡化矛盾冲突

　　《天行者》展现了政治话语、民间立场和知识分子视角这三重

---

　　①　刘醒龙：《刘醒龙文学回忆录》，广东人民出版社 2019 年版，第 249 页。

　　②　刘醒龙：《刘醒龙文学回忆录》，广东人民出版社 2019 年版，第 174 页。

　　③　李遇春，邱婕：《从〈凤凰琴〉到〈天行者〉》前言，《新文学评论》，2017 年第 6 期。

话语形态，这三者之间既存在着相互的对抗和博弈，但这种博弈和对抗并非尖锐的。除了前文所提到的民间文化伦理的消解作用之外，作者本人的浪漫主义情怀和作品的诗性品格也在淡化着作品批判现实的力度，作品中也往往表现出对社会进程蕴含的生机和希望，从而使得知识分子话语、民间立场和政治话语巧妙融合。

毫无疑问，《天行者》的内容是沉重的，它从政治的宏大视野出发，对中国 20 世纪后期民办教师的命运进行了一次庄严的谱写和纪念，也对广大乡村知识分子的抗争精神和道德品质进行了辉煌的书写。不过，小说并没有一味地沉浸在现实的荒诞和命运的沉重当中，也并没有将民办教师与乡村政治、国家政策之间的矛盾过于放大，而是在批判现实的同时，采用了一种浪漫的情怀和诗性的品格。

首先，对于浪漫的情怀，刘醒龙本人曾表达过自己创作中的矛盾，一方面他想要批判改造现实的恶，但是另一方面，他又想以"爱"包容恶。"无论如何对于恶，光有批判是不够的，关键是对恶的改造，这才是历史对当下的希望所在。"①"在我内心深处，一直有一种对浪漫、对理想的脉脉温情。我相信善能包容恶，并改造恶，这才是终极的大善境界。"②"不管过去、现在还是将来，我都会信守，生命本应是劳动与仁慈！所以哪怕在面对大恶时，我仍要求自己怀着足够的理想！"③由此看来，刘醒龙虽然致力于现实批判，同时，也往往包含了浪漫主义的情怀，这种情怀能够淡化小说的悲剧色彩，减弱小说批判现实的力度。

其次，对于诗性品格，刘醒龙认为："天下的读书人都有某种无法摆脱的情结，对我而言此情此结名为田野。无论心之田野是辉

---

①　刘醒龙：《浪漫是希望的一种——答丁帆》，《小说评论》，1997 年第 3 期。

②　俞汝捷，刘醒龙：《由〈大树还小〉引发的对话》，《江汉论坛》，1998 年第 12 期。

③　刘醒龙：《刘醒龙自选集》，海南出版社 2008 年版，第 510 页。

煌还是寂寞，都将殊途同归，以诗意作为共同归宿。"①在小说中，刘醒龙的"田野"情结能够直接体现在他的民间道德立场和乡土情结，而这种民间立场，也从小说所展现的凡俗的生活中得到提炼和升华，凝结为他所追求的诗性品格和浪漫情怀。无论是《凤凰琴》还是续写的《天行者》，都处处洋溢着诗性的色彩，这种诗性色彩直接体现在小说中对诗歌的引用、意向的塑造和写意风景的描绘中，使得小说传递出淡淡的忧郁氛围，形成了苍凉的底色。小说中重点塑造了"凤凰琴"和"笛声"这两个重要意象。一把"凤凰琴"勾连出了舅舅与明爱芬的往事，展现了民办教师为转正的心酸和悲苦。"琴"又谐音"情"，不仅仅指向民办教师与政策的矛盾，也深入他们的内心，展示其感情生活的艰辛。在山空夜寂的时候，孙四海和邓有米常在一起靠着旗杆吹奏笛子，吹奏着《我们的生活充满阳光》，虽是充满希望的曲子，可他们在吹奏时，却将节奏放慢一倍，两支笛子相互应和，缓慢地吹出许多悲凉，如泣如诉，我们仿佛能够在这悲凉的琴声中，探寻他们悲凉而又苦涩的内心。刘醒龙完全可以正面书写他们之间的矛盾和内心的挣扎，但是，他将这种冲突转移到了诗性叙事的背后，悠悠地诉说着他们的苦难。这些诗性色彩，不仅丰富了经典现实主义的表意空间，也将审美重心适当地偏离历史现实、政治话语，"有把历史与现实诗意衔接，进而超越具象之上而抵达生命本真的能力"。②

　　除此之外，值得关注的是，小说《天行者》有一个大团圆式的结局，所有的人物都热热闹闹地回到了界岭，他们不仅拥有了事业，也拥有了爱情。有论者认为这样的结尾过于草率，也落入传统小说的俗套，冲淡了小说本应有的崇高感和悲剧感。这样的论述是有一定的道理的，为了成就最后的圆满结局，填补前文未交代的线索，作者在结尾非常生硬地给张英才加上了"爱情"，给孙四海加

① 刘醒龙：《刘醒龙文学回忆录》，广东人民出版社 2019 年版，第 14 页。

② 刘醒龙：《刘醒龙文学回忆录》，广东人民出版社 2019 年版，第 253 页。

上了村长的身份，草草地用王小兰的"死亡"作为其感情线的结束。张英才和姚燕的关系发展一直未明确指出，却又戛然而止。蓝飞和姚燕在一起这一情节不免让人一头雾水，张英才和蓝飞这两人之间的关系纠葛也没有得到详细的展开。此外，两个界岭小学的优秀学生叶萌和叶碧秋的发展结果也缺乏逻辑支撑，因为过于理想而不够真实。此前，界岭的学生考入大学的概率一直是零，而叶萌和叶碧秋两个人都是一边打工，一边自学，在非常短的时间就考入了大学，无论是因为天资过人还是后天努力，都是难以想象的。所以，这样的结尾与刘醒龙本人所追求的水到渠成的创作理念是存在一定的背离的，可以理解为是作者本人的一种理想的浪漫表达。站在整个作品叙述的角度，这样对人物命运的温情化处理的确是缺乏现实真实，在叙事逻辑上是失衡的。不过，就小说中民间、知识分子和政治三重叙述话语而言，这样的浪漫主义情怀，恰恰淡化了小说人物在各方矛盾冲突的尖锐程度，将"浪漫作为希望的一种"，表现出了作者对国家发展、社会进步蕴藏的信心，对底层知识分子的关切和安慰，在苦涩中给人以甘霖，在艰难中给人以希冀。

综上所述，《天行者》中蕴含着政治话语、民间立场和知识分子视角，这三者相互冲突又相互融合，共同营造了作品丰富而多元的审美空间。在这三重话语的分析之中，我们能够看到作者刘醒龙作为知识分子的责任和担当，他以批判的姿态介入现实，关注"中国经验"；同时，我们也能够看到小说中存在的民间立场，民办教师的精神品质是作者的审美理想，帮助作者完成自我精神的构建和纷繁时代中自我价值的确认；另外，小说还以诗性的浪漫作为对现实主义的补充，淡化了三重话语之间的矛盾冲突，以平和温暖的叙事探寻人们心中残存的温暖和善良。

《凤凰琴》的中国文化精神

曲春景

刘醒龙小说《凤凰琴》及其改编的同名电影已经问世 30 年了。这是一部关于心灵和精神世界的作品。今天重读仍令人潸然泪下。为什么三四十年前的一个小故事仍然感动着今天的观众和读者？

有评论家认为，对作品的解读要回到亚里士多德的悲剧美学，有人说要回到现实主义或现代主义，还有人说要回到启蒙等。但我想说的是，《凤凰琴》引导人们要到达的这个地方，不在古希腊，不在法国，也不在西方。这个地方只能在中国，在普通百姓世代持留积淀的民族文化意识中。中国文化精神基于儒道两家的共识，即由"天人合一"而来的"内圣外王"。《道德经》云："故道大，天大，地大，人亦大。域中有四大，人居其一焉。"内圣外王之"道"是一种既玄远又日常、既至大又甚微的文化精神。所谓玄远，指心灵活动所能达到的最高境界。所谓日常，指在吃喝拉撒中有其唏嘘动人的品性。这里的"外王"不是要成为一个王，而是一种自觉的责任担当。

刘醒龙《凤凰琴》体现的正是中国文化精神的核心要义。他所书写的这个卑微人物的平凡故事，其叙事结构秉承的却是由天"地"人合一而来的"内圣外王"之道。

在《凤凰琴》中，"天地人合一"，即是余校长张英才孙四海们与界岭小学及他们生存其中的那个自然环境的合一。

张英才与界岭小学环境的合一，在心理上有一个从拒斥到同情、再到认同共情的变化过程。他从一个界岭小学的外来者，到完成对生活在这里的每一个人生存诉求的理解和认同。作品给出了张英才心理上对界岭小学由外入内由格格不入到融为一体的变化过程。

余校长与界岭小学及这片天地中的师生家长和村干部早已十几年如一日心心念念地融为一体。孙四海半夜时时响起的如诉如怨的笛声同样表达着与这块土地的共情之深。

天人合一的修为是心灵至境，是人与环境在精神上的高度契合。而对天人合一高度的验证，是随之而来的"外王"行为。与环境的高度契合是前提，视其困难为己任的责任感和主动作为是其必然结果。余校长和孙四海们是这样，后来者张英才也是如此。

对张英才来说，他原先不愿意接受舅舅的安排，还自以为是揭发学校在申报学生入学率事情上的弄虚做假。但是，当他真正认识了界岭小学，懂得了余校长孙四海忍辱负重争取奖金的目的是为修补破败校舍以免学生们冬季上课遭受寒苦；看到为保护学生安全的老师在山路上遭遇到的各种凶险，张英子才一步步在心灵和精神上真正与界岭小学融为一体，并升华出"外王"的责任心和使命感。他无法克制地铺纸提笔一定要写文章报导界岭小学的事迹。他不再是一个与环境格格不入的外来者，而是发自肺腑地为界岭小学鼓与呼；并与余校长孙四海一起共同担负起修善发展界岭小学的责任，且主动请求舅舅让出之前自己处心积虑都想得的转正指标。这是与环境融为一体后的心灵选择，甘心情愿地为之付出，为之负责，为之奉献。张英才内在精神品格的成长过程，即是其天人合一内圣外王的过程。

《凤凰琴》感人之处正是人物与环境融为一体后的各种责任担当和自觉奉献，是天人合一后的精神投入。"内圣外王"，中国文化精神的核心要义，既能够抵达人伦最高的忘我之境，它超越自我，超越一己私利；但它又是人伦的，在日常生活的丰韵中，沉积在心灵深处的皱折里。它既是出世的，又是入世的，既是忘我的又是自我加压的。在《凤凰岭》中，是余校长们对界岭小学及生活在这片土地上所有适龄学生都有的责任担当。他们把这种承担当成自己份内的事情，无怨无悔倾尽所有。余校长每天中午给20多个学生做饭，晚上还负责十几个学生在他家住宿。自己孩子和学生挤住在一起，衣服上的破洞也一样无法捻在一起。这种无声的没有任何报酬的自觉付出和奉献，默默坚持了几十年。孙四海为学生买课本每天在送学生回家的路上辛苦地采集草药、为修补教室过冬心甘情愿捐出自己种的药材。这种"超越性"是中国文化精神留在民族意识中的特有品性，其独立于其他任何宗教文化。它不但成就了《凤凰琴》的内在生命力，也是《凤凰琴》能够长久打动人心的重要原因。对中国文化精神的呈现，是《凤凰琴》显示给我们的整体气质。

现实关怀与双重身份

——理解《凤凰琴》的两个角度

陈锦荣

20 世纪 90 年代，《凤凰琴》一经发表就受到关注，此后更是改编成电影而引起广泛的反响，乡村教育体制、民办教师等问题都被大众所了解。在《凤凰琴》引起反响，推动解决民办教师的问题之后，刘醒龙又进一步创作了长篇小说《天行者》。《天行者》可以说是《凤凰琴》的续作，两部小说全面展现出了 20 世纪后半叶中国乡村教育的艰难历程和乡村教师的命运。

如今 30 年匆匆已过，"民办教师"这样的名词似乎渐渐淡出历史的视野，但《凤凰琴》《天行者》这样的作品现在读来仍是振聋发聩的作品。作为"现实主义冲击波"下的作品，都对底层人群和社会现实保持关注，为当下的文学发展有很大的启示。

一、启蒙与被启蒙者的双重身份

从小说内容来看，刘醒龙的《凤凰琴》主要书写的是民办教师和乡村的教育问题。《凤凰琴》以高中落榜生张英才到"界岭小学"教书为主线，展开叙述了界岭小学五位教师和学生们的教育现状。初到界岭小学的张英才被当地的教育现状震惊，整个学校只有四位教师，分别是余校长、邓有米、孙四海和余校长瘫痪的妻子明爱芬，整个学校，甚至连校长，都是民办教师。学校的入学率只有百分之十几，总共才一二十个学生，而简陋的校舍则是"一排旧房子前面一杆国旗在山风里飘得叭叭响"。教育资源更是短缺，学生们没有课本，校长想办法给孩子们油印本，孙四海把孩子们上山采的药卖了给孩子们买新课本。而自然条件和物质资源也很缺，孩子们每天上学都要走几十里的山路，校长为此将较远的孩子收留在家，老师们每天都要接送学生上学放学，因为山里晚上经常有狼出没。此外，老师和孩子们连基本的温饱都成问题，张英才和身为文教站长的舅舅第一次来到界岭小学，校长只能拿一碗油盐饭来招待他们，张英才甚至形容为"猪食一样的东西"。在后来的一次全县扫盲工作检查中，年轻气盛的张英才因为无法忍受校长和舅舅他们谎报升学率和隐瞒真实情况，一气之下写了一封检举信，这让界岭小学本来该有的先进荣誉和奖励的八千块钱都化为了泡影。随着后来对校长等人的了解，张英才体会到了他们为了乡村教育的付出，便将自己的所闻所想写成一篇名为《大山·小学·国旗》的文章投给了省报。文章引起了很多关注，不仅受到了上级的重视，还特意给界岭小学一个民办教师转正的名额。在巨大的诱惑面前，几位老师决定将这一名额给瘫痪在床的民办教师明爱芬，而明爱芬在转正愿望满足后与世长辞，最终名额还是给了年轻的张英才。

　　《凤凰琴》所塑造的张英才形象具有双重的身份：既是界岭小学的闯入者和启蒙者，同时又被界岭小学的所见所闻启蒙。在小说的开篇，就一直提到那本名为《小城里的年轻人》的小说，从而与其他落榜者有所不同。在他来到界岭小学后，对界岭小学几位教师的所作所为嗤之以鼻，带有一种俯视的视角看待他们。他所代表的文化身份先天地带有审视和批判的眼光，所以他才会在全县扫盲工作检查的视察中写信检举他们的弄虚作假。这一行为看似不近人情，但却是身为知识分子对正义的坚持与维护。也正是这一行为，为张英才这一启蒙者的形象赋予了理想主义，作者有意将张英才塑造为承担启蒙乡村重任的理想青年。

　　但这一理想青年却时刻陷入物质追求的纠结中。在读完那本《小城里的年轻人》后，张英才的感悟是"越看越觉得死在城里也比活在农村好"。为了能离开贫穷的界岭小学，张英才在一次次的决定中违背了他的"启蒙者"属性，他默认了舅舅为他走后门才拿到的民办教师名额；为了拿到转正的资格，他利用学生去打探其他老师的情况；将舅舅出入隔壁寡妇家的行为作为要挟的资本……刘醒龙笔下的知识青年张英才褪去了启蒙者的神性光环，成为了一个在神圣使命和物质追求之间矛盾挣扎的形象。

而另一方面，张英才同时也是被启蒙者。作为闯入者的张英才，在逐渐了解了几位教师为了学生的教育的默默付出，看到淳朴的乡民们为了孩子们的未来承受一切后，他的看法发生了变化。尤其是那面饱经风雨的国旗一次次被升起，这样的场景深深震撼了他。他逐渐适应并融入其他几位教师的过程，正是张英才被启蒙的过程，才觉悟到了知识分子的担当与责任。所以才有了后来的那篇名为《大山·小学·国旗》的文章，也才会有那唯一的转正名额。转正是所有教师的症结所在，为了转正几人曾勾心斗角，也正是在最后唯一的一个转正名额分配问题上，众人都有一种看透人世的超脱，将机会留给了瘫痪多年的明爱芬，让她得偿夙愿后溘然长逝，最终将名额给了年轻的张英才。

自"五四"以来，启蒙话语一直被作家们不断言说，九十年代在强调"现实主义冲击波"的同时，仍在强调这种启蒙话语。但与"五四"不同的是，由于九十年代知识分子地位的旁落，这样的启蒙者早已不是思想的先行者，而是在处处都显出矛盾的心态。"五四"时期从国家民族层面所强调的"救亡图存"，在九十年代已经被市场经济和私有化的浪潮代替，因此我们在《凤凰琴》中所看到的是作为个体的知识青年试图重建启蒙话语的努力，而借以实现这一价值的，仍然是人性中的"爱与美"，一种道德范畴的言说，只是，具有启蒙者和被启蒙者双重身份的张英才所面临的困境，也正是这一道德范畴在现代性阐释中所遇到的尴尬处境。

二、现实主义的人文关怀

二十世纪八十年代中期以来，伴随着改革开放和经济体制的改变，西方多元的文艺思想一时间涌入当时的文坛，使得各种文学样式呈现出繁荣的景象，同时文学观念也在发生着很大的变化。但与此同时，文学也游离于人民的社会生活之外，现实主义文学在西方文学思潮的冲击下走向衰落。在此情况下，池莉、刘震云、方方等作家将写作的视角聚焦于平庸琐碎的日常生活，关注普通人的生存状态，提倡一种"新写实"的写作，让现实主义重新回归到文学领域。到了九十年代，随着市场经济的发展和"私有"观念的深入人心，文学日益边缘化，社会地位的变化让作家们对于社会和自我价值观都产生了质疑。相较于八十年代，这一时期的文学呈现出一种疑惑、反思、消极的色彩。另一方面，随着十年来社会的快速发展，中国社会在短短的十年内取得了巨大的进步，这也缓解了他们改革开放之初的那种历史和现实的焦虑感。同时一批作家敏锐地意识到社会现实生活发生了巨大的变化，一种新的社会秩序正在建立。这些作家主动参与其中，关注底层人民的生存状态，同时开始思考中国走向现代社会的长期性和复杂性，为中国文学的现实书写带来了新的活力。这一现象被学者们称作"现实主义冲击波"。

而在这一文学潮流中，刘醒龙显然是其中的代表作家之一。在二十世纪九十年代，刘醒龙创作了《凤凰琴》《村支书》《分享艰难》《生命是劳动与仁慈》《威风凛凛》等一大批以现实生活为题材的作品。《分享艰难》全方位地呈现了中国基层社会的真实状况，《村支书》取材于作家现实生活的经历，而《凤凰琴》的灵感则来自于"一次在山里的黄昏中看见一面破旧的国旗在寂寞的学校上空飘扬，和另一次在山村的夜晚里听见一支五音不全的竹笛吹的苍凉旋律"①。在刘醒龙看来，文学作品不仅要关注现实社会生活，而且还要发掘其中的精神内涵。而其中一以贯之的，是人文精神的关怀："从《村支书》、《凤凰琴》、《秋风醉了》到《分享艰难》、《大树还小》，总体上有一种一以贯之的东西，那就是对人的关怀，对生命的关怀。具体一点就是对人活在世上的意义的关怀。"②

在《凤凰琴》中，刘醒龙以民办教师转正问题为题材对现实问题做了深入的思考。"界岭"只是地理位置的一种分界，而非具体

---

①　刘醒龙：《仅有热爱是不够的》，《当代作家评论》1997年第5期。

②　周新民、刘醒龙：《和谐：当代文学的精神再造——刘醒龙访谈录》，《小说评论》2007年第1期。

的地点。经过学者的考察和作家本人的透露，"界岭小学"的原型地，就是正是英山县孔家坊乡的父子岭小学。① 但界岭小学所反映的，却是一种普遍的社会现实。令人心痛的是，民办教师的默默付出，乡村教育的鲜有问津，并非依靠完善的体制去解决，而是靠着张英才的一篇报道文章才受到关注，这不能不令人深思，基层教育工作者面临如此困境，到底是谁的问题？

正是这种始终关注社会现实的精神，让刘醒龙的创作不断思考着时代的命题，随着城镇化的加速，乡村社会在城市物质和精神文化的冲击下逐渐变成孤岛，乡土文明正在面临消亡，《凤凰琴》《天行者》两部小说正是从教育的角度入手，关注到底层教育工作者所面临的艰难处境。刘醒龙始终用作品叩问着社会的良知，希望从中找到一剂良药，解决时代的病症。

总之，始终对当下的社会生活保持着关注是刘醒龙创作的最大特点，从《凤凰琴》到《天行者》，十七年的坚守足以证明作家对社会基层问题始终如一的关怀。通过他的作品，我们能体会到他对人文理想的价值的追求，能感受到一位作家的良知和强烈的历史使命感，这也正是我们当代文学发展所需要的。

---

① 刘旱：《乡土文学的精神力量——〈凤凰琴〉原型地考》，《小说评论》2021 年第 2 期。

时代情感与传统精神交响的人民史诗

桫　椤

作为已经在文学史上赢得巨大影响的《凤凰琴》和后来的《天行者》，其文学价值和社会价值仍在流传过程中不断被阐释。在互联网上以"《凤凰琴》"为关键词检索，会发现关于小说原著和根据小说改编的同名电影的讨论始终保持着话题热度，足见其是常谈常新的、始终处在意义生长状态的文本。这在文化热点瞬息万变的网络时代殊为不易。三十年以来，不同代际的读者与时间一起，共同锻造了《凤凰琴》在当代文学中的"纪念碑式"意义。

更难能可贵的是，虽然文学有其独立的审美价值，但《凤凰琴》的影响多次溢出文学本身，"介入"现实生活，在解决社会问题方面承担了重要的功能。

《凤凰琴》之所以能够持续"圈粉"，从艺术表现上来看，在于十分鲜明地体现了现实主义不断发展着的创作原则。在经历20世纪80年代与先锋写作思潮的同行和对话后，20世纪90年代的现实主义创作，在对"人们的相互关系，情感、心理、思想、欲望以及它们的冲突和变化"（钱中文）等的表现方面，愈加显示出其"创新性和综合性"特点，《凤凰琴》可以说是彰显乃至创造这些变化的典范代表。在民办教师这个特殊群体和界岭小学这个独特的空间中，作者以对生活饱满而生动的细节呈现和对心理活动的细腻刻画，呈现了具有普遍性的朴素人性和生活本质。而从阅读接受的角度看，最能打动读者的则是蕴含在时代性主题中的深沉情感和对传统价值的坚守。

相信大部分读者会被小说中在艰苦环境下工作的民办教师们的

奉献精神所感动，也会为他们热切期盼转正却不能如愿的遭遇而扼腕叹息乃至生出愤懑之情。除此之外，将《凤凰琴》放到20世纪80年代末90年代初的社会生活现场，更可体悟到字里行间激越流淌的关切现实、直面现实、批判现实的勇气，小说的时代性溢于言表。

首先，民办教师与个人奉献极不相称的工作和生活境遇，深度折射了在改革开放第一个十年的洗礼中形成的普遍性矛盾，表现出强烈的批判意识。界岭小学实际上是当时整个中国农村教育尤其是山区教育的缩影，余校长、孙四海、邓有米们所遇到的待遇低、学校缺乏办学资金、不被权力阶层尊重等困难，是在当时以经济建设为中心的发展理念和实践中，基础教育没有得到足够重视的真实写照。在这一点上，小说用照相机式的写实笔法处理现实经验，没有夸张的修辞。就对社会现实的反映而言，小说中的艺术真实与客观真实是统一的。对教育、对民办教师的忽视乃至"遗忘"，可以归结为由于分配不公而导致的内部矛盾在社会面上的集中反映；同时也是经济大潮冲击下的社会思潮震荡所导致的文化价值衰落的一部分，小说中还批判了官僚主义、形式主义问题等方面，例如迎接上级检查时弄虚作假等，而这些现象当时不只存在于教育系统。小说中的人物遭遇和故事情节切中了时代的痛点。

其次，《凤凰琴》把握住了中国人集体情感的跳动节律，写出了经过观念冲击后的中国人民（主要是农民）向往文明生活、渴望通过知识改变自身命运的愿望。

小说中数次写到张英才携带和阅读小说《小城里的年轻人》，以及给家在城郊的女同学写信的情景，这显然不是叙事中多余的枝蔓，而是作者的匠心，是人物对现代化城市生活的崇拜和神往之情。张英才、蓝飞等借助万站长的权力去当民办老师，其最初的目的都在于试图通过这个办法告别农村生活成为"公家人"。老师们在欠发工资、办学经费极端匮乏的情况下仍然坚守在大山深处的小学里，是为了使这里的孩子们能有学上；尽管有些孩子由于家庭生活困难而辍学，但家长们对老师无以言表的敬意背后潜藏着的是他们想让下一代走出大山的热切愿望。从《凤凰琴》到后来的《天行者》中，都鼓胀着这样的情感动能。在这个主题上，小说与铁凝的《哦，香雪》异曲同工，只是《哦，香雪》是内视角，而《凤凰琴》采取了外在的批判性视角且表达更为隐蔽。

渴望转正、渴望像公办老师一样可以挺直腰杆做人的民办教师，和渴望通过知识改变命运、过上城市生活的农家子弟，他们的愿望都受到了现实的阻碍。这种矛盾构成了叙事中最有力的戏剧冲突；还原到客观世界里，更是社会现实中结构性冲突的叙事模型。作者对社会问题的揭露、批判，是同情的另一种表现方式；还老师们一个公正，是小说虽未曾呼出但始终蕴聚在叙述中的情感期待。小说以悲悯之心为公众代言，由此拨动了社会的心弦。

如何阻挡人文价值跌落后形成的颓败性力量并缓解具有时代性的矛盾冲突？

《凤凰琴》选择了从传统精神中寻找解决方案。小说着力塑造民办教师为人师表、无私奉献、爱学生如子女的性格形象只是方法之一，在刻画民办教师职业操守之外的种种情节中，也都显现出对传统的追慕与躬行。

值得注意的是，"感恩"和"报恩"是《凤凰琴》中着力旌表和弘扬的德行，无论是叶碧秋的父亲为张英才砌灶时的一番感激的告白，还是明爱芬去世后"千把人"怕将来余校长为还人情而不去登记挽礼等，都是为了表现这一点——与此相对，民办教师们近乎悲惨的遭遇恰恰是因为社会忘记了"知恩图报"的伦理道德。老师们从以学生家长为代表的"民间"受到的尊重与以体制性力量为代表的社会现实形成了鲜明对比，也是对后者毫不留情的批判。张英才的变化使传统精神价值在与时代流俗的博弈中成为获胜的一方，张英才初上界岭时不过是舅舅万站长设计的权宜之计，最初张英才也认同这样的安排，但在余校长等老民办教师的无声感召下，特别是经历了孙四海和李子遇险、明爱芬病逝等事件之后，他面对已经到手的指标发出了"我不转正"的喊声，由此完成了个人的成长和灵魂的净化，借助人物的转变将小说的精神价值推向了高峰。

有人将《凤凰琴》和《天行者》看作"人民史诗"，并不只是因为它描写了以民办教师为代表的"底层民众"，更因为小说中高挂着被公众企盼、被主流社会张扬和鼓励的理想风帆——正是这种表现为时代的内蕴，又根源于传统的道德和价值期待，将个体的人凝聚成了政治性、社会性的"人民"。显然，小说参与了将时代精神与传统价值融为一体的民族精神和社会意识的建构，同时也达到了抚慰人心的情感效果，因此终将是不朽的。

经典如何炼成

——重弹《凤凰琴》

刘保昌

    时间过得真快，转眼《凤凰琴》已经发表三十年了，真是弹指一挥间。我清晰地记得当初阅读这部小说时的狂喜和兴奋，1992年初秋，我在一所小镇中学任教，有一个周末到仙桃市陈场镇委办公室看望在那里工作的老同学李厚洪，他是个文学青年，从一堆报刊中抽出一本《青年文学》杂志说，你看看，这期有个刘醒龙，神了！一读之下，果然觉得是个神，刘醒龙凭这部小说一战封神，真正产生全国性影响，借用当下的网络流行语来说，从此成为YYDS——永远的神。经典总是阐释不尽的。三十年后再回首，关于中篇小说《凤凰琴》，尽管已有层出不穷的言说，我在中国知网上用"篇关摘"检索《凤凰琴》，立即跳出157篇相关文献；检索《天行者》，有399篇研究文献，内容涉及方方面面，其他收入各种研究论集、列入各种专题研究的专著章节等无法统计，研究成果可称浩繁，但对于该小说大家普遍觉得还有广阔的阐释空间。在未确定性因素暴增的疫情时代，我想探究的是《凤凰琴》何以成为当代文学经典，其恒久性品质是如何塑造的，这部经典之作是如何炼成的？

    第一，《凤凰琴》的横空出世是时代精神的投射与文化传统的回归。文艺是照亮国民精神的灯火，是吹响时代前行的号角。表面上来看，1992年发表的《凤凰琴》与此前十年路遥的《人生》颇多相似之处，比如主人公都是农民，都有乡村教师的从业经历，都有从乡村到城里在体制内外摇摆的人生经历，都有重新发现乡土文化、传统精神价值的"民粹"式理性诉求，等等，但正如西哲所言，人不能两次踏入同一条河流。1992 年邓小平南方讲话后，市场经济大潮风雷滚滚，路遥小说中的城乡二元对立结构、城乡身份壁垒对峙、商品粮与农村户口的森严界限正在日益消解，根植于城乡人员身份冲突的矛盾，正在农民工进城、南下打工潮中逐渐稀释。人员流动性加强，经济成为社会生活的重大主题，见利忘义唯利是图成为日常生活景观甚至成为部分人奉行的圭臬，在此背景下，刘醒龙的小说《凤凰琴》聚焦乡村教育、留守儿童、民间伦理、基层政治，回应时代关切，在历史巨变中寻索根植于民间大地之上的恒久的精神价值，维护乡村知识分子虽然卑微却又凛然不可侵犯的尊严，讴歌贤良方正的鄂东地域传统人格精神，再现薪火相传艰难竭蹶的民间文化的"自建设"图景，书写不甘命运安排不屈抗争的青春呐喊和传统儒家文化的现代性价值，既是九十年代初期"传统文化热"的民间延伸，更是对"十亿人民九亿商"的时代潮流的"反顾"式回应。正是这种清醒的理性、横站的勇气、自觉的"落伍"、无间的贴近，使《凤凰琴》成为当代文学史上的经典和巅峰。经典文本总是对时代关切作出积极回应，而又与历久弥新的文化传统息息相关。

第二，"小地方"经验具有独特的书写价值。在 2014 年的创作访谈中，刘醒龙细说从头，尤其是详细地回忆了他曾经居住过的 6 个小镇的故事，这些充满生活细节的故事与其创作经历形成直接对应关系，他认为文学创作就是"要表现小地方的大历史"，而"文学意义上的刘醒龙是小镇造成的"①。小镇具有非城非乡、亦城亦乡的交叉性，是地域范围内的经济、政治、文化中心，既面向广阔的农村，又是城市"五脏俱全"的缩小版；既有新鲜信息的不断刺激，又不至于让人沉沦于海量信息中不辨东西。小镇经验成就了刘醒龙，在他创作的前后三个阶段，关于黄冈小镇、城乡的地域文化书写贯穿始终，宛若时代河流中的定海神针，因此具有精神和审美的

① 刘醒龙、李遇春：《文学是小地方的事情》，《上海文学》2014 年第 4 期。

双重意味。"小地方"经验和小镇视域保证了作家书写乡村民办教师生活图景和乡村政治生态时的"深入同情"与"适度超越"。《凤凰琴》主要围绕西河乡界岭村小学民办教师们的四次转正（即民办教师转为公办教师）经历展开，由此折射出人性和道德的力量。在担任西河乡教育站长的舅舅的安排下，高考落榜生张英才来到界岭小学当民办教师。一排旧房子，一面迎风飘扬的国旗，这就是位于深山中的界岭小学，条件十分简陋。余校长、邓有米、孙四海将六个年级的学生分为三个班，每人带一个班，实行全科教学，语文、数学、美术、体育、唱歌等一肩挑。离家太远的二三十名学生则在余校长家里搭伙、寄宿，余校长妻子明爱芬长年瘫痪在床，生活无法自理，加上民办教师的工资经常被拖欠，家庭经济十分困难。在张英才宿舍的墙壁上挂着一张"凤凰琴"，这张凤凰琴是万站长留下来的，当年他与明爱芬都是界岭小学老师，为了得到一个转正名额展开竞争，万站长不惜与性格粗暴，但有较好家庭背景的李芳结婚，成功地实现了"转正"梦想；明爱芬坚信自己凭借实力能够得到这个"转正"指标，在刚刚生下孩子的寒冬腊月，淌过冷水河前往县城参加转正考试，还没有走到考场就一病不起。万站长离开界岭小学时，将这张凤凰琴送给明爱芬。这是小说写到的第一次转正。第二次转正指标下来时，万站长让外甥张英才私下里填好表格后直接交到县教育局，被张英才拒绝，大家一致同意将转正机会给予余校长，余校长请求大家同意让给明爱芬，因为她做梦都想转正，剩下一口气就为了有机会转正。明爱芬逝世时安详、满足，第二次转正的机会最终通过选举的方式给了张英才；第三次转正指标下来时，蓝飞偷偷地填完表格，盖上校章后交到县教育局。界岭小学的老师们深感被欺骗，大家义愤填膺，想要集体上访告状，又都被余校长的一番话劝住了，余校长联系到上次明爱芬填写表格的事情，说："将死之人都能让她好死，活着的人更应该让他好活。蓝老师的事虽然木已成舟，想要翻出那些脏东西，譬如造假证明，以权谋私等，抹黑他，也不是什么难事，甚至完全可以翻盘。可翻盘之后怎么办？蓝老师连恋爱都没谈过，就要背上这些脏东西，岂不是生不如死吗?"①界岭虽小,精神内涵却是如此博大精深。第四次转正,也是最后一次转正机会,是全体民办教师都可以在买断工龄后转为公办,邓有米因为有多年省吃俭用的积蓄,和长期坚忍的耐心,最先实现转正;余校长和邓四海却都没有积蓄,对于买断工龄有心无力;邓有米不忍心界岭小学的"刘关张"不能同时转正,便利用修建校舍的机会,拿到建筑公司两万元的回扣款,替余校长和孙四海购买了工龄。但由于建筑公司偷工减料,校舍在起用之前垮塌,邓有米被彻底开除出老师队伍,一厢情愿的美好希望最终化作更大的悲剧。

第三,小说叙事饱含张力,内蕴巨大的悲情。包括《凤凰琴》在内的长篇小说《天行者》视民办教师为"二十世纪后半叶中国大地上默默苦行的民间英雄!"这部小说就是"一曲献给民间英雄的悲情颂歌"②。明爱芬填写转正表格的这段文字,堪称小说的高潮部分,写得却是不动声色:

> 明爱芬用肥皂细心地洗净了手,擦干,又朝余校长要过一支笔,颤颤悠悠地填上:明爱芬,女,已婚,共青团员,贫农,一九四九年十月出生。
>
> 突然间,那支笔不动了。
>
> 邓有米说:"明老师,快写呀!"
>
> 明爱芬那里没有一点动静。
>
> 在身后扶着她的余校长眼眶一湿,哽咽地说:"我晓得你会这样走的,爱芬,你也是好人,这样走了最好,我们大家都不为难,你也高兴。"
>
> 明爱芬死了。
>
> 满屋子的人都没有做声。

---

① 刘醒龙:《天行者》,人民文学出版社 2009 年版,第 174 页。

② 韩春燕:《刘醒龙长篇小说〈天行者〉用疼痛的文字书写平凡的英雄》,《文艺报》2009 年 9 月 29 日。

只有余校长在和她轻轻话别。①

孙四海的情人王小兰被杀害、叶萌的父亲死于矿难、支教生夏雪自杀、骆雨生病、万站长的妻子李芳患上血癌，等等，导致整部小说格调沉郁，氛围凝重，同时作者高扬道德理想主义的旗帜，将民办教师蜡烛般的无私奉献精神和自我燃烧的理想激情张扬到了极致。这种精神看似抽象，在界岭小学却表现得极其平常。小说描写张英才转正后，背着凤凰琴离开界岭，万站长对他说："想说界岭小学是一座会显灵的大庙，又不太合适，可它总是让人放心不下，隔一阵就想着要去朝拜一番。你要小心，那地方，那几个人，是会让你中毒和上瘾的！你这样子只怕是已经沾上了。就像我，这辈子都会被缠得死死的，日日夜夜脱不了身。"②正是这种精神，让小说的字里行间，又洒进希望的阳光，既悲悯，又温暖。张英才在省教育学院进修后重返界岭，叶碧秋自学成才拿到文凭后也回到界岭小学，蓝飞在当上公务员后并没有忘记界岭，为了修建校舍来回奔走，孙四海成功地打败"村阀"竞选上村长，余校长转正成功并与蓝小梅喜结连理，余志、李子、叶萌等一批学生都会有属于自己的美好未来，小说留下了一个"光明的尾巴"。这种悲悯和温暖、浪漫与苦难相互交织的情感色调，正是刘醒龙现实主义小说的重要特征。

第四，适度的浪漫主义表现手法和鄂东地域文化书写增强了小说的艺术感染力。邓有米和孙四海将本来应该是欢快的歌曲《我们的生活充满阳光》吹奏得十分悲凉，如泣如诉，凄婉极了；孙四海每次都在王小兰离开时吹响笛子伴她回家；小说多次描写界岭小学的升旗、降旗仪式，"操场上正在举行升旗仪式，余校长站在最前面，一把一把地扯着从旗杆上垂下来的绳子。余校长身后是用笛子吹奏国歌的邓有米和孙四海，再往后是昨晚住在余校长家里的那些学生。九月的山里，晨风又大又凉，这支小小队

---

① 刘醒龙：《天行者》，人民文学出版社2009年版，第73-74页。
② 刘醒龙：《天行者》，人民文学出版社2009年版，第79页。

伍中，多数孩子只穿着背心短裤，黑瘦的小腿在风里簌簌抖动。大约是冷的缘故，孩子们唱国歌时格外用力，最用力的是余校长的儿子余志。国旗和太阳一道，从余校长的手臂上冉冉升起来后，孩子们才就地解散"①，这已经成为小说的一种精神象征。"天上开始纷纷扬扬地落雪了。第一片雪花落在脸上时，张英才情不自禁地抖动了一下，他想不到这是落雪，以为是自己的泪珠。待到他明白真的是落雪了，抬头往高处看过一阵，还是不愿认可，这些从茫茫天际带来清凉与纯粹的东西，不是泪花而是雪花"②。知识分子在民间大地上得到精神净化和升华。刘醒龙小说巫风弥漫，比如兔子作揖、惊雷劈石、茯苓跑香、余校长遇鬼等细节，在鄂东民间具有广泛的群众认知基础。类似的表现方法，无疑增强了刘醒龙小说的叙事魅力和艺术感染力。万站长说过："一般的老师，只可能将学生当学生，民办教师不一样，他们是土生土长的，总是将学生当成自己的孩子，成绩再差也是自己的亲骨肉！"③语言虽然质朴无华，却是民办教师真实情感的具现。小说描写孙四海用自己播种的茯苓抵交教室维修款、界岭山村四季变幻的风景、打工者回家过年时的情景、穷困人家请客时的"做戏表演"，暮色和炊烟，国旗和笛声，自然界的风雷雨雪，山中的狼嚎和毒蛇，等等，质朴自有质朴的力量。比如支教生夏雪的父母来到界岭小学，想吃一碗能够了却心愿的油盐饭，"王小兰从孙四海的橱柜里取出一碗剩饭，然后将灶里的柴火点燃。待锅烧得微热时，用水瓢舀了点水，将热气腾腾的铁锅刷干净，再洒半勺油在锅底，稍等一会儿就将剩饭倒进锅里。王小兰一边用锅铲在锅里反复炒着剩饭，一边用勺子撮了些盐放进碗里，加点水搅几下，直到锅里的饭快炒好，才将化开的盐水，沿着锅边倒进去。这时候，孙四海将灶里的柴火拨弄了一下，使其烧到最

① 刘醒龙：《天行者》，人民文学出版社2009年版，第18页。
② 刘醒龙：《天行者》，人民文学出版社2009年版，第78页。
③ 刘醒龙：《天行者》，人民文学出版社2009年版，第104-105页。

旺。一阵浓香扑鼻，油盐饭炒好了"。① 食材简单，着料朴素到简陋，做法也简单，没有丝毫的夸张，完全是写实层面的展现；而到王小兰被杀害之后，女儿李子写了一首诗作："前天，我放学回家／锅里有一碗油盐饭。／昨天，我放学回家／锅里没有了油盐饭。／今天，我放学回家／炒了一碗油盐饭／放在妈妈的坟前！"②同样是质朴的文字，却已跃升至精神悲痛的诗化层面。一碗油盐饭，足以成为界岭村地域文化精神的浓缩的具象。秋天的界岭，风景如画，"山下升起了云雾，顺着一道道峡谷，冉冉地舒卷成一个个云团，背阳的山坡上铺满阴森的绿，早熟的稻田透着一层浅黄，一群黑山羊在云团中出没，有红色的书包跳跃其中，极似潇潇春雨中的灿烂桃花"③；"人人嘴里说夏天来了，其实春天的痕迹还在附近。整个界岭被绿色席卷，瓜果开花只是映衬这天赐的生机，野草绽放也是为了让山野间多一些热闹。荒芜的山中之物，在远处就是风景。会叫的虫鸟牲畜，见不着它们模样就成了音乐。一股风从学校陈旧的瓦脊上吹过，落到山坡上，在草丛中打几个滚后，一头钻进树林里，就像相亲相爱的人钻进绣花绸被，树冠树梢也能心旌摇荡"④；"离界岭小学很远的山坡上，阔叶的乔木开始变艳丽了。那些为数不多的红豆杉，总是独立在山的不同寻常处，用常青的叶冠，将满树的红果衬托得格外亮眼"⑤。一切地域风景描写其实都具有人文意义，"红色的书包"在黑山羊群中跳跃，表明界岭存在着孩子们失学的状况。12岁的五年级学生叶萌，成绩很好，热爱读书，就因为父亲挖煤时出了事故，被迫回家挑起大梁；山中秋冬季节来得早、春夏季节来得晚的地域气候特征，也是余校长提前安排维修教室、每周绕道送学生们回家以保证安全等情节的必要背景；作为珍稀植物的

---

① 刘醒龙：《天行者》，人民文学出版社2009年版，第269-270页。
② 刘醒龙：《天行者》，人民文学出版社2009年版，第290页。
③ 刘醒龙：《天行者》，人民文学出版社2009年版，第14页。
④ 刘醒龙：《天行者》，人民文学出版社2009年版，第169页。
⑤ 刘醒龙：《天行者》，人民文学出版社2009年版，第202-203页。

山中已经为数不多的红豆杉，也为小说中邓有米偷砍红豆杉出卖以偿还学校教室维修费的情节作了自然的铺垫。一切景语皆情语，同时也是推进叙事节奏和小说情节起承转合的关键，《凤凰琴》在思想性和艺术性方面同臻高峰，因此成为当代文学经典，良有以也。

大别山书写中的现实主义文学之路

——刘醒龙小说《凤凰琴》《天行者》写作经验管窥

吴道毅

从很大程度上说，中篇小说《凤凰琴》和长篇小说《天行者》是著名湖北作家刘醒龙的重要身份标志，昭示着他对中国当代文学的独特贡献。如果说，《凤凰琴》是刘醒龙进入中国当代文坛的真正成名作的话，那么，对《凤凰琴》作出成功扩写的《天行者》则意味着刘醒龙进入到中国当代优秀作家之列。两部作品尽管面世的时间相距十七年，但它们作为"姊妹篇"，均以大别山区为背景，聚焦世纪之交乡村民办教师作为社会特殊群体的工作和生活，既填补了中国当代文学书写乡村教育的盲点或空白，构筑了伟大的时代精神，有效地契入了时代，又坚定不移地走出了属于作家自己的现实主义的文学道路，有力地诠释了现实主义文学在中国当代的永久生命力。《天行者》荣获第八届茅盾文学奖，对刘醒龙来说不仅是中国社会各界的认同与奖赏，而且是他自己长期扎根大别山区文学沃土、勇于坚持现实主义文学创作道路的丰厚回报。质言之，以大别山书写为依托或载体，走现实主义文学道路，是刘醒龙文学创作的成功经验。

一、扎根于大别山区的文学沃土

《凤凰琴》最早刊载于《青年文学》1992 年第 5 期，发表后引起广泛关注，《新华文摘》《小说月报》与《作品与争鸣》等先后纷纷转载。紧接着，刘醒龙作为编剧之一，根据这部小说改编的同名电影播放，在全国产生强烈反响。2009 年，即《凤凰琴》发表 17 年之后，基于广大读者的强烈呼声，伴随着对乡村民办教师生存命运的深入与成熟思考，由《凤凰琴》扩写而成的长篇小说《天行者》由人民文学出版社出版，再次受到文坛青睐，乃至很快摘取茅盾文学奖桂冠。

刘醒龙是中国当代作家中执着地坚持现实主义文学道路的作家之一。在文学访谈《刘醒龙："我相信善和爱是不可战胜的"》中，刘醒龙毫不隐讳地指出："我自认为是一个有理想的现实主义作家，或者说具有浪漫精神的现实主义作家。"对他来说，现实主义文学无论如何就是自己的创作方向，"现实主义在中国被妖魔化"是不可接受的①。路遥认为，现实主义文学在中国当代不仅没有"过时"而且远未"成熟"；现实主义的创作手法与现代主义的创作手法没有优劣或高下之分；对作家来说最重要的是克服思想和艺术的平庸。正如他在创作谈《早晨从中午开始》一文中指出："实际上，现实主义文学在反映我国当代社会生活乃至我们不间断的五千年文明史方面，都还没有令人十分信服的表现。虽然现实主义一直号称是我们当代文学的主流，但和新近兴起的现代主义一样处于发展阶段，根本没有成熟到可以不再需要的地步""一定要在现实主义创作方法和现代派创作方法之间分出优劣高下，实际上是一种批评的荒唐。"②从坚持或恪守现实主义文学道路看，身处湖北的刘醒龙与身处陕西的路遥都别具慧眼与胆识，都没有在 20 世纪八九十年代文学新潮一浪高于一浪的大环境中盲目地追新求异，没有唯引领时代风潮的现代主义文学马首是瞻，而是深刻而清醒认识到现实主义文学对中国当代生活的重要与迫切现实意义，认识到现实主义文学的本质特征就是直面现实生活，认识到文学的成功主要在于作家对现实生活的发掘、穿透，而不在于图解空洞的理论、剖析抽象

---

① 饶翔：《刘醒龙："我相信善和爱是不可战胜的"》，《文艺报》2011年 9 月 19 日。

② 路遥：《早晨从中午开始》，北京出版集团公司、北京十月文艺出版社 2012 年版，第 17-18 页。

的人性或追求形式、技巧的花样翻新。对刘醒龙来说，走现实主义文学之路，首先便是把文学的根深深扎进故乡大别山区沸腾的时代生活，感恩大地，回馈朴实可爱的父老乡亲。就这一点看，他与湖北作家邓一光等是一样的。刘醒龙自己的许多作品，如中篇小说《秋风醉了》《暮时课诵》、长篇小说《圣天门口》《黄冈秘卷》等，大多典型地体现了这一写作特点。

从《凤凰琴》和《天行者》也不难看出，扎根于大别山区的文学沃土是刘醒龙在现实主义文学道路上迈出的坚实步伐。在这方面，两部作品具有两个突出特点。其一，两部作品的地域背景都是大别山区。大别山区属于革命老区，地处鄂、豫、皖三省边区，幅员数百平方公里，境内群山绵延，奇峰竞秀。数千年来，这里虽为兵家必争之地，但却交通闭塞，土地贫瘠，自然条件较为恶劣，人民生活贫困，社会发展较为缓慢。刘醒龙从小到大，跟随父辈在大别山腹地——英山县生活三十多年，大别山与其说是他的第二故乡，不如说是他朝夕梦牵魂绕的精神原乡与文学的"故乡"。正如他在《文学回忆录》一书中指出："唯有故乡才能给我们以未来。"对他来说，无论是人生的"根"，还是文学的"根"，都在故乡；只有把"根"扎进故乡——大别山的文学沃土，自己的作品才接地气，才会生机益然，也才能真正回馈养育过自己的父老乡亲——可贵的是，他在创作《凤凰琴》等作品时就确立了这样的自觉文学意识。在《凤凰琴》与《天行者》中，大别山区的特有生活气息扑面而来，让读者有如身临其境。两部作品中主要描写的界岭小学，不仅处在大别山腹地，四周大山环绕，攻击人的野兽时而在山路上出没，山大人稀，交通不便，人迹罕至，而且教室破旧，师生教学、生活条件极其简陋，显示出特定时期大别山区落后的乡村教育现状。其二，两部作品都把乡村民办教师的生存命运作为关注的焦点，把中国当代作家严重忽略的贫困乡村教育纳入写作题材，不仅较早地开启了新时期中国文学底层书写的路径，而且有效地扩大了乡土文学的写作疆域。民办教师是中国进入当代社会之后出现、规模较为庞大的特殊人群，他们大多在贫困、落后、偏远的乡村或山村从事艰辛的基础教育工作，但待遇低下，成为拿国家工资的公办教师是他们最大而遥不可及的人生梦想。在中国当代文学中，关注农民生活的作品比比皆是，甚至浩如烟海，但关注民办教师生活的作品却寥若晨星，少得可怜。即使一些涉及民办教师生活书写的作品，它们对民办教师生活的书写往往也只是一带而过，不会给予特别的关注——像路遥的中篇小说《人生》和长篇小说《平凡的世界》都写到了民办教师，但这都不过是一种点缀，或者说对农家子弟高加林、孙少平们来说，担任民办教师仅仅是他们成长中的一段经历、过渡或生活中的一段插曲，谈不上有什么特别的意义。刘醒龙《凤凰琴》与《天行者》对中国当代文学不可磨灭的贡献，便是在世纪之交的社会转型时期，把被社会、被作家所普遍忽略的民办教师首次作为文学关注的主要对象，着力书写他们的工作、生活、困境与矛盾（如每人每月只有60元工资，其中由村里支付的一半往往迟迟不能到位），展现他们的精神忧虑与苦痛（如渴望成为公办教师），关注他们的生存命运，表现他们为乡村基础教育发展作出的卓越贡献。在《凤凰琴》中，第一次出现了中国当代文学中乡村民办教师的集体群像，如余校长、明爱芬、孙四海、张英才、邓有米等，他们"视学生为自己的孩子"，克服家庭、工作、待遇等方面的巨大困难，坚守在乡村基础教育的岗位上，传递着民族文化的薪火，默默地付出着自己的汗水、热血、青春乃至生命。《天行者》再次刻划了这一集体群像。

二、积聚现实主义文学的社会冲击力

《凤凰琴》和《天行者》的另一重要写作经验，是直面严峻的社会现实和对改革开放艰难推进过程中突出社会矛盾的大胆揭露，从而积聚并爆发出现实主义文学的强大社会冲击力。萨特基于存在主义维度指出，文学之所以具有存在的价值，是因为它对生活的"介入"，亦即对生活的反思、叩问、质询，乃至对黑暗的批判等，文学本身是社会的一种力量。正如他在《什么是文学?》一文中指出：

"一旦你开始写作，不管你愿意不愿意，你已经介入了。"①萨特的存在主义文学是一种现代主义文学，而按照法国著名文艺理论家罗杰·加洛蒂的说法，现代主义文学在创作精神上其实也是现实主义，因为现实主义是无边的或没有边界的。可以说，现代主义文学也好，现实主义文学也好，离开对现实的质询、"介入"，便失去了生存的价值，它们的表现形式与方法不一样，但创作的目的却是殊途同归。而现实主义文学与浪漫主义文学的一个显著区别，在于现实主义文学面临的是生活的严峻而不是生活的诗意。刘醒龙作为现实主义作家，无论对生活的复杂性还是对现实主义文学的精髓，都有着深刻的理解。就对现实主义文学的认识而言，刘醒龙认为现实主义文学所需要的不仅仅是贴近现实或贴近乡土，更重要的是要敢于揭露生活中的矛盾、问题，特别是敢于为社会弱势群体伸张正义，替他们说话，寻求社会的公平。正因为如此，他才在解释自己是一位现实主义作家时补充道："在骨子里，我的小说更多的是表达对现实的质疑。"对他而言，在作品中"对现实的质疑"自然不是对生活的全盘否定，不是生活主流的否定，更"不是为了控诉教育体制"②，而是对生活矛盾的正视，是现实主义文学精神的深刻体现。

《凤凰琴》和《天行者》对社会矛盾的大胆揭露，主要体现在对乡村民办教师转正问题的叙述中。在刘醒龙看来，乡村民办教师问题作为社会问题，不在于他们工作的繁重与工作环境的艰苦，而在于他们社会待遇或工资待遇的极其低下。对他们来说，转正，即成为公办教师，是朝思暮想的人生目标。然而，在 20 世纪后半叶中国国力有限的背景下，这种人生目标好似镜花水月，遥不可及，解决起来困难重重。他们的生存困境、生活烦恼与生存命运同转正与否紧紧关联在一起，成为难以摆脱的宿命。在两部小说中，乡村民

① 让-保罗·萨特：《萨特文学论文集》，施康强等译，安徽文艺出版社1998 年版，第 116 页。
② 吴敏、徐丽：《刘醒龙：〈凤凰琴〉是我对生活的感动，〈天行者〉是我对历史的沉思》，《南方日报》2011 年 8 月 28 日。

办教师"转正"问题既是叙事的枢纽，也是全部矛盾的焦点所在，也显凸出现实生活中的实际矛盾。在《凤凰琴》中，"转正"充满了戏剧性，也饱含悲剧意味，看似皆大欢喜的结局的背后，却蕴藏着生活的严峻与残酷。十多年以前，女教师明爱芬转正未成，落下病根，躺在床上，心如死灰。十多年后，余校长、邓有米、孙四海三人，各有转正的理由，对转正梦寐以求，相互之间还暗中有着较量。然而，唯一的转正指标的最终归宿却是刚来学校不久的张英才。张英才获得指标既缘于他的《大山·小学·国旗》一文在省报发表后引起了各界对界岭小学的关注与支持，也缘于余校长等几位同事的"承让"或牺牲个人利益。但对余校长、邓有米、孙四海三人来说，多年的渴求这次毕竟还是落空，他们需要继续面对以前严峻的生活现实——如迟迟不能到手的微薄的工资。至于明爱芬，更是没填写完转正表格，人便死了，转正的意义如同纸片一样薄，苦苦等待的不过是一种虚幻的心理满足而已。甚至可以说，转正反而害了她的性命。在《天行者》中，"转正"的悲剧性加大，同时充满了悖论与滑稽意味。一方面，小说重述了《凤凰琴》中关于转正的故事；另一方面，小说通过增加两次转正故事的叙述，加重了转正的复杂性、悲剧性与悖论性。这增加的两次转正，一次是蓝飞利用校长助理的身份，乘余校长到省城小学当门卫之机，以权谋私，私盖公章，把上级分配的又一个转正名额弄到了自己头上，余校长、邓有米、孙四海等人得知消息后，眼见生米做成了熟饭，虽然各自心生怨恨或愤怒，却出于保护蓝飞的前途等，只好顺水推舟，默认事实，聊以三人同进同退相互安慰，委屈万分地吞下转正梦想又一次落空的苦果；一次是县里下发通知，所有民办教师都可以转正了，但前提是每人必须交纳万元左右买断工龄的保证金，除邓有米勉强能够凑齐保证金外，余校长、孙四海根本拿不出这笔巨额款项，转正对于他们来说，好比美国犹太作家约瑟夫·海勒小说《第二十二条军规》中所写的"第二十二条军规"一样，是一个难以摆脱的生活怪圈，充满黑色幽默意味。而为了帮助余校长等人解决保证金问题，邓有米甚至不得已收取学校基建工程队两万元好处费，因此触犯法律，锒铛入狱。对邓有米来说，恰恰是这次转正彻底毁灭了他的后半生。孙四海为了摆脱民办教师的困境，不得不改行参加村长选举，走向了村长的岗位。至于另一位小学校长胡校长，由于与转正一次又一次失之交臂，才四十五的岁的他终于绝望地在醉酒中死去。《天行者》中关于余校长进城当小学门卫与叶碧秋给省报王主任家当保姆的书写，衬托的不只是城乡之间经济水平的巨大差异，而更是界岭小学民办教师工资待遇的微薄。

在揭露社会矛盾上，《凤凰琴》和《天行者》也没有回避对乡村民办教师内心冲突或人性弱点等的表现。刘醒龙认识到，乡村民办教师作为普通人，尤其是在面临巨大生存压力的前提下，不仅存在人性弱点等，而且常常精神上受到扭曲、变形。因此，在两部作品中，刘醒龙没有回避对民办教师为了转正而彼此争斗、人格扭曲的书写。在《凤凰琴》中，由于转正指标极其稀少，几十年等不来，余校长、邓有米、孙四海等三位"老同事"为了转正，不得不陷到"二桃杀三士"的尴尬处境中，表现出"面和心不和"或相互猜忌、互不相让的一面。在《天行者》中，青年民办教师蓝飞刚走上工作岗位，就急于摆脱生存的困境，利用界岭小学校长助理的职位把唯一的转正指标据为己有，而置道德于不顾，置余校长等几十年的转正梦想与正当利益诉求于不顾，走向了极端功利主义。对蓝飞来说，这当然也是一种成长的曲折。

三、从平民英雄身上发掘民族精神

《凤凰琴》和《天行者》最令人称道的写作经验，是从平民英雄身上发掘民族精神，盛情讴歌中华民族的精神脊梁，振奋人心，为改革开放摇旗呐喊。在刘醒龙看来，一个民族要能够生存繁衍下去，离不开生生不息的强大民族精神，饱经忧患的中华民族正是如此；勤劳、智慧、坚韧的中国普通百姓不断地凝聚、创造与发展着中华民族精神或中国精神，这种中华民族精神或中国精神正是中国改革开放迫切需要的。正如他在一篇文学访谈中回答道："文学的第一要旨是表现我们的民族精神与灵魂。我始终相信，一个泱泱大国，一个有着五千年文明的古国，它的生生不息、绵延不绝，一定是靠着强大的精神力量延续下来的。"或者说："我们的父老乡亲、兄弟姐妹，他们做的事情很多都让人感动，足以体现我们的民族之所以屹立于世的强大精神支撑。"①对刘醒龙来说，文学的首要目的就是积蓄思想与精神的正能量，就是在艰难困苦中凝聚与传延中华民族精神，而绝不是在困难与矛盾面前陷入悲观绝望，或遁入虚无主义不能自拔。他的《凤凰琴》和《天行者》是这一创作思想的体现，它们在表现乡村民办教师的生存困境与具有某种悲剧性质的生存命运的同时，更是表现了乡村民办教师群体身上平凡而伟大的奉献与牺牲精神，并借此大力弘扬改革开放主旋律，为构建社会主流意识与社会主义核心价值观添砖加瓦。

无论是《凤凰琴》还是《天行者》，都是刘醒龙献给世纪转折时期中国乡村民办教师的颂歌。刘醒龙发现，乡村民办教师虽然平凡，但却肩负基层教育的重任，是民族文化的薪火传承人，他们的历史地位不容忽略，他们身上同时承载着可贵的民族精神。正如他在解释《天行者》创作意图时所说："'民办教师'是一段谁也绕不过的历史。称他们为'民间英雄'，是一种艺术的说法，就其贡献来说，完全应当称之为'民族英雄'！20世纪后半叶，在急需人文教育的中国乡村中，大部分教鞭都执掌在民办教师的手里。如果不是他们的存在，中国的乡村将会更加蒙昧。也正是由于民办教师的存在，后来出现的社会大变革，其艰难程度也减轻了许多。"②从很大程度上说，这些话正是诠释《凤凰琴》和《天行者》主题内涵的注脚。在《天行者》扉页中，刘醒龙这样写下本书的题旨："献给在二十世纪后半叶中国大地上默默苦行的民间英雄。"在两部作品中，乡村民办教师平凡而琐碎的工作事迹让人肃然起敬。像复员军人出身、人到中年的余校长，虽然妻子明爱芬长期卧病在床，需要他照料，为了解决家庭经济负担不得不种地、养猪，但工作上却是几十年如

---

① 曹静、刘璐：《坚定那颗贴近泥土的"心"》，《解放周末》2011年11月25日。

② 胡殷红、刘醒龙：《关于〈天行者〉的问答》，《文字自由谈》2009年第5期。

一日一丝不苟，学校行政管理、自己的教学、临时分派下来的扫盲工作等做得井井有条，尤其是还额外负责十多名乡里学生在他家中的临时食宿，起早贪黑，任劳任怨。教导主任孙四海为弥补教学经费短缺，同时减轻贫困学生的负担，在教学工作之余不仅经常带领学生到山里采药材，而且常常卖掉自己种的茯苓帮助学校解决维修危房资金的燃眉之急。尤其令人可敬的是，在余校长、邓有米、孙四海的带领下，在较为简陋的条件中，全部佩戴着红领巾的界岭小学学生都会举行庄严的仪式，奏国歌，升国旗。这一仪式的举行有力地诠释着乡村民办教师的伟大，对全体国民素质教育具有特别重要的意义，这便是把民族情感或家国情怀潜移默化地传输到乡村下一代的文化血液之中，使他们从小便树立民族的自豪感与爱国主义精神，成为民族未来的希望。正如余校长向张英才解释说：那位失学的学生虽然失学了，但在家门口就能看到这里的国旗，国旗带给他的将是一种强大的精神力量。

鲁迅曾在《中国人失掉自信力了吗》一文中指出："我们从古以来，就有埋头苦干的人，有拼命硬干的人，有为民请命的人，有舍身求法的人，……虽是等于为帝王将相作家谱的所谓'正史'，也往往掩不住他们的光耀，这就是中国的脊梁。"①《凤凰琴》和《天行者》中的乡村民办教师，不管是余校长、邓有米、孙四海也好，还是张英才、叶碧秋也好，就是一个"埋头苦干""拼命硬干"的社会群体。正是他们，在极其低下的工资待遇中，在极其艰难的工作背景下，超越个人得失，不畏艰难险阻，肩负起中国广大落后乡村基础教育的重任，让民族文化得以薪火相传，并把爱国主义、道德伦理的种子播撒在下一代的心中。从这个意义上，他们堪称中华民族的脊梁。

两部作品还表现出对转型时期中国社会的一种深刻反省。刘醒龙认识到，当市场经济大潮铺天盖地地漫过中国大地之际，受强大的金钱所裹挟的权力拜物教、金钱拜物教与人欲横流、道德沦丧充滞在社会的各个角落，严重地影响社会风气，制约着社会的正常发

---

① 鲁迅：《且介亭杂文》，人民文学出版社 2006 年版，第 120 页。

展，作家有责任对此保持警惕。正如他指出："文学要体现时代精神。当拜金、拜官和拜色之风盛行时，这种价值偏移会使社会向不良的方向发展。也正因为有这种价值偏移，才凸显作家的存在意义。"①对他来说，无论是《凤凰琴》还是《天行者》，所履行的都是这样一种写作使命。两部作品通过聚焦"处在社会最底端"的界岭小学乡村知识分子或民办教师们，描述他们的人生状态，推崇他们的精神操守，体现的正是对当下不良思潮或"价值偏移"的一种"批判"或反省，其价值取向和现实意义已经远远超出了教育的主题。

---

① 饶翔：《刘醒龙："我相信善和爱是不可战胜的"》，《文艺报》2011年9月19日。

读刘醒龙先生

胡竹峰

第一次看《凤凰琴》电影，年岁太小，具体画面不记得了，电视机黑白荧幕上的故事又沉重又温暖，真像当年乡村的日常，看到结尾，又像是关在屋子里久了打开了窗户，想呐喊一声。

影视当然看不出作书人刘醒龙先生的笔力，但故事构建得真贴心。很多年后，看到小说原作，果然空间更大，也更深刻。那段远去的历史与一群渐渐被遗忘的人，从此在文字里不朽。更难得书中人彼此映照，绽放出人性的光辉，那些光辉也曾经映照到我的心上，这是文学的现实力量。

后来又读到刘醒龙的一些书，《大树还小》《分享艰难》《挑担茶叶上北京》《圣天门口》《天行者》，一篇篇、一部部写世情写人心。我感慨小说家入世真深，又感慨作书人身在局外的冷静。

再后来，在一些场合见到刘醒龙，有书展还有颁奖会，其时他不认识我，我却认得他。当年泛黄的纸页一瞬间新鲜，遥远的作者就在面前，一时不知道说什么好，也就没有上前拜会，似乎一句话都没有说过，隔了年纪，隔了文学，好像还有一份羞怯。

我见到的刘醒龙样子，轻声细语地说话，却有一股斩钉截铁，永远地安静，永远地精神，永远的短发，一根根竖起。看过他年轻时候的照片，相比之下，我更喜欢中年之后的刘醒龙，越发相貌堂堂，越发有性情有分量。文学安妥灵魂，文学也滋养肉身，温润皮相。

那年有幸和刘醒龙一起参加活动，同行不过三个作家，彼此想不熟悉也难，每日里看山、看水、看古迹、看人文。我们早上出行，午饭后回来，将当天所看、所思笔录成文。刘醒龙永远按时交稿、按时出行，我偶尔贪睡，起来迟了，过了集合的时间点，他却早早等在那里，不以为意，一脸微笑，像是早知如此一般。

后来我们结伴去了西沙群岛。近半个月时间，盘桓在永乐群礁周围。海上住宿简陋，我们同住在一个船舱里，彼此日常照应，看见了柴米油盐，也看得见为人处世。刘醒龙始终态度温和，不忙不迫，细声微笑地谈闲话，是每天的惯例。言及有些不开心的事情，点到为止，一笑而过，不谈论是是非非，只有说办杂志与弄文学才兴致勃勃。偶尔意见相左，我不免会径直辩论一下，他即便据理，也从不力争，只是笑笑不妥协。刘醒龙偶尔和家人通话，神色既有为人夫的爽然，又有为人祖父的乖，而且是爽然的乖，慈祥温宛，眉眼都是欢喜，都是关爱。

海上生活素朴，刘醒龙不吃海鲜、家禽，每天米饭、榨菜、土豆丝、圆白菜、萝卜果腹，下午得空吃一袋家里带来的炒米或者热干面，配上藕丁，每天喝三小袋葛根粉，正所谓"人不堪其忧，回也不改其乐"。

人外出最要紧的事无非食宿，交代了食，再谈谈宿。船舱太小，不过三四平方米大，两个人转不开身。有天夜里，下起大雨，过道积满了水，水又渗进船舱。凌晨，似醒非醒间，我们听到物件浮动的声音，哗然水响，响声越来越大，起床开灯，发现船舱一脚踝深的水。刘醒龙睡下铺，水快浸透他的床褥了。我急急以饭碗作瓢，一次次舀水进桶，然后倒进大海。满满四桶水，折腾半个时辰方才得以稍微安妥。刘醒龙倒是不急不惧，随手以诗为证：

> 过海宿鸭公，夜半到台风。
> 波涛入枕套，豪雨浸被中。
> 饭碗急作瓢，舀水四大桶。
> 斗室两汉子，一龙一竹峰！

记得当时掀开他的床铺垫子，潮湿过半，不堪再用了。我跑去敲同船人的门，拿来被子换上。船舱依旧进水，好在一夜再无他事，终于睡去。后来刘醒龙说，如果不是我去拿被子，以他的性格，绝不去麻烦别人，宁愿坐在那里，一夜不睡。

天明，找船工拆开舱板，发现刘醒龙床下藏了满满一舱水。那一刻我有些难过，一九五六年出生的刘醒龙，六十好几岁了，那个写出了皇皇千万字的大作家，让他充当可资对外吹嘘的大门面倒也罢了，竟然如此委屈。我忍不住要和主办方较真了，他还是不作一声，这是老派人的温良与俭让。

温良俭让之外，还有刘醒龙的恭。船上用餐时，一些人来晚了，有两回刘醒龙亲自去敲门喊他们。在我看来，以他的年岁、名望不需要如此礼贤晚辈的。夜里几个船员和我们在甲板聊天饮茶，刘醒龙拿出他珍藏的好茶送给大家喝，他怕失眠，在一旁温和地陪坐片刻。

说了苦事，实在还有甜。而这甜我却不能同享，正所谓不同甘却共苦。因为我不识水性。

那天我们上了全富岛，岛上细沙如碎玉。更妙的是，雪白的细沙铺成的无人小岛边侧，还有一汪碧蓝的水池，像人力所为，却非天工莫属。刘醒龙见状大喜，原来他早就穿好了泳裤，脱掉外衣，整个人彻底投入那水中，尽兴畅游了一番，惹得我等好一阵向往。事后刘醒龙老师作文说：

> 天荒地老，古往今来，何时何地何曾有过，这比瑶池还要胜过几分的美妙处所……跳入水中的人更是无比沉浸，想将无限的南海，无尚的南海，用每一寸肌肤去记忆。以备将来再有什么机会时，自己不仅仅只会说一句——我在南海游过泳！

更令人称奇的是，第二天同船的考古队员再赴全富岛，那一汪细细小小的水池凭空消失了，像是夜里的风雨抚平了岛上的细沙，那水池成了刘醒龙一个人的天地，专属他所有一般。同行有人拍得照片，刘醒龙激荡水中，状若龙游，笑意盈盈，令人好生羡慕。

那几天，海上风雨不绝，我们聊聊天，读读书，清苦里有惬意。他依旧每日作文不绝，一时伏在被子上写，一时坐在床沿边写，一时靠在床头写，一时搁在双腿写。奇在文思勃勃、文采斐然，一篇篇文章，两三千字，气脉贯通，行文饱满，情绪更饱满。50年代的写作者，笔耕不辍的人不多了，多数人养尊处优，放下了文字经营，刘醒龙倒是从出道至今，一直不疾不缓、不慌不忙地作他的小说、散文。古人由学以致用的角度说："温柔敦厚，诗教也。"怕也有天生的本性吧。

我佩服刘醒龙的文字写得好看，清秀而细致，真挚而富于情思。同样是游历文字，和《徐霞客游记》比较，大为不同。徐著属于地理科学类，刘书则纯然文学一脉，记录了私人的生活和思想感情，那些文章，每篇都有活生生的人，背景是现实的又是内心的。那种洋溢着勃勃生机与充满激情的表达，处处氤氲着文艺的气息，隐约还有少年人的饱满元气。虽是每天一记，从来不曾马虎，行文质朴、真挚，情性毕露，不独有文采，且很可读。要有思想者的深沉与艺术家的敏感，方才写得出那样的文字吧。

海上回来，上得码头，中午有安徽乡党请饭，我悄悄让人家准备好了纸墨，因为知道刘醒龙写得一手好字。饭食大家吃，出力他一人。那天刘醒龙写了四幅字，我讨得一副对联，字圆润苍秀，笔画厚，有点像大先生鲁迅。

刘醒龙人如其名，名字里有个"醒"字，在我和他的交往中，时刻感觉到他的醒，内醒，清醒，警醒。有些人不是这样，如王安石，看名字，应该稳重，实在他的性格又躁又急。

每每念及刘醒龙先生，想起那一次海上之行，真是快意的事，我也学到了很多。与他相比，我只是半瓶醋。实在半瓶也无，不过浅浅一盅水，滴上几滴酸梅汁充数而已。

谈谈《凤凰琴》

傅小平

  谈到《凤凰琴》，我先说一段往事。说来是机缘巧合，我很早就接触到这篇小说，那是 1995 年由希望书库编辑委员会出版的版本，当时有没有读，我现在记不得了，但它就搁在我老家一个经常用以兼当书房的房间的书架上，只要是寒暑假，我几乎和它朝夕相处。但它实际上不是我的书，它是我当老师的哥哥，从他教书的小镇上带回来的。那时我读过几本名著，但对当代文学作品所知甚少，这可以说是我比较早接触的当代文学作品。所以我和《凤凰琴》有这么一个渊源。重要的是，那时它还只是出版了三年，我又身处偏远的乡下，居然能看到这么一篇由冰心题词的希望书库推出的小说，可见它在那些年里产生了多大的影响。

  这次读《凤凰琴》，我读的也是这个版本。因为老家拆迁，我把它带到了上海，也就算是属于我的书了。我读的时候就想到当初看这个书名，总觉得凤凰琴是一个特别美好的意象，想当然以为是那种带点抒情色彩的，歌颂美好社会的小说，何况它又是希望书库出版的，但读了以后发现它实际上触及了尖锐的社会问题。民办教师转正，在当年是一个关系重大的社会问题。这方面我有直接经验，我小时候生活的村子里就有几位，包括我的两位小学老师都是民办教师，他们后来一个转了正，一个务了农，也是各有各的人生轨迹。这样一个题材，其实很容易往煽情里写，我记得我当年课内课外读到的类似题材的小说，也都是这个调子。但《凤凰琴》写得特别节制，同时情感也很饱满，这多少有些出乎我的意料。而且这篇小说，融合了幽默、反讽等艺术手法，可以说挺现代的。三十年社会变化可谓翻天覆地，民办教师转正的事也早成了陈年旧事，但读这篇小说一点都不感觉过时，这主要得益于小说具有的艺术魅力。当然，刘醒龙老师能及时捕捉这样一个题材，并用小说的形式写出来，也足以说明他在写作上具有鲜明的问题意识，也有着强烈的社会责任感，这是当下很多写作者欠缺的。应该说，我们呼唤，作家们一直渴望写出能深入人心，并且对社会产生广泛影响的作品，但回望这三十年，这样的作品屈指可数，重读《凤凰琴》，我们想必能从中得到一点启发。

那么，如果我当年读过《凤凰琴》，读到结尾我一定会关心张英才，还有他离开的这个村子、这个学校，以后会怎样？因为这篇小说有一个开放性的结尾，也就预示着它有很大的生长空间，所以读者写信给刘醒龙老师，希望看到小说的续篇，也合乎情理。但他们可能没想到，这一等得等上 17 年，但不管怎样，总算等到刘醒龙老师又捧出了《天行者》。我想，他也许在这么长时间里，多少有过给小说写续篇的冲动，但他也知道要写好续篇很难。《凤凰琴》已经写到了那个水准，后面得怎么写，怎样才能有所超越，这对于他来说是个挑战。而从写法上，因为是延续前作，既有的故事设定，也会对后面的情节推进有所制约。刘醒龙老师在第一章《凤凰琴》里，基本延续了原作，但也略微有变动和调整，这就为后面的写作打开了腾挪的空间，重要的是，之后的《雪笛》和《天行者》两章，实际上把触角扩展到了中国乡村的文化与政治，这让小说主题得到了提升。

我目前读刘醒龙老师作品不多，但仅就他这两篇有代表性的小说而言，我感觉他的书写，与中国社会的发展，中国教育的发展几乎是同步的。他能敏锐地捕捉到时代的症候，持续关注时代的发展进程，并且最终能艺术地传达出时代的体感和温度，这很难得。读完《天行者》，我其实有些好奇，张英才在扮演完闯入者、归来者的角色之后，还能扮演一个什么样的角色。因为如今的乡村教育发生了更大的变化，曾经的民办教师也是各有各的轨迹，他们的下一代也定然会有不同的选择。从这个意义上，我觉得刘醒龙老师要是能再为《天行者》写个续篇，倒也挺有意思。如果他有这个愿望，最终也能写出来，那是值得期待的。

也谈《凤凰琴》的价值

胡 伟

相较于文学而言，我既没有研究，也没有创作，其实连专家也谈不上，顶多只能算是刘醒龙作品的一个爱好者，也就是粉丝吧。因此，今天实际上我是在为千千万万的刘粉代言，谈一点粗浅的体会。

30年前刘醒龙在《青年文学》发表了他的成名作《凤凰琴》，弦歌一出动天下，从此青史留盛名。29年后刘醒龙与董卿在央视《故事里的中国》促膝对谈《凤凰琴》创作的台前幕后故事。节目一经播出，声动中国，誉满神州。《凤凰琴》就像一瓶成年的老酒，历久弥新、余味缠绵，为什么它会在全体中国人的时代记忆中留下如此深刻的印记？这当然首先要归功于《凤凰琴》创造出的极其珍贵的文学价值，这方面，在座各位都是方家，我就不班门弄斧了。其次，我认为《凤凰琴》留给世人巨大的社会价值，也是这部作品让人兹兹以念、难以忘怀的重要原因。理由有三。

其一，从来都没有哪一部作品能够像《凤凰琴》这样直接改变数以百万计人群的命运。1992年5月《青年文学》发表《凤凰琴》，1992年8月，中央下发了《关于进一步改善和加强民办教师工作若干问题的意见》，明确提出了解决民办教师问题的"关、转、招、辞、退"五字方针，李岚清副总理亲自批示，进一步加快了解决民办教师问题的步伐。到2000年，国家用了8年的时间，完成了合格民办教师转为公办教师的工作，结束了长期以来公、民办教师并存的状况，全国280多万民办教师因此而改变了命运，他们的生活得到了极大的改善，他们的事迹得到了极为广泛的传播，他们的精神得到了全社会的充分肯定和弘扬。与之相关的是，由于国家的高度重视，近2000万教师群体的工资收入有了极大的提升，有一个统计数据，从1990年到2006年，我国高校教师工资增长了13.7倍，普通中学教师增长了8.8倍，小学教师增长了7.7倍。

其二，从来都没有哪一部作品能够像《凤凰琴》这样直接深化全社会对一个行业的全方位的认知。《凤凰琴》给全体中国人民提供了一个了解、认知教育行业的独特视角，它使人们看到了在那样艰苦条件下民办教师群体人性的挣扎和生生不息的奋斗，使他们看到了教育行业的困境和教师群体的牺牲，使再穷不能穷教育、再苦不能苦孩子成为全社会的共识。在《凤凰琴》发表的次年，1993年中央决定加大教育投入，提出：国家财政性教育经费支出占当年GDP比例要达到4%以上，此后19年，尽管我们付出了极大的努力，但均没有实现这个目标，直到2012年，这个目标终于得到实现。从那时到如今，我们已经连续十年财政性教育经费支出占GDP比例4%以上，最好的年份甚至达到4.7%，接近5%。这殊为不易。

其三，从来都没有哪一部作品能像《凤凰琴》这样直接成为那个时代的普通中国人的集体记忆。《凤凰琴》的故事发生在农村、山区，在教育行业，但其社会影响远大于这个范围，触及社会的方方面面，《凤凰琴》所诠释的那样一种"身虽卑微，心向美好"的精神，感动那一代中国人、感动当代中国人，激励他们竭诚奉献、努力拼博。以《凤凰琴》为基础续写的长篇小说《天行者》一经推出，便获得了第十一届全国精神文明"五个一工程"奖、第八届茅盾文学奖，入选新中国70年70部长篇小说典藏，充分证明30年过去了，但《凤凰琴》所代表的那种情感还在、那种精神还没有泯灭。

经典的孕育、生成与增值

——关于《天行者》的接受史考察

杨建兵

一部作品在走向经典化的过程中，经常会遭遇两种结果。一种被吴义勤称之为"延迟补偿"，即一部作品在面世之初并不能迅速获得认可，其影响力是在和不断变迁的时代语境摩擦中发酵和沉淀下来的。《红楼梦》《平凡的世界》等都是这样。另一种是作品一经面世便迎来它的时代，其影响力是"立等即取"，即时兑现。①《狂人日记》《女神》等即是如此。刘醒龙的《天行者》显然属于后者，其不同之处在于，在《天行者》问世之前，刘醒龙已完成了经典化的过程，经典作家再次写出经典作品，本是顺理成章之事，但经典作家再也写不出经典作品的例子也不鲜见。虽然《天行者》的经典化过程看似水到渠成，但绝不是因为刘醒龙是经典作家那么简单。

一、经典的孕育

《天行者》在成为经典之前，经历了一段较长的经典化过程，这与《天行者》的创作前后共经历了近二十年的时间有关。其实，早在 1992 年，第一部《凤凰琴》的成功已为《天行者》的经典化做了铺垫和暗示。《凤凰琴》于 1992 年发表于《青年文学》第 5 期，在当时引起很大的反响。刘醒龙曾在一个访谈中提到："中篇小说《凤

---

① 吴义勤、陈培浩：《赵树理的接受史与经典化》，《广州文艺》2020 年第 9 期。

凰琴》在《青年文学》1992年第五期发表后，编辑收到大量读者来信，有许多人提出希望读到《凤凰琴》续集。时任中央党校副校长的高扬同志，曾在《光明日报》上著文，也提及这样的希望。"①不过，虽然90年代初期的刘醒龙已在文坛崭露头角，《凤凰琴》还荣获《小说月报》第五届百花奖，但并未引起批评界足够的关注。在中国知网上搜索《凤凰琴》，1994年前后少有对小说《凤凰琴》的评论。

真正使《凤凰琴》名声大噪的是，1993年，小说被改编为同名电影，由潇湘电影制片厂和天津电影制片厂联合摄制，何群执导，著名演员李保田、王学圻等主演。电影《凤凰琴》可谓"奖项收割机"，先后荣获1993年中国电影政府奖(华表奖)最佳故事片、最佳男演员、最佳编剧奖，第14届金鸡奖最佳故事片、最佳编剧和最佳美术，第17届百花奖最佳故事片，第一届金爵奖最佳影片，第一届珠海电影节评委会特别奖，第二届北京大学生电影节特别奖等系列奖项。毋庸置疑，刘醒龙成就了电影《凤凰琴》，而电影《凤凰琴》也成就了刘醒龙，使刘醒龙从地方走向了全国乃至世界，并逐渐成为在全国和世界范围内都有一定影响的作家。

二、经典的确立

尽管中篇小说《凤凰琴》产生了很大的社会反响，但90年代初期的刘醒龙距离经典作家仍有一段不短的路程。刘醒龙一路走来，每一步都走得非常坚实。1994年，他的中篇小说《秋风醉了》被改编为电影《背靠背脸对脸》，由西安电影制片厂和森信娱乐发展有限公司联合摄制，著名导演黄建新和杨亚洲联合执导，牛振华、雷恪生、句号、王劲松等著名演员主演，再次收获了金鸡百花电影节最佳导演、最佳合拍故事片，东京国际电影节最佳男演员，北京大学生电影节最佳故事片、最佳男演员等多个奖项，《背靠背脸对

---

① 胡殷红、刘醒龙：关于《天行者》的问答，《文学自由谈》2009年第5期。

脸》的成功也再一次成就了刘醒龙。随后，长篇小说《威风凛凛》
《生命是劳动与仁慈》的出版，中篇小说《分享艰难》《挑担茶叶上北
京》等的发表，引起王先霈、於可训、张炯、丁帆、贺仲明等著名
批评家的关注，刘醒龙在当代文坛的影响也逐渐扩大。在短短几年
的时间内，其中篇小说《挑担茶叶上北京》获首届鲁迅文学奖，《萝
卜白菜》获《小说月报》第六届百花奖，《分享艰难》获第七届百花
奖。《分享艰难》作为"现实主义冲击波"的代表作，被写入当代文
学史。2000年，刘醒龙当选为武汉市文联副主席，享受国务院专
家津贴。这也标志着刘醒龙正式进入经典作家行列。

　　如前所述，经典作家再也创作不出经典作品的例子屡见不鲜。
一个作家成为经典作家后，无形中拉高了读者的期望值，"高水
准""超越"成为读者对经典作家的基本要求，作家面临的压力也会
倍增。而刘醒龙轻松地化解了这种压力。2005年，他推出三卷本
长篇小说《圣天门口》，这部他潜心六年写成的史诗性巨著一经问
世，就叫好声不断，先后获得"中国小说学会第二届长篇小说大
奖""首届世界华文长篇小说红楼梦大奖决审团奖"和首届"中国当
代文学学院奖"。不仅如此，2005年6月和11月，2007年1月，
《圣天门口》学术研讨会分别在武汉、北京和上海隆重举行，在北
京研讨会上，中国作协党组成员、副主席陈建功，中宣部文艺局局
长杨志今，人民文学出版社社长刘玉山等领导出席会议并发表讲
话，如此高密度、高规格的作品研讨会，在当代文坛上实不多见。
2007年3月，刘醒龙凭借《圣天门口》高票入选《楚天都市报》举办
的"2006年感动荆楚十大新闻"。《圣天门口》也被许多评论家视为
第七届茅盾文学奖的最有力竞争者。虽然最后与第七届茅盾文学奖
失之交臂，但《圣天门口》为刘醒龙积攒了更多的口碑，读者对他
的期待也再次提升。

　　2009年，长篇小说《天行者》由人民文学出版社出版，甫一问
世，便受到诸多著名批评家的极高评价。贺绍俊称《天行者》是"为
民办教师铭刻的碑文"。① 吴义勤称《天行者》描绘的是"远去的精

---

① http://www.chinawriter.com.cn/xgzp/2009/0728/7517.html。

神风景"①,是"一部民办教师的心灵史"。② 韩春燕评价《天行者》
是"用疼痛的文字书写平凡的英雄"。③ 段崇轩称《天行者》是民办
教师的精神"火炬"。④ 2009年《小说评论》第6期刊发了一组评论
《天行者》的文章,分别是张均的《底层、基层及表述的悖论》、傅
华的《暧昧时代的精神叙事——评刘醒龙的〈天行者〉》和汪雨萌的
《于遗忘处开始书写——评刘醒龙的长篇小说〈天行者〉》。2010
年,王春林发表《良知是高尚者的墓志铭——评刘醒龙长篇小说
〈天行者〉》⑤,洪治纲发表《乡村启蒙的赞歌与挽歌——论刘醒龙
的长篇新作〈天行者〉》⑥,周新民发表《〈天行者〉:中国民办教师
形象的深度叙述》⑦。另外,《天行者》出版不久,便荣获中宣部第
十一届精神文明建设"五个一工程"奖。这一切都昭示着,《天行
者》的经典化过程即将完成。

这一刻很快到来,2011年,《天行者》获得国内长篇小说最高
荣誉——第八届茅盾文学奖,这标志着《天行者》正式进入经典作
品的行列。本届茅奖评委王春林一连发表三篇文章,表达对《天行
者》的敬意和推崇。在《初秋时节的收获——第八届茅盾文学奖巡
礼》中,他说:"刘醒龙的长篇小说《圣天门口》在上一届茅奖评选
中,本来获奖呼声很高,结果却因为种种原因而最终遗憾地落选。
从这个角度来看,《天行者》的获奖,也未尝不可以被理解为一种
迟到的补偿。众所周知,刘醒龙在20世纪九十年代曾经创作过一

---

① http://www.chinawriter.com.cn/news/2009/2009-08-27/76151.html。

② http://www.chinawriter.com.cn/news/2010/2010-05-18/85606.html。

③ http://www.chinawriter.com.cn/bk/2009-09-29/38379.html。

④ 段崇轩:《〈天行者〉:民办教师的精神"火炬"》《中华读书报》2009
年12月4日。

⑤ 王春林:良知是高尚者的墓志铭——评刘醒龙长篇小说《天行者》,
《南方文坛》2010年第1期。

⑥ 洪治纲、张婷婷:《乡村启蒙的赞歌与挽歌——论刘醒龙的长篇新作
〈天行者〉》,《文艺争鸣》2010年第3期。

⑦ 周新民:《〈天行者〉:中国民办教师形象的深度叙述》,《文学教育》
(上)2010年第3期。

部名为《凤凰琴》的中篇小说，小说曾经在社会各界引起过强烈的反响。《天行者》，则是在《凤凰琴》的文本基础上扩写而成的一部长篇小说。小说的巨大影响力，与小说中所描写的主体人群——民办教师，显然存在着密切的联系……我们不妨把《天行者》界定为一部为中国的普通民办教师这个特殊知识分子群体树碑立传的长篇小说。虽然说是一部读来充溢着温暖感觉的长篇小说，但刘醒龙却并没有回避生活中的苦难。不仅没有回避苦难，而且我们甚至还可以说，《天行者》的感动人心，与作家对于苦难的充分展示，其实存在着直接的关联。惟其苦难，所以，这些民办教师那在苦难中相濡以沫的行为才会让人倍觉温暖。惟其温暖，所以，渗透潜藏于故事情节之中的作家刘醒龙的悲悯情怀，才能够极明显地提升小说的思想品质。"①在《"中国问题"的深切触摸与思考——第八届茅盾文学奖小说主题的一个侧面》一文中，他认为《天行者》触及中国现代化进程中的根本问题，"正是因为有了许多中国普通民众都如同《天行者》中的这些民办教师一样作出了默默的牺牲，最后才换来了现代化进程的艰难推进"。② 在《第八届茅盾文学奖小说叙事方式分析》中指出《天行者》通过叙事方式的转变，通过更多的人物和更复杂的故事情节，完成了把中篇小说《凤凰琴》有效地转换为长篇小说《天行者》，传达出某种深沉的命运感。③ 评委孟繁华认为："刘醒龙笔下的这些拥有人格良知的、品格高尚的、默默奉献的民办教师才是真正的脊梁。如果中国少了像民办教师这些普通人的支撑，那我们的现代化恐怕就是无法想象的。"④评委李国平在谈到《天行者》时，称刘醒龙写出了"中国前进的隐痛"。评委李掁平认

①　王春林：《初秋时节的收获——第八届茅盾文学奖巡礼》，《山西文学》2011年第11期。

②　王春林：《"中国问题"的深切触摸与思考——第八届茅盾文学奖小说主题的一个侧面》，《当代文坛》2012年第4期。

③　王春林：《第八届茅盾文学奖小说叙事方式分析》，《小说评论》2012年第3期。

④　孟繁华：《评奖与"承认的政治"——从第八届茅盾文学奖看50后作家的文学价值观》，《山西大学学报》（哲学社会科学版）2012年第4期。

为，刘醒龙的叙事一贯追求平实质朴的风格，不夸饰少渲染，将丰沛丰盈的感情和深刻精警的思力深深埋藏在看似温和中立的客观性语言背后。情节看似浑然天成，实则主线与副线均是严格按照生活的逻辑来提炼剪裁精心布局的；出场人物并不多，但作者成功地让每个人物都成为了典型；人物的个性完全融化在情节和艺术结构之中，作者对其绝不外加一些多余的议论，让形象本身随着情节来说话，这是一种中国古典绘画中的"点染"手法，先勾勒一个粗浅轮廓，然后随情节的推进再断断续续施以颜色和细节，使人物越来越神态毕露，越来越生动鲜活，最终达到栩栩如生之境。① 第八届茅盾文学奖对评奖的机制进行了大幅度的变革，增加了评奖的透明度、代表性和公信力，因此被认为"是最公正、最透明、最具艺术含金量、评奖结果被普遍认为最不'离谱'的评选"。② 有如此多的评委如此肯定《天行者》，《天行者》的获奖自然无可非议。

三、经典的增值

在漫长的文学接受历史中，经典的地位并不是不可撼动的。一个时代的经典，在另一时代可能被看作平庸甚至粗劣之作。两极阅读现象，也是文学批评的常态。远的不提，1993年结集出版的王火的《战争和人》(1987—1992年分为三部出版，)就遭遇此种窘境。《战争与人》被王火视为自己的倾力之作，一经面世就引起批评界的高度关注。批评者不吝赞美之词，将"壮丽的史诗""恢宏的气势""格调高雅，诗意浓郁"这样一顶顶桂冠献给了这部小说。小说曾荣获"第二届国家图书奖""炎黄杯人民文学奖"，也获得茅盾文学奖(第四届)。但在中国知网中输入《战争和人》，我们惊奇地发现，除了1992—1995年有相对集中的十几篇评论文章，后来再鲜

---

① 李掇平：《第八届茅盾文学奖获奖作品纵横谈》，《南方文坛》2011年第6期。

② 王春林：《初秋时节的收获——第八届茅盾文学奖巡礼》，《山西文学》2011年第11期。

有批评者提起。2013 年《新文学评论》开辟"重审茅盾文学奖"专栏，有论者就毫不客气地指出，《战争和人》既没有"浓郁的诗意"，没有大气磅礴的理性辨析，也没有思想上的强大冲击力。有的只是贯穿始终的语言病象，是臃肿杂芜的结构，是想象力相当贫乏的修辞，是空洞的、令人厌恶的说教，是喋喋不休无关宏旨的议论，是扁平、雷同的人物形象。换言之，《战争和人》只不过是在"政治正确"的前提下，在大量史实堆积的基础上，东拼西凑、生搬硬套、粗制滥造的一部失败的文学作品。所谓"史诗"，只不过是压在作家肩上的一块沉重石头，让他不堪重负。①

　　刘醒龙的《天行者》走的则是一条经典不断增值的道路。在荣获茅盾文学奖后，《天行者》和刘醒龙得到更多批评者的关注。2012 年第 6 期《小说评论》杂志开辟"刘醒龙长篇小说《天行者》评论小辑"专栏，集中刊发三篇关于《天行者》的评论文章（分别是张维新的《一个富有哲理意味的现代文本——刘醒龙〈天行者〉解读》、管兴平的《〈天行者〉中的人物形象塑造及相关问题》和龙厚雄的《人物及其人物群像的展示——细读刘醒龙的长篇小说〈天行者〉》）。2013 年第 1 期《小说评论》杂志再次开辟"刘醒龙长篇小说《天行者》评论小辑"专栏，集中刊发三篇《天行者》的评论文章（分别是夏元明的《从〈天行者〉看刘醒龙的个人诗学》、汤天勇的《〈天行者〉：道德理想主义及其它》和陈瑶的《从人物设置看〈天行者〉的多重意蕴》）。巧合的是，这两组文章的作者均来自湖北，由此可见，湖北的批评家对湖北作家有一种天然的偏爱，但这种偏爱并没有遮蔽他们的文学评判，对《天行者》的评论建立在对文本的细致研读、对小说具有深度细节的敏锐把握、对历史文化语境中的作家心态的深度剖析基础上，具有很强的说服力。

　　当然，对《天行者》的评论中，无论在当时还是在当下，都不乏批评的声音，包括极力推崇《天行者》的王春林就认为，"从更高

---

　　① 欧阳光明：《粗陋的修辞，溃败的"史诗"——也论王火的长篇小说〈战争和人〉》，《新文学评论》2013 年第 1 期。

的艺术要求来看，《天行者》作为一部长篇小说还是有略嫌单薄之感"。① 也有论者指出，《天行者》是《凤凰琴》续写之作，在续写过程中，出于构建一部长篇小说的需要，作者对《凤凰琴》从细节刻画、人物关系设置到语言系统等方面都进行了一系列的"改写"，但改写过程中的细节刻画呈现出了精致与粗糙并存的现象，同时也对原作的悲剧感造成了一定程度的消解。② 同样针对《天行者》对《凤凰琴》的续写和改写，有论者认为，虽然获得了茅盾文学奖，但用更高的标准来审视《天行者》，它不仅未能完成对《凤凰琴》的超越，反而放大了创作上的诸多问题，表现在：为核心情节而牺牲辅助情节，为核心情节而牺牲人物性格，视角与结构混乱，时间意识混乱、价值判断失度与混乱、结尾落入俗套。③

真正的经典是不怕批评的，鲁迅的作品从当时到现在一直伴随着批评的声音，却丝毫无损鲁迅的经典地位。《天行者》在获得茅盾文学奖后，先后又重版了 6 次，2017 年被翻译为英文在全世界发行，2019 年入选"新中国 70 年 70 部长篇小说典藏"。随之而来的还有刘醒龙政治身份的不断提升。2012 年，他再次当选湖北省作协副主席，2013 年当选湖北省政协常委，2014 年华中师范大学"刘醒龙当代文学研究中心"成立，2018 年当选省文联主席，2021 年当选中国文联第十一届全国委员会委员，2022 年当选中国作家协会小说委员会副主任。2014 年，根据《天行者》改编的电视剧《我们光荣的日子》杀青，2016 年 10 月 29 日在天津文艺频道完成首播。刘醒龙后来创作的长篇小说《蟠虺》《黄冈秘卷》，回忆录《刘醒龙文学回忆录》，长篇散文《上上长江》，长篇纪实散文《如果来日方长》等都得到了读者的充分肯定。

---

① 王春林：《第八届茅盾文学奖小说叙事方式分析》，《小说评论》2012年第 3 期。
② 史建国：《从〈凤凰琴〉到〈天行者〉——中国当代小说"续写"现象观察之一》，《百家评论》2019 年第 5 期。
③ 杨文军：《刘醒龙：从〈凤凰琴〉到〈天行者〉》，《文艺争鸣》2017 年第 5 期

历史、当下、未来：
《天行者》的文学经典品格

杨　彬

　　关于文学经典性，很多学者有诸多的界定和定义。从时间维度来说，一般强调长时性，强调历史性，认为描写当下的作品或者发表时间不够长的作品难以确定为经典。近期读到了著名学者丁帆在2019年第6期《长篇小说选刊》上发表《作品"活着"的意义：何为经典如何经典》的文章深以为然。该文指出"作家作品尤其是长篇小说活在未来固然重要，但更重要的是活在历史之中，活在当下之中"。强调"历史、当下和未来这三个时间维度是衡量作品是否经典化缺一不可的三个审美元素"。从这三个维度来评价刘醒龙的长篇小说《天行者》三者皆符合，《天行者》是一部具有历史、当下、未来三重审美维度的现实主义文学经典作品。

　　刘醒龙的《天行者》获得第八届矛盾文学奖，其颁奖词称："《天行者》是献给中国大地上默默苦行的乡村英雄的悲壮之歌。一群民办教师在寂寞群山中的坚守与盼望，具有感人肺腑的力量。"该小说为新中国20世纪50—90年代默默为中国乡村教育做出极大贡献、而自身因为"民办"身份苦行的"民办教师"树碑立传。

　　在20世纪50—90年代，因为乡村公办教师缺乏，为了农村普及义务教育，在乡村中挑选受过一定文化教育的农民担任教师。他们身份依然是农民，属于"体制外"教师。工资由学校或者村委会支付，工资很低。到了80年代农村联产承包责任制以后，民办教师需要兼顾耕种和教学，因为需要教书而没有时间去从事其他"致富"的工作，民办教师成为了当时的"赤贫阶级"。但即使在这样艰

苦的环境下，民办教师依然不离不弃地坚守教师岗位，支撑起广大
乡村教育的一片天。曾有人统计过，20世纪80年代以前出生的中
国人，有80%都受过民办教师的培育。因为他们的付出，1984年
中国农村文盲在全国人口中的占比由80%下降到23.5%。1997年
全国92%的人口地区普及了小学教育。1979年开始，国家开始将
部分民办教师转为公办教师，从此"民转公"成为了民办教师的强
烈愿望。1994年国家提出"关、转、召、辞、退"措施，解决民办
教师问题，2000年底，中国民办教师的消化基本完成。作为一个
为中国农村教育做出巨大贡献的教师群体完成了历史使命。刘醒龙
就在这样的历史背景下创作了献给伟大的乡村教师的长篇小说《天
行者》。用文学为中国民办教师的历史存证，为民办教师的贡献存
档，为中国民族精神铸魂。从历史维度创作中国民办教师具有历史
的、审美的文学作品，成为中国描写民办教师的现实主义文学
经典。

《天行者》是对作者自己1982年发表的中篇小说《凤凰琴》的续
写和再创作。《凤凰琴》以进入界岭小学担任老师的张英才的视角，
描写界岭小学的现状。张英才的外来者身份，导致其在不知内情的
情况下，写信揭发界岭小学伪造入学人数，使得原本修缮学校的奖
金失去。张英才在愧疚之中，写了《大山·国旗·孩子》的文章发
表在省报，引起领导重视，给予界岭小学一个转正的名额。重病的
明爱芬老师在用尽最后一点气力填好转正表后去世。最后三位民办
教师将这珍贵的转正机会让给了张英才，他们三人则继续在界岭小
学坚守。《凤凰琴》发表后，在社会各界尤其是教育界激起巨大反
响，充分显示了现实主义文学干预生活的强大能力。《凤凰琴》被
改编成了电影和电视剧，不断被阐释，展现文学作品当下性的经典
性特征。

2009年，刘醒龙在《凤凰琴》的基础上创作长篇小说《天行
者》。究其续写的重要原因有三点：第一，作为著名作家的刘醒龙
一直具有浓厚的民办教师情怀，他一直关注民办教师群体，希望能
用史诗般的现实主义笔触为民办教师树碑立传。第二，刘醒龙的九
年义务教育老师都是民办教师，他初中的副校长是民办教师，高二

辍学的后排同学是民办教师,在县城拾荒、用帽檐压住大半个脸的是被清退的民办教师。这些在艰苦条件下教育了刘醒龙及同龄人的民办教师的生活状况、巨大贡献和高贵的灵魂让刘醒龙感动不已。第三,汶川地震中遇难的民办教师樊晓霞一直爱读《凤凰琴》,樊晓霞十四年一直和爱人两地分居,刚到映秀小学和家人团聚就在地震中失去了生命。这个令人心酸的故事震撼了刘醒龙。他决定续写和再创作民办教师的长篇小说,于是具有更大的容量、更深重的情怀、更令人动容的命运描写的《天行者》得以完成,并于 2009 年获得矛盾文学就奖。刘醒龙说:"《凤凰琴》只写了一段情怀,《天行者》则写了这些人的命运。在情怀中,一切源于感动。在命运里,则是历史与现实、社会生活与个人灵魂的全面碰撞,以显现卑微生命在大千世界中的长久的价值"。在《天行者》中,张英才不再是贯穿始终的人物,张英才离开后,接着有蓝飞、夏雪、骆雨等来到界岭小学,但又一个个离去,界岭小学依旧只有余校长、邓有米和孙四海坚守。《天行者》以界岭小学作为 50 至 70 年代中国乡村教育的缩影,通过界岭小学余校长、邓有米、孙四海、明爱芬等民办教师几十年在极其艰苦的状态下为农村教育事业奉献一切的故事,用直面现实、直面当下的现实主义精神,歌颂中国民办教师巨大的贡献、顽强的意志和高贵的灵魂。

《天行者》具有"朝前看的当代性"和"超越现实世界的当代性"(丁帆:《《作品"活着"的意义:何为经典如何经典》)特征,从而形成具有未来性特征的经典特质。《天行者》"尽管写的是民办教师,但重点却不是对教育现状的批判,而是侧重于人性在艰苦卓绝之境中的挣扎和升华,生命在平凡卑微之时的迸发与扬厉,以及命运在历史荒诞苍凉之流中的无奈与决绝的喟叹、参悟"。可见《天行者》不是匍匐在历史、现实之中,而是在历史、现实的基础上升华,高扬起理想主义旗帜,以面向未来的高蹈的"天行者"精神,为未来留下"当代使历史成为真理""当代使未来成为历史"的文学经典内核。《天行者》中的民办教师"是乡村教育的守望者,他们是乡村孩子的启蒙者,他们是中国大地上默默苦行的民间英雄。他们高举教育事业的神圣火炬照亮了乡村教师励志前行的道路,他们所付出和耕耘过的界岭小学必将成为后来乡村教师的精神家园，也必将影响和感染着今天的每一位教师"（马麟：《乡村民办教师的精神家园——论刘醒龙〈天行者〉精神主旨》）。界岭小学的民办教师不仅教授孩子们知识，还要像父母一样照顾学生。余校长将离校远的学生收在家里，像父亲一样照顾学生；邓有米、孙四海放学后要翻山越岭送孩子回家。《天行者》最动人的情节，是界岭小学每天的升国旗仪式，那在邓有米、孙四海竹笛的伴奏、孩子们齐唱的国歌声中冉冉上升的国旗，是"增强学校师生凝聚力、团结力的象征，也是对神圣教育事业和伟大祖国内心充满敬畏最直接最朴素最崇高的表达方式"（马麟：《乡村民办教师的精神家园——论刘醒龙〈天行者〉精神主旨》）。小说描写中有个辍学的学生，每天早上在家里远远看见升旗，就在家里唱国歌。这个学生只要能唱歌，就什么都不怕。这种超越现实苦难的高蹈精神描写，是作品"超越现实的当代性"，具有引领人们走向未来、从现实中矗立起来的永恒的生命力。

《天行者》描写已经完成历史使命的民办教师群体，从历史地位、历史使命等角度书写为中国乡村教育做出巨大贡献的民办教师。同时，立足现实、立足当下，充分展示现实主义文学干预生活的巨大能量，并在现实的基础上矗立起来，展示作品的未来性特征，那是引领人们向上向善向真的力量，是激励人们在逆境中奋发图强的榜样。《天行者》是一部具有历史性、当下性和未来性的现实主义文学经典。如今中国农村完成了精准扶贫的任务，迈向"乡村振兴"的美好征程，农村教育也已发生了巨大的变化。但是现在农村、基层还需要大量的大学生、大量的青年知识分子。因此，当今的大学生应该从《天行者》中汲取精神力量，到农村去，到基层去，到祖国最需要的地方去，为祖国繁荣昌盛贡献青春和力量。

现实主义文本的开放性
——再读《凤凰琴》

叶 李

当凤凰琴"未成曲调先有情"的意象伴着张英才不情不愿走进山村小学的身影以及后面他那声"我不转正"的大叫引起读者复杂的情感反应；当窘境之中的民办教师——这些"西西弗斯们"一次次推动命运的巨石上山，承受希望落空、命运反转的无奈却不肯放弃责任的身影作为深沉的文学呼唤引起社会关注；当分享艰难的生存意志与山顶飘动的国旗随着山间迷蒙雾气的散去而逐渐清晰，在阳光的照耀下化作动人的精神图腾，《凤凰琴》向每个抚摸它字句的人显示了自身如何在现实关切和诗意回旋恰到好处的融合上证明文学的美学品格与现实介入姿态可以"和谐共存"。从诗性现实主义到中国式书写，从人民性特征到呼应历史的召唤，专家们的多维解读充分说明了《凤凰琴》具有较大的阐释空间，这是一个具备开放性的文本，它可以常读常新，而且作品所涉及的问题不仅仅是20世纪80年代社会语境中产生的个人想象、社会想象和文化想象进入90年代以后发生了怎样的变化，也启发我们进一步思考现实主义文学精神的活化、更新与时代文化处境之间的内在关联。

陈思和老师在前面的发言中提到一个观点，他说这个文本很有意思，因为小说从叙事线索的搭建来看，显出长篇结构的雏形，但却被处理成了中篇的形制。我觉得不求以高度伸展的叙事把篇幅结构上的潜能穷尽，而是通过充分的留白和简洁的叙事完成"意义"的增量，这是作者睿智的选择。"结构压缩"为"问题与意义"留出了"再生产"的余地，成就文本的开放性，也有利于更广泛的群体代入自己的情感体验、生活认知。文本开放性的重要意义体现在什么地方？小说所描写的民办教师这个群体实际上是作为"被动的历史中间物"的群体。《凤凰琴》写出了乡村知识分子身处文化结构、社会结构的夹层之中，以兼容知识分子和农民双重身份特点的姿态，运用民间伦理、民间生存法则，调适与现代官僚体制之间的关系，又以指向现代的价值理想、身份追求、权利要求与转型期乡土中国新旧交错的基层权力结构展开博弈和互动。在这批"历史中间物"身上存在的不是生活充分发达以后产生的虚无和焦虑，而是个人面对现代性不充分的环境，面对制度和世界的缺陷，以咬紧牙关的坚持和无援的行动去艰难"求解"，转型年代乡土中国独特的精神空间和生活境界也因此被"创造"。

在当代现实主义文学优秀之作的谱系中，以路遥的创作为参照，可以看到《凤凰琴》的开放性如何为文本阐释上的推进提供多重可能。《凤凰琴》的写作分享了路遥小说创作涉及的某些命题，比如受到现代意识影响的农村知识人、农村知识青年在社会结构调整、城乡对立、发展资源不均的环境里对于社会位置的争取、文化前途的想象和对个人社会身份的期待怎样能够从一系列"变动"给出的宽泛的允诺"过渡"到有效的落实，个人有没有可能在制度性的保障下完成与社会的合理互动，从而将自身由现代发展观念中获得的关于知识与命运之间关系的理解兑换为正当的生活现实。但是，往深了看，《凤凰琴》的写作与路遥最具代表性的作品诸如《人生》《平凡的世界》等作品相较，某些部分表现出"逆向化书写"的特点。

路遥的小说当中常常流露出对苦难予以道德化、精神化的书写倾向，即承受苦难是人实现精神和道德上的自我完善必须付出的代价，有论者认为有关苦难的这种写法甚至涂抹上了几分存在论的色彩。如此叙述苦难固然不是暗含政治启发与革命动员意味的忆苦思甜，也摆脱了沉溺于苦难叙事不可自拔、自哀自伤甚而"把玩"苦难的浅薄，艺术表达从苦难当中升华出的存在的意义与精神价值使得生存境遇里的尖锐性为崇高美所涤荡。不过，利之所在，弊也由之生，这么写也确有可能把苦难合理化，表面的苦难叙事滑向隐性的道德教化，从而对个体和群体进行驯化，个人相信苦难对于"道德光环"的赋义而甘愿全身心地投入自我去接受"淬炼"，缺乏批判性眼光和反思性态度的"诚"与"信"会导向内在的自我规训。

除了路遥这一路苦难叙述，还有一种苦难书写，就是美化苦难，继而把苦难转化为个人的精神优势、道德优势，甚至把苦难视为夺取话语权的资本，积极占据历史叙述的制高点，居高临下地对"他人"加以审判，以此去索要和要求一个叙述者自认为的配得上他们苦难经历的社会位置。这个时候，苦难不仅象征精神的勋章，还被当做个人与历史、社会互动时展开协商的文化资本。类似的苦难叙事在"伤痕文学""反思文学"里颇为可观。

刘醒龙在《凤凰琴》《天行者》虽然关注人生中的匮乏与窘迫、人世中的苍凉与冷峻，个人负重前行的心酸和艰难，却在前述两种苦难书写之外，别取一径，"还原"苦难——不着力美化苦难，不热衷于用艺术立竿见影地缓和苦难的严酷，为其"合理性"寻找充分依据，而是毫不回避苦难把生活、生命推向各种社会冲突、心灵伤害、文化压抑的"直接暴露"。在某种意义上说，苦难中其实不存在任何完全可靠的避难所，按照有的学者的观点，苦难的全部尖锐性恰恰在于人对苦难的逃避之不可能，正是这一点促使人直面生命和存在。就此而言，《凤凰琴》以现实主义笔法极写民办教师身份之尴尬、生存之艰辛、挣扎之痛苦，就是真诚地表现了艰难、苦难和困苦的"不可化解性"。在个人的具体的生存层面上，苦难是绝对的，它必须以合理的、社会的方式加以解决。在《凤凰琴》中可以看到，所有主要人物的行动都是围绕对于苦难的消除而展开。信念与实利、知识与道德、人情与事理、心灵与事件、个人期许与社会制度环境等各个层面的冲突也在这个过程里产生。作品没有把叙事的落脚点完全归结在确认加之于人身上的苦难的合理性，以及对这一合理性的认识及接受是成全人的精神迈进与道德完成的必由之路。文本的现实主义品质表现在，它显示了这样的事实：当社会发展蓝图的规划与社会中群体、个体的位置发生冲突的时候，社会转型期的过渡性决定了结构的未完成，也因此造成个人和特定群体的命运的巨大顿挫，面对这样的"顿挫"，人不断采取积极行动去寻求一个结果，就在精神风格和生命美学上体现悲壮色彩和时代感。正因为行动如此悲壮，正因为这种"时代感"里暗含了时代之中需要被克服的缺陷，所以，冲突不能依赖于苦难承担者的自我规训和苦难的道德化所具备的"教化"功能来根本解决，或者通过文化上的自慰来消灭它的存在。冲突的存在、苦难的不可回避仍然要求社会环境做出调整和对个人进行补偿，冲突的"不可化约"倒逼人放弃对世界理念化的把握，回到生存的具体性、生活的社会性和个人诞生于其中的社会结构的复杂性提出质询。

《人生》当中，高加林式的人生探索是把个人从乡村世界里面"脱嵌"的努力，这也是他关于人生价值的最高的"个人想象"。此种安顿个人身心和价值归属的选择跟变动的社会格局中城市相对于农村所处的优势地位有关，跟高加林服膺于现代知识话语，把城市与乡村的二元对立对应于新的生活方式、价值取向与落后的生活形态、封闭的价值系统的文化分裂并坚定地向往前者有关。"进城""作为城里人生活"、在知识制造的幻象里尽情地想象远方并为自己提供意义"补给"在很大程度上是这种追求的起点，也是终点。进城以后的意义支点在哪里，个人根本的价值目标奠定于何处才真正牢靠？逃离农村能否一次性地完全解决"精神归家""自我价值实现"的根本问题？在高加林那里，这些都没有进入个人有深度的心灵图景的塑造当中。高加林对人生价值的理解、追求受社会发展之势的牵引居多，独立地审视种种外在吸引较少，缺乏在"人为自己立法"的意义上思考人的立身之基、思考如何在个人命运与社会秩序不能完全协调的紧张里确立行动原则、精神旨归、个体价值、生命意义的自觉。在《凤凰琴》当中，我们会发现张英才经历的得失上的翻转，以及他后来对"得到"的拒绝和排斥，已经不完全是个人随生活发展逻辑的走向或者偶然机遇而"顺水推舟"，不再是一味趋随大势满足于在城乡分立所表征的不同价值立场上做简单的"非此即彼"的选择，开始有了以主体姿态产生的新的价值"认同"与重新"介入"的意识。到了《天行者》，知识青年从"认同的产生"到再次嵌入乡村的新的可能就愈加清晰地浮现。在农村知识青年"人生的路往哪里走"，"自我价值与人生意义往何处寻"的问题上，个人实践及意义建构的另外的可能性被打开。如果把今天的乡村振兴文学和《凤凰琴》《天行者》相互参照，我觉得后者提供了今天乡村振兴书写的一种"当代起源"，后者预示了乡村振兴的一条出路——也是知识青年个人价值实现的一个途径——即重新嵌入乡村而振兴乡村。出身乡村的知识青年的"非农化"和脱离乡村只是成长的阶段，而非终极的发展目标，个人重新嵌入"乡土"，重新"归乡"，改变农村基层政治、文化生态环境，完成"乡土"与个人的"双重实现"，乡村与城市形成"价值互补"。"嵌入"比起"脱嵌"也许更能实现个人的价值认同。这也有利于降低现代性危机在个人发展和社会发展两个层面上制造的风险。现代社会把先于社会群体的个体和"自我"看作建构性的存在，并且是历史身份转变的合理依据的时候，它同时带来巨大风险——个人与"自我"的"绝对化"可能导致共识的破裂、坚固的价值散落为一地碎片，还有可能带来社会结构性力量的溃败。从《凤凰琴》到《天行者》，作品以文学的方式表明现实主义力作的生命活力不仅仅在于塑造了典型环境、典型人物，给出关于现实和人生的完满的答案，还在于提供意味深长的启示——这里的启示是知识青年、个人怎样以合理的方式重新嵌入到现实世界里面，与现实互动，与历史互动，与社会互动。关于这样的启示，当代文学还大有可为。

重读《凤凰琴》
与重建理想主义的知识再出发

杨晓帆

在《凤凰琴》发表三十年之际，重读的意义有二：一是继续开拓对刘醒龙文学创作中如现实主义美学等创作特质的研究，为当下有关文学创作的时代性与介入性等问题提供资源与启示；二是对我们关于刘醒龙研究与批评这一知识工作本身进行重读，以文本不能穷尽的丰富性，来检视既往文学观念、知识感觉、时代认知可能对刘醒龙创作造成的误读与遮蔽。

譬如在一般当代文学史论述中，刘醒龙仍常常被放入90年代"现实主义冲击波"这个知识单元，而围绕《分享艰难》展开的批评争鸣，实际上确立了此后刘醒龙研究中虽认可其改革时代对乡村生活和基层政治书写的鞭辟入里，但又认为其容易落入道德理想主义、在官方体制与民间话语二元对抗思维中认同国家权力话语的暧昧性等基本议题。如今看来，这些判断的形成无疑与八九十年代以来知识分子的新启蒙话语、有关文学与政治的关系理解等纠缠在一起，隐含着作家与研究者面对改革时代急剧变化的人心世界时共通的焦虑与关怀。

值得注意的是，从《凤凰琴》到《天行者》，刘醒龙本人也在"重写"中充实着自己以文学观世的方法。这次"重写"不仅仅是从中短篇到长篇的篇幅扩充。刘醒龙自述从1992年的"情结"到2009年的"情怀"，是"十七年的沉静与深思"，而这十七年中"与《天行者》相关的文学元素总是如影随行"。他始终关注那些乡野中卑微生活的知识分子，但对读两部作品，如果说《凤凰琴》只是简要勾勒出民办教师的生存与精神困境，由国歌、一碗盐油饭、凤凰琴、竹笛声做骨架，支撑起围绕转正名额展开的人心故事，在结尾处寄托善意与理想；那么《天行者》则从 11 节结尾舅舅万站长关于"毒"与"瘾"的比喻说下去——"界岭小学是一座显灵的大庙，你要当心，那地方、那几个人，是会让你中毒和上瘾的"——要将《凤凰琴》中浪漫的结尾夯实为更合乎现实逻辑的人物故事。可以说，前者提供的更多是对生活的感动，后者则在更开阔的社会历史视野中要将这种感动转化成更持久的精神力量，并为其织造出一片现实土壤。就像刘醒龙在 1997 年《上海文学》第 1 期发表《现实主义与"现时主义"》一文所明确指出的——现时主义只是一种情绪，而现实主义是一种精神。

相较而言，《凤凰琴》因其抒情诗般的精致紧凑似乎在审美价值上更胜一筹，但不应轻视作家在"重写"时的用心。

我以为《天行者》中有两处结构上的重心挪移：

一是 12 节余实村长的出场，将《凤凰琴》的故事放置到乡村政治甚至国家治理的更大社会背景中。如民办教师转正要缴纳社保购买工龄，因"买不起"继而有邓有米挪用工程款被罚的荒诞故事，类似情节的插入显然丰富了《凤凰琴》中仅仅围绕"谁能转正"的伦理道德难题，转向了制度批判。《天行者》中教育的意义也更加具体。通过与蓝飞以厚黑学为基础欲在官场以恶制恶的对比，以及孙四海竞选村长用知识对抗"村阀"等情节设置，教育不再仅仅是个人的理想追求与责任担当，更成为乡村发展、基层互助的理想路径。

二是 23 节张英才终于带着"转正"的消息回到界岭，完成了一个乡村青年从狂妄、逃离到体贴、返乡的自我确认之旅。在《天行者》中，每个人物都有一部完整的精神成长史，既丰富了夏雪、蓝飞、叶碧秋等青年群像，更充实了《凤凰琴》中几位民办教师的生活故事。如余校长在省城实验小学做门卫来完成"自我师资培优"等新增的情节段落，都使人物性格得以在更复杂的人际关系与社会空间中彰显。

刘醒龙乡村书写的基本元素，无外乎基层政治与权利关系、乡村小知识分子的生存与精神处境等，而串联这些元素的核心又始终关涉到刘醒龙对理想主义或说一种道德理想重建的思考。自80年代新时期关于人道主义的讨论始，对阶级斗争之外主体存在的确立在解放"个人"的同时，也开启了滑向自我中心的个人主义与虚无主义，并在市场经济体制下导向理性计算的"经济人"伦理。如康德所说，做自由的负责的人，意味着不存在一个先验的主宰道德选择的终极根据，"我们并非生来在道德上是善的或恶的；我们凭借自己做出的选择，在道德上变成了善的或恶的"。但新时期以来去政治化、去崇高化的文化潮流中，好人文化与好人文学似乎变得越来越可疑。作家梁晓声在关于《人世间》的创作谈中，就一再谈及对自己笔下理想人物是否令读者感到可信的担忧。现实主义文学要表达"人在现实中应该是怎样的"，但如果作家不能给理想人物生成一个可信的生活逻辑与艺术逻辑，那么小说中的道德议题就只会沦为宣传。

刘醒龙关于道德理想问题的文学表达至少有三点启示：

首先，刘醒龙是基于现实经验而非知识观念来摆放"理想"的。他不仅仅强调一人一事上如何应对自己的善良心有要求，也不着意于写人性善恶、欲望与道德之间的缠斗。类似费孝通先生在《乡土中国》中的描述，不同于西方社会有笼罩性的道德观念，中国人更重人伦关系中形成的价值。因此，刘醒龙从不拘泥于好坏是非的单一价值判定——这一点也给他带来了如道德相对主义的批评——而是把人物放到各种利益关系、人情世故的网络之中。就像《天行者》的结尾，舅舅说"凡事一到界岭，就变得既是正面，也是反面"；再如《分享艰难》中孔太平不仅仅出于乡村财政利益的牵绊选择不揭发洪塔山，还有着家丑不可外扬的传统文化心理——在刘醒龙笔下，道德观念的生成始终内在于对生活实践动态、辩证的认识。

刘醒龙特别强调一种内在超越的力量。区别于乡土叙事中浪漫主义的田园牧歌，或自然主义荒原式的外在批判，刘醒龙笔下的乡土世界常常在藏污纳垢中蕴藏着一种自洁的能力。他不着意于直接塑造有崇高品质的理想人物，而是注重人物如何在矛盾冲突中将自己性格的底色发展出与他人、社会的良性互动关系。如张英才因心里的"怨"与"愧"将他和界岭的关系理解作"中毒与解毒"，反倒让人更相信他的选择和对民办教师事业的感情。如刘醒龙最喜爱的人物是叶碧秋的苕妈，"在丰厚而神秘的乡村，一棵从不言语的大树都会是旷世的智者。叶碧秋的苕妈就是这类看着呆傻木讷的大树。"就像《凤凰琴》与《天行者》中多次出现"雪"的隐喻，雪既是夏雪心中"最是纯洁"的精神象征，却也是大雪封山的摧毁性力量，正是现实性与理想性的一体两面，才构成了刘醒龙小说中世界运动的肌理。

刘醒龙对美德的理解，是以深厚的历史意识为参照的。如不少研究者谈到儒家事功精神对刘醒龙的影响，以及家中祖父辈言传身教和黄冈地区贤良方正的文教传统等在其小说中的体现。刘醒龙近些年长篇小说创作中的史诗风格、对地方史志等传统叙事资源的汲取等，都为其小说中理想人物的塑造及崇高美学的生成提供了更为厚重的文化底蕴。

刘醒龙曾回忆父亲从秉承革命现实主义原则对自己早期创作的批评，后来又为《村支书》感到满意和欣喜，这其中的启发是："过去的我把自己的位置摆得高了"；"那种居高临下、对农民品头论足说三道四的人，其行动契机本身就是农民意识在起作用"。对于"农裔城籍"身份意识的清醒和内在于乡村的写作姿态，使得刘醒龙在乡土文学传统中贡献出他的异质性经验，而研究者如何避免知识的傲慢对这一异质性有更体贴的理论把握，或许也是刘醒龙值得被一再重读的地方。

从这个意义上说，三十年后重读《凤凰琴》，也是重读我们自己。

城乡关系视域下
《凤凰琴》中共同体的重建

李雪梅

　　三十年前，刘醒龙在中篇小说《凤凰琴》里讲述了一个有关民办教师的故事，因其题材的特殊性，小说一方面呈现出鲜明的时代性，另一方面也深度嵌入当代中国社会转型的历史，产生了广泛而持久的社会影响。在三十年后的当下视野中，当我们谈论《凤凰琴》的时候，我们在谈论什么？或许需要进一步追问的是，当"民办教师"已经成为历史，《凤凰琴》的现实关怀不再具有明确的当下针对性后，它是否还有被反复言说的可能，并提供某些具有生长性的文学价值？

　　吴义勤指出："'经典化'不是简单地呈现一种结果或对一个时代的文学作品排座次，而是要进入一个发现文学价值、感受文学价值、呈现文学价值的过程。"一个文学文本在面对不同的历史时段和文化场域时，依然有能力持续生产被阐释的空间，便可以在一个动态的接受过程中获得历史化的可能性。自《凤凰琴》问世以来，中国的城市化快速推进，乡村发展也越来越凸显为一个关乎国家整体战略的问题。在这一新的历史条件下，城乡关系下乡村共同体的溃散与重构不失为重新进入《凤凰琴》的一个重要视角，其中折射的是二十世纪八九十年代社会变革中各种力量的博弈，城市的召唤、启蒙的受挫、国家的信念以及道德的疑难，始终伴随着主人公张英才的个人成长，也显影出90年代初的种种时代症候。

　　"城市/乡村"这组文化符号常被指认为"进步/落后""现代/传统"的隐喻空间，农民进城则是文学观察和书写中国现代性进程重

236

要的写作实践。在90年代初以前严格的城乡二元社会体制下，城乡之间的流动极其受限，农民很难轻易摆脱面朝黄土背朝天的命运，《人生》中反复离乡和被迫返乡的高加林映射的正是80年代初一代农村青年的不甘与困惑。如果说高加林作为80年代初期反复抗争却依然无法逃离乡村的一个"失败者"，映照的是乡村知识者在离土和进城理想召唤下的个人奋斗及其困境，那么《凤凰琴》中的张英才则是90年代世俗化潮流初期乡村知识者顺利入城的一个"成功者"。《凤凰琴》发表于1992年《青年文学》第5期，文末注明写作时间为"一九九一年十二月"，正值1992年这一中国社会发展新的历史节点之前夜。1992年以后中国市场经济开始活跃起来，城乡壁垒随之松动的同时，城乡差距也在逐渐加大，"进城"对农民来说，在身份转换和精神诉求之外，改变贫穷面貌的经济诉求。另一个值得注意的时间是，小说中凤凰琴的琴盒上刻有"1981年8月"字样，这是舅舅即万站长成功离开界岭小学进入乡教办工作的时间，而这一时间基本上与《人生》中的高加林诞生的时间同步。也就是说，高加林与《凤凰琴》中的舅舅和张英才共享80年代的中国社会，那么到底是何种力量促成了舅舅和张英才的成功？

《凤凰琴》的故事是从张英才高考落榜后待业在家开始的。小说以九月依然酷热的天气开头，太阳"一直傲慢地悬在人的头顶上"，哪怕要落山了，它"仍要伸出半轮舌头将天边舔得一片猩红"，连埝子都"被烤蔫了"，里面的狗、鸡和老牛仿佛都要到傍晚才清醒过来，些许有点活力，但等天暗下来时，蚊子又开始出动，叮得人心惊肉跳。这样的天气和景物修辞自然不是无用的闲笔，而是隐喻着主人公张英才内心的焦灼感和不安感，以及一个农村知识者"向城而生"和对体面生活的强烈渴望。张英才每天都站在村口，一边充满希望地反复阅读《小城里的年轻人》，一边不无焦灼地等待在文教站当站长的舅舅给自己安排工作，渴望逃离祖辈们面朝黄土背朝天的农民生活，"越来越觉得死在城里也比活在农村好"。张英才视若珍宝的《小城里的年轻人》，是县文化馆一名干部的小说集，一本知名度和影响力都很有限的小说集，为什么会产生这么大的吸引力？这是张英才高中毕业回家时到图书馆偷来的书，当时别人都挑家电修理、机械修理、养殖种植等实用书籍，张英才独独只挑了这一本。对张英才而言，这本反复出现的小书就是城市的召唤，是别处的生活，其要义在于它指向的是与乡村完全不同的另一个理想空间和另一群同龄人的生活，他两三天就完整地读一遍，仿佛就能与书中的"小城"和"年轻人"发生某种关联。另一个值得关注的细节是张英才与女同学的通信所昭示的文化想象功能。张英才在信里写道："我正在看一本《小城里的年轻人》，里面有个《第九个售货亭》，你就像里面那个叫玉洁的姑娘，你和她的心灵一样美"，"我舅舅帮我找了一份很适合我个性的工作""管保你见了信封上的地址一定会大吃一惊"。显然，对张英才而言，通信与恋爱无关，女同学或姚燕并非指向他对爱情的追求，只是他自我理想化的投射，而这种投射同样是基于对城里人的身份认同。

张英才逃离土地的决绝，折射的是城乡之间的巨大差异，以及"劳动"意义的丧失。劳动、苦难和奋斗曾经是高加林、孙少平和孙少安们的人生哲学，就像路遥所说："只有诚实地劳动，才可能收获。"高加林当年虽然也想逃离土地，他拼命读书十几年，就是为了离开土地，他也从来都没有当农民的精神准备，但当他的民办教师被撤下后无所事事时，他的内心是不安的："两个老人整天在地里操磨，我怎能老待在家里闹情绪呢？不出山，让全村人笑话！"同村的村民们则一向"对村里任何一个不劳动的二流子都反感。庄稼人嘛，不出山劳动，那是叫任何人都瞧不起的。"小说最后，德顺爷爷更是这样开导再次返乡的高加林："娃娃呀，回来劳动这不怕，劳动不下贱！"美丽的巧珍更是以劳动者的善良和能干而被德顺爷爷视为"像金子一样"宝贵。但张英才对城市的向往则明确昭示着对劳动的厌恶，他宣称如果舅舅不给他找工作，将"连根草也不帮家里动一动"。这里的劳动不再具有肯定性的价值属性，而是遭人鄙视甚至是愤恨的身份体现，张英才本能地排斥农民身份，因此理直气壮地鄙弃农村的体力劳动，而民办教师则是他的重要出路。当然，张英才一心一意想要逃离土地和劳动，这并非是对社会分工的错误认识，而是在 90 年代初就已经默认的底层改变命运的方式，也是原子化个人大规模到来前的征兆，更何况早在

80 年代，"农民作为一个阶级的道德和精神优势已经在急剧的社会变革中成为历史"。

舅舅果然给张英才找到一个做代课教师的机会，但问题是，舅舅安排的界岭小学是比张英才家所处的垸里更落后的地方。现代性进程中城乡之间的关系包含着明显的权力等级关系，但并非泾渭分明的二元存在，正如雷蒙·威廉斯所指出的，城市与乡村之间从来就不是作为单数的存在，而是有着多样中介和新形式的社会组织，在各种意识形态力量的作用下建构不同的空间。界岭小学正是这样一个处于城乡之间的特殊地带。在听到消息的第一时间，张英才嫌弃那里比农村的家里更偏远不堪，改变张英才态度的是舅舅的一番话："你没有城镇户口，刚一毕业就能到教育上来代课就算很不错咧，再说你不吃点苦，我怎么有理由在上面帮忙说话呢？"一语点醒梦中人。城乡二元分治的社会区隔直接给人划好了座次高低，在解决城镇户口的诱惑下，生存环境的问题瞬间就被忽略了。直到他背着行李出门时，垸里的年轻人还在劝他别去，说"我们这块地盘和界岭相比，就像城里和我们这儿比一样"。此时，界岭小学带来的并非城乡空间的转换问题，而是身份问题和尊严问题的置换。他向往"小城里的年轻人"的生活，界岭虽然偏远，甚至是比家乡更加闭塞的大山，但那里有指向城市的通道，能助力他从农村进入城市，从体制外走到体制内，获取新的身份和新的人生。

正因为如此，张英才以非正常方式摆脱农民身份才那么顺其自然。如果说早十年的高加林还因为走后门的问题被举报返乡，似乎还有一种潜在的因果报应和道德谴责，但张英才"不怕攀高站不稳"的经历却告诉我们，基层权力异化的常态性和个人私欲的合理性已经被普遍接受。在此，能人政治是社会运转的核心要素，无论是张英才本人，还是他的家人和舅舅本人，都对不公正的社会规则没有产生丝毫不安与自责。哪怕是界岭小学的三位民办教师，都对"走后门"这件事没有任何不适感和愤怒，而是视为理所当然，并欣然接受张英才的加入。正是人们对这种公领域的溃败无动于衷，才有后来张英才假装备考的恶作剧发生，因为其底层逻辑依然是对以舅舅为代表的公权力的依赖。这里的"舅舅"，作为权力代言人和成功者的身份要远远盖过其作为家庭内部亲情伦理的功能，这一点甚至无需遮掩。因为张英才出于自私的恶作剧，孙四海忙于苦读，疏于照顾李子，以至于李子在放学回家的路上遭遇狼群，邓有米则忙于为寻找捷径筹措资金，以至于砍伐树木被公安制裁。张英才的恶作剧之所以能够得逞，就是因为余校长等三人对这种权力规则从不质疑的遵从。恃强凌弱的丛林法则无往不胜，最终以邓有米铤而走险而告终。十年前的高加林也是通过叔叔的关系才进入县城，但他多少还有过隐隐的不安和自责，且最终因此以被举报作为道德训诫，让他重新回到起点。张英才的胜利是 90 年代初的世俗化大潮到来前夕的时代表征，曾经高扬的理想主义在时代的阴影下再也难以扬起风帆。努力成为"城里人"，当然是反抗命运追求自我的一种方式，但当这种逃离与公领域的溃败缠绕连在一起时，便使其正当性大打折扣。城市是目的地，是世俗的幸福，乡村是想象的共同体，是心灵的慰藉，一方面不平等的权力关系成为司空见惯的丛林规则，另一方面却又强调弱者的道德力量。

　　待业在家的张英才虽然前途未卜，但他从来就没有将自己等同于农民，而是在日常生活实践上运用现代知识指认乡村的愚昧与落后。他"嫌塘里的水脏，不让去洗菜，要在家里用井水洗"，学校报栏上学到的卫生小知识告诉他，隔夜鸡蛋不能吃，但母亲却毫不犹豫吃个精光。到了界岭小学，余校长带领孩子们挖红芋，张英才要洗后再吃，余校长却说"莫洗，洗了不鲜，有白水气味"，他只好装作没听见，自己洗了吃。作为一个外来者，张英才更容易发现那些习焉不察的问题。他看到有学生课后到山上采蘑菇和野草，放到余校长家的厨房和猪栏，不无愤怒地认为余校长是在占孩子们便宜，"剥削学生欺压少年"；有学生家长来帮忙开渠、挖红薯，他感觉"不合适"；教室里竟然还有猪出没，他"心里很有些悲哀"；孙四海说茯苓会"跑香"，他不信，"认为这是迷信"；孙四海和邓有米的竹笛合奏《我们的生活充满阳光》始终慢一倍节奏，他试图打着节拍纠正也无济于事，他便"惆怅起来"；升国旗时简陋的环境和庄严的仪式，让他"着实吃了一惊"，又"觉得有点滑稽可笑"。作为 80 年代启蒙视野下建构起来的"个人"，在此遇到了无所不在的挑战。在理念上，张英才具有知识者的优越性，但更多的时候只是凌空自蹈，一旦进入生活实践便寸步难行。当他发现全校只有四个民办教师却领到五份补助金时，忍不住给舅舅写信查问，也被舅舅挡了回来。当他发现老师们在扫盲工作检查验收中集体弄虚作假时，他义正词严地给县教委写信举报，却让界岭小学已然到手的"先进"称号和八百元奖金都泡汤了。他很快弄清真相，原来余校长承担了几十个家离得远的孩子的食宿，孙四海要学生帮忙采草药种茯苓都是为了给学生购买课本，后来还忍痛把未长大的茯苓提前挖了卖钱维修校舍，到了关键时刻，他们甚至都甘愿将"转正"名额拱手让人。他们虽然身份卑微，却深藏人间大爱与大善。正如余校长说的那样："我不是党员，没有党性可讲，可我讲个做人的良心，这么多孩子不读书怎么行呢?"张英才的父亲在余校长家吃过一次饭，"直叹息余校长人好"，还对张英才说"你舅舅的站长要是让我当，我就将他全家的户都转了"，临走时，又悄悄地将给张英才带来的一瓶猪油送给了余校长，因为他在余校长家吃饭时，"那菜里找半天才能找到几个油星子"。小说在此强调的是人人皆可为圣贤，以余校长为代表的界岭人世俗化的现实困境与神圣化的道德理想并存，并因此铸就了最接地气的道德勋章。

经历了举报风波和假装备考的恶作剧后，张英才对余校长感慨："我是今天第一次听懂了国歌。"他出于悔恨赎罪之心，将上山后经历的升降国旗、李子的作文、余校长家的十几个孩子、李子被狼围攻等所见所闻，写了一篇文章《大山·小学·国旗》投向省报。他在给省报寄信时，正好收到姚燕来信，情意绵绵几页纸，但他没读完就塞进口袋里，"心里一点谈情说爱的兴趣也没有"。小说结尾张英才离开界岭时，则完全放弃询问邮递员关于姚燕来信的信息，这些细节从反向证明张英才此时参与到界岭这个小共同体的愿望已远远盖过了对山外恋情的渴望。十年前高加林的重重道德疑难，在此演变为张英才的自我洁化。

高加林、孙少平们个人奋斗的道路长期感动着无数的青年，生成了一个个不安于乡村现状的个人主体，而张英才以逃离的姿态出发，又重新嵌入乡村共同体，则是又一次反动，而支撑这一共同体的要素就是传统和民间的道德力量。张英才熟悉的启蒙话语已然失效，但启蒙尚未完成。启蒙的道路何以为继，启蒙的资源何在，又该如何实现启蒙话语的转型？《凤凰琴》提供的答案就是以余校长为代表的道德理想主义反向启蒙张英才。在余校长等人大爱的笼罩下，张英才被感化和救赎，完成了最后的成长。小说跨越城乡差异和阶层裂隙，以和解的方式遮蔽社会的结构性矛盾，询唤共同体的诞生，以国家的名义整合人物的烦恼和困惑，置换为底层的牺牲与奉献精神，现实困境和社会问题则被道德理想主义巧妙地挪移到背后，这是在《人生》的延长线上发现的另一种青年成长的途径，即在共同体的重建中重新获得新生的力量。

史体、错位与视角越界：
"人民史诗"叙事美学的三重向度
——以《凤凰琴》《天行者》为中心

邱 婕

1992 年，刘醒龙出版了以乡村教师为典型人物的中篇小说《凤凰琴》，2021 年，湖北省黄冈市团风县上巴河镇张家寨和螺蛳港两个行政村正式合并为凤凰琴村。"百户乡亲投票一致决定，将我在1992 年创作的中篇小说《凤凰琴》作为村名，叫做凤凰琴村。"这是一场时隔 29 年的历史回响，是刘醒龙对"坚守人民立场，书写生生不息的人民史诗"念念不忘后所获得的最佳馈赠。刘醒龙向来不避讳自己对于史诗品格的痴迷与追慕，从早期的"大别山之谜"系列到引发"轰动效应"的《凤凰琴》，再至"六年磨一剑"的《圣天门口》和其后的《蟠虺》《黄冈秘卷》，数十年如一日，刘醒龙始终面对着自己热爱的人民，躬耕于自己生长的土地，书写其系于民族整体命运的悠长岁月。基于此，在远眺回眸之间，刘醒龙小说的宏大叙事便呈现出独特的以人民为主体的颇具"小大之辩"色彩的审美特征。其中，以民办教师作为典型人物的《凤凰琴》及其续作《天行者》更是以持续书写形态，记录着刘醒龙设想与实践"人民史诗"叙事美学的行进之路，具有相当的典型意义。在《凤凰琴》及其续作《天行者》中，刘醒龙尝试从结构、手法、视角三重向度着手，建构并展示兼具时代性、真实性与全景性的"人民史诗"叙事美学。

一、在人民史诗的叙事美学中，如何处理历史与文学的关系是首当其冲要解决的重要命题。恢宏肃穆的史诗气质离不开厚重历史的融贯与标记。刘醒龙深谙其中道理，因此，在其所创造的文学世界中，随处可感中华民族命脉的蜿蜒逶迤、腾挪向前。尽管刘醒龙曾明言，大的格局与气象是独属于长篇小说的品格。但是，出于关注时代脉搏与人民命运的书写本能，中篇小说《凤凰琴》已经呈现出切入历史褶皱处、记录时代与现实的醒目特征。其续作长篇小说《天行者》，更是因为时间的沉淀与篇幅的延展，如鱼得水般展开对"历史事件的文学化的讲述"。因此，无论是《凤凰琴》还是《天行者》，都在某种程度上展现出了对"史体"小说结构的追求与实践，这是构建人民史诗文本的厚重基底。需要特别指出的是，刘醒龙所追求的史诗特质并非单纯的宏观叙事，而是基于个人体验的"小地方的大历史，小人物的大命运"。与之相应，刘醒龙自觉深耕于中华民族优秀述史文体中，深掘并借鉴其中书写"人民史诗"的可贵资源，体现在《凤凰琴》及其续作《天行者》中，便是以纪事本末体为显性叙事结构、以纪传体为隐形叙事结构之"史体"范本的建构。

"民办教师转正"此"一事之本末"是文本的显性叙述主线。"民办教师"这一书写对象的确定，赋予了《凤凰琴》及其续作《天行者》与时代的天然亲缘。因此，尽管《凤凰琴》与《天行者》以小说这一虚构文体呈现，但是却如实呈现且记录了"民办教师"这"一段谁也绕不过的历史"。

《凤凰琴》中便已初见"纪事本末体"的基本特质。尽管在叙述中，刘醒龙抛弃了宏观历史的显性彰显，坚持以"界岭小学"之场景作为叙写中心。但是扎根现实的创作原点却决定了"民办教师转正"这一真实历史的无处不在，张英才进入界岭小学的那一刻所引发的激荡与涟漪皆为围绕"民办教师转正"而发生：余校长的重重心事、孙四海的谨慎试探、邓有米的谄媚殷勤，每一个人都被时代的洪流与浪潮裹挟而下，为着一个"转正"的梦而诚惶诚恐、费尽心力。所有的喧哗与骚动都静止于张英才转正离开的那一瞬。但是界岭众人备受苦难又默默躬耕的命运转盘仍未停止，"民办教师转正"事件未完待续。在翘首以盼中，续作《天行者》紧随滚滚向前的历史车轮，继续叙写"民办教师转正"的命运。而以"界岭小学"民办教师"转正"的命运轨迹作为典型，依此表征并记录全国民办教师"转正"之事的来去本末,则彰显着更为完备的纪事本末体特征。

"民办教师"的"三次转正"皆以纪事本末体的形式呈现,已然赋予《凤凰琴》与《天行者》以历史的厚度。但出于对史诗品格的追求,刘醒龙并没有满足于单线述史,而是更进一步将书写视野引申至与"民办教师转正"相关的历史走向,朝着建构全面的时代性的"一事之本末"进发。在具体的执行上,刘醒龙采取了"大纪事本末体"套"小纪事本末体"的书写方法,即以"民办教师转正"为核心,对围绕其而发生的"诸事之本末"进行纪录:张英才举报事件始末、教学楼塌楼事件始末、村长选举事件始末……可以说,以"民办教师转正"为中心,相关事件以串珠式的方式呈现。与之相随,20世纪后半叶中国乡村教育者的沉浮命运被徐徐展开。得益于此"大纪事本末"套"小纪事本末"的史体结构,在《凤凰琴》中,界岭小学便已成为折射彼时代乡村教育的一个棱镜,中国乡村教育的办学现状、运行机制、生存实况、转正政策、理想信念等皆被纳入其中。《天行者》中城镇生活与乡村政治等书写元素的融入,更加明确与还原了"民办教师转正"这一历史事件背后的多方力量的浮沉与博弈,给予该事件更为开阔的历史语境与更为鲜明的启蒙意识。至此,以"大纪事本末体"套"小纪事本末体"之史体结构还原丰富深广的"民办教师转正""一事之本末"的创作目便获得了完全达成。

在"纪事本末体"这一叙事结构之外,《凤凰琴》及其续作《天行者》也表现出对书写人物形象"列传"的倾心。如果说在《凤凰琴》及其续作《天行者》中,"纪事本末体"以显性的"述史"方式赋予了其以"包罗万象的宏观感",那么"纪传体"则以隐性的"述史"方式将时代洪流中的"人民"纳入其中,展现其在历史视野下的行迹表征,于细微处补充"人民史诗"时代性的美学特质。

作为成熟的现代小说,《凤凰琴》及其续作《天行者》并不具有典型的"纪传体"特征,但是,典型人物的事件与性格几乎随处可见,并在整体的谋篇布局中展现出鲜明的因果相照与前后呼应,从而建构出一篇篇鲜明灵动的"列传"。在具体实施中,刘醒龙以"民办教师转正"为主线,针对不同的人物类型与叙写需求,采取了"延展时间""压缩时间""定格时间"等不同的"列传"呈现方式。

　　"延展时间"是刘醒龙最常选择的"列传"呈现形态，即通过对人物的言行举止心理活动等事无巨细的描述，在延展的时间线上完成其生平的拼图。比如张英才，作为当之无愧的主要人物，《凤凰琴》中便已基本完成了其主要身份的推进：乡村小孩、高中学生、代课教师、转正教师。及至尾声处，这位年轻人已经中了"界岭"的毒，他背着凤凰琴离开，也终将在凤凰琴声中归来。彼时气高心傲、敏感细腻的年轻人，在"省城读书人"的身份中兜兜转转，终究成长为新一代天行者，默默接过前辈的担子与责任，虔诚地俯首于这片大地之上。尽管在《天行者》中，有关张英才的讲述已经被推入侧面，但是，透过书页的边缘，张英才存在的时间线却在灵魂的叩问与回归中获得了无限的生命。再如余校长，作为"界岭小学"的核心人物，作者有意将其时间线向回延展，为其铺就军人这一身份拼图。从锐气昂然的军人到被生活"磨圆"了"棱角"的民办教师，余校长的身份与性格发生了变化。但是，顺着时间线的走向，备受生活磨难却依旧坚韧勤恳的余校长，似乎又没有变，"一切为了山里的教育事业，一切为了山里的孩子，一切为了学校的前途"。在延展的时间线上，在"变"与"不变"的辩证纠葛之间，余校长为了乡村教育默默苦行的信念获得了永恒的力量。

　　如果说横跨全篇的张英才、余校长等人的"列传"建构于"延展时间"上，那么明爱芬、夏雪等人的"列传"则在"压缩时间"内获得了展示。《凤凰琴》中，在等到仅有的转正名额后，明爱芬的生命走到了尽头。在"民办教师转正"这一历史事件中，明爱芬的时间线是短暂的，似乎她全部的生命都被压缩在了对于"转正"的执念上。但是其背后却体现出莫大的悖谬处境，对乡村教育兢兢业业、扛起了启蒙教育重任的民办教师为何不能获得更好的待遇与生活？极端的矛盾在压缩时间里以极端的形式呈现，以极大的张力与悲哀警醒着界岭众人，逝者已逝，存者何存？留下的是无尽的惶恐与惋惜。相较明爱芬，《天行者》中的支教生夏雪更像界岭的一个匆匆过客。但从不缺乏物质的夏雪却试图用乡村学生的语文作业本证明自己"还有一点人格，还可以继续生活下去"。从界岭离开的夏雪，没有等到自己"继续生活"的力量。在有限的"压缩时间"内，看似与"民办教师转正"无关的夏雪此人,却真真正正地印证了"界岭"力量,切切实实地被"民办教师"的贤良方正洗涤了灵魂,并从中汲取到了对生的渴慕与向往。

对于笔下的人物,无论善恶主次,刘醒龙皆殚精竭虑,只为以最合适的方式呈现出最为鲜活的形象。在"定格时间"内展示人物,是刘醒龙以简白却浓烈的方式呈现人物"列传"的尝试。村长余实这一人物,是《天行者》纳入乡村政治叙事的重要标志与尝试。也因此,文本中余实的出现常常是在特定的情境中,如被余校长追要工资、使计破坏孙四海竞选村长等。在此种"定格时间"中,黑暗的乡村政治力量与乡村启蒙意识之间的博弈斗争被拉到极致,以余实为代表的乡村权力主体的勃勃野心与熊熊欲念获得鲜明体现,一篇栩栩如生的乡村政治家"列传"被谱就于纸端。就书写主次而言,叶碧秋的父亲是一个毋庸置疑的次要人物。但是对于其为数不多的出场,刘醒龙依旧不肯懈怠,不仅使其贯穿于《凤凰琴》与《天行者》始终,而且尝试将其纳入"定格时间"之中进行呈现:张英才需要搭灶之时、叶碧秋需要读书之时、学校需要修整教室之时……在这些"定格时间"内,叶碧秋的父亲都以民办教师以及孩子们的守护神的形象出现。尽管"守护"的能力有限,但是以叶碧秋父亲为代表的朴实善良、醇厚亲切的"农民""列传"却获得了完备呈现。此类匠心独运的谋篇布局,代表着刘醒龙对一方乡民的崇高敬意以及书写"人民史诗"的满满诚意。

二、以人民为本源,"探索精神心灵史的精细描摹"是《凤凰琴》及其续作《天行者》实践"人民史诗"叙事美学的另一个重要向度。"纪事本末体"与"纪传体"的交融并存,由面及点地记载了20世纪后半叶中国乡村教育的走向,奠定了《凤凰琴》及其续作《天行者》的"人民史诗"品格。但是,立志扎根人民与乡土、记录民族复兴之途的刘醒龙显然不满足于此,而是选择将笔触更进一步,向内深入灵魂,临摹心灵的真实。"生活就是人民,人民就是生活",为呈现民族心灵史的复杂性与丰富性,刘醒龙尝试以现实主义手法展示情感错位、伦理错位、价值错位之真实情境,以确保"人民史诗"生命脉搏的绝对还原。

　　人类情感本就是立体多元的存在，若附之以时代的浪潮与推动，人物的感情动态会更趋于活跃与复杂。在《凤凰琴》与《天行者》此类真实呈现时代与人民的小说中，人物的命运便常被现实"挟持"，展现出从"常规"中"出走"的状态。换言之，《凤凰琴》与《天行者》中的人物往往在"欲得"与"不可得"之间徘徊纠葛。当此矛盾情绪被持续推进时，人物原本稳定的情感表层结构便趋向崩毁，从而呈现出预设情感与真实情感的"错位"。《凤凰琴》中，张英才的情感便呈现出数次"错位"，真实呈现出现实与理想的辩证关系。张英才的"常规"情感是对理想的坚持与城市生活的向往，但是被派至界岭这一转折点将张英才"打出常规"。在极端的逆境中，张英才做出了看似坚持理想的举动：发现余校长们的疑似作假行为，并智勇兼备地进行了举报。这一行为看似是张英才对于理想的坚守，但是最后捅出的篓子却表明张英才原本的情感表层已经趋于崩坏。看似是坚守原则，但不分青红皂白、不究事情原委的背后潜藏的是张英才急于标榜自身理想的个人英雄主义行为。以理想之名行功利之事，在情感错位中。张英才这一人物性格的普适性与真实性便获得彰显。与张英才未经人世的理想浪漫相反，余校长是被苦难磨圆了棱角的老民办教师，事事都彰显着对现实的"妥协"。但是，张英才的举报却把余校长"推出正常轨道以外"，一把揭开了余校长对乡村教育的奉献与坚守，面对办学的困境，不服输不认输，再难再苦不惜弄虚作假，也要力争保障乡村孩子的读书之路，这是一种根植于骨血中的极致的浪漫。在看似浪漫实则现实、与看似现实实则浪漫的矛盾辩证中，张英才们内在的、真实的情感获得全面展示，满蕴纠葛、悖论、幻灭与希望的精神心灵史得到真实描摹。

　　需要特别指出的是，在《凤凰琴》与《天行者》中，人物心灵情感的状态不是一成不变的，而是处于持续的从平衡到失衡再到平衡的调适过程。《凤凰琴》中，随着举报事件的尘埃落定，张英才"失衡"的情感在让出"转正"名额时重获了短暂的"平衡"，但是当最终确定"转正名额"是属于自己时，张英才的情感又被推入"失衡"的漩涡中，可以想见，情感的"平衡"是张英才持续追寻的目标与方向。因此,在续作《天行者》中,尽管张英才在部分篇幅中已经退居"幕后",但是,在身处安逸环境与心系界岭教育的矛盾情境中,张英才的情感错位也许一直到他重归"界岭"时才获得最终"平衡"。在情感错位与复原的回环过程中,"人民史诗"的美学价值也获得了最大程度的彰显。

美的不一定是善的,丑的不一定是恶的。为展现人民心灵史诗的真实性,在《凤凰琴》及其续作《天行者》中,刘醒龙选择割裂美与善、丑与恶的绝对关联,描写呈现其中的伦理错位状态,希望依此触及人民心灵的深层奥妙,进而如实展现人民史诗的广度与深度。孙四海与王小兰,因为现实的阻隔被迫分离的少年恋人,一位是站在三尺讲台上传道授业的民办教师,一位是已嫁作他人且饱受辛酸的乡村妇女。二人的结合是对世俗秩序的极大挑战,且当事者对此心知肚明。夜深人静的笛声是孙四海因悖德而苦痛的纾解,却让《凤凰琴》中初入界岭的张英才"觉得孙四海活像他那本小说里那小城中的年轻人,浪漫得像个诗人"。身边的"知情者"也对此报以极大的善意,仿佛都站在了伦理纲常的对立面。《天行者》中,李家表哥知情后找由头对孙四海实行的报复之举正在情理之中,但字里行间却印证着旁人对此报复行为的反感与抵触。这份伦理的错位终在一个国旗照常升起的清晨以极为惨烈的方式恢复了原状,但这份不该生发的"丑"却触发了难以言尽的遗憾之情与恻隐之心,究其原因,大概是此种生发于苦难之中的伦理选择获得了由"假"而"真"、由"恶"而"善"的正向位移。互相取暖与救赎的"美",给违背伦理的"丑"添加了些许的浪漫与温情。

伦理的错位与复原同样发生于夏雪身上。对于夏雪这样一位天真烂漫的年轻支教教师,伦理的错位来得更为残忍。本该像花朵一样鲜活的生命却深陷在世俗不容的泥沼中。违背规则的罪恶感时刻缭绕在夏雪身上,即便远避界岭也依旧不得解脱,反而因为界岭的过分纯真与洁白,更进一步加剧了自己的不堪之感。终究夏雪也是以"质本洁来还洁去"之决绝的方式摆脱了伦理的失衡,回归到正轨上来。在文本的呈现中,夏雪的"错位伦理"没有招致过多的谴责,究其原因,大概是其深深的自责与内疚,以及深陷泥沼依旧向往光明的苦痛与挣扎将违背伦理的"丑"转化为了自救的"善"。概言之，当伦理错位不断拉大，孙四海、王小兰、夏雪等个体殊相就会获得更大限度的展示，依此，"人民史诗"叙事文本的张力与感染力也会随之增强，并随之获得更为深层的"人民心灵史诗"的文本属性。

出于真实展示人民心灵史诗的叙事目的，《凤凰琴》及其续作《天行者》并不避讳展示为了个人私欲而做出损害他人或者集体利益的人物形象。但是，刘醒龙的笔触并不止步于单纯展示其价值选择，而是选择破坏原有的静态的人物价值取向，拉开其价值选择与实际需求之间的距离，进而在此价值错位中真实呈现人物心灵、书写真实的人民心灵史诗。在界岭小学的民办教师群体中，邓有米不是一个特别光彩的人。邓有米的不光彩不同于孙四海的伦理向度，而是来源于其为谋求"转正"名额而展现出的毫不掩饰的"折腰"姿态，与余校长的退步和孙四海的执拗相较，邓有米显得过于殷勤与圆滑。因此，《凤凰琴》尾声处，邓有米为找门路"转正"弯下了乡村知识分子的脊梁，"铤而走险"偷砍树木，似乎是意料之中的事情。但是，当转正名额摆在面前，邓有米先后选择让给明爱芬、蓝飞时却也不显得意外。因为，邓有米尽管对于"为己谋利"的行为十分积极，但他并不愿意与身边众人的利益发生直接对撞，一旦发生冲突，邓有米终究会选择避让。这种价值坚守一直到《天行者》尾声处，才被以一种极为荒谬的方式呈现出来：为了谋求转正金额，邓有米再次弯下了乡村知识分子的脊梁，一头扎进了村长余实的圈套中再次"铤而走险"收取建筑公司的公关费。这一次，他为的是"帮天下最好的民办教师一把"。邓有米看似精明的"为己"取向的背后，潜藏的是"为人"的奉献与付出，其间价值的错位树立了邓有米绝对的典型人物，复杂立体多元的心灵史获得了强烈的展现。

"为己"与"为人"的价值错位，同样体现在万站长与蓝飞的命运轨迹上。就转正而言，万站长与蓝飞都是"幸运儿"。但是，在具体的手段上，二人却将"为己"之价值取向发挥到了极致。前者靠没有感情的婚姻谋求了转正名额，后者靠欺瞒众人众叛亲离获得了转正名额。就价值层面而言,皆是为了私欲而钻营的角色。但是,"界岭"的毒浸染到了二人的骨子里,无论走出多远,但回首而望,界岭依旧是那片令他们避之不及又魂牵梦绕的土地。万站长怀揣着内疚与不安,时不时都要回界岭看一看,对于帮助自己走出困境的患病妻子也不离不弃。蓝飞在有了更好前途之后,又返回到界岭这片土地上,为了民办教师转正、村委会改选而奔走。此二者的价值立场发生了从"为己"到"为人"的价值位移。幸运的是,其中各种跌宕心绪、隐秘情怀都被作者捕捉,人民心灵史诗的巍巍长河显得愈发浩荡与真实。

三、与中华民族广阔无垠的土地和浩瀚繁多的历史事件相较,"界岭小学""民办教师转正"无疑是"小地方的小历史"。但是,《凤凰琴》及其续作《天行者》却展现出波澜壮阔的人民史诗的气质品格。这既得益于刘醒龙费力创建的"史体"结构与使用的错位手法,也与刘醒龙在叙事视角所费的心力息息相关。以"全知叙事"为基石,向"内视角"和"外视角"越界,从而实现三重视角的叠加,如此,浓郁浪漫与沉厚现实相交缠的"人民史诗"便得以以宏观且细微的形态呈现。

"这个时代太容易遗忘了。好像不丢掉历史,就没有未来。其实正好相反,没有历史就没有未来。"秉持着书写祖国大地、铭记民族命运的理念,全面彰显时代发展脉络的"全知全能的叙事视角"是刘醒龙在创作时的首要选择。"作家在成为历史与时代的书记员的同时,也时刻不能忘记自己就是这部史诗的亲历者和创造者。"因此,在《凤凰琴》及其续作《天行者》中,刘醒龙刻意营造了两个全知叙事眼光,一为记叙事情的全知眼光,一为经历事情的全知眼光。

在"记叙事情的全知眼光"中,刘醒龙展示出了无所不包的书写野心,从容不迫地将20世纪后半叶乡村教育的人、事、情、景统统纳入纸端,形形色色的人物、起伏跌宕的事件以及缠绕其中的复杂隐秘的情感,共同向后来者明示着一场生发于乡土教育之上的挣扎、隐忍与坚守。此间,刘醒龙仿若一台恪尽职守的留影机,如实全面地收纳着在这片土地上与这个时代中所发生的一切。

在"经历事情的全知眼光"中，因为本人与所描述历史事件与历史精神的紧密纠葛，刘醒龙在书写时摒弃了纯粹的客观叙事，而将自己化身为一个"介入"其中的亲历者，以一种克制的姿态书写自己因为故事走向而生发的复杂情愫。《凤凰琴》与《天行者》中，常见携带有刘醒龙主观情感基因的情境描写。如《凤凰琴》起笔处：九月里傍晚依旧火热的太阳、被晒得蔫蔫的村庄、黑溜溜的忙着撵鸡的狗、暮归的发出长叫的老牛，还有烟囱里升腾而起很快飘上山腰化作一带青云的"黑烟"。这种喧腾又燥热的乡村景象为后续书写朴实勤恳又满蕴欲望的民办教师日常做足了情境预设，非对乡土极度眷恋与熟悉之人不能书。刘醒龙还着意将个人评议以极为隐蔽的方式进行凸显。如"雪"这一个贯穿全篇的重要意象。雪花纷飞，飘落在明爱芬生病的冬天、在张英才下山去省城读书的冬天、在蓝飞调到县团委工作的冬天。每当余校长们错过转正机会的时候，"界岭的雪就会特别多"。在散文化与抒情化的叙述语态中，刘醒龙本人的惋惜与激愤，时代的激情与悖谬，都被化作冷冽的雪花，自由真实地缓缓展开。

"全知叙事"以宏观阔大且不失真切的形态展示了"民办教师"这一段令人回肠荡气的"人民史诗"。但是，为了更为自由与纯粹地书写还原历史，刘醒龙自觉进行"越界"实践，尝试将叙事视角从"全知叙事"中探出，向着"内视角"叙事进发。在《凤凰琴》中，此种视角"越界"便表现得极为突出。最具代表性的便是《凤凰琴》中界岭小学升国旗场景的呈现。在进行该场景的叙事时，刘醒龙将叙述中心语的观照视角转移到了初至界岭小学的张英才身上。作为初次亲历现场者，张英才和读者一样，其所闻见所思所感来得如此真实与强烈：睡梦中骤然响起吹奏《国歌》的笛声，扯着国旗的余校长，十几个孩子，大而凉的晨风中站在队伍最末处的余校长的两个孩子和他们四条在风里瑟瑟发抖的黑瘦的小腿。这是张英才的"意识中心"展示出来的场景，透过他亲历视角的观照，真实的残酷与真实的肃穆便赤裸裸地展现在读者面前，赋予读者以亲历现场的错觉与震撼。此后数次升国旗的场景，都是借助张英才的视角进行观照，恶作剧后的张英才对余校长说"我是今天第一次听懂了国歌"。对于读者而言,这场大山里简陋又庄严的升国旗仪式又何尝不是一次新的体验与认知?在从全知视角到"内视角"的越界中,借助某个书中人物的意识中心,从他的视觉、听觉及感受的角度去传达一切,是刘醒龙放弃自身言说主位,以视角越界之手法去构建全方位、真实性的"人民史诗"的自觉实践。

在"全知叙事"与由"全知叙事"向"内视角叙事"越界的实践中,刘醒龙笔下的"人民史诗"已然获得了宏观而真切的审美特质。为了进一步提高探索"人民史诗"的叙述美学范式,刘醒龙还尝试将"全知视角"向"外视角"越界。在此种越界书写中,刘醒龙刻意拉开了全知讲述者与文本的距离,限制其全知全能的身份与优势。如此讲述者便只能呈现限定视角的讲述,对于没有呈现的故事与细节,他无法做上帝视角的解释与说明,仅仅只能在语言的表层向读者叙述人物的行为和语言,主人公与叙事者都不知道的一些隐蔽的与不隐蔽的事情便无法呈现。此种"省叙"的叙事视角,赋予全面真切的"人民史诗"以悬疑吊诡的特质。《凤凰琴》中,有关明爱芬的叙事一直是若隐若现的状态,从藏于余校长屋里的秘密,再至明爱芬病入膏肓令人生怖的状况,及至最后明爱芬对于"转正"的病态执拗。何至于此?围绕明爱芬的解密一直贯穿在整个《凤凰琴》中,到张英才离开的时候,谜底才最终从万站长的口中得到,凤凰琴的故事才最终形成一个闭环。其中缠绕的是是非非、恩恩怨怨终究获得了完全的展示形态。

及至《天行者》,此种限知叙事更是随处可见。比如,夏雪为何总是如此忧郁?主人公不知,讲述者便不知。但是讲述者一直在持续记录夏雪的行为举止以及围绕着其发生的日常故事,夏雪的行为却始终有迹可循。所以读者便饶有兴致地参与至主人公的猜谜行动中去,直至最后谜底揭开的那一天,高贵与不堪都获得了全部的呈现。再如,在外学习的余校长为何接到了信件便匆匆赶回?余校长不说,王主任不知,读者更不知。随着蓝晓梅响亮的耳光声,一个残酷到可能逼疯众位极欲转正的民办教师的消息落地了,蓝飞私自写上自己的名字进行了转正。文本内外,一片哀叹一地唏嘘。而《天行者》尾声处,新修的校舍为何倒塌?邓有米血淋淋的双手举起了两万的票据，也揭穿了这场类似于"第二十二条军规"一般荒谬的时代悲剧。如上述所言，几乎所有的谜题都只能随着人物行为以及故事情节的推进而获得答案，在设疑与解密的过程中，"人民史诗"不仅呈现出饶有趣致的叙事形态，而且展示出来自民族命脉深处令人或震颤或感动的奥秘。

就呈现形态而言，《凤凰琴》及其续作《天行者》都不算讨巧的作品，既不设华丽辞藻又不专炫技试验，仿若一位不善言辞的老实孩子一笔一划写下的功课。但细读而去，其中却蕴含凝聚着浑厚锵然又打动人心的文字力量，究其原因，概是因为刘醒龙怀揣着最高的敬意与爱意，记载一个几乎湮没在时代洪流中的民办教师群体的诚意之作，这是刘醒龙与时代同呼吸共命运写在祖国大地上的"以人民为中心"的史诗。要之，刘醒龙坚守于现实主义艺术之中并开拓于叙事技艺之间，终是奉献出了以"纪事本末体"与"纪传体"相结合的"史体"结构，情感错位、伦理错位与价值错位交缠并行的"错位"手法，从全知叙事向"内视角"与"外视角"越界的叙事技艺来书写"人民史诗"的艺术实践。从《凤凰琴》到《天行者》，探索时代性、真实性、全景性的"人民史诗"叙事美学，刘醒龙一直在路上。

弦歌里的中国寓言

——《凤凰琴》与世纪之交的中国变革

朴 婕

本次讨论会的主题是"一曲弦歌动四方",本文便从"弦歌"说起。

小说以《凤凰琴》为题,说"弦歌"似乎也理所当然,但事实上,小说中的凤凰琴几乎是无声的:先是了解其背景的人不愿演奏它,不了解情况的张英才来了之后,一开始不会演奏,只能弹出喑哑的声音,之后它又被人剪断了弦,续上弦后,张英才勉强能弹奏,但终究没法让它流畅地发声。当凤凰琴背后的故事揭开后,我们可以理解凤凰琴不能发声本身是有意义的,它提示出某段未被言说或不能言说的历史,也隐喻着民办教师难以发出自己声音。纵然如此,凤凰琴未能成"歌"也是事实,所以本文先从有声的"歌"说起。

因为凤凰琴未能有效发声,所以响彻整部作品的声音,是孙四海的笛声。孙四海的笛子主要吹奏了三首歌:《义勇军进行曲》《我们的生活充满阳光》《夫妻双双把家还》,其中更以《我们的生活充满阳光》贯穿全文——包括张英才奏响凤凰琴时,也弹奏的是这首歌。所以"弦歌"所使用的《我们的生活充满阳光》值得关注。

这首歌出自电影《甜蜜的事业》,影片以宣传计划生育政策为主题,讲述在广东省新会县某甘蔗田和制糖厂背景下,田五宝和唐招弟情投意合,招弟希望在父亲的蔗苗改良取得成绩之后再完婚,但阻挠的因素却在于,重男轻女的母亲一心要个儿子,一直干扰父亲工作,且已经生下来的六个女儿也使得家庭生活中琐事不断,导

255

致父亲工作难以展开。影片最后通过田五宝来到唐家生活，以及计划生育的观念真正普及到农村，来为故事画上圆满的句号。最后音乐响起"甜蜜的事业"，既是与这个爱情喜剧相呼应，也隐喻了在党的政策正确领导下，中国的建设事业是一项"甜蜜的事业"。

从这个情节可知，《我们的生活充满阳光》原本是一首爱情歌曲。歌词中"幸福的花儿心中开放，爱情的歌儿随风飘荡"也直接表示这首歌所唱的是爱侣之间的故事。不过放到《凤凰琴》中，爱情层面相对淡化。当《凤凰琴》结尾，万站长揭开凤凰琴的来源之谜，它所引出的故事便与万站长和明爱芬相关，而没有确凿的证据证明万站长和明爱芬之间存在恋人关系。如果万站长和明爱芬之间并非爱情，歌词中的"并蒂"就更加耐人寻味。它指明了一条茎上生出来的相对的两种方向。最直接地看，这是万站长走向了公家之路，而明爱芬延续在民办教师道路上的双重轨迹。这也正是小说核心情节的内容，即民办教师转正之难，不仅是明爱芬，余校长、邓有米、孙四海等待转正的指标等得魔怔，然而这个指标就是迟迟不能落到他们身上。于是教师也分成了两种人，一种是正职教师，走在体制内的道路上；一种则是游走于边缘，尽管他们承担与正职教师同样的工作，却无法获得相当的位置。

同时，电影《甜蜜的事业》中两位主人公的家庭背景也值得注意，即从事农村生产、农业技术提高的唐家，和从事糖业生产制造、工业技术提高的田家，两家的结合可谓工业与农业的结合，所以歌词中"并蒂的花儿"也是工农结合的隐喻。在这个典型的社会主义喜剧里，工业和农业没有等级之分，两边的生活水平也基本一致。就算是农村的田家、家里养育六个女儿，他们居住的环境仍然整洁有序，十分富足；他们所在的村庄也一片阳光明媚，村民坐在一起闲聊时，可以看到村中的房屋崭新且齐整，人们衣着干净得体，可谓小康生活。影片无形中描绘了中国城乡一派生机的生产生活景观。影片一开始，伴随着《我们的生活比蜜甜》的歌曲，镜头展现广东农业大丰收、重工业和轻工业有序发展的场景，显然在向观众展现中国发展的成果。因此，《凤凰琴》中《我们的生活充满阳光》在孙四海笛声中的变奏，也体现了对上述"经典"的乡村生活描述的变奏：小说中的乡村生活，显然不是"甜蜜的"；乡村的各项工作，也不是"甜蜜的事业"；同时，《凤凰琴》揭穿了城市生活相对于乡村生活的优越，表明城乡也不像《甜蜜的事业》中那样平等。

从《凤凰琴》力图体现"民办教师之艰苦"这一主题，就不难理解它力图反思宏大叙事。《我们的生活充满阳光》在孙四海的笛声中，因为慢了一些，所以"缓慢地吹出许多悲凉"，① 暗示了阳光下的阴影。小说通过进入到民办教师的生活中，反思光明生活的另一面，揭示出中国尚存的诸多问题。

而若再进一步，继续剖析万站长和明爱芬的两条道路，万站长恰恰是利用乡土人情成为公家，而明爱芬是试图用公家的道路而未成。所以两者的人生轨迹展示出官/民之间的奇妙倒错。刘醒龙曾经表示《凤凰琴》的目的是揭示人生价值的尴尬状态，② 这一描述也被学者概括为是描述出了"命运的荒诞"。③ 而如果说这里有什么荒诞，那么荒诞就在于这种倒错，他揭开了内在于秩序的"民间"性——尽管并不是正面的民间性。

这种荒诞从表层看，是对腐败的嘲讽。刘醒龙在这一时期的创作里也确实多次触及腐败问题，比如《分享艰难》《挑担茶叶上北京》都提到了当时中国正在开展"反腐"工作。但也同样是这两部作品展示出，"腐败"也不能简单地以善恶来做评判。《分享艰难》的镇委书记孔太平面临着村内司法、经济、人情等多重问题，为了保障经济的发展，对洪塔山的违法乃至强暴自己表妹的行为都不得不隐忍；《挑担茶叶上北京》从村长石得宝的角度，体现村管理层既要按照上级管理（镇长）的要求行事，通过反季节提供茶叶来向上级表功，另一方面他也能够理解乡村原有的生产秩序（父亲）的不

---

① 刘醒龙：《凤凰琴》，河南文艺出版社 2020 年版，第 16 页。

② 俞汝捷、刘醒龙：《由〈大树还小〉引发的对话》，《江汉论坛》1998年第 12 期。

③ 杨文军：《刘醒龙：从〈凤凰琴〉到〈天行者〉》，《文艺争鸣》2017年第 5 期。

满。由此，小说从基层的角度体现出了当代中国管理中多方面的缠绕。同时，这两者体现的基层管理层级又与民办教师相疏离，《分享艰难》也涉及了负责民办教师工作的杨站长这一人物，不断向孙太平提出民办教师转正、拖欠工资的问题，而孔太平只能敷衍了事。《分享艰难》《挑担茶叶上北京》的核心问题是反腐败，而透过里面多重力量的扭结，小说向读者展示腐败的根本原因在于发展需求、法律和人情之间的错位，基层或中层的管理者往往因为在人情和权力网络之中而不得不采用越轨的手段。这展示出当时的社会存在多层级的问题。其实，《凤凰琴》也提示出中国存在多层级的故事：首先是张英才从小说《小城里的年轻人》看到的城市，这也成为他"转正"后可以抵达的未来；然后是民办教师的生活空间；在民办教师的校园之外，实际上还有更加底层的民众的生活。故事虽然以民办教师转正的叙述为主线，以城市、转正教师作为参照而体现民办教师之苦，但学生其实生活在更大的艰苦之中：十二岁就不得不扛起家里大梁的孩子、靠上山采药挣钱来维持生计的人家，等等。三个空间体现出了中国的三层秩序：公家的秩序，民间的秩序，介乎二者之间的知识分子。——孙四海所吹出来的三首歌，也正是这三种位置的表征。不仅如此，张英才哼鸣的"路边的野花你不要采"是邓丽君所歌唱的流行歌曲，它也提示了一种都市性的生活。《分享艰难》直接让读者看到了以经济发展为中心的经济层面和政治、司法的冲突；《凤凰琴》体现了人在形成了新的自主意识后，与原本制度化管理之间的不和谐之处——以上尚且是将中国各层级压在同一个平面讨论，《凤凰琴》中的城乡差异还表明，中国各地域、各阶层在结构中的发展状况也不尽相同。因此这必将是一个难以一言以蔽之的问题。所以刘醒龙是通过对多层面的审视，写出了这一时代的"艰难"，以及其内在关系的倒错。

特别是，若和电影《凤凰琴》作对比，可以更明晰地看到小说试图从地方具体的事务和人情出发，去分析地方组织建设的难度。电影版本除主人公从男性的张英才变为女性的张英子之外，在情节和主题上与小说原作无异，但由于电影多采用全景镜头远拍，使得作为叙事者的张英子更加置身局外。电影由张英子为等待舅舅到来而走在乡村路上开头，最后以张英子背上行囊离开界岭小学，回头看到界岭小学的孩子们向她招手送别为结，也营造了一种张英子从外部来到界岭小学并最终离开的行动轨迹，使得英子更接近于非民办教师的外在视点，她似乎只为带领观众观看民办教师的生活才存在。特别是结尾处，镜头从她的视角回望界岭小学，与界岭小学拉开了非常远的距离，使得整部影片处在民办教师生活的旁观者的位置上。从这个角度说，主人公从男性改为女性，也弱化了张英子与其他三位民办教师的竞争关系，她仿佛从来不在民办教师的序列中，必然要离开此处。因此电影是通过一种外在视角，拉开距离地打造民办教师的光辉形象。在这样的视角下，民办教师的苦难近乎磨砺意志的修行。而反观小说《凤凰琴》，尽管最后人们展现了他们的高尚，但这种高尚是建立在情理之上的。余校长、邓有米、孙四海都从自己的感受出发，认为这次的名额非张英才莫属。前面对他们各自的盘算，也是对具体的人的刻画。他们的苦难是无可奈何而又等待被解决的。刘醒龙通过走进民办教师中，以局内人的视角来展现民办教师的苦痛，并探索可走之路。他以这种方式，揭示了宏大叙事所未能看到的角落。这也是《凤凰琴》一直获得肯定的地方。

而刘醒龙观照到的这种挣扎，症候性地体现了作品写作时代、也就是20世纪90年代中国的复杂状况。追溯20世纪五六十年代中国的政治—经济—社会—文化结构，它们的结构大体相近，甚至形成了一定的同构关系，这意味着，从广义的制度层面来看，政治可以十分有效地实行全盘管理。而时间进入到70年代，中国开始谋求经济转型，从技术开始，逐渐到生产模式开始学习欧美，这伴随着要求生产关系进行调整；随后思想文化层面进行转型，在大量西方理论和大众消费文化的席卷之下，中国思想文化界出现多面相探索；而与此同时，社会和组织层面未发生大幅变化。于是，原本叠合的结构开始出现了不同方向、不同程度的转变，重新整合多面向的发展变化便成为80年代以来中国社会的难题和挑战。

到了《天行者》中，刘醒龙似乎找到了解决的方案。《天行者》展示了一种卡夫卡式的荒诞：不仅第一次转正资格被张英才获得；

第二次的转正机会因为蓝飞偶然掌握了学校公章而中饱私囊，未能落到余校长、邓有米、孙四海手上；到了全员转正的时代，余校长、孙四海又因为凑不足转正所需补交社保的工龄费用而迟迟不能转正，为了帮助两位老师，邓有米不惜挪用公款，结果导致自己也失去了资格——尤其到了最后这一阶段，尤为荒诞的是，由于民办教师的极低工资，越是坚守民办教师岗位的人，就越是无法满足转正的条件。这仿佛在暗示，公家的道路始终无法向民办教师敞开，民办教师必须要靠自己的人情，来抵抗不近人情的规则。也因此，《天行者》最后描绘出的是中国存在两个层级，一个是代表法律法规、公权力的官方层级，一个是民众所认可的、代表人情的民间层级。

这种双层结构有几分接近费孝通、黄宗智等学者所指出的双轨制，即自上而下的"中央集权的专制体制"和自下而上的"地方自治的民主体制"的双层结构，而士绅阶级构成了二者中的连接，即"表面上，我们只看见自上而下的政治轨道执行政府命令，但是事实上，一到政令和人民接触时，在差人和乡约的特殊机构中，转入了自下而上的政治轨道，这轨道并不在政府之内，但是其效力却很大的，就是中国政治中极重要的人物——绅士。绅士可以从一切社会关系：亲戚、同乡、同年等等，把压力透到上层，一直可以到皇帝本人"①。乡绅的形成与知识有着紧密的关系："绅士的地位是通过功名、学品、学衔和官职获得的"，"功名、学品和学衔都用以表明持该身份者的受教育背景。官职一般只授给那些其教育背景业经考试证明的人"②。乡绅甚至不必依赖土地，通过对知识的掌控乃至垄断就获得了权力，"他们不从占有政权来保障自己的利益，而用理论规范的社会威望来影响政治，以达到相同的目的——这种被认为维持整治规范的系列就是道统。道统并不是实际政治的

① 费孝通：《乡土重建》，《乡土中国经典收藏版》，上海人民出版社2013年版，第280-281页。

② 张仲礼：《中国绅士研究》，上海人民出版社2008年版，第1页。

主流，而是由士大夫阶层所维护的政治规范的体系"①。追溯民办教师的缘起，也确有几分接近乡绅：20世纪50年代，由于乡村教育人才不足，因此各地往往从本地具有一定文化的人才中选取部分成为教师，这些教师没有公家编制，更多是义务性地承担了教育工作。也因为他们往往从本土来，所以他们所接受的教育也经常带有本土性——小说中曾以"普通话"问题提示出这一点——所以他们形成了和官方知识分子相并行的另一类知识分子。公家也有意识地保留了一个灰色地带，如义务教育普查过程中，虽然巡查人员都知道民办学校的入学率远远达不到标准，但都对此睁一只眼闭一只眼，甚至万站长带着张英才来界岭小学报到时，还提醒校长，就算学生不来上学，课桌总不能不足数，否则一看就是弄虚作假。可见在法规之外，执行法律法规的人们保持了情理层面，让按逻辑和构想推行的法律，和乡村现实结合起来。而斡旋两者的，便是由了解实际情况而又理解法律的一线民办教师们，这也曾是乡绅所起到的作用。不过，传统乡绅在具有知识上的权威的同时还把持地方经济和政治地位，而民办教师空有知识而无经济和政治自主，因此可谓有权威而无权力。他们的生存困境，展现了"人民路线"在这时期绽开的裂隙。所以到了《天行者》最后，孙四海通过竞选村长来获取权力，并由此谋求民办教师的位置。当小说中后段添加作为乡土情理的代言者老村长（"从老村长去世后，界岭的许多事情就变得冷冰冰的没有一点人情味。"②），并提及老村长将孙四海视为接班人，事实上为孙四海提供了一种乡土的依据，他成为真正"父"权的合法继承者，也成为村庄最合理的掌权者："当县长的可以只将大家当成公民，公事公办。当公办教师也可以只将学生当成可造之材，因势利导地搞教育。但是，当村长和当县长不一样，当村长是要将村里人当成自己的家人。这就像当民办教师和当公办教师不一

① 费孝通：《皇权与绅权》，《乡土中国经典收藏版》，上海人民出版社2013年版，第112页。

② 刘醒龙：《天行者》，人民文学出版社2017年版，第310页。

样，民办教师是要将学生当成自己的孩子来教的。"①

至此，民间层级成为真正代表地方的力量。这实际上提示出了一种新的权力结构：原本民办教师是外在于村庄权力关系的，而到了新的时期，民办教师通过介入并改编村庄权力关系，既为民办教师获得了新的位置，也改变了村庄。正因为《分享艰难》《挑担茶叶上北京》，提示出"腐败"是源于多种需求之间的错位，所以唯有不在这一人情和权钱关系网中的人，才有可能冲破这一死循环，找到真正的出路。所以《天行者》通过民办教师转变基层管理的结构，隐喻着乡村将开始采用一种新的权威＝权力的结构，它与中央的总体管理机制形成双重层级。由此来说，从地方视角来重述中国革命历史的《圣天门口》在这一时期登场是顺理成章的，因为这正是在乡村文化主体的视角下重构历史叙述。

若与《凤凰琴》比较，《天行者》在某种程度上是简化了问题：《天行者》中《凤凰琴》之后的故事，先是塑造了夏雪、骆雨两个因为各自的因由来界岭支教的城市学生，两人一个因精神一个因生理无法负荷界岭的生活，而最终离开，形成城市知识分子和民办教师的分野；然后将矛盾主要集中在了"村阀"余实和几个民办教师之间，体现滥用权力如何干扰民间教育和情感，使得权力和人情的分野也愈发强烈，而原本几个民办教师之间的矛盾淡化。内在于《凤凰琴》中的多种力量博弈最终化约为如何以情理抵抗权力的滥用，并通过诉诸老村长的意愿，体现代表情理的民办教师们是乡村社会的代表者。善恶纯粹了，但问题简化了。不过，本文并不认为这是刘醒龙所做出的简化，而倾向于将这种"简化"也看作一种时代症候，它体现出此时的中国已经将多种问题沉淀为一些集中的问题，而重新组织了这种结构。刘醒龙相当于捕捉到了新时代的认知方式，以这种方式呈现历史。从这个角度看，从《凤凰琴》到《天行者》可谓变革中的中国的弦歌，它先以凤凰琴的无声提示出宏大叙事未能讲出的问题，并在笛声的变奏中让未能言说的故事得以传达出来，并最终让笛声的主人走上了掌握话语的道路。这一时期也正

---

① 刘醒龙：《天行者》，人民文学出版社 2017 年版，第 310 页。

是民办教师历史的尾声,刘醒龙恰恰抓住这一尾声,提示出中国的变革。小说甚至触碰到了后续变化的苗头:大量学生及其父母为了谋生而去城市打工,导致就学率不断下降。而这正是今天中国乡村面临的问题:不仅民办教师已经从历史退场,乡村也在不断"消失"。在这个意义上,《天行者》不仅是在为已然远去的民办教师打造丰碑,也奏出了一曲乡土精神的挽歌。

詹姆逊以"寓言"指示一种正视差异性和动态性来描述和关联各类社会关系的叙述方式,并认为历史总是以寓言的方式向人们展开。① 在这个角度来说,《凤凰琴》堪称中国变革的寓言,它绽出中国历史发展中的重重象征与讽喻,带领读者进入历史的褶皱。民办教师的历史也许随着 20 世纪完结而落幕,但它带给人们的思考却留存至今。由此来说,这曲弦歌何止是"动四方",也同样"存古今"。

---

① 参见弗雷德里克·詹姆逊:《政治无意识》,王逢振、陈永国译,中国社会科学出版社 2011 年版;詹姆逊:《马克思主义与形式》,李自修译,中国人民大学出版社 2016 年版。

精神的传承
——在"重温《凤凰琴》"研讨会上的发言

刘 永

很荣幸在这样一个高规格的学术活动中发言。我来至圣先师孔子故里的大学——曲阜师范大学。2500 多年前孔子在杏坛设学开讲，布道天下。2500 年后，著名作家刘醒龙先生创作了名篇《凤凰琴》，唱响乡村教师的生命赞歌，这是对教师无私的传道授业解惑精神跨越千年的传承和礼敬。

中国现代教育进程和改革开放之路离不开乡村教师的重要贡献，中国乡村教师以他们最素朴的情怀，为振兴乡村教育呕心沥血，成为改变当时教育现状乃至影响社会进步的一种昂扬向上、震撼人心的力量。正是通过刘醒龙先生的出色讲述，让广大民众更深切地了解了乡村教师群体，生发出激励广大教师不忘初心、勇毅前行的巨大感召。因此，《凤凰琴》具有重要历史意义和时代价值。

《凤凰琴》创作 26 年后，在师道精神的发源地，全国首座也是唯一以教师文化为主题、师德教育为特色的综合性专题博物馆——中国教师博物馆建成并正式对外开放展览。借此机会，我向各位专家简单介绍一下中国教师博物馆，可能有很多专家还不是很熟悉。中国教师博物馆坐落于曲阜师范大学校内，是教育部师德师风建设基地之一。为什么我们要建中国教师博物馆，基于以下考虑。

一是勇担文化传承创新使命。曲阜师范大学，地处儒家文化发源地，是一所因孔子而生的大学，其建校就源于传承和弘扬传统文化的使命，理应在弘扬优秀传统文化方面发挥独特的作用。创建中国教师博物馆，是学校对守传统之正、创时代之新，践行为国弘文、立德树人使命的自觉担当。

二是助力新时代教师队伍建设。从人类文明的演进史来看，教师作为教育活动的主体，在推动人类文明演进和社会发展中发挥着重要作用，一部教师发展史就是一部教育发展史，也是一部文明发展史。加强教师队伍建设，需要从丰厚的教育历史资源中培植基因、汲取经验、获得启迪，保护好挖掘好利用好这些宝贵的历史资源，既是文明进步赓续之所需，亦是当代教育创新之所需。

三是填补我国博物馆事业空白。中国有着 5000 年文明史，有 5000 多座博物馆，但近 2000 万名教师尚无自己的博物馆，这与中国悠久的教育发展史和尊师重教传统不符。中国教师博物馆以民族文化记忆、教育历史遗产、教师精神家园为总体定位，从文化史、教育史、教师史三个角度，从物质、制度、精神三个维度，为教师传史、立言、勒功。

中国教师博物馆自 2018 年 10 月 28 日正式开放以来，全年无休，尽管遇到了三年疫情，但依然有世界各地的 7 万余人前来参观交流。2021 年 7 月 18 日，刘醒龙先生到访中国教师博物馆，并予以高度评价，称赞"曲阜师范大学率先创建中国首座教师主题的博物馆是了不起的创举，教师博物馆落户于此是众望所归，实符国族所望！"他认为："从古至今，没有哪一个中国人不关注教师，因为每个人的成长都离不开教育。在中国历史上最伟大的教育家孔子的家乡设立这样一个博物馆那是天经地义的事情，因为孔子不仅是中国的第一位教师，他还是中国民办教师的鼻祖，开创了中国教育平民化和平等化的先河，为中国教育作出了巨大贡献。"

最后，诚挚地邀请各位专家学者莅临东方圣城，莅临中国教师博物馆参观指导。

三尺杏坛，卅载弦歌不辍

——《凤凰琴》发表三十周年

陈若千

随着教育改革发展的纲领性文件《中共中央关于教育体制改革的决定》颁布，实行九年制义务教育的历史性任务被明确提出。在我国"低重心"的教育发展战略背景之下，义务教育的地位重之又重。然而，改革开放初期，我国基层基础教育状况落后，实现"普九"目标面临着重重困难，存在着全国教师资源相对匮乏等一系列问题。同时，伴随着知识青年的大量回城，农村教师队伍受到冲击，广大的农村地区师资力量尤显薄弱，是民办教师这一特殊群体背起了中国乡村教育这块巨石，他们在学校是老师，离开了学校便是农民，他们处于许多人甚至都吃不饱饭的大山深处，肩负着历史使命和时代的重任，化身为默默苦行的天行者。"中国政府从 20世纪 80 年代开始了新一轮普及义务教育伟大工程，并在一个拥有13 亿人口的发展中国家实现了全面普及九年义务教育，为人类教育普及做出了重大贡献。"①作家刘醒龙将目光聚焦于实现"普九"历程中背后的故事，1992 年创作出广为流传的作品《凤凰琴》，以界岭小学写乡村教育，以民办教师话历史之思。

自《凤凰琴》发表至今，三十载春秋倏忽而过，三十年来，作品以影视化、舞台化等多元方式传播，被大众广泛接受，社会各界对《凤凰琴》的关注从未间断，讨论的声音从未消失。温儒敏在"现

---

① 高书国：《国家学习：中国教育现代化演进叙事（1840—2049）》，广东高等教育出版社 2021 年版，第 136 页。

当代文学研究 60 年研讨会"上提出研究"文学生活"，他认为"文学生活"主要是指普通国民的文学阅读、文学消费、文学接受等活动，也牵涉到文学生产、传播、读者群、阅读风尚，以及社会生活各个领域文学渗透的现象等。笔者试图着眼于此思路，期望突破"文学作品""文学批评家""文学史家"的内循环式视野，关注文学接受等后期环节。这能够了解到读者对于乡村民办教师艺术群像的认同度，也为丰富刘醒龙的文学思想和艺术坚守的探索提供启示意义。

在九十年代市场化的背景下，文学作品影视化是作家、出版社以及影视投资方互利共赢、良性互动的过程，刘醒龙的《凤凰琴》便被改编成了电视剧及电影，后者获得第 1 届上海国际电影节（1993 年）金爵奖最佳影片（提名）；第 14 届中国电影金鸡奖（1994年）最佳故事片、最佳编剧；第 17 届大众电影百花奖（1994 年）最佳故事片。各类与电影相关的期刊杂志上发表了诸多影评，认为该作品拨动着时代的精神琴弦。可见影视正在以传统媒介难以比较的优势冲击着社会文化中心，同时推动着《凤凰琴》的风靡，大量读者通过书信的方式希望刘醒龙能够推出续篇，"时任中央党校副校长的高扬同志曾在《光明日报》上著文，也提及这样的希望"。① 这是对《凤凰琴》价值的高度肯定，也为续篇《天行者》的认同与接受奠定了坚实的基础。

2001 年，《凤凰琴》获《小说月报》第五届百花奖，该刊物发行量长期居于全国文学刊物之首；其创设的百花奖作为全国性小说大奖，是国内文坛唯一采用读者投票方式，完全依据票数产生获奖作品的评奖活动，足见以遴选当代小说佳作为使命的百花奖，既具有权威性和专业性，又具备广泛的群众基础。而该作品能够受到全国上下的普遍关注，离不开文中反映的民办教师群体忠诚于教育事业的"蜡炬成灰"之精神，以及与孩子们切身利益相关的教育问题。例如余校长自身经济状况并不乐观，仍接收了几十个学生的寄宿，

---

① 胡殷红，刘醒龙：《关于〈天行者〉的问答》，《文学自由谈》2009 年第 5 期。

自己的孩子却长得像非洲饥民；邓有米在九个月未发工资的情况下，仍然为交不起学费的学生垫付课本费。工资拖欠是民办教师面临的普遍性问题，即使生活难以得到保障，这些民办教师们始终把学生当成自己的孩子，俨然民族良心的化身。

《故事里的中国》大型文化节目 2019 年在央视一套首播，节目从新中国成立以来的现实主义题材文艺作品中选取优秀的人物和故事，结合现代技术重新演绎经典，再度深挖蕴含其中的时代精神。第 8 期则特别邀请了《凤凰琴》的作者刘醒龙，跨越二十余载时光，一众演员再次将"大山·小学·国旗"的故事活灵活现地呈现在大众面前，主持人董卿与刘醒龙联弹凤凰琴，飘扬的音符诉说着民办教师的欢声和笑语，苦痛和泪水，这与作品中张英才试图弹凤凰琴的画面时空交叠，是来自大山深处历久弥新的真情流露，也是熠熠生辉的道德理想。

2021 年，在新农村建设"合村并镇"进程中，湖北团风县有两个村合并后取名为"凤凰琴村"，用文学作品的名称来给一个村庄命名的事迹可谓罕见，於可训先生还笑言道"地球新村诞生了"。这里是刘醒龙的老家，既镌刻着他祖辈世世代代的故事，又是后辈们精神力量的源泉，是能够给人以未来的故乡。《凤凰琴》将以此种形式延续着乡村教育的文化内核，该村也可乘势而为，借此东风，让外地游客沉浸式体验民办教师的工作与生活情境，或是将经典场景重新演绎呈现给游客，打造以讲述"凤凰琴"精神为载体的发展新模式，为乡村建设注入新血液。这是文学作品推动乡村发展的现实案例，也是文学反作用于经济的切实体现。

民办教师的苦行与奉献精神从未因时过境迁而产生变质，2022年 2 月，刘醒龙收到读者来信，不论是高中生，还是从小时候到读大学都与《凤凰琴》结缘的粉丝读者，无不表示被余校长等人的良心与操守深深触动，这是时至今日仍在影响无数青少年的人性光辉。文本意义的实现必须要有读者的对话参与，意即作品的价值实现既离不开作品本身的内涵，又与读者对作品的接受情况密不可分。读者是文学活动不可缺少的一环，其阅读行为和审美反应是对文学作品很好的阐释。若一部作品能够跨越时空阻碍在不同代际的读者群体中引发共鸣，则不失为"文学经典"；若没有读者共同完成文学活动，其作品就仅仅是作家创造出的文字符号。即使过去了30年，《凤凰琴》的热议话题仍映证了其和读者的良性互动，读者的阅读反馈是对作品内在审美意蕴的挖掘，也在推动着作品的不断传播。

"1992年我写中篇小说《凤凰琴》，只是因为心存感动。事隔11年，当我写完长篇小说《天行者》时，我发现自己的内心充满感恩。"①从感动到感恩，从90年代到21世纪，《天行者》传承和延续了《凤凰琴》的精神脉络，同时推动了乡村启蒙教育和民办教师命运的更广泛讨论。这一传播过程离不开微观文学制度、出版机构多渠道营销、阅读审美接受等机制的运转。

首先，权威的文学奖项是衡量作家的创作能力和作品优劣的重要尺度，是权力和经济场的双重干预之下对作品文学价值的评判，荣誉奖项能够助力作家提高知名度，也促使作家作品形成品牌效应；读者、批评家以及媒体的参与也会推动参选作品的社会化进程，带动文学作品的生产消费。刘醒龙《天行者》获得第八届"茅盾文学奖"、第二届中国出版政府奖·优秀图书提名奖、第11届精神文明建设"五个一工程(2007—2009年)"奖、《十月》"最具影响力作品奖"等，屡屡获奖也使其在文学界内被接受。此外，在文学批评领域内获得知识分子的认可也表明着作家进入了主流批评话语体系，在文学史中更能够收获肯定地位，这对作家作品的经典化作用是长效性的。获得茅奖之后，《天行者》的研究热度明显高涨，在系列发表的学术论文的品评之外，作家作品研讨会等形式同样在为作品造势。围绕《天行者》举行的书店签售会、研讨会都较好地促进了作品的传播接受，扩大了作品在学界乃至社会的影响。特别是官方牵头组织的研讨会，是其经典化历程的重要环节。2014年10月29至30日，由中国新文学学会、华中师范大学文学院、湖北文学理论与批评研究中心、《语文教学与研究》杂志社联合主办

---

① 胡殷红，刘醒龙：《关于〈天行者〉的问答》，《文学自由谈》2009年第5期。

的"刘醒龙当代文学研究中心成立暨刘醒龙文学创作三十年学术研讨会"在华中师范大学召开。百余名来自全国各地的专家学者、评论家、作家，以及中国作协、中国现代文学馆、湖北省委宣传部、省文联、省作协等各级领导济济一堂，对刘醒龙等文学创作进行热烈而充分的研讨，《凤凰琴》和《天行者》即是绕不开的重要话题。

其次，新中国成立后，党和国家对全国出版业进行了统一规范及管理，人民文学出版社作为国家级专业文艺出版社，是连接主体（作者）和受体（读者）的中介，在推广《天行者》的过程中发挥了重要作用。它致力于打造文学经典，成为社会精神文明建设的重要抓手，引领着中国文学的前进方向。教育题材《天行者》十分契合时代所需，获得了人民文学出版社的青睐，首版后不断再版，先后作为"茅盾文学奖获奖作品全集"和"新中国 70 年 70 部长篇小说典藏"丛书之一。在这里，一本本文学作品集得到专业化的包装与推广，一部部经典著作得以传唱。除汉语版本之外，《天行者》还被译成了哈萨克文、朝鲜文等少数民族语言版本出版发行。继 2009年创办《民族文学》维吾尔、藏、蒙古这三种少数民族文字版本后，刊物 2012 年增设哈萨克文、朝鲜文版，成为拥有六种文版的国家级文学刊物，创刊号翻译发表了刘醒龙等 9 个民族 14 位作家的作品，在促进刘醒龙作品传播与接受的同时，也具备繁荣少数民族文化、丰富中国文学多样性的特殊意义。

最后，文本内涵和读者接受情况共同影响着作品的价值实现，从《凤凰琴》和《天行者》的畅销不难看到其与读者的良性互动，加之 21 世纪以来互联网发展迅速，智能手机普及、网民规模庞大，新媒体在文学作品的传播与接受中扮演着越来越重要的角色，在此背景下产生的掌上阅读和碎片化阅读方式逐步成为更普遍的现象。从两部作品在线上电子书平台的讨论量和关注度看，同样可以窥见其在读者群体中的传播与接受情况。例如微信读书、豆瓣、QQ 阅读、百度贴吧、知乎均为受众较广的社交平台，给大众搭建了充足的讨论空间。着眼于文学素养的不同层次，可以将读者群体分为普通读者与专业读者。普通读者主要通过微信读书 APP 等平台进行阅读，过程中进行批注点评，部分读者阅读完成后发表长篇评论，并在评论区交流探讨。这一类读者更倾向于在阅读过程中得到直接的审美体验，在故事情节的起承转合中释放情绪，获得共鸣。而专业读者与普通读者相比更具有学术视野，文学积淀更加深厚，因此更能够体会作品的深刻内涵，除了审美认同之外，更多的是一种反思性的体悟，他们创造性阐释文本的过程也是对文本的超越性思辨，这类学术成果则体现在学术论文的发表上。不同的受众心理机制使得普通读者和专业读者对这两部作品产生不同的评价角度，从而扩大了大众对这部作品的接受张力。

《凤凰琴》的故事并不复杂，它之所以能够跨越时代而魅力不减，恰是因为那一张凤凰琴，那一所界岭小学，从来不止于山里的那张琴与那所小学，一名教师是千千万万教师的缩影，一个地方的乡村教育问题是一个时代教育问题的集中体现，"余校长们""张英才们"为教育请命的声音是百万民办教师共同的崇高操守。

作品涉及的普及九年义务教育实际上经历了起步实施、全力推进、攻坚克难、全面普及四个阶段，《凤凰琴》即是前期阶段的具体体现，文中对《义务教育法》施行检查、全县扫盲工作检查验收等情节有具体描述，可以看到推行过程中困难重重。界岭小学也曾偷梁换柱，呈现出了百分之九十六点几的入学率，期望能够获得奖金用来修理校舍，让师生过一个温暖的冬天。然而，张英才因没有深入了解此举的缘由，写信举报了一系列弄虚作假的举措，令界岭小学无法得到八百元的奖金。后来经过李子遇狼事件，张英才对余校长等人说："我是今天第一次听懂了国歌。"他发自内心地将界岭的情况形成文章投稿到省报，既获取了拨款，又得到了富裕地区学校的帮扶，谱写了多方支援的动人篇章。

"忽然哨声响起，余校长叼着一只哨子，走到旗杆下，跟着那十几个学生从山坳里跑回来，在旗杆面前站成整齐的一排……余校长猛的一声厉喊：'立正——奏国歌——降国旗！'"①伴随着笛子吹出的国歌声，界岭小学独具仪式感的自愿升降国旗场面看似滑稽，却浸染着神圣的色彩。这是描述20世纪乡村教育场景的经典

---

① 刘醒龙：《凤凰琴》，湖南文艺出版社2018年版，第15页。

画面，也是紧扣时代心弦的动容时刻，升国旗作为兼具现实意义和艺术特色的一幅图景在作品中数次出现，在乡村小学已然成为一种文化符号，是物质贫瘠的土地上富有精神内涵的仪式，它描摹了偏远乡村教育者和孩子们纯真无畏的信念，这份信仰也烙在了国人的骨血之中代代相传。"他看到余校长站在最前面，一把一把地扯着旗杆上的绳子……九月的山里，晨风大而凉，队伍最末的两个孩子只穿着背心裤头，四条黑瘦的小腿在风里瑟瑟不止……国旗和太阳一道，从余校长的手臂上冉冉升起来。"①这是艰苦的教学环境和高扬理想信念之间的对话，近年来的一些热播剧片段仍在与《凤凰琴》的情节遥相呼应，《人世间》里周蓉在金坝村山洞小学前升国旗，旗杆只是一根长长的竹子，孩子们面容朴素，注视着国旗缓缓升起；《山海情》中白校长在宁夏西海固西戈壁小学带领孩子们升国旗、唱国歌，尘土飞扬，黄沙漫漫，即使孩子们的歌声并不整齐，曲调也未必准确，但他们最诚挚的感情就定格在这片土操场之上。这都是新时代的我们对贫穷困苦却精神富足过往的致敬，也是决心于脱离贫困，走向教育现代化的艺术表现。他们坚守着"我们的生活充满阳光"的信念，美好的愿景终将成为触手可及的现实。这些乡村学校如今已有了翻天覆地的变化，塑胶操场取代了原来的黄土，宽带网、多媒体设备走进了课堂，先进的一体机成为课堂教学的重要工具，呈现出焕然一新的面貌。

《凤凰琴》影视化后，大家露天观看影片时，抬头便是满天星辰，低头可嗅青草芳香，电影内容与现实状况产生深刻共鸣。教育资源不均衡、师资力量缺乏、办学环境受限、学生辍学现象普遍等，这都是20世纪后半叶中国亟待解决的问题，是从党和国家到每一个老百姓都重视且极关注的问题。影片《凤凰琴》的最后也提到了应对方式，"1992年，全国共有229.98万民办教师。为了救助贫困地区失学的孩子，中国青少年发展基金会创立'希望工程'；1990年9月5日，邓小平同志为希望工程题字：希望工程"。21世纪以来，党和政府针对教育发展等问题也做出了系列举措，团中

---

① 刘醒龙：《凤凰琴》，湖南文艺出版社2018年版，第19页。

央、教育部实施大学生志愿服务西部计划，每年招募高校应届毕业生或在读研究生前往西部基层开展为期1至3年的志愿服务；教育部等四部门联合启动实施"农村义务教育阶段学校教师特设岗位计划"，公开招聘高校毕业生到西部农村学校任教；从2007年起，国务院决定依托六所教育部直属师范大学实施师范生免费教育试点，截至2017年，免费师范生中的90%到中西部省份中小学任教，2018年，又实现了从"免费教育"试点过渡到了"公费教育"的时代。这些都是助力乡村教育振兴，改善中西部教师整体素质及资源问题的切实做法。如今，我国经济社会不断发展，学生接受教育的环境愈发现代化，教育整体质量和总体水平随之提升，中国正走在从一个教育大国迈向教育强国的新时代之路上。

在30年后的今天，《凤凰琴》仍然极具现实意义，它是对那段被遗忘时光的回溯，是艰苦卓绝却满怀希望的生命历程，更是化为了"界岭的毒"激励着当今的教育工作者，即使筚路蓝缕艰辛未尽，仍不改春风化雨育桃李的教育初心，砥砺向前。

论电影《凤凰琴》对小说《凤凰琴》的
改编策略及其得失

吴行健

中篇小说《凤凰琴》是湖北作家刘醒龙献给中国当代文学的重要代表作之一，并在中国当代文学作品中首次聚焦我国民办教师的生活。作品最早刊载于《青年文学》1992 年第 5 期，发表后《新华文摘》《小说月报》与《作品与争鸣》连续全文转载。1994 年，由何群导演，天津电影制片厂和潇湘电影制片厂联合摄制，李保田、王学圻等著名演员出演，改编自小说《凤凰琴》的同名电影在全国播放，引起巨大反响。刘醒龙作为编剧之一，也参与了这部电影的改编。

从很大程度上来说，小说《凤凰琴》的成功在于它的原创性，亦即在于题材上对民办教师这一边缘人群的书写、主题上表现民办教师作为民间英雄的平凡与非凡、故事情节上构置的以民办教师转正为核心的乡村教育故事，这些也构成了它在中国当代文学中的不可替代性与不可忽略的重要文学史价值。虽然如此，这并不意味着作品完美无缺。原创性的作品恰恰因为是原创性作品，难免带有草创性与不圆满性，甚至未完成性。事实上，就作品的艺术表现而言，它存在着不少粗疏或不完美之处，无论是情节建构还是语言表现等方面都是如此。个人认为，电影《凤凰琴》在相当程度上既发挥了小说的长处和优势，又弥补了小说的不足。它的改编策略有成功，也存在不足，值得细致总结。本文在此拟详细分析电影《凤凰琴》对小说《凤凰琴》的改编策略及其得失，以求教于大方之家。

274

一、主题的改编策略

小说《凤凰琴》同名电影改编策略之一，是主题的改编策略，主要表现为移植、升华两个方面。一方面，电影忠实于原著，成功地运用影像化手段种植或保留了小说的主题，因此引起了社会的强烈反响，另一方面，电影根据社会的规约、意识形态的需要与观众的审美需要，对小说的主题也进行了某种程度的升华。

一是移植。有学者指出："关于改编影片和原著的关系以及怎样理解'忠于原著'的问题，是电影改编理论中的一个核心问题。"（陈犀禾：《论改编（代序）》，陈犀禾选编：《电影改编理论问题》，中国电影出版社 1988 年版，第 1 页。）虽然是否忠实于原著的问题是影视改编的核心问题之一，但这个问题似乎取决于原创作品本身思想、艺术价值的高低乃至是否具有经典性。具言之，原创作品思想、艺术价值高或经典性强，改编的影视作品往往会最大程度地忠实于原著，保持对经典的充分尊重，否则，则有可能大幅度地从主题等各方面改动原著，乃至把原著改得面目全非。就这一点而言，电影《凤凰琴》是充分忠实于小说《凤凰琴》的，而其中最突出的表现便是对原著主题的移植。小说《凤凰琴》的主题主要包含两层内涵，一是书写 20 世纪后半叶乡村民办教师生活的艰辛，突出他们"转正"难的生存困境与生存命运，彰显中国改革开放过程中的复杂社会矛盾，二是通过余校长、孙四海等一班乡村民办教师群体形象的生动刻划，表现他们作为乡村文化薪火传承人的社会担当与牺牲、奉献精神，发掘他们身上作为平民英雄或民间英雄的优秀思想品质，振奋民族精神。作品中余校长瘫痪在床的妻子明爱芬好不容易获得"转正"指标，可一填完表格人便去世，余校长接受十多名贫困乡村小学生在家里食宿，孙四海带领学生采药材进行勤工俭学，界岭小学定期升起的国旗，奏起的国歌在戴着红领巾的山里小学生们幼小的心田中播撒的爱国主义思想种子等，是小说主题的生动、形象与深刻阐释，同时表征着作品对中国当代社会生活的深刻挖掘与对中国当代文学的独特贡献，昭示出难以替代与复制的原创性，因此深深地感动国人，引发人们对乡村民办教师作为被严重忽略的社会特殊群体的关注。电影《凤凰琴》不仅忠实于原著的创作题旨，而且通过影像化手段充分移植或重现了小说的主题，通过影视传播效果推进与扩大了小说的社会效应。苏联导演莫·什维泽尔指出："导演在把一部经典作品搬上银幕时，必须善于看懂和理解作品的主题思想是怎样通过作品的艺术结构表现出来的。"（［苏］莫·什维泽尔：《导演的学校》，《世界电影》1982年第3期，第9页。）应该说，电影《凤凰琴》对小说《凤凰琴》主题的理解、传达与再现是准确、深刻的，可以说就是在忠实于原著基础上的成功移植。美国电影理论家杰·瓦格纳《改编的三种方式》一文中指出，电影改编的第一种形式是"移植式改编"，这种改编是指"直接在银幕上再现一部小说，其中极小明显的改动"（陈犀禾选编：《电影改编理论问题》，中国电影出版社1988年版，第214页。）如果说，电影《凤凰琴》是对小说《凤凰琴》的"移植式改编"的话，那么，这种"移植式改编"突出地体现在主题的移植上。

二是升华。在小说《凤凰琴》叙述中，余校长与邓有米、孙四海、张英才开会讨论为争取村干部支持扫盲工作，准备请村干部吃饭。学校没钱，大家便商定四个人分摊，即一人出十元钱。这种凑分子钱办法的运用，即显示出学校办学经费的无奈，又显示出大家无论职务高低思想觉悟却是彼此彼此，没有高低之分。在电影《凤凰琴》中，凑分子钱请村干部吃饭的办法被改写了，改成了余校长一人垫付——即余校长所说的："饭钱，我先垫。"电影的这一改动，显然是出于升华小说主题与刻划人物的需要。通过这一改动，余校长的思想境界被提高了，显示出他作为乡村小学校长顾全大局、有困难先上的的思想境界与工作作风，突出了他与邓有米等三人思想境界或思想觉悟的高下，让受众感受他是一个可敬的小学校长形象。而通过提升余校长这一小学校长形象，电影也升华了小说的主题，即从许多细节上表现出乡村民办教师的崇高思想境界。

二、人物的改编策略

小说《凤凰琴》同名电影改编策略之二，是人物的改编策略，主要表现为保留、变性、变化三个方面。一方面，电影编导保留了小说人物的基本状况，尊重了原著，另一方面，又根据自己的审美旨趣或服从于影视传播效果的需要，对小说人物进行了大幅度的改变或加工，使小说人物在很大程度上脱离乃至扭曲了小说的原貌，乃至引起小说作者的不满与抗议。

一是保留。小说《凤凰琴》书写乡村民办教师生活，涉及的人物不少，既有学校师生，还有各级干部与学生家长。比如，有界岭小学中的余校长、明爱芬、邓有米、孙四海等四位民办教师，有小学生李子、叶碧秋等，有万站长、村长、村会计、县教委下乡验收工作的科长，有张英才的父母亲、蓝二婶、蓝飞、万站长妻子，还有学生家长叶碧秋的父亲、李子的母亲王小兰，以及省报记者王主任等。电影《凤凰琴》全部保留了这些人物及其思想个性，让他们如同小说一样，继续组成了界岭小学内外的乡村社会。这些人物的保留，体现了对小说原著的尊重。

二是变性。电影人物改编中最突出的变化莫过于作为外来者或叙事人的小说人物性别的变化，即小说中的男性张英才改成了电影中的女性张英子。在电影改编中，这一改编可谓焦点性的改编，从根本上撬动了小说的叙事格局，其合理性与不合理性兼而有之。但其不合理性也是显而易见的，主要表现为缘于性别或身份变化造成的人物性格、心理与矛盾冲突的不协调或不可理喻。最突出的例子便是张英子在宴请村干部支持扫盲的宴会中发飙。在小说叙述中，席上村会计色心不死，以"权"压人，对前来做饭的王小兰进行言语挑逗，要不会喝酒的王小兰喝酒，否则，他便代她喝，但他喝了之后王小兰就得与他亲嘴。这当然也是对作为王小兰情人孙四海的挑衅。眼见会计的一张嘴就要往王小兰凑过来，又见孙四海气得脸红、余校长阻止孙四海发火、邓有米借故走开，"血气方刚"且有舅舅在后面撑腰的张英才立马为王小兰解围，上前分开会计与王小兰两人，代王小兰接连喝干三杯酒，并趁势罚喝醉了酒的会计钻桌子。小说中张英才的这些举动是符合他的身份、性格或心理的。相反，电影中张英子的类似种种举动则让人感到不大真实。小说中描写张英才为了骗余校长一伙人复习考试，白天在自己宿舍糊窗户，而电影中同样展示了这一情节，可是张英子身为女性，本身会比男性注重隐私，理应不会在一个窗户都没有的房子里面住上一段时间，这样的剧作逻辑下人物着实显得有些别扭。

三是变化。具体包括人数、人名、人物年龄、人物职务或身份等的变化。比如，在小说的宴请村干部情节中，参加宴会的有支书、村长与会计，而电影中没有支书，少了一人。小说中的张英才年龄是十八岁，电影中张英子的年龄是二十岁。参加学校宴会的会计在小说中的年龄是近六十岁，在电影中的年龄改成了大约四十岁。在小说的实施扫盲工作中，叶碧秋为实际停学的一年级学生余小毛代做作业，电影中余小毛的名字改成了杨小宝。在小说的扫盲检查团谈话中，万站长称自己为文教站长，电影中将文教站长改为乡教委主任。在这些改动中，有些是必要的或合理的，有的是不大合理的，有的是可改可不改的。如会计的年龄由近六十岁改成四十岁左右有其合理性，这一合理性在于就喜欢对女性进行调情或做出暧昧举动而言，四十岁左右的男子的倾向比近六十岁的男子更明显、更强烈。万站长的职务从文教站长改成乡教委主任，则不合理，与现实工作不相吻合，存在知识硬伤。因为在我国，只有县一级才设教委，其领导叫主任。乡一级则只设文教站，其领导叫站长。不让支书在宴会中出现，显然也违背了小说作者原意，有不尊重作者的嫌疑。至于余小毛的名字改成杨小宝实属多此一举，没有实质性意义。

三、情节的改编策略

小说《凤凰琴》同名电影改编策略之三，是情节的改编策略，主要表现为还原、填充、美化这三个方面。

一是还原。小说《凤凰琴》原创的成功在很大程度上也保证了电影《凤凰琴》在情节改编上对原作的充分尊重，亦即保留了小说的基本情节。像电影中叙述的界岭小学师生的教学工作，四位教师在教室中给学生上课、学生放学后教师们送学生回家以及在途中采药材、界岭小学宴请几位村干部吃饭、县里干部来界岭小学验收扫盲工作、县里分来的转正指标在界岭小学的一次轮转、明爱芬的去世、追悼会与葬礼，等等，都体现了对小说情节的还原。即使电影把小说中的男性张英才改为了女性张英子，但人物性别改了，原来的主要故事却基本没有变动。诸如小说中的张英才被舅舅万站长送到界岭小学当民办教师、叶碧秋父亲为张英才砌灶、张英才找孙四海搭伙、上课、给明爱芬提供感冒药、多次弹凤凰琴并向余校长打听凤凰琴的主人及其来历、给上级部门写检举信揭发学校扫盲数据造假、因写检举信受到同事们集体不满与冷落、写下《大山·小学·国旗》一文投到省报发表、获得转正名额并最终实际被转正、被送到外面学习，等等，几乎全部原模原样地被移到了张英子身上。可见，电影《凤凰琴》对小说《凤凰琴》的主要或基本情节几乎是完全认同的，因此进行了大面积的还原。

二是填充。填充，就是对小说的情节、细节或场景进行细化与具体化，使小说中原来粗略、模糊、简约的情节、细节或场景，还原为清晰、生动、具体可感的生活细节与场景，从一定意义上是对原作不足的修补与完善的过程，能够帮助原作克服某些细节的瑕疵。从很大程度上讲，改编的过程就是改编者对原作再加工、再创造的过程，对作品情节与细节的填充正是这种再加工、再创造过程的重要体现。在小说中，张英才上课的情节、细节描写得比较模糊、粗疏，有似一带而过——比如，作品对张英才第一次在界岭小学上课这一情节就写得较为笼统或粗略，只是笼统地叙述了张英才讲解课文段落大意、中心思想等教学方法，而没有具体地叙述张英才上课的内容。而作品存在的这些美中不足，也为电影改编中进行情节填充等留下了空间与必要。在电影中，张英子给孙四海代课，也是第一次给学生上课的情景得到了非常具体的再现。比如，黑板上用白色粉笔字写着：十九课要是你在野外迷了路；张英子背对黑板，双手把翻开的课本捧在胸前，给学生朗读课文内容，一一读到了月亮、星星、太阳等给人指路的功能等。无疑，电影中张英子课堂教学的内容是具体的，包括这堂语文课的进度、题目、课文内容以及通过讲科普或自然知识带给学生智育方面的潜在效果等，都是如此，同时伴随着张英子讲课的声音、姿态等。电影中的这一处理，显然弥补了小说的不足，把小说所忽略的具体细节、场景进行了填充、细化与具体化，给受众传达出一种真切的感受，也还原了乡村民办教师课堂教学的真实场景及教学实效。电影中还有一个情节填充也值得关注。在小说《凤凰琴》中，张英才写告状信坏了学校大事，孙四海等三人一起孤立他时，他呆在屋里，无具体动作。而在电影中通过填充手法的使用，张英子在屋里的场景与细节得到了具体而充分的再现。具体情景是，张英子躺在床上，她舅舅走进屋来，张英子一边躺着，一边掉泪，对舅舅说，我错了，你说怎么办吧。电影中这一场景与情节的填充，有效地表现了张英子对自己错误及其严重后果的认识，同时营造了真实、生动的现场感。还有，在小说中写张英子到县教育局告状或投检举信，只是虚写一笔。而在电影中，不仅通过补叙方式具体再现了张英子走到教育局的场景，而且通过显示"长明县教育局"的招牌，把小说中没有交待具体名字的教育局具体化了，即有了具体的名称。这个细化或填充，显然也是必要的与有意义的。

三是美化。电影比小说传播面广，或者更加大众化，又承载着传播主流意识形态文化、净化受众心灵的使命，所以比起小说来会非常注意语言的高雅或生活场景的严肃，而尽量避免粗俗、下流语言或庸俗生活场景的使用。电影《凤凰琴》在还原小说情节时，便对原作进行了一定程度的美化或雅化。在小说《凤凰琴》叙述中，明爱芬为了自杀，吞服了张英才给的感冒药瓶盖，半夜时分被丈夫余校长发现。此时明爱芬"光着半个身子"，有着生命危险，余校长不得已叫张英才进入室内帮助救人，而张英才见到明爱芬衣衫不整，心有顾忌，毕竟男女有别，亏得余校长提醒他救人事大，他才放下思想包袱，电影《凤凰琴》叙述张英子进室内参与救人时，明爱芬的穿着打扮不再是"光着半个身子",被改成穿着严实的上衣。如此,便避免了电影镜头中的女性裸体场面,净化了生活场景。除此之外,小说中写到王小兰和孙四海搞皮绊,对这种暧昧关系持一种中性叙事态度。而电影中邓友米则这样解释两人关系,"王小兰的丈夫这几年到了外面闯世界,当了包工头,听说在外面又有了主,这不孙四海就和王小兰好上了",强调了孙四海和王小兰恋爱的合理性。另一重要情节是,由于张英才写检举信检举村里扫盲数据造假,导致县里奖励界岭小学的八百元维护奖金泡汤,学校危房无法得到维修,余校长、邓有米与孙四海因此都怪罪张英才不晓事理,给学校造成了巨大损失。愤怒至极的孙四海更是指桑骂槐,对张英才恶语相向,一边劈柴,一边直骂"狗日的,狗日的"。张英才在房间里听到孙四海的咒骂或辱骂,只好选择忍气吞声。电影则把孙四海骂张英才的话改成:"就你能,就你有嘴,就你能说,……没见过你这种人!"这一改动,意味着运用较为文明的语言取代了小说中较为粗俗的语言,提升了人物的思想境界,也净化了生活的场景,保证了社会正能量的传播。虽然如此,但小说中尖锐的矛盾也被淡化了,同时削弱了小说的思想锋芒。

四、手法的改编策略

小说《凤凰琴》同名电影改编策略之四,是手法的改编策略,主要表现为叙事手法的继承与视听手段的运用两个方面。苏联的电影改编理论家波高热娃说:"影片,这首先是情节的视觉再现。"(《从书到影片》,中国电影出版社1962年版,第9页。)

一是叙事手法的继承。小说与电影同是文学艺术,在艺术表现手法上具有许多相通之处。小说《凤凰琴》在表现作品主题、刻划人物方面使用了不少成功的艺术手法。比如,把人物性格放在激烈的矛盾冲突中加以表现、叙述中设置悬念,等等。像对小说中所有民办教师来说,转正既是梦寐以求的人生梦想,更是考验人的意志、品性的试金石。小说因此把转正设置为故事的轴心,尤其是把由于指标少而引发界岭小学所有教师之间的尖锐矛盾作为焦点情节加以展演，体现了艺术的匠心。像明爱芬教师填完转正表格之后，当即溘然长逝，可谓小说情节的高潮，把乡村民办教师的悲剧性命运推向了极致，催人泪下，并在很大程度上触痛了社会的神经，唤醒社会各界对改善民办教师工作与生活待遇的关注与行动。另外，作为小说题名的"凤凰琴"，既是一件特别的道具，又具有丰富的象征意义。小说在围绕"凤凰琴"进行叙事时，不断地设置重重悬念。比如，张英才第一次弹琴后，却不知道琴的主人明爱芬是谁，可谓一种悬念。次晨，是孙四海提醒他"不该动那凤凰琴"。为什么不能动此琴？这又是一种悬念。接着，张英才发现，赠琴人的名字被人用小刀刮去了。赠琴人是谁，为什么刮去名字？是一个双重悬念。琴弦突然被人剪断？再生一次悬念。余校长后来对张英才解释，明爱芬听了琴会犯病？为什么明老师听了琴就会犯病？又是一重悬念……小说一方面通过这些悬念的设置，有效地吊起了读者的阅读兴趣，增强了小说叙事的紧张感，一方面则通过不断解开悬念推动故事的发展，追寻生活的谜底。在电影改编者看来，小说中这些手法的运用非常有效地表现了小说的意蕴，形成了独特的叙述特色，因此电影积极予以了移植或师承，充分保留与发挥了小说表现手法在电影表现手法中的优势。

二是视听手段的运用。电影作为一种综合性艺术，虽然在心理描写上不如小说那样自如，但有它自身的特色和优势。这些特色和优势除了追求影像化、强调动作性之外，还有画外音、蒙太奇、音画结合、空镜头转场、特写等艺术表现手段。正因为如此，电影《凤凰琴》并没有囿于小说《凤凰琴》的艺术表现手段，而是在发挥和保留小说成功艺术手段的同时，积极调动自身的艺术优势，充分地使用了电影的独特表现手段。电影开头便运用了画外音让张英子交待故事起源：张英子一边行走在乡间道路上，一边通过画外音自述她高中毕业之后，多年愿望没实现，说不出心里是什么滋味。第二年考又落了榜，于是便把唯一希望放在舅舅身上，让舅舅给她找一份适合自己个性的工作，她甚至发表对《小城里年轻人》读后感：死在城里也比活在农村强。这种运用画外音讲述故事的方式发挥了电影的长处。蒙太奇的表现手法在电影中十分突出，比如影片中反复出现的国旗飘扬的镜头，强化时代精神，那一抹先烈的鲜血般的红色代表着革命精神，隐含建设美好中国的愿望，而大山深处学生对国旗的敬爱，站到家门口就能看到国旗，反映了他们对祖国的认同感，深深的爱国情感。这种重复蒙太奇的表现手法可以说是对影片主题的加强或者升华。影片结尾是一段抒情蒙太奇的表现手法，镜头展示小学送别时的空镜，所有人的合影，大山的远景，再切到小学，叠化为照片，最后定格为破败的小学教舍写实照片。这一个个镜头伴随着清脆响亮的童声歌曲，既拨动了观众的心弦，又升华了主题，而这样的抒情手段是文字无法比拟的。值得一提的是，小说《凤凰琴》的语言本身就具有一定的视听性，例如小说段落余校长孙四海邓有米三人因各自复习考试而导致生活上出现一系列很严重问题，作者是采用了一种平行蒙太奇的叙事方式去描绘孙四海余校长张英才邓有米这四人悔恨或者愧疚的状态，手法上极具视听性，而电影对这段情节却没有还原。除此之外，音画结合在电影中也被反复使用。如张英子第一次弹凤凰琴，琴中流出的是歌曲《我们的生活充满阳光》欢快的旋律，原歌曲是电影《甜蜜的爱情》的主题歌，尽管只是曲子，却隐含歌的主题，那就是保持对生活的乐观的情绪，面对生活保持微笑，为祖国贡献青春和力量，无论生活多么艰辛，无论生活面对的困难有多大，穷且益坚，不坠青云之志。明爱芬听到琴声晚上发病，电影配了一段看似柔美实则包孕不祥之音的轻音乐。在表现张英子上课、李子朗读写她妈妈的作文时，电影也使用了一段震撼人心的轻音乐，以烘托李子妈妈支持女儿上学及界岭小学教育美丽的心灵。在表现孙四海等生张英子的气，即反感她告状、不让她上课时，电影也加了一段具有调侃意味的轻音乐，以突出人物之间的矛盾，表现张英子被大家冷落的难堪。电影这种多次音乐元素的出现也来自于原小说中反复出现的音乐元素，这也表现了乡村民办学校对学生施行的不仅是知识的教育，劳动的教育，还有美的教育，音乐的教育，在美育中贯穿爱国情怀。全方位教育，潜移默化，春风化雨润物无声灌输到乡村孩子的幼小心灵中。

总的来说，电影《凤凰琴》的成功在于电影成功挖掘了小说《凤凰琴》中的叙事元素，较为完整地移植了小说的主题和情节，并体验和放大小说文本中的可视化因素，电影的成功本质上是在小说创作成功上的一种升华。

朝　凤

——评小说《凤凰琴》的艺术手法

牛鹤轩

　　"海州言凤见于城上，群鸟数百随之，东北飞向苍梧山。"自古鸟随鸾凤飞腾远，芸芸众生向上生长的意志亦乃人性之使然。"百鸟朝凤"是追求进步的理想化指引，"化鸟成凤"则是现实之中对于原生宿命的坚定抗争。其中不仅有面对冰冷磨难时锐意进取的斗志昂扬，同时也兼具着温暖炽热、饱含深情的精神境界之震撼。由著名作家刘醒龙先生所著的中篇小说《凤凰琴》，就深刻演绎出农村民办教师渴望"化鸟成凤"的动人"活剧"，该作品既引发广大受众对农村教育现状的重新认知和思考，也讴歌、赞扬了乡村教师扎根基层、奉献教育事业的高尚品质。

　　小说《凤凰琴》，就以凤、凰、琴三类元素为符号化的象征隐喻，暗示只有凤、凰之间相互成就，此琴方为凤凰之琴的思想性指向。在小说中，万站长和明爱芬是该所民办小学里最早的一对"凤凰"。当万站长毅然决然地通过婚姻方式，离开民办小学时，凤凰之间的合和关系也由此惨遭现实的无情割裂。凤对凰的脱离令万站长饱受愧疚，凰对凤的争持，也造成了明爱芬老师人生悲剧的开端。此时代表万站长歉意的凤凰琴更像是对他们二人"因缘果报"的艺术化诠释。

　　在张英才来到界岭小学之后，不论是琴弦断裂，余校长给予旧弦补之，令琴重获新生，还是三位民办教师将转正机会给张英才的谦让，都深度契合着凤与凰之间紧密、耦合、互助的集体主义文化精神。

　　"凤凰琴"在小说中，既是一个符号化的思想性隐喻象征，同时也是一条极为重要的情节线索，明溪暗流，贯穿始终，但是作者本人却是于文章中有意地在抛出这条线索的同时也在抑制该条情节线索的清晰化展现。

　　每当遇到凤凰琴由来之谜即将被揭示之时，作者总会用"摇摆"的写作技法极尽可能地"折磨"观众，该种手法除形成进一步吸引读者期待视野扩张、开展效果的同时，也令读者全然沉淀出"答案"来之不易的阅读心理意识，直接深化着"真正教师精神"的主题表现。

　　民办教师的"转正名额"是小说一切焦虑、惶恐的源头，每当涉及"转正工作"时，字里行间的紧张感总会扑面而来，极大伤害着乡村小学的朴素性社会定位。小说则从环境描写入手，对其进行着巧妙地中和。

　　在小说的环境描写里有以"雅"作维度的书写："太阳正在无可奈何地下落，黄昏的第一阵山风就吹褪了它的光泽，变得如同一只绣球，远远的大山就是一只狮子，这是竖着看，横着看，则是一条龙的模样。"这段语言的表述中，没有掺杂任何一丝世俗名利的纷扰，有的仅是接近大自然的平和、愉悦，以及孩童般的天真心态。

　　在张英才和一伙老师送孩子们回家的过程中，小说则以平实、无华、通俗的语言风味为我们展现出"拣蛇皮""碰墓碑""遇狼群"的别样"非都市"生活内容，美好、快乐，如童话探险般难忘的光芒熠熠闪烁，从而为读者集中架构起世俗农村生活环境的想象空间。

　　面对焦躁、不安的"转正名额"，作者通过雅、俗两个维度对环境进行了描写，将静谧、安详的基调元素注入其中，艺术化地修正了小说本身的"戾气"所在。

　　具有现实性特征的人物塑造是支撑起现实主义小说本身的关键，亦是该类小说成功与否的重要发力点。《凤凰琴》作为一部中国当代现实主义小说的典范之作，就极为符合现实主义小说在人物塑造方面的相关诉求。

　　且作为一部反映教师精神、品质的小说作品，作者并非一味地对农村教师进行赞扬和褒奖。而是采用了"欲扬先抑"的写作手法对界岭小学的每一位教师的缺点与不足都进行了表现。譬如，邓有米善于钻营，会通过"请客到家中吃饭"的方式来讨好有背景的张英才来增加自己的转正几率；孙四海和王小兰之间一直保持着不清不楚的关系；余校长虽然兢兢业业、披肝沥胆地支撑着学校的运作，但是他也会为了八百元的修缮款而违背原则默许谎报数据；张英才有学历、有文化，但是却也因为自己过分的理想主义而给学校带来了困扰。

在张英才来到界岭小学之前的每一位老师，都较富力度地颠覆着传统人民教师作为正向性能量代表的固有形象。小说大胆地褪去了他们作为人民教师理想化表征的外衣，将农村教育现状之下的真实教师角色及其生活风貌进行了立体化表现，发人深省、令人深思。

界岭小学中包括明爱芬在内的所有老师，对"转正名额"的执念，初看略有《庄子·秋水篇》中鹓鶵的几分相像，即"夫鹓鶵发于南海，而飞于北海，非梧桐不止，非练实不食，非醴泉不饮"。（据宋代邹博所著《见闻录》中"梧桐百鸟不敢栖，止避凤凰也"的表述可知，"鹓鶵"即为凤凰。）

界岭小学的各位老师都渴望着"化鸟为凤，攀上梧桐"的转正之日。该类人之常情，是通俗且无聊的"趋利避害"，虽有庄子笔下鹓鶵（凤凰）的几分相似，却全无鹓鶵（凤凰）的神采、魄力。但是当各位老师将转正名额转让给张英才时，所有老师的精神品格亦在此时达到了鹓鶵（凤凰）的超脱、自由之境界。

在欲扬先抑的人物形塑手法下，作者巧妙利用"二重奏"布局且逐渐升华的方式，将"优秀教师精神"的主题和"仁者爱人"的传统师道情怀进行了淋漓尽致的烘托、彰显。

代表过往，"凤凰相背，离心离德"的凤凰琴，只得在乡间的一所小学里黯然生灰；隐喻此刻，"凤凰合和，相互成就"的凤凰琴则在张英才离开界岭小学时，随他一起奔赴充满希望的远方和未来。

《凤凰琴》：
文学的经典化与经典化的文学

汤天勇

  《凤凰琴》系刘醒龙于 1992 年发表于《青年文学》杂志上的一部中篇小说。虽然在该作问世之前，刘醒龙已在文坛博得名声，"大别山之谜"系列小说以及转型之作《村支书》颇具反响，但真正让刘醒龙为天下人所熟知的则是《凤凰琴》。自此，作家刘醒龙与《凤凰琴》正式步入经典之路。相对于古典作家与作品的选本与注解而言，现代作家与作品的经典化可能更为倚重文学史书写与学者关注，因为学院派掌握着言说的话语权，代表着主流文化圈的共通性认知，具有促使作家作品汇入历史传统的选择权。自中国现代文学始，作家与作品的座次、定位与阐释，意味着他们被学者或专家接纳，即便是处于被批评的境地，也比寂寥无名为好。如果说刘醒龙的"大别山之谜"因为聚焦大别山文化而有步随"文化寻根"之嫌，《村支书》尤其是《凤凰琴》的出现，足可以证明作家已然成功转型。但刘醒龙和《凤凰琴》并未成为文学史书写的宠儿，相反颇有冷寂的味道，几部惯常认为经典的当代文学史著作，对《凤凰琴》皆是鲜有提及，这与小说"开拓了乡土题材现实主义文学创作的新路径"的称誉不够匹配。及至今天，《凤凰琴》发表已逾 30 年，在近三分之一的世纪里，小说不仅没有淹没于时间淤泥之中，反而生机勃发，引得越来越多的关注。也就是说，刘醒龙《凤凰琴》的经典化之路异于其他作家与作品，溢出文学精英集团的盖棺定论之外。斯蒂文·托托西认为："实际上经典化产生在一个累积形成的模式里，包括了文本、它的阅读、读者、文学史、批评、出版手段（例如书籍销量、图书馆使用等）、政治等等。"①可以这么说，文学成为经典，是先天性因素与后天性因素遇合后的共同发力。后天性因素是外在于作品的推动条件，具有偶然性和不确定性，甚至具有人为性，中国当代文学发展历程中不乏作家作品充分利用外在因素自我经典化或主动经典化，也有作家作品因为某种权力介入挤上经典作家或经典作品的行列。所谓先天性因素，则是指文学作品具有与民族同频共振的要素，需要有普遍意义上的人性意识和人类意识，还要具有文学之所以为文学的内在本质。先天性因素是静态的，是基于文学的审美价值与艺术价值的考量；后天性因素是动态的，依凭的是权力化的选择。1992 年的刘醒龙虽然从"文化寻根"到乡村现实主义华丽转身，但相较于早已大名鼎鼎的先锋派作家余华等转向现实主义创作，其对于文坛震撼力确实弱了不少，再者其与后来的《分享艰难》等作品相比，也缺乏"话题"冲击力。《凤凰琴》虽则未能成为彼时学界关注与阐释对象，但并不遮掩其自携的先天性经典因素。

很少有读者愿意将《凤凰琴》归类于"苦难叙事"，与余华《活着》作比，前者的痛苦与极端没有彻底撕裂，但不并能说明作品不是书写生活之痛与心灵之痛。书写苦难并非刻意展现丑陋与悲痛，而是作家在面对生命主体遭受困厄时升腾的一种介入，体现的是作家对人和世界褶皱面的不遮蔽与不虚妄，本质上是一种求真精神。但由于作家主体介入的意图不一，苦难书写也有着分途，或是处于展示之需要，苦难之境状纤毫毕现，其给予读者是病态性的痛苦；若是处于或敬畏、或批判之需要，苦难即使客观如实状写，氤氲其上的是作家的悲悯情怀与救赎意识，呈现在读者视野中的是常态性的痛苦。从文学的功能而言，显然后者更能超越人与世界的苦难本身，更能臻至生命本体的和谐。

《凤凰琴》之苦难叙事有二重：一是生存环境之苦。小说写的是小地方"界岭"的故事。初闻舅舅欲送张英才去界岭小学做代课

---

① 斯蒂文·托托西：《文学研究的合法化》，马瑞琦译，北京大学出版社 1997 年版，第 44 页。

教师，一家人的反映皆是感到惊讶不可信，用他母亲的话说就是"全乡那学校，怎么偏把英才送到那个大山桫子上去"。① 在张英才背着行李跟随舅舅上界岭时，垸里的年轻人将界岭与本垸差距，拿垸子与城里做比，以示差距之巨。上山之路，也颇为艰难，"山路有二十多里远，陡得前面的路都快抵着鼻尖了"。② 到了界岭小学，张英才的第一印象是旧房子一排，教室与班级数缺乏对应，老师们好几个月没发工资以及学生使用的是油印课本。学校硬件设施跟不上，校舍维修困难，学生没钱买书本，饮食不仅缺油少盐，饭菜也无法解决温饱，在张英才看来形似"非洲难民"。学生放学回家之路遥远，还要沿路捡拾山货，晾晒变卖后用以购买学习用具。界岭小学系村办小学，学校环境之恶劣、学生生活学习之艰辛以及居高不下的辍学率和女孩早嫁，何尝不是该村真实境况的折射？阎连科说："自 20 世纪 90 年代之后，中国的写作已经渐趋成熟，产生了许多优秀的作家和作品，但是面对我们苦难的民族历史时，我们确实没有充满作家个人伤痛的深刻思考和更为疼痛的个人化的写作，没有写出过与这些苦难相匹配的作品来。这是我们中国作家的局限，也是中国作家和当代中国文学面对民族苦难的历史的伤痛和内疚。"③界岭小学之苦，是山外农村出生的张英才始料不及的，也超出时下读者的想象。

　　二是身份转变之苦。《凤凰琴》聚焦乡村教师这一特殊群体，围绕界岭小学余校长、邓有米、孙四海和明老师四位民办教师转正展开，四个人目标明确，希望通过转正实现身份的转换，成为"吃商品粮"的公家人。他们为何要热衷于转正？原因之一是办公教师由国家发工资，工资高，发放稳定，能够直接提升生活质量；原因之二则是在乡村治理体系中，民办教师工资由各个村子自筹，不仅直接受制于本村的经济条件，同时也受制于本村行政约束。源于

---

① 刘醒龙：《凤凰琴》，中国青年出版社 2022 年版，第 18 页。

② 刘醒龙：《凤凰琴》，中国青年出版社 2022 年版，第 23 页。

③ 阎连科：《民族苦难与文学的空白——在剑桥大学东方系的讲演》，《渤海大学学报》2009 年第 2 期。

此，余校长他们对转正才会显得处心积虑，对张英才的"加盟"才会有所戒备。

生活的本身远比小说更为精彩，作家的高明不在于精雕细刻生活世界的事实，而在于挖掘现实世界的震慑力量。《凤凰琴》不是对界岭生存之苦与界岭小说民办教师身份转换之苦的展览与控诉，也非着意批判乡村治理与官场之低级与丑陋，而是写出了身处于苦难之中的民办教师虽然生活清贫、工作条件艰苦、政治身份低微，但依然挺起了界岭教育的脊梁，在熹微中闪烁着温暖的光，用坚韧、坚强、包容撑起民办教师的精神世界。所以，《凤凰琴》中的人物形象不是高大的人设，但并未被生活与现实挤压成卑微，反而洋溢着人性之良善。

张英才被送到界岭小学并予以郑重介绍，舅舅的意图余校长他们自然心神领会，但由于转正指标少竞争激烈，他们对张英才也不能完全接纳，欢迎背后是防备与试探。张英才明显感觉到无法融入集体形成的隔膜，先是感觉孤单，再是悲凉，再是空虚，再是惆怅。又因为青春年少或者说了解不够深入、主体融入感不强，张英才与余校长他们之间必然会发生矛盾与纠葛，故事也得以在这种情节冲突中向前推进。但两者也不是水火不容，矛盾的制造与纾解却是张英才渐趋深入了解余校长他们的契机，也是情感从"瞧不起"到逐渐肯定的过程。他在余校长等人身上感受到对教育的热爱、对苦难的承受、对困境的隐忍、对未来的达观。以至于最后唯一一个转正名额来后，张英才义无反顾地选填其他人。界岭小学的老师有生存之苦与身份变更之苦，更有渗透其中的精神之苦。刘醒龙的苦难书写并未肆意撕裂世界与人之日常成为荒诞、惊悚、凄惨的生活碎片，也有效避免了小说成为苦难消费的市场性载体，用绵延乡土几千年的坚韧、包容与豁达的优根性化解苦难与困厄，更显得东方精神治疗特性。

有位研究者认为从中篇小说《凤凰琴》到《天行者》中的第一章《凤凰琴》，小说中的悲剧感被消解了。笔者于此无意阐释小说续写与改写问题，而是要借这位学者的意思说明，中篇小说《凤凰琴》具有浓郁的悲剧意味。其实，无论是古希腊的命运悲剧，莎士比亚的性格悲剧，还是恩格斯论述的社会悲剧，归根结底即为生命的悲剧，包含的或是理想与现实的落差，或是情感与理智的矛盾，或是生存与毁灭的冲突，其体现在人的精神与行为上即为异样、反常、裂变以及不可弥合。《凤凰琴》不同《活着》在于作者并未镌刻人生之荒诞、极端与不可逆的宿命，小说结尾张英才如愿离开界岭，余校长他们似乎也释开郁结，但并不说明小说不具有悲剧的哲学意味。在笔者看来，或许正是这种不够透彻不够显像的悲剧最难消解。张英才的悲剧性分为两个阶段，前一阶段是考学无望、留城无门与不得不到最为艰苦的界岭小学代课带来的心理落差；后一个阶段是认同界岭小学同仁却又离开界岭小学。前一个阶段比较好理解，农村人渴望通过考学或借助亲戚关系"鲤鱼跳龙门"，借机实现摆脱农村人身份成为"公家人"的愿望。张英才高考一年比一年分数低，在教学站当领导的舅舅安排他去最为艰苦的界岭小学当民办教师，这与张英才的期望值之间差距仿佛沟堑，在界岭自然而然滋生出孤单、悲凉、空虚与惆怅的情绪来。后一个阶段比较隐晦，张英才在与余校长等人矛盾磨合中逐渐理解他们的不易及所作所为，于此实则已经完成了精神洗礼，但最后结果却在众人"合谋"下离开界岭。文本中清晰地显示，舅舅传达1个转正指标多少带有私心，"上头"确实也有因人给指标的意思，但是张英才并未顺水推舟，而是选择了辞让。最终走下界岭的张英才其悲剧性在于，转正仿佛是嗟来之食，身心彻底融入到界岭而转身离开似乎有背叛与逃离之嫌，这也就是刘醒龙在《天行者》中时常暗示的"界岭之毒"。对于余校长他们三人而言，我们在颂扬其坚韧与隐忍之时，也无法回避他们身上无法消解的悲剧味道。一是生存环境的改善何时能够达成？小说中写道舅舅告诫余校长会把全家拖垮时，余校长叹气说："我不是党员，没有党性讲，可我讲个做人的良心，这么多孩子不读书怎么行呢？拖个十年八载，未必村里经济情况还不会好起来么？到那时候再享福吧！"①读者于此可以解读为余校长之豁达与乐观，换一句说，余校长将希望寄托于时间与未来，豁达与乐观背

---

①　刘醒龙：《凤凰琴》，中国青年出版社2022年版，第33-34页。

后含藏着未知之悲。二是对于余校长几位而言，教书是良心，转正也是目标，为此几人日思夜想、费尽周折，但结果都自愿放弃、一致同意转正指标给张英才。其实他们想通背后固然有对乡村教育的坚守，也有不得不留的苦衷，有邓有米卖树进派出所、李子回家遇狼、明老师去世等系列事件刺激的因素。他们是否彻底断绝转正想法？显然不是现实，有欲望却因为现实因素不得不放弃，不也是悲剧么？

《凤凰琴》有着成为经典的审美性与艺术性特质，可依然在文学史或教材中难觅踪迹，但不能说小说与经典化无缘。能够进入文学史的殿堂，实则是依从学院精英知识分子的经典化选择，但能够进入读者视野或者官员视野，民间经典化与庙堂经典化也是重要途径。或者说，在文学史与教科书经典化路径之外，《凤凰琴》完成了自身的经典化历程。毕竟经典化产生的过程是一个多要素累积的结果。

实现文学作品艺术类型转换且能迅速引起受众关注，小说的影视化无疑是较为重要的策略。《凤凰琴》以现实主义精神观照、书写乡村民办教师群体，因题材新颖、内容的真实迅速成为影视的宠儿，在小说问世不久就被改编，且迅速上映。1994 年，由何群导演，李保田、王学圻等主演的电影版《凤凰琴》全国公映，作为被"主旋律"化的电影迅速引发观看热潮，虽然作为小说作者的刘醒龙对电影改编有些微辞，认为是"不了解民办教师，从本质上讲，他是在用城市生活经验来阐述乡村"①，但并不妨碍《凤凰琴》与刘醒龙声誉远播与影响的扩大。电影策划人杨海波说，"对于现实题材创作来说，仅仅依靠一般性的电影商业元素——如明星、卖点等等——怕是行不通的，因此我们为《凤凰琴》定的创作重点是一个'真'字，即用何群的话说：讲点老百姓的事，说点老百姓的话，靠这个东西去打动人。我当时的设想是，只要何群把片子拍得能使观众在电影院里坐住，而且看完出来以后不骂娘，再能说句'这片子还行'之类的话，何群就算完成任务了。……《凤凰琴》的市场效

---

① 刘醒龙：《文学回忆录》，广东人民出版社 2019 年版，第 134 页。

果，与我们预期的差不多，不仅回本，而且略有赢余(天津厂的实际收入不仅仅是略有赢余)。出乎我们意料的只有一点，即这部影片会得那么多奖。"①电影一播放，迅速引起影视评论界关注，从发表数量来看要多于小说发表后的评论数。紧接着，电影获奖接踵而至：1993 年获中国电影政府奖(华表奖)最佳故事片、最佳男演员、最佳编剧奖，1993 年获第三届全国精神文明建设"五个一工程"奖，1994 年获中国电影金鸡奖最佳故事片奖、最佳男演员奖、最佳导演奖，1994 年获电影百花奖最佳故事片奖、最佳导演奖、最佳男主角奖等。改编的同名电视剧，1994 年获得中国电视剧"飞天奖"二等奖。可以这么说，影视改编与热播，有力助推作家刘醒龙与《凤凰琴》为影视受众接受而合法化，成为经典现实主义作品流程中的一环。

2019 年 12 月 1 日晚上八点，中央电视台综合频道大型文化节目《故事里的中国》(第 8 期)，邀请作家刘醒龙登台分享《凤凰琴》创作的相关故事，同时戏剧总导演田沁鑫携手演员吴谨言、辛柏青等重现电影《凤凰琴》的经典片段。百度百科介绍《故事里的中国》旨在"通过系统梳理与总结新中国成立 70 年以来的现实主义题材文艺作品，从中选取集思想性、艺术性、观赏性于一体的优秀人物和故事，融合影视、戏剧、综艺等艺术手法，以此串联新中国的'影像艺术博物馆'，挖掘经典背后荡气回肠的真实印记和时代精神"，用小说《凤凰琴》作为"真实印记和时代精神"的代表，无疑是对作品记录新中国一段乡村民办教师的峥嵘岁月的致敬。2021 年刘醒龙团风老家的两个村一致同意合并成"凤凰琴村"，借此实现名人助力乡村振兴效益的最大化，也从侧面说明小说《凤凰琴》在读者心目中已经深深扎根，并被保存为中国时代进程中历史传统的一部分。

《青年文学》创刊于 1982 年，虽则年轻，但该刊发表的文章以关注现实、参与人生为主题，包括刘醒龙在内的史铁生、铁凝、张

---

① 杨海波：《"主旋律"与现实题材创作》，《北京电影学院学报》1995年第 1 期。

炜、迟子建等文学名家皆是从这里真正成长为全国瞩目的作家。
《凤凰琴》在《青年文学》杂志发表并引发轰动，进而迅速被《小说月报》转载。依据《青年文学》与《小说月报》双刊的市场活力，作品的接触群体无疑会进一步扩大，作品的价值自然也会得到进一步开发，尤其是被转载，体现着同行的高度认可，具有成为社会高度瞩目的文学范样的可能。该作相继获得第五届《小说月报》百花奖、第三届屈原文艺奖、第三届《青年文学》奖。可以说自《凤凰琴》始，刘醒龙的小说创作方才开始频频获得文学大奖。文学评奖作为一种权威评价对于作品经典化意义重大，"文学奖就是对一种文学意识形态的认同或彰显，就是对一种文学方向的倡导，这就是查尔斯·泰勒所说的'承认的政治'"。① 并且从 1993 年刘醒龙出版《凤凰琴》同名小说集后的近 30 年里，多次出版以"凤凰琴"为名的选集，其中我们可以窥见作者有着自我经典化的意图，但更多的则是作家对小说《凤凰琴》文艺价值与社会价值的自信以及对作品煊赫声誉的重视与珍视。

　　《凤凰琴》的主人公不仅代表当时中国 200 多万乡村民办教师，也代表着在艰苦的乡村从事教育的更为广大的教师群体。小说写的是他们的故事，更是他们精神的写真。刘醒龙说他创作《凤凰琴》是写一段情怀，正是这段情怀感染了诸多读者，尤其是乡村教师，"二零零八年夏天，在贵州参加一个文学活动，遇上一位来自西北的同行。他告诉我，在他的家乡，乡村教师人手一册《凤凰琴》，那些困难得不知道什么叫困难的老师们，将《凤凰琴》当作经书来读。……在汶川大地震中被摧毁的映秀小学，有一位叫樊晓霞的老师，与丈夫结婚后在不同学校分居的十四年中，夫妻俩经常阅读《凤凰琴》，谈论《凤凰琴》，一边伤心落泪，一边又用小说的主人公来安慰自己。"②小说即为镜像，烛照的是自己，更是那一群长期被忽视的民办教师群体。《凤凰琴》对于作家而言，其价值已经溢

---

① 　孟繁华：《怎样评价这个时代的文艺批评》，《文艺研究》2008 年第 2 期。

② 　刘醒龙：《文学回忆录》，广东人民出版社 2019 年版，第 246 页。

出文学的范畴，具有较为深广的社会意义，放置于整个中国文学历史长河中考察，因为一部作品影响政府进而推动政策迅速实施落地并不多见。《凤凰琴》及其影视改编作品的全国性传播，促使国家和社会重视驻守乡村默默无闻的民办教师，推动民办教师编制问题有序解决。这在时任国务院副总理李岚清《李岚清教育访谈录》中有着具体的记载："1994 年我们曾去江西吉安农村调查研究。记得又一次去一所农村小学，当走过一间昏暗、破旧的小屋时，看到一位 50 岁左右的老师正在那里批改学生作业。我走进去问他，在这里工作几年了？他回答 17 年了。我又问他每月的工资有多少？他回答 56 元。当时我吃惊地问他为什么这么少呢？他说因为是民办教师。我顿时感到一阵心酸，强忍住盈眶泪水离开了那间小屋。一路上我不断地思考：这个问题已经到了非解决不可的时候了。正好那时拍了一部描写山村民办教师爱岗敬业、鞠躬尽瘁的感人故事的《凤凰琴》，故事情节扣人心弦，艺术感染力很强，催人泪下。我要来这部电影的录像带推荐给李鹏总理及国务院其他领导同志观看。李鹏总理及国务院其他领导同志看后都深受感动，一致同意下决心解决民办教师问题。为了做好各地领导同志的工作，借中央召开会议之机，我也请与会代表们看了，达到了同样的效果。为了进一步统一思想，我又建议中央电视台向全国播放这部影片，收到了很好的效果。这的确是一部优秀的文艺作品，起到了预想不到的作用，为合格的民办教师转正，为他们能享受与公办教师同等的待遇助力一臂之力。"[1]国家领导人用文艺作品助推相关政策落地，无疑是《凤凰琴》审美力量的最好诠释，对于作者虽不是刻意作"经国之大业"，但事实上成为几百万乡村教师的福音。詹明信认为，"我历来主张从政治、社会、历史的角度阅读艺术作品，但我决不认为这是着手点。相反，人们应从审美开始，关注纯粹美学的、形式的问题，然后在这些分析的终点与政治相遇。人们说在布莱希特的作品里，无论何处，要是你一开始碰到的是政治，那么在结尾你所面

---

① 李岚清：《李岚清教育访谈录》，人民教育出版社 2003 年版，第 39页。

对的一定是审美；而如果你一开始看到的是审美，那么你后面遇到的一定是政治。我想这种分析的韵律更令人满意。"①《凤凰琴》从文学性出发，却成为政治与社会问题解决的有效推动力量，促进了作品的更为广泛的阅读与关注，原因在于作品的感染力非口号式宣传而是充盈的审美力量与艺术召唤力量，更在于"经典作品必须在其形式许可范围内，尽可能地表现代表本民族性格的全部情感。它将尽可能完美地表现这些情感，并且将会具有最为广泛的吸引力：在它自己的人民中间，它将听到来自各个阶层、各种境况的人们的反响"。②

《凤凰琴》经典化的路径表明，并非进入文学史教科书，作品才能获得经典性地位。作品自身的文学经典性属性、影视改编、作品获奖、作品出版、庙堂与社会介入等，同样也赋予作品的文化与文学合法性。吊诡的是，不少文学史著作者对《凤凰琴》赞誉有加，可在文学史著述中三缄其口，不也怪哉？

---

① 詹明信：《晚期资本主义的文化逻辑》，三联书店 1997 年版，第 147 页。

② T·S. 艾略特：《艾略特诗学文集》，王恩衷编译，国际文化出版公司 1989 年版，第 201 页。

教育之问·城乡之思·风骨之证
——论刘醒龙中篇小说《凤凰琴》的
经典价值与时代意义

吴晓君

三十年前，刘醒龙一部寥寥数万字的中篇小说《凤凰琴》，道尽了民办教师扎根边远山区、从事教育事业的曲折与艰辛。作品通过还原这一特定群体在环境闭塞、生活贫困等重压之下最本真的生存际遇与精神困境，再现了民办教师作为"人"的原始欲望和基本诉求，将深沉的凝视和尖锐的反思指向 20 世纪八九十年代中国乡村教育的沉疴与痼疾，传递出对于社会公共问题亟待解决的吁求与呼喊。时至今日，民办教师早已退出了时代的舞台，但面对城乡教育资源分配的不均与失衡，《凤凰琴》的存在就像是一块镜子，它所烛照出的伤痕与壮举都有不可撼动的力量，推动人们去观照欠发达地区的教育事业，探索城乡二元模式的破除与突围，并在乡村知识分子的职业操守和道德风骨中追寻生生不息的勇气与希望，这也是《凤凰琴》作为经典文本的时代意义之所在。

一、教育之问

刘醒龙的《凤凰琴》是一部以乡村教育为题材的中篇小说，其中民办教师则是小说着力塑造的人物群像。所谓国将兴、必尊师而重傅，在中国民间的优良传统里，对于教师的尊重始终占据着宝贵的一席之地。《尚书》记载中有云："天佑下民，作之君，作之师，唯其克相上帝，宠绥四方。"①早在华夏文明之初，教师作为一种神圣的职业，甚至可以与君王相提并论。而成书于战国时期、专门论述教育及教学问题的《礼记·学记》中亦提到："凡学之道，严师为难。师严然后道尊，道尊然后民之敬学。"②阐明了尊重教师不仅是尊重知识的前提，也是百姓乐学、好学的保障。千百年来，教师乃立教之本、兴教之源的共识颠扑不破，在岁月的流逝间获得了悠久的传承。

但到了小说《凤凰琴》中，一群在自然条件艰苦的界岭小学从事至关重要的基础文化启蒙的乡村教师，却仅仅因为"民办"二字夹在教师和农民的双重身份之间，既不能得到像正式教师一样的薪资待遇，也无法受到所在环境的广泛认可。同样是从事教书育人的高尚职业，却要被划分为不同的等级，民办教师的尴尬身份折射了中国教育发展史上的一段尴尬的"历史阵痛期"：20世纪五十年代，正规的教师队伍青黄不接，而全国基础教育的普及又刻不容缓，万般无奈之下只能适当放低标准，将不纳入编制的民办教师大批投放到以乡村为主的教学一线。这也是为什么在《凤凰琴》中，有着十几年教资的余校长、邓有米、孙四海等人论及知识储备及讲课水平，未必完全能胜过刚刚高中毕业就参加工作的年轻教师张英才。

虽然自身能力有限，《凤凰琴》里老一辈的民办教师对待工作却是兢兢业业、一丝不苟。他们教学认真，竭尽全力向学生传授课业，还坚持每天吹笛奏国歌、升国旗，用简陋又郑重的仪式滋养孩子们幼小的心灵；他们热爱教育，明明自己收入微薄，还要想尽办法筹措资金修葺残破的校舍，以度过风雪交加的严冬；他们关爱学生，为了保证住得远的学生在回家时不被狼群侵扰，甘愿挑起组队接送的重担，光是一趟来回就要在陡峭的山路上耗费整整一天的时间。可即便如此，这些民办教师不但转正无望、社会地位不被承

---

① （汉）孔安国传、（唐）孔颖达正义、黄怀信整理：《十三经注疏：尚书正义》，上海古籍出版社2007年版，第404页。

② （元）陈澔注、金晓东校点：《礼记》，上海古籍出版社2016年版，第421页。

认，仅有的一点儿工资还长期被村委会克扣，陷于步履维艰的赤贫边缘。如此一来，尊师重教的传统遭遇严峻的挑战，生之多艰的民办教师如何在夹缝中谋求理想的实现，贫弱交加的山区儿童如何靠学习知识拥有与父辈不一样的人生，本就千疮百孔的乡村教育又如何朝着良性的方向发展，都是作者通过小说对残酷的现实世界发出的无声拷问。

中华人民共和国成立以后，国内直书教育问题的文学作品数量其实并不算庞大，其中有的以曹文轩的《草房子》《红瓦》、秦文君的《一个女孩的心灵史》《小青春》等作品为代表，从学生本位的角度出发，致力于表现青少年的成长经历；有的以刘心武的《班主任》《伤痕》等作品为代表，通过描写中学的校园生活及师生关系，在剖析教育创伤的同时引申出"救救孩子"的主题；还有的以韩寒的《三重门》、张者的《桃李》等作品为代表，针对中国的教育体系展开激烈的批判与直白的揭露，抒发了年轻一代作者对于教育现状的愤懑、迷茫与不满。

以上几类教育题材的作品大多将关注点放置于校园空间的再现及教育本体论的探究，相比之下刘醒龙的《凤凰琴》则选择了独特的身份视角，经由乡村民办教师的辛酸与血泪，触碰到了特定历史节点下的坚硬而凛冽的现实。余校长、邓有米、孙四海等人承受的屈辱与不公看似来自民办教师的岗位设定缺陷，但问题的根源固然在于制度，也在于乡村的闭塞、落后与贫穷。小说《凤凰琴》中，位于大山深处的界岭小学堪称当时千千万万座山区小学的缩影：教室残旧破败，屋顶上有窟窿，墙壁上是裂缝；食堂炒菜用不起油，饮食不见荤腥，学生一个个衣衫褴褛、面黄肌瘦；谋生的压力尚且重如泰山，重视学习的家长就越发凤毛麟角，为了打工赚钱或早日嫁人，十几岁的男孩女孩们不得不草草辍学，知识尚未来得及改变未来，基础教育就在中途惨遭夭折——这是民办教师的崇高使命之殇，更是困于死循环的乡村教育之殇。

鲁迅说过，悲剧是将有价值的东西毁灭给人看。为了强化小说的感染力，刘醒龙在《凤凰琴》里使用了几处隐喻，来哀叹界岭小学那些被现实击碎的教育梦想。余校长妻子明爱芬的凤凰琴蒙尘在先、弦断在后，喻示着这个在教学岗位上奉献半生、恶疾缠身的民办教师，虽然在濒临死亡之前拿到了转正表，但还是在乡村启蒙上下求索的道路上沦为了悲壮的历史牺牲品。而孙四海精心栽种的茯苓在土地里长出了人形，"有头有脑、有手有脚，极像一个小娃娃"①，但却因为学校经费匮乏而不得不被提前挖出，由此彻底失去了长大成为"国宝"的可能性，这是茯苓与种茯苓之人的悲哀，也是年少失学的乡村学生与对前者寄予无限希冀、却又回天乏力的民办教师的悲哀。无声的凤凰琴在层峦叠嶂的界岭上空悲鸣，它的存在仿佛始终启示着人们，贫穷和蒙昧一日不曾从乡村消亡，这样的悲鸣就永远不能得到彻底的平息。

二、城乡之思

《凤凰琴》的故事发生在远离现代化都市中心、几乎可以被看作是"文明孤岛"的界岭。界岭之"界"来自于难于翻越的山脉阻隔，这是山村与城市之间难以跨越的疆界，也是封闭与开放之间众目具瞻的分野。"阳历九月，太阳依然没有回忆起自己冬日的柔和美丽，从一出山起就露出一副让人急得浑身冒汗的红彤彤面孔，一直傲慢地悬在人的头顶上，终于等到它又落了山时，它仍要伸出半轮舌头将天边舔得一片猩红。"②在小说的开头，作者刘醒龙一边用田园牧歌式的笔触勾勒着夕阳西下的山村光景，包括界岭脚下被烤蔫了的垸子、撵着黄鸡乱跑的家犬、暮归的老牛、各家各户的烟囱里升起的缕缕炊烟，一边又让主人公张英才捧着《小城里的年轻人》一读再读、爱不释手，殷切地盼望在县里当文化站长的舅舅能让自己离开乡下、奔赴大城市的车水马龙，因为在此时的张英才看来，"死在城里也比活在农村好"③。

《小城里的年轻人》是现实世界中真实存在的一部中篇小说，

① 刘醒龙：《凤凰琴》，河南文艺出版社 2018 年版，第 52 页。
② 刘醒龙：《凤凰琴》，河南文艺出版社 2018 年版，第 3 页。
③ 刘醒龙：《凤凰琴》，河南文艺出版社 2018 年版，第 4 页。

作者是英年早逝的湖北籍作家姜天民,小说创作于20世纪八十年代,故事主线讲的就是城市里几个年轻男女之间浪漫的爱情纠葛。对于连续两次高考失利的张英才而言,城市有他未竟的求学路,还有他心仪的女同学;去界岭小学当民办教师在并不是他的初衷,而是不得已而为之的妥协。他将《小城里的年轻人》放进行囊中带去界岭小学,并将其端端正正地摆放在单人宿舍的床头边,这样的举动彰显了经济文化发达的城市对于乡村知识青年无穷的吸引,也说明了《凤凰琴》中看不见的城市,实际上每时每刻都在向处于下风的乡村释放着"影响的焦虑"。

小说《凤凰琴》表面上围绕界岭小学民办教师的"转正风波"展开情节,但在整个叙事过程中引发人物矛盾、造就故事高潮的推动力,大多来自界岭以外。将卧病在床的明爱芬老师算在内,群山环抱的界岭小学原本有四名民办教师,相对稳定的内部生态已经形成,如果不是外来人士张英才的"空降"为大家带来了转正的盼头,界岭小学或许还会长时间延续一潭死水的状态。再看界岭的学生,他们人生翻盘的唯一出路是考出大山、走向城市,而民办教师翘首以待的转正名额也是从城市的机关部门逐层下发。张英才书生意气的举报让界岭小学面临重大的财政危机,事后他那篇补救性的稿件成功引来了省城记者及领导干部的注意,学校才从水火之中得到了拯救。

刘醒龙《分享艰难》《挑担茶叶上北京》等中篇小说与《凤凰琴》的创作年份大致相近,在这些作品中作者通过对孔太平、石得宝等基层干部的精准塑像,在政治空间内更为淋漓尽致地凸显了乡村仰望、祈求城市的卑微姿态。同为"现实主义冲击波"的代表之作,《凤凰琴》细腻真实地刻画了贫困山区民办教师和学生的窘境,背后揭示的则是教育资源分配不均所带来的更深层次的弊端。尽管一九九二年《凤凰琴》问世后,在文学介入现实的助推之下,国家相关部门逐步解决了民办教师的身份问题;进入21世纪,党和国家高度重视"三农"问题,大力推进社会主义新农村建设和乡村振兴计划,也让中国农村的面貌日新月异。然而从政治到经济、从文化到教育,长久存在的城乡二元模式所带来的矛盾依旧突出,直至今天，乡村教育现状和发展趋势都与城市有着很大的差距。

作为现代化发展的主体，城市不可避免地享用了大多数的资源，而乡村却在无形中被边缘化、他者化，不仅总处在被帮扶的位置上，甚至成为城市发展的配衬物与牺牲品。出于对现实的观照之责与悲悯之心，刘醒龙一直留意着乡村话语权失落下的黯然境遇。长篇小说《爱到永远》哀悼化为过眼烟云的乡土之美，是刘醒龙为诗意山水在铺天盖地的工业化建设中走向消逝而吟唱的一曲挽歌。散文集《一滴水有多深》在叙写城乡隔阂，刘醒龙在里面反复提到中国《选举法》的相关规定，并在文字下方加了着重号："在全国人大代表名额分配比例上，每九十六万农村人口才能选举一名代表，而每二十六万城镇人口就能选举一名代表，前者是后者的近四倍。"①如果城市的先进性受法律保护，其优势地位越来越稳定，乡村的隐身与失语就会越来越严重。而体现在具体的教育层面上，就是师资储备的薄弱、教学形式的老旧及学校管理的落后。

2020年，于深圳职业技术学院任教的黄灯推出了非虚构文学作品《我的二本学生》，在阅读和传播的过程中引起了很大反响。她在书中提到自己课堂上的学生"大多出身平凡，要么来自不知名的乡镇，要么从毫不起眼的城镇走出"②，乡村与城市之间的教育鸿沟很大程度上导致了这些孩子高考无缘一本的结局。黄灯的创作与《凤凰琴》具有一脉相承的属性——两者都是自遗忘处开始的书写，充分展现了作家对于被忽略弱势群体的人文关怀。城乡之间存在落差，写作者应该有映照现实的勇气，却也不必陷入绝望的虚无。小说《凤凰琴》的结尾，余校长等人把转正的机会留给了"小辈"张英才。漫天飞舞的大雪中，不满二十岁的张英才背着行囊赴省城进修，漫长的山路还是那样崎岖不平，但张英才已经充当了城乡之间一座移动的桥梁。在刘醒龙由《凤凰琴》扩写的长篇小说《天行者》中，学成归来的张英才也自愿回归界岭，继续从事教育启蒙工作。最后，希望还是像雪花一样，降落在了界岭贫瘠的土地上。

---

① 刘醒龙：《一滴水有多深》，作家出版社2009年版，第159页。
② 黄灯：《我的二本学生》，人民文学出版社2020年版，第2页。

三、风骨之证

北宋张载曾发表过著名的"横渠四句教"，即"为天地立心、为生民立命、为往圣继绝学、为万世开太平"，成为了读书人安身立命的座右铭。自古以来，中国知识分子行动的背后的确隐藏着一些超越现实功利性的东西。在刘醒龙的长篇小说《蟠虺》中，这种超越性体现在一群学者望着唾手可得的声望与权力百般挣扎，还是守住了基本的原则与底线，并输出了"识时务者为俊杰，不识时务者为圣贤"的至理名言；而到了长篇小说《黄冈秘卷》中，作者又写道："整个黄冈，人人都在炫耀巴河莲藕比别处的莲藕多一个眼，真实的黄冈人，往往要比别处的人少一个心眼。"①这里的"少一个心眼"暗指身为黄冈人的主人公刘声志每每奉行先义后利的价值理念，接连几次放弃了青云直上的机遇。根据刘醒龙接受采访时披露的信息，《凤凰琴》的原型地同样位于黄冈，而小说中民办教师历经百苦千难都不忍放弃任何学生的"苕气"，也确实与刘声志的"少一个心眼"如出一辙。

人类在每个历史阶段都有暂时没办法翻越的高山，但每座高山下面又从未缺少像愚公那样执着于搬石头的人。界岭小学的生活无比清苦，民办教师彼此之间因为利益冲突不免暗流涌动，可一旦学校遇到麻烦，他们又会瞬间拧成一股绳，齐心协力克难攻坚。这些人抖擞精神与恶劣的自然环境作斗争、与村阀的刁蛮霸权作斗争，也与自己不受控的私欲作斗争。在转正的单一目标面前，这样的斗争就像堂·吉诃德大战风车、西绪福斯推石上山，水到渠成的概率渺茫，但民办教师能承受心愿的落空、能为质朴的教育理想而活，就已经实现了对于"本我"的超越，活成了名副其实的"在二十世纪后半叶中国大地上默默苦行的民间英雄"②。

广西师范大学出版社在2021年出版了一本记录中国民间行当

---

① 刘醒龙：《黄冈秘卷》，湖南文艺出版社2018年版，第312页。
② 刘醒龙：《天行者》，人民文学出版社2009年版，扉页献词。

的图文集《百工记》，这是一部行业影像志，更是一部社会生活史，其中民办教师的概况与拾荒者、挑山工、拣字工等并列，被简短的词条用一页纸不到的篇幅浓缩，像一滴水融入大海一样融入了江湖三百六十行。词条中提到了高岭瑶寨某小学的一位唐姓教师，他对当年乡村教师教学安排的回忆是这样的："如何上课？前半节课，先布置二年级作业，再讲一年级课，下半节课反之。课程有语文、数学、体育、美术和音乐，一个老师教。三年级以上的学生呢，下山到小学读，早上山晚下山，每天走山路要走两个多小时，带些番薯芋头作午餐。"①《百工记》由作者走访各地采集百业信息而积累成书，所反映的乡村教育细节与小说《凤凰琴》的描述并无二致，也从侧面佐证了《凤凰琴》所具备的现实主义质地与人民史诗品格。

真实自有千钧之力，小说《凤凰琴》让很多读者从中找到自己启蒙学校的影子，并在作者"盖章定论"之前纷纷出来认领界岭小学的原型地。大山里的学校成为了典型的文化符号，寄托着人们内心期待的正义与良知，以至于他们迫不及待地想要将小说的故事情节在生活现实中对号入座。同时，作为乡村知识分子的道德风骨在世间存在的证据，《凤凰琴》不单单对于民办教师意义深刻，也对耕耘在乡村教育阵地的广大教师群体产生了巨大的鼓舞。"《凤凰琴》电影在北京首映时，正逢中国青少年发展基金会举办的首届园丁奖颁奖，获奖的几位乡村教师流着眼泪异口同声地表示，自己所在的学校就是界岭小学的原型。"②经典作品以其隽永的文学属性增强了乡村教师一贯缺少的个人身份认同，而《凤凰琴》正是作者为"苦行的民间英雄"树立起的一座不朽的丰碑。

刘醒龙并没有刻意去放大民办教师的神性，毕竟践行着伟大壮举的余校长等人不是神坛上冷冰冰的石像，而是有血有肉、会苦会痛的芸芸众生。当现实体制不断威胁个人生存尊严的时候，他们也会流露出狼狈、脆弱和为己的一面。以教师邓有米为例，他请新来

① 潘伟：《百工记》，广西师范大学出版社 2021 年版，第 368 页。

② 刘早：《乡土文学的精神力量——〈凤凰琴〉原型地考》，《作家作品研究》，2021 年第 2 期。

的张英才吃饭，又因为办不出酒菜只得与妻子合唱双簧，来掩盖阮囊羞涩的事实；秋播在即他拜托学生家长帮忙往地里挑粪，自己"挽着裤腿在一旁走动，脚背以上却一点黑土也没沾"①；他还偷偷到山上砍树卖钱，想通过走后门的方式为转正奋力一搏，结果被人查到，直接关进了派出所。可就是这样一个人，不仅献身乡村教育十几年，还在后来的两次转正投票中分别把机会让给了明爱芬与张英才。迫于无奈的苟且没有击败民办教师高尚的人格，《凤凰琴》饱满而立体的人物设定也让小说有了更为强大的可信性和说服力。

在灵魂的试金石上经受住了严厉的考验，界岭小学的民办教师也以殉道者的姿态定格在了中国当代文学史上。这些人曾举步维艰地行走在乡土文化启蒙的荆棘丛中，前方的路途不得而知，他们却毅然选择了坚守乡村教育的阵地。毫无疑问，知识分子的风骨可以成为国家的脊梁，但如果忽略更为基础的经济与制度保障，像余校长等有志为教育献身的乡村教师，就不得不带着被压抑、被遮蔽甚至被遗忘、被孤立的底层身影，在屈辱中用孱弱的双肩支撑起学生的未来和民族的希望。刘醒龙的《凤凰琴》为民办教师唱响了一首感人至深的赞歌，是一部将文学写在中国大地上的扛鼎之作；但与此同时，小说也对国家的教育现代化进程中存在的问题给予了深切的反思，这也是今天格外值得我们注意的一点。

---

① 刘醒龙：《凤凰琴》，河南文艺出版社 2018 年版，第 4 页。

"界岭小学"在哪里

周　芳

　　有关村庄名字来历这回事，先前，还真没有细想过。在我看来，村庄名字的来路无非这么几条：依姓氏命名，譬如我们村，村里两大姓，一周一余，所以它命名"周余村"；依历史人物历史事件命名，湖北应城有个"知府村"。起因是 300 多年前，应城市郎君桥月亮湾村走出一名为民办事的好知府，故将月亮湾更名为知府村；依地理特征地理环境命名，就在我们周余村不远，有个横堤村。因为那里极容易发洪水，人们把房子建在高高的堤上；依当地物产风俗命名，如"莲花村"，这个村里荷塘众多。

　　这些来路应该足以涵盖每个村庄的历史。但是，眼界总会被打破，历史总会被创造。

　　2021 年 11 月，按照"合村并镇"相关政策，团风县上巴河镇张家寨村和团风县上巴河镇螺蛳港村，要合二为一。按照我上面谈到的命名依据，新村名可以有 A 有 B 有 C 等选项，如从两村原来的名字中各选一个字组合而成，"螺寨村"，对不起，它没有通过，它还不能代表张家寨村和螺蛳港村的情感诉求，精神所至。11 月26 日，经过 200 户村名全体投票，新的村委门口挂上了鲜红色字样的门牌"凤凰琴村"，它的来路出自一部文学作品。

　　1992 年，作家刘醒龙在《青年文学》上发表中篇小说《凤凰琴》。讲述了大别山天堂寨脚下，"界岭小学"几位山村教师围绕一个"转正"指标归属问题所引发的悲欢离合。他们在落后贫穷的现实面前，坚守"为乡村启蒙"的神圣职责。"凤凰琴"被誉为乡村教师的生命赞歌，成为普通中国人无私奉献的代名词。

　　29 年后，中国新农村土地上诞生了凤凰琴村。时间检验了一部文学作品，也印证一条真理：书写时代记忆，书写人民心声，书写民族精神者，必将在历史的长河里久久回响。

　　《凤凰琴》不再仅仅具有其独立的文学审美价值，它超越了文学本身。早在"凤凰琴村"产生之前，全国各地就有许多学校声称是该小说中的原型地"界岭小学"，英山县也有好几所学校加入这场认定。1994 年，由小说改编的电影《凤凰琴》在北京首映，首映式上来自全国各地的 10 名乡村教师，他们眼含热泪，激动地握紧刘醒龙的手不放，"你怎么了解我的情况？"

　　从小说到电影，到某地乡村教师几乎人手一册《凤凰琴》，到一个崭新的地球村名"凤凰琴村"，再到 2022 年举办的"一曲弦歌动四方——重温《凤凰琴》系列文艺活动"。近三十年时间过去了，在文学接受、传播、与时代同行过程中，《凤凰琴》文学力量历久弥新，不断激发出强烈的社会反响，它饱满的情感动能依然点中我们的"穴位"。我们看到的不仅仅是一个时代的气质，更是乡村教师所代表的民族精神力量的传承与延续。

　　今天再读《凤凰琴》，读到这一段：葬礼来了千把人，把余校长都惊得慌了手脚，都是界岭小学的新老学生和他们的家长亲属，操场上站了黑压压一片。村长致悼词时说了这么一句"明爱芬同志是我的启蒙老师，她二十年教师生涯留下的业绩，将垂范千秋"。我在一旁作批注：这段历史，你是否还记得。

　　我当然记得，我学会的第一道算术题，1 加 1 等于 2。我写下的第一个汉字"一"，都来自"界岭小学"。

　　他站在讲台上，有时裤管上面满是泥巴浆，有时头发上粘着稻草。他要插秧割谷，维持一家老小的生计；要循循善诱，开启一村的小儿小女的启蒙之窗。他为人老实，又没有长出一副镇得住学生的严师形象。他的课堂上，我们为所欲为，进行五花八门的比赛，谁的纸飞机飞得远，谁吐唾沫吐得远，谁打弹珠打得准。看到教室里那些自由翱翔的飞机，他擦着额头上的粉笔灰，你们啦，你们，看这里。他转过身去，边板书边念，先括号，后乘除，再加减。我们当耳旁风，但他太固执了，放学时，留下我们开小灶。十道算术题，你不做对七八道，莫想回家。他也不回家，坐在你身边，给你一遍遍讲公式，一个个剖析例题。我们中一个顽固分子，看着习题，只管挖鼻孔，翻眼睛，玩手指。村里人实在看不下去，说余老师，你是不是力气用不完？你力气用不完，回家割谷去。这伢油盐不进，你在他身上下瞎工夫，吃力不讨好。他取下厚镜片，揉了揉眼睛，说，你们别看这伢玩性大，他是真聪明，把他盯紧一点，只有好没有坏。"他的语气里带些不满，村里人不应该这样看待他的学生。

后来，我们村小合并到乡镇中心小学。他每天骑自行车来往于周余村和镇上。期末考试那天，天气阴冷，铅色的云压得很低。校长说：余老师，你先回，待会下雪不好走。他说我再改几十张卷子。铅色的云压得更低了，校长再三催促，他说那我明天早点过来。他回到家，喝了几口热茶，猛然想起了一道选择题，它的答案有误。他现在必须赶到学校去纠正。家里人说，这大的雪，明天早上去。他不听，说等老师们连夜填写完成绩单，明天再来修改，工作量就大了。路上早已白茫茫，风呼呼地刮，又是逆风，他心里着急，愈发使力，整个人近乎趴在车上。蹬车上坡时，一辆小货车正好从坡上拐下来。他视线模糊，直接撞了上去。口袋里的钢笔被甩到一边，几十滴红墨水溅在雪地上，滴滴鲜明。他死在奔往学校的路上。

写到这里，我有些离题？也不尽然吧，《凤凰琴》是几代中国人的集体记忆。它是一个开关，你稍一拧动，那些沉淀在时代性主题中的深沉情会汹涌而来。我曾经拿一个话题问过好多朋友，他们大多是这个社会所谓的精英，教授，医师，县长，企业老总。我说来聊一聊对我们一生影响最深的老师。他们聊到高中班主任，大学导师，MBA 教授。随后沉默片刻，找出了自己的"界岭小学"和"明爱芬老师"。

不可以想象，在 20 世纪的 60 年代到 90 年代，如果没有民办教师这样一个特殊的群体，中国的乡村教育会走到哪条路上，我们的人生启蒙会开到第几扇窗。一扇？半扇？正是无数个《凤凰琴》里的余校长孙四海等这些民间英雄，支撑起一个民族的底盘。

民间从来不缺少默默苦行的英雄，一个作家有责任有义务，对一切为人民牺牲奉献的英雄们给予最深情的褒扬，书写出生生不息的人民史诗。《凤凰琴》的后续作品《天行者》扉页上，刘醒龙写道："献给二十世纪后半叶中国大地上默默苦行的民间英雄。"

一部优秀的文学作品总会给文学史提供一个或几个新鲜的人物，如《祝福》中的祥林嫂，《人生》中的高加林，《凤凰琴》也是如此，它成功地填补了"乡村教师"这个文学形象。他们复杂多样，生动鲜活。

余校长，自己的爱人长年卧病不起，他还让离学校远的学生寄宿在他家，照顾他们的饮食起居。邓有米，为买不起课本的学生垫付书本费，妻子为了接送路队回家的他，半路上遇到狼，左眼落下残疾。孙四海为了维修校舍，将自己尚未成熟的茯苓刨出来贱价卖掉。每到周末，他们分别护送学生回家，尽管摆在他们面前的是坎坷难行的山路，还有时会出现的狼群。这几名乡村教师，教学环境生存环境极其艰难，还遭到村长等人的轻视，他们仍兢兢业业，恪守教育工作者的使命，展现出崇高的精神境界与超越世俗功利的价值取向。正如余校长所说，当民办教师的，什么本钱都没有，就是不缺良心和感情，这么多孩子，不读书怎么能行呢？

同样是这批人，余校长为迎接全县扫盲工作检查验收，和副校长邓有米，教务主任孙四海偷梁换柱，张冠李戴，将不足百分之六十的实际入学率伪造成百分之九十。邓有米，为拉拢与张英才的关系，曲意奉承，中伤同事。孙四海，孤身一人，多年来恋着王小兰，却结不成正果。夜夜吹笛，永远是那首《我们的生活充满阳光》。笛声如泣如诉，凄婉至极。

在一个"转正"指标面前，他们更是经历心灵的煎熬，隐藏卑微和龌龊的无奈。邓有米，想去找路子走后门，又没有钱，到山上偷树，不想被派出所抓了个现行。孙四海，抓紧时间埋头备考，将本该护送到家的学生只送到半路上，害得学生差点被狼吃掉。余校长呢，他是有心而无力，仰天长叹："邓有米可以花钱买通人情，孙四海可以凭硬本事考上，张英才又有本事又有后门，我老余这把瘦骨头能靠点什么呢？"

在作家笔下，这几位教师形象没有简单化，符号化，不再是传统道德中所宣称的卫道士。作家将笔触伸向人物内心深处，写出他们的精神搏击和灵魂挣扎，从而塑造出这群独特，丰满，真实的艺术形象。

20世纪80年代末90年代初，全国有近200万民办教师。因为没有一个正式身份，他们的社会待遇，经济收入远远不如那些公办教师。（我的余老师之所以遭受我们的欺负，是因为他尚无一个护身符，失去他的崇高感吗？现在想起，我觉出我们灵魂的小与不洁净。那时我们不过上十岁，却戴了一副"有色眼镜"）为了一个身份的证明，余校长等几名教师的忧伤渴望，挣扎博弈，显得如此真实可信。

人物刻画如果仅仅止于此，它是单薄的。文学在抚慰人心的同时，它还得"向上向善"。作家要紧紧抓住人类灵魂上的理想，要比其他人更为清醒地去努力实现。我们来看看这场指标之争的结局。指标批下来了，只有一个，给谁？在利益和道义的取舍中，第一轮达成同识，给余校长的爱人明爱芬。多年在死亡关口徘徊的她，脸上逐渐浮起一阵红云，"老余啊，快拿水我洗洗，我这手啊，别弄脏表格"。她洗手，擦干，颤颤巍巍填完表格，永远地闭上了眼睛。她以一己之命捍卫了教师职业的尊严。表格再给谁？给了张英才。这个年轻人没有工作业绩，没有经历煎熬等待，无论如何也不应当轮到他。要知道，这个转正指标可是余校长他们毕生追求的。此时此刻，为了转正做过"偷树贼"的邓有米给出了他们选择的理由：人活着能做事就是千般好，别的都是空的。张老师，你年轻，有才气，正是该出去闯一闯的时候。

转正指标无论是给明爱芬，还是给张英才，围绕这个指标的去向延展开的曲折起伏，我们看到了人性的大光辉，这群山村教师从卑微和无奈中走向了崇高和纯洁的巅峰。作品以丰富的人物精神世界冲突，深刻的现实意义，完成了对时代精神的烛照，成为人类灵魂的向导。当张英才面对已经到手的指标，大叫一声"我不转正"，他完成了个人的成长和灵魂的净化，小说的精神价值推向最高峰。

《凤凰琴》在今天依然给广大艺术工作者以深刻的创作启示，

正是因为刘醒龙秉承着"为人民书写"的艺术宗旨，以强烈的现实主义精神，写出了一个时代的社会生活和精神写照，写出一个又一个具体的活生生的人。

有人说，文学是无用之用，在现实世界里，可以发现问题，但不一定能解决问题。《凤凰琴》却给出一个相反的例证。它不仅关切了当时乡村民办教师的生存命运，更是促进了这个群体人生命运的改变。当时全国近200万民办教师的转正工作顺利推进，与《凤凰琴》产生的巨大影响力不无关系。它走出固有的文学区域，进入社会生活的重构，与中国当代生活形成了良性互动。

重温《凤凰琴》，我不能不想到我的家族，家族命运的改变。我父亲1969年起，就是周余村小学的一位民办教师。余老师裤腿上沾过的黄泥巴，他同样沾过。我母亲体弱瘦小，但她要像男人一样挣工分，插秧，打农药，割谷，样样抢先。母亲生下我不到十天，就一头挑着我和行李，一头挑着缝纫机去三十多里外的村子，替人做衣服，贴补家用。父亲做了校长后，更没有时间照管家里。1991年年底，全县要普查中小学硬件是否达标，这叫我们乡镇的教育助理叫苦不迭：整个乡镇没有一所教学楼。助理找到我父亲，希望他能在这穷乡僻壤的水乡率先建教学楼。父亲二话不说，接下任务，他和村支书号召动员全村集资。等楼房建到第二层，手上已分文无有，再加上91年那场特大洪水。剩下的工程款怎么办？父亲揣着仅有的200块钱，去新疆找我的姑父借钱。坐了5天5夜的火车，每天吃二毛钱的烧饼。只知道我姑父在克拉玛依油田工作，但具体位置在哪里，眼前是一抹黑。父亲辗转反侧，多方打听，找到我姑父时，手上只剩下八毛钱。

1992年，又一轮"民转公"开始了，父亲将初中高中所有课本拿回家，遇到不懂的地方，深更半夜骑自行车去几十里外的老师家登门请教。最终以全县名列前茅的考分通过了"民转公"。那年，父亲四十二岁。

回忆这段族史，我致敬《凤凰琴》，致敬我父辈那个年代的坚守与荣耀。历史从来不是断层，它需要记录和回望。刘醒龙在《凤凰琴》里记录一个时代，记录民族精神的赓续。我们在他的文字里看清来路，走向明天。我以为，功莫大焉。

此刻，《"界岭小学"在哪里》写至尾声。界岭小学，你到底在哪里？

在《刘醒龙文学回忆录》中，有一段他与《天行者》英文译者艾米莉·琼斯的问答。

对方问："界岭"是虚构的地方吗？应该在中国哪里？

刘醒龙回答说：界岭是中国乡村中极为常见的地点，村与村交界处、镇与镇交界处、县与县交界处的地名，经常叫界岭。凡山岭分水之处，也总有地名被惯性地称为界岭。

他的意思是说中国大地，百川千山，界岭无数。界岭小学是所有艰苦地区的乡村学校，以及坚守在乡村教师岗位上的中国最基层知识分子的集合。

"界岭小学"已然不是一个地理坐标，而是一个文化符号。我们寻找它，就是寻找作家与时代的关系，寻找作家如何牢牢扎根生活，写出一个时代的"中国精神"，彰显一个民族的灵魂力量。

重温《凤凰琴》

马　南

先来说一说我的一位小学语文老师，肖林波。

九十年代初的乡中心小学，条件跟村里差不多。土墙屋、木头窗户，瘸腿的课桌。天冷的时候，窗户全用纸壳糊起来，等到开春后再扯掉。肖老师是我们的班主任，在糊窗户、垫桌腿这样的事情上，他像批改作业那样细心认真。整个冬天，其他班上的窗户总在缝缝补补，唯有我们班的坚固无损。

肖老师的严谨和完美主义表现在很多方面，比如发型和粉笔字。他一年四季剃着平头。他的平头平得近乎苛刻，像用尺子精心量过的一样。每次他站在讲台，低头翻看书本，我们都恍惚看到一个袖珍班的操场。后来有同学说，肖老师的头发都是他自己剃的，每隔几天就要修一次，不能让它们有一点点杂乱。他的粉笔字也写得相当规整。那会儿的黑板有不少坑洼，但他总能巧妙绕过或因地制宜，不让一个字歪斜变形。

我们都喜欢肖老师的课。他有点像魔法师，总能把要掌握的知识变出很多花样，让我们轻松掌握。五年级的时候我们学习《我的伯父鲁迅先生》这篇课文时，他另外花了好几节课，给我们朗读鲁迅的文章，带我们认识孔乙己、阿Q这些人。后来学《卖火柴的小女孩》，他特意坐班车去城关，给我们买回来一套《安徒生童话》，并且亲自给我们制作了借书证。印象最深的，是他在教室里踱着步朗读课文，有时愤怒，有时欣喜，有时悲伤，那个时候，连最不专心的同学也会安静下来，陶醉在他的朗读中。

肖老师是半边户，学校放假，他就会回家帮老婆种地。六年级

314

下学期开学，他没有像往年一样回到学校，我们换了一位新的班主任和语文老师。得知肖老师被清退回了老家，好多同学都有些难过。

2002 年的时候，我师范毕业回家乡的小学当老师，一个偶然的机会，我在小镇上碰见了十多年没见面的肖老师。他在路边支了一个修鞋摊，给人修鞋，旁边还摆着另一个摊，兼卖一些五金用品。五十刚出头的他，头发全白了，但仍剃得平整，跟当年一样。

因为这位肖老师，《凤凰琴》于我，不是一部简单的文学作品，更像是一个温润的容器，装着我对那个年代特别的乡愁。每次拿起这本书，我都像是在重温肖老师那一段不平凡的人生经历。这种感觉，有些百感交集。而抛开感性的部分，单就小说创作，给我的启发感触也有很多。

首先，刘醒龙老师有天生的美学直觉，这一点，从书中的很多对话设计和细节描写都能看出来。印象比较深的，如张英子为了看清新同事的长相，假装把眼镜取下来擦拭，以及他从舅舅没有露水的鞋子上，判断他是从蓝二婶家里来而并非一大早从自家过来。这些对人性幽微的发现和捕捉，能看出作者对日常生活的细腻观察。另外，小说尽管是描写落后、粗鄙的农村，但并没有正面写实，而是通过一些情节来反衬，每个人物（包括学生家长，那些不识字的文盲）也都饱含着诗意，让人在绝望之中又看到温暖。

其次是有感于醒龙老师特殊的感知能力。每个作家创造的题材、塑造的人物，都应该镌刻着自己的思考和发现，如此，小说才非临摹，才会具有自己独立的气质。当下，每一个创作者都不缺乏感受经验的机会和场域平台，经历或许不是最重要的，最重要的是我们感知经历的能力，如何把你的感知变成一种公共经验，是我们小说创作中应该思考的问题。

《凤凰琴》的唤醒与重构

梅玉荣

在来到英山县孔家坊乡父子岭小学之前，我还没有见过真正的凤凰琴。

这种命名十分美好的小型乐器，看上去色彩艳丽，但音色并不算悦耳，弹奏起来甚至给人以嘈杂之感。在刘醒龙的小说《凤凰琴》里，这乐器也并没有十分美好的寓意寄托，它不是爱情信物，也不是祖传宝贝，而是一种赎罪式的愧疚之物。甚至自始至终，它也没获得被某个人极度珍视的待遇。

但重温经典小说《凤凰琴》，却让人感觉到，这并不动听的凤凰琴声却有唤醒之功。这时代飞速发展，世间局势复杂多元，随处可见物欲横流、信仰缺失、道德沦丧的现象与事件。很多人被应接不暇的各种浪潮击打得视觉失明，嗅觉失灵，听觉失聪。而这篇发表于 30 年前的《凤凰琴》，虽只有不长的 4 万字篇幅，却可以为我们唤醒或打捞很多遗失在传统记忆中的无形珍宝。

首先，它唤醒了被人们遗忘的尊师重教的传统道义。淳朴的中国乡土伦理中，历来对教育格外敬重，那是"天地君亲师"的牌位所昭示的天道，那是"爱子重先生"的俗语所教导的民俗。小说中写了一群流落乡间的小知识分子的遭遇，反映了乡村教师的身心负重，反映了他们卑微而可敬的坚守。作家悲悯情怀的秉持与现实主义的书写，使每一个人物都具有典型意义。这群"默默苦行的民间英雄"，有着千疮百孔的个人命运，有着性格缺陷的各色言行，尤其在"转正"二字面前，都展现出小人物的可悲复可笑的一面。但只要归结到教育，归结到乡村孩子这个问题上，他们又都保持了高度的一致：尽最大努力不让一个孩子失学，尽最大努力教育好这些孩子。从某种程度上来说，教育被赋予了至高无上的地位，有着任何人任何事都不能侵犯的神圣。乡村孩子们作为被启蒙者所看到的点点微光，正是教育这支擎天火炬所点亮的。

我不禁想到了 20 世纪八九十年代的中师生。我也曾是其中一员。中师生是特定时代下的产品，国家为了填补师资力量薄弱的漏洞，制定了一个特殊政策，一批优秀的初中毕业生只经过 3 年的中师教育便匆匆上岗，这种方式的确在短期内有效缓解了中小学的教师荒。中师生为中国乡村基础教育作出的贡献，近些年被人们提到桌面。由于大部分中师生扎根在基层，无缘高考自然无法到达更高的平台，失去了晋升机会的他们或许一辈子也都将留在基层。中师生的人生经历和待遇，虽不如民办教师这样悲壮，却也是牺牲了个人的美好前途，撑起了民族教育的重任，可以说正是有这批人的坚守，我国的基础教育才能稳步前行，不至于在中途坍塌。据统计，从 20 世纪 80 年代初至 1999 年，全国的中师生有 400 万之多。这批人加入基础教育的行列，才是国之大幸、民族的大幸、未来的大幸。中师生也是中国教育进程中坚毅而不可或缺的执灯前行者，点亮了民族的未来。我觉得，"中师生"一词，像"民办教师"一样具有悲剧美学的特质，也不应为人们所遗忘。

其次，它也唤醒了人们对曲折幽微的人性的思考。我在网上看过一篇所谓的读后感，义正辞严地说《凤凰琴》丑化了民办教师形象，小说中的人物劣迹斑斑，要么背后说人坏话，要么作风不正派，要么弄虚作假，要么明争暗斗，就没有一个好人，这是对民办教师的侮辱。可见这篇读后感的作者思维过于理想化、片面化，不知人性的幽微隐秘。身而为人，没有谁是十全十美的，总有这样那样的毛病。小说中所写都是多面而血肉丰满的鲜活人物，立体层次丰富，人物呼之欲出。小说并没有回避人性的弱点，把人物架空完美化，而是基于现实生活的真实描述。无论余校长、孙四海、邓有米，还是明爱芬、张英才，还有曾经当过民办教师的万站长，他们都不是高大上能救人于水火的超级英雄，他们都有人性的弱点，人格的缺陷，都有可悲可怜的一面。但综观全书，这几位民办教师的形象并不会因为这些毛病而有所贬损，因为他们的心灵至高处，始终有一盏理想之灯在照耀，那是人性的闪光，是教育的闪光。

我特别注意到小说对女性人物的书写。女性在这篇小说中着墨不多，正面出场极少，却依然体现了作者的别具匠心。我把她们分成四类。第一类是明爱芬，这是个让人揪心的悲情人物。半夜的哭叫、余校长不让人探视，加上凤凰琴上刻写的"赠别明爱芬同志"等内容，都是由她制造的神秘色彩与悬念。最后她填转正表之后的突然离世，成为小说的高潮，有震撼人心、催人泪下的作用。第二类是王小兰、蓝小梅，这是具有典型意义的农村妇女形象，忍辱负重的时代印记，在她们身上表现得特别明显。王小兰不能与爱人孙四海结合，蓝小梅不能与万站长结合，最后嫁了不如意的人，过着不如意的生活，只能与婚前的恋人保持着不明不白的关系，这是理想与现实的大反差，是忍受与抗争的融合。第三类则是邓有米老婆、张英才舅妈，这种泼辣专横的女人，无疑增强了邓有米、万站长等人的悲剧感，尤其铺垫并推动了情节的发展。第四类是李子、叶碧秋，这是接受乡村教育后知书达礼的女孩形象，她们是乡村的希望，未来必将有别于她们的母亲一代。从她们的身上，也正好体现了苦苦坚守小破学校的民办教师们的贡献所在，就像张桂梅坚持创办的女子高中一样，教育影响了女孩们的未来，也将会影响整个社会。这些女性大多是次要人物，却依然个性鲜明，显得疏密有致，增加了张力，扩大了内涵，更有温度与生命力，填补了小说中容易被人忽略的生活空间，让小说的真实性典型性更站得住脚。

经过30年岁月的淘洗，《凤凰琴》这部小说仍然闪耀着夺目的光芒，它让我们从中获取力量，并认真思考，文学与社会的关系，文学与时代的关系。

其一，在被科技大潮所裹挟的时代面前，要重构文学写作者的执着精神。时代已然不同，世间太多浮躁。能静心写作、阅读、进行文学研究的人，除了专门的文学工作者和高校师生，估计已不太多。因此这种"重温《凤凰琴》系列文艺活动"的影响力，除了对地方是一种较好的宣传外，还可以提醒一些普通文学爱好者对坚定执着精神的再认识。当年阀门厂一个普通的青年工人，因为比其他工友多了个文学梦，经过不懈努力，成就了这部精品。这事件本身就足以让人回味好久。任何时代都需要文艺精品，而精品何来？从刘醒龙身上，我们可以学到很多。他三四十年坚持不辍为文的勤奋严谨，他一路行走遇见种种人事的博大宽容，他在获得鲁奖、茅奖盛名之后依然饱满的写作状态，他在面对故乡时始终难以释怀的深深情结。尤其是他面对毁誉的从容淡定，足以将他的人格魅力与作品影响力进一步延展和深化。

"凤凰琴"作为他人生路上最具典型意义的文学符号，被百余位文坛大咖条分缕析，圈圈点点，绝非偶然。这部作品直面中国现实、中国问题，虽呈现出现实生活的残酷，但依然在日常生活中蕴含了真切的温情和对未来的憧憬。凤凰琴象征着乡村教师的命运，象征着乡村教师为改变个人命运所作的努力。小说的真实性建立在时代性的基础之上，写出了那个时代的民心和人民的生活，并充满了悲剧力量。对一个如今已消失的"民办教师"群体写传、树碑、立命，深刻体现了文学与社会的密切关系。在这样一个风云激荡的时代，如何为生民立命，注重当下性，重返现场，重返文学，是值得我们深思的问题。身为写作者，应该多凝视自我，凝视身边的事物，凝视生活的真美善，凝视那些司空见惯却有着深度意蕴的人群或场景，寻找一个有意义有价值的表达。

其二，在对文学力量的再认识基础上，还应该重构文学出圈的力量。当年小说发表之后，引起全社会的关注，然后拍成了电影，电视剧，均纷纷获奖，同时，还对当时200万民办教师的命运改变起到了极大的推动作用。小说发表30年，影响了几代人，影响了中国教育的进程。小说让人感动，电影让人落泪，凡是经典都是经得住时间考验的。十年来我一直身在文化界、文艺圈，也经常通过各种渠道和途径，呼吁政府部门重视文艺，但我感觉，真正有情怀的基层领导是可遇不可求的。作为刘醒龙的老家团风县张家寨村，在2021年与螺丝港合村后，被命名为"凤凰琴村"，新华社记者喻珮还写了一篇专访文章《凤凰琴：一篇小说，一群人，一个村》，此事在文艺界产生不小的震动，这分明是文学"出圈"的一个绝佳范例。有专家认为，"凤凰琴村"的出世，具有积极的意义，《凤凰琴》有影响力，有题材，有民俗和文化的载体，当地的乡村振兴正好可以借势发展。比如在发展旅游时，可以重现代课教师、乡村教师的生活场景，重现小说中关于场景的描述、故事的描述、饮食的描述，请游客来体验，把当地的非遗、农产品、民宿一起激活，带动村民致富。2022 年夏天，英山县为父子岭小学揭牌"《凤凰琴》《天行者》原型地"，无疑也是一种文化力量的延续与传承，英山县已把父子岭小学作为山区阻断代际贫困的教育样板，将把它打造成为县师德教育、教师培训及中小学生夏令营文化基地，使其成为一处特色鲜明的文化地标。因此，如何借助文化名人的知名度，宣传促进乡村振兴的发展，显然是一篇极大的文章，还可以进行多方位的构思与设计，进行充分的润色和铺排。

　　30 年来，乡村民办教师切身问题的解决、团风县"凤凰琴村"的诞生、英山县父子岭小学的发展变化，无不印证着小说《凤凰琴》一直在以文学的方式助力着乡村教育和乡村文化振兴。可以看到，小说正在缓慢释放能量，以其坚硬而丰富的内核，影响着更多的人们。在回答"当今时代如何实现文学对乡村振兴的助力"这一问题时，刘醒龙说："文学对乡村的助力，是能让乡亲们爱上文学，通过文学精神的细水长流，使得乡村的精神风貌得以显出生存、生活与生命的真正诗意。"

　　诚哉斯言。文学对生活的影响是"润物细无声"式的。《凤凰琴》给了我们如此诗意而有益的启示。

回望与致敬

萧　耳

夏至后，我从杭州出发，4个半小时高铁到武汉，再从武汉坐车上高速，2个小时后到达湖北省黄冈市、英山县。重读20世纪90年代初横空出世的《凤凰琴》。刘醒龙中篇小说《凤凰琴》，发表于1992年《青年文学》第五期。

2009年，从中篇小说《凤凰琴》最后一个字开始续写的长篇小说《天行者》首次出版，获第八届茅盾文学奖，入选"新中国70年70部长篇小说典藏"。

晚上，在英山县大礼堂，看老电影《凤凰琴》。

英山县是茅盾文学奖得主、中国作家协会小说委员会副主任、湖北文联主席刘醒龙的故乡。一座山里的小小县城。30年后，我们这些从全国各地来的客人，踏上大别山主峰天堂寨下面的这片土地，也仿佛穿越到了《凤凰琴》里的中国。

《凤凰琴》发表30年后，刘醒龙的父辈和他自己一岁之前居住的老家团风县的两个村子合并，几百户乡亲投票一致决定，将"凤凰琴"作为村名，叫做凤凰琴村，开了当代文学史与村庄史互文互动的先河。

我们从英山县出发，在盘山公路上弯弯绕绕，一个小时的车程，就踏上了"界岭小学"的方圆之地。从前这段路，走一趟要花上四五个小时。《凤凰琴》中界岭小学的原型，就是英山县孔家坊乡父子岭小学。如今的父子岭小学，早已"旧貌换新颜"，电影《凤凰琴》中的老校舍，已不觅踪影。我们说可惜，当地又说不可惜，我们说不可惜，当地人又觉得颇为可惜。

路上，同行的杭州评论家王迅说，你看，这就是刘醒龙老师的土地，大山。

这也是一个在山坳里的小中国。

路上遭遇上一场大雨，雨后，大别山云雾缭绕。忽然就想起，刘醒龙曾说过，有一天在他天天路过的武昌水果湖街上，看到了一家卖户外用品的小店店招，就叫"天行者"，他马上醒悟了，这三个字，正是他苦苦寻觅的名字。

刘醒龙在30年前，就关注到了大别山里一群乡村知识分子的命运。在20世纪90年代，他们的身份，是民办教师。30多年过去了，6月的烈日下，我问刘醒龙是否自己有过民办教师的经历，他说并没有，他曾经当过很多年工人，但他的同学中不少人是民办教师。站在父子岭小学的校门前，他说，"如果说《凤凰琴》真有原型，那也只能是普天之下的每一位乡村知识分子"。

民办教师，是20世纪50—90年代中国乡村教育的挑大梁者。当时乡村公办教师缺乏，为了普及义务教育，在乡村中挑选受过一定文化教育的农民担任教师，他们，就是民办教师。曾有人统计过，20世纪80年代以前出生的中国人，有八成左右都受过民办教师的培育。

可以说，民办教师影响的，是中国人中很大的一部分人的未来。

30年后，中国已经没有"民办教师"这一身份符号了。民办教师，当年扎根在乡村，他们既是教师，也是农民。他们的梦想，就是转正。

30年后，我在英山大礼堂看电影《凤凰琴》，旁边的一位70后山东大汉一边看电影，一边摘下眼镜擦眼镜。

他说："我小时候上乡村小学，就跟电影里一样，甚至更艰苦。"

"电影里，孩子们的桌椅是木头的，我小时候的乡村小学，桌子是砖头垒起来的，到冬天就冰得不行。"山东乡村的冬天，比湖北更冷。

看完电影后，刘醒龙说，那时候的乡村小学，凳子都是学生从家里自带的小板凳。

说起脚下的故乡土地，他说，我喜欢乡村中所有的人，也敬重一切前往乡村任教的人。

简短的对话，从50后过渡到70后，从村里人到城里人，读书，考大学，从《凤凰琴》的年代至今，高考分数刚刚出来，又一拨学子正在填报志愿，考大学，依然是寒门学子最好的出路。

《凤凰琴》中的主角张英才，原著小说中是男性，高考落榜生，到电影里变成了女性。不管"张英才"是男是女，都逃脱不了农村青年高考不上大学，就摆脱不了当农民的命运。除了当农民，连续两年高考只差几分的张英才，还有第三条路，就是当一名小学民办教师。小说中，张英才的民办教师工作，还是在镇上当教育站长的舅舅帮的忙。

张英才委屈又无奈地到了深山中的界岭小学后，才知道这所破破烂烂的小学，连上她就四位老师，再加上一位瘫痪在床，生不如死的前民办教师，也是余校长的妻子。所有的人，最大的理想就是"转正"。而他们的现状，是微薄的工资还被拖欠着。

小说中，"凤凰琴"是埋伏着的草蛇灰线，是抒情，是现实，是悲苦，是欷歔，是人性的歌唱，一把凤凰琴，既是已成废人的前民办教师明爱芬生死徘徊的未了心愿，也是新一代乡村教师张英才从他舅舅一代到余校长一代乡村教师手中接过的传承文脉。

民办教师消失了，这是社会发展的结果。但乡村小学在每一个时代，都会遇到自己时代的问题。

30年后，是新的时代，乡村小学正在面临乡村空心化的问题。几个年级的学生合并在一起上课的情形依然在中国各地的乡村小学发生着，一幢幢校舍变漂亮了，记者也在浙江山村走过几所希望小学，校园早已不是《凤凰琴》中破破烂烂的校园，新一代乡村学生的伙食早已改善了不少，但随着城市化进程，校园里的学生越来越少了。但学校，还得为那些依然在乡村土地上的孩子们办下去。

教育，真是"天大的事"。30年之后，依然有乡村教师在乡村学校坚守的必要。否则，村里的留守儿童们的教育怎么办？

刘醒龙从《凤凰琴》到茅盾文学奖获奖作品《天行者》，延续了对乡村小学师生的关注。他始终是一位直面现实的作家，他呈现的中国社会真实面，从《凤凰琴》到《天行者》，教育是常新的，困境依然存在。

《天行者》中，民办教师转了正，但依然面临困窘，小说中，界岭小学的几位民办教师转正了，但必须交一笔钱买他们多年的工龄，这笔钱，从十几年到二十几年不等，对他们是一笔"天文数字"。

《天行者》中，张英才不再是贯穿始终的人物，他离开后，接着有蓝飞、夏雪、骆雨等来到界岭小学，但又一个个离去，界岭小学依旧只有余校长、邓有米和孙四海坚守。

《天行者》以民办教师们所经历的 3 次转正而分成三部分，一次比一次荒诞，一部比一部疼痛。半辈子都在盼转正的民办教师们，当转正即将来临时，那些复杂严苛的政策反而让他们陷入更重的负荷，更深的困顿之中。

"在《天行者》中我所表述的，只是 20 世纪后半叶在中国大地上默默苦行的民间英雄"。刘醒龙说："没有那些乡村教师的哺育，20 世纪后半叶的乡村心灵，很可能是一片荒漠。"

"从《凤凰琴》到《天行者》，我清楚地记得当初教育我的那些乡村教师，也清楚地记得我的那些当了乡村教师的小学和中学同学，或许今后我还有机会写一写十年后的今天，乡村知识分子的生命状态。"他说。

"再穷不能穷教育，再苦不能苦孩子"，现在独生子女多了，几代人关注一个人。乡村的孩子不再有饥饿感，但很多留守儿童，依然是父母之爱的匮乏者，依然需要在乡村教育中度过自己的童年时光。

《凤凰琴》里，每一位教师都是凡人，都有自己的烦恼，刘醒龙说，你看，他们是不是不仅没有高大上，还有一点小猥琐？但最后，他们呈现了一位大写的人，大写的育人者。他们身上是有光的。

有评论家说，回首当年，一部《凤凰琴》，可谓"震动朝野"，因为这篇小说的激荡，中国乡村民办教师问题被摆到了台面上，到

2000 年，中国完成了全部民办教师的转正问题。不夸张地说，491万民办教师的命运因为《凤凰琴》而改变，文学不仅能照见现实，而且能改变现实，《凤凰琴》，就是一个样板，一个典型。

从来没有一部作品，直接深化、认知全中国社会对乡村教育行业的独特视角。

《凤凰琴》是中国一代人的集体记忆。

《凤凰琴》三十周年之际，我们和作家刘醒龙一起看到——至今，依然有一个乡村教师群体，在寂寞群山中坚守着，热望着。

十问刘醒龙

钱江晚报：广西师范大学出版社刚出了一套您的文集，您是80 年代进入中国文坛的，90 年代以《凤凰琴》斐声文坛，《凤凰琴》发表 30 周年，您回到故乡英山县，是什么样的感受？故乡沧桑巨变了吗，物是人非了吗？

刘醒龙：人是一种格外恋旧的动物，因为人有思想，有灵魂，有比其他动物更多更复杂的情感。《凤凰琴》是一九九二年初写的，当时我已离开英山，回到真正意义上的老家黄州。之后三十年，我很少回英山，近几年情况变了，回来得多了，一方面是恋旧，一方面是山水变得越来越令人赏心悦目，最重要的是英山上上下下，普遍喜欢上《凤凰琴》。小说发表之初，特别是拍成电影之后，有一段时间，当地有不成文的规定，既不读《凤凰琴》小说，也不放映《凤凰琴》电影，让人总是心堵。《凤凰琴》写了一些小地方的非良与不好，让那些敝帚自珍到极点的人，心里不好受可以理解，用公权力进行制限不是一种文明的表现。文化心理的向上向好，这样的巨变比物质财富的增加更为关键。

钱江晚报：如今回头看《凤凰琴》，您有一种怎样的感觉，当年有没有什么遗憾？如果现在让您重写，您会有新的想法吗？会改写人物吗？比如，《凤凰琴》中并没有明写爱情？

刘醒龙：这几年因为再版过程中的技术性原因时常校阅旧作，对《凤凰琴》自己不仅从没有过遗憾，还时常从中获得某些启示，就像与一位至情至性的老朋友重逢。文学中的爱情不是万能的，但没有爱情是万万不能的。《凤凰琴》中的爱情是一种苦恋，一部中篇小说难得同时兼顾一群乡村教师的困局，到了《天行者》，有了篇幅长度的保障，爱情得以舒展地写开。

钱江晚报：现在您在城市居住的年头比县和乡的经历更长久了吧，您怎么看待作家的"城市写作"和"乡村写作"，您仍然把自己归为中国"乡村写作"的代表人物吗？

刘醒龙：怎么看是别人的事，怎么归类也是别人的事，怎么写才是自己的事。那些了不起的"乡村写作"往往会将城市看得很透彻，只有将城市看清楚明白后，才有可能作为乡村的镜子，使得二者既有融合，又有区分，这时候的乡村写作才会是有效的，长久的，否则很难越过概念化这一关。

钱江晚报：在《凤凰琴》之前和之后，你对文学改变社会的功能是怎样的看法？你曾想到《凤凰琴》可以改变那么多现实中的乡村教师的命运吗？这是否超出了文学的预期？《凤凰琴》30 年后，文学的功能是否依然可以这么强大？

刘醒龙：文学对社会生活的改变，并非文学必备的功能。文学对社会生活的干预，主要通过对人心的改善。看上去《凤凰琴》直接改变了乡村教师的命运，实际上首先是它对主导乡村教育事业的那些人的心灵的影响。从这一点上看，文学的社会功能依然存在，之所以见不到，是由于心太急，将文学作品当成政策法规，文学真的被当成了政府的红头文件，对文学来说并非好事。文学只能是文学，甚至只能是百分之百的文学，这样的文学才能成为真正的经典。当然，也不能排斥经典文学超出文学范围，对当时的社会生活产生巨大的影响，这样的效果只能是文学的意外之喜，可遇而不可求。

钱江晚报：您对现在的乡村支教者怎么看？可能他们在出发前的理想是一回事，到了山区、边地，看到当地的教育现状后，有些支教者发现"现实很骨感"，对自己当初的理想产生了怀疑，有一个相同点，新时代的支教者，他们跟您笔下的张英才、蓝飞、夏雪等青年乡村教师一样，他们来了，又走了，时间长短不一，您对这个群体有所了解吗？

刘醒龙：因为骨感的现实，才体现出理想的光辉。上个世纪九十年代，我去长江三峡采风，遇上一位不到二十岁的年轻教师，他进师范学校的第一天读的是《凤凰琴》，离开校园的前夜依然读的是《凤凰琴》。后来我专程去那所小学校找他，学校的老师指着身后更高的大山说，他去山上的另一所学校了。当时心里非常难过，觉得是自己害了人家，如此阳光的一位大男孩，今后会有怎样的生活等着他呢？还是小说中的那些人说的那些话，我敬重一切有心向着乡村的人，也理解一切离开乡村的人。

钱江晚报：有人说 90 年代是中国最复杂的一个时代，作家们对 90 年代的研究还远远不够，是这样吗？也有人说，网络时代和前网络时代是完全不同的两种样态，作家是否要紧紧跟上时代的脉搏，还是着眼于自己最熟悉，最有感触的时代，去深耕自己最感兴趣的，也是最熟悉领域的那一块地？

刘醒龙：我同意关于九十年代的这种判断，十年之间，社会发生非常剧烈的变化。文学也是如此，从先锋文学的退场，到现实主义精神的潮起，这些变化当然是因应时代的结果。但不管世界如何变化，文学过去——现在——将来都是以人性人情人心的表现为表现。只要文学的表现对象还是人，经典文学的意义与法度就会继续有效。只有狗熊才会掰一个棒子，丢一个棒子，与其广种薄收，不如深耕细作，有许多道理不受新潮待见，但真理终归还是真理。

钱江晚报：中国历史大进程中，一些名词，一些事物消失了，比如民办教师，比如粮票等中国物质生活史上的重要见证，我们现在回看，《天行者》中描述的重要时代背景，民办教师已经消失了，那么是真的消失了吗？我们又发生了疑问，我们现在是在回味消失的事物吗？

刘醒龙：没有记忆就没有人生，记忆是人生的重要组成。所谓忘记过去就意味着背叛，这种背叛，是对人生而言。一个人明明来自乡村，却对乡村咬牙切齿，甚至还有其他一些让人不堪的举动，好比硬生生地将人生的一大块切割掉。这样残缺掉的人生，如何能让整个人好起来？任何对过往的回望，本质上都是对只有一次生命的负全责。

钱江晚报：转折年代，旧事物迅速退去，新事物大浪拍岸，作家怎么看待新的与旧的，会不会面对新事物无所适从而失去表达的欲望？

刘醒龙：在文学中，新与旧的关系，与一般情形不同。一部小说的诞生，从构思到写作，再见到发表或出版，需要较长的周期。在时空中，文学与别的媒介的可比性，只存在于作品存世的时间长短，而不会在谁更及时上作比较。任何新事物，只要没有构建新体系，没有形成新经验，在文学中只会以非同寻常的细节的面貌出现，不可能巅覆现存的文学态势。作家最不缺的就是表达的欲望，也不会对新事物无所适从，因为作家一旦失去表达的欲望，又对新的生活无所适从，就等于宣告一个人作为作家的生命的终结，重新回归非作家的普通人身份。这时候的作家，就等于百米赛跑，都过终点线了，还要继续向前跑一阵，那种百米线之外的跑动，是无效的，无意义的，不过是为了证明之前的参与。

钱江晚报：您的生长之地湖北黄冈，以"惟楚有才，鄂东为最"著称，黄冈之气之美，又与大别山不可分离。作为一名湖北作家，您看过去，中国文学的地域文化版图，大致有怎样的区别，比如贾平凹始终以秦岭为文脉在进行他的书写，现在东北又出现了一拨新的作家，宇澄则有明显的上海特色，地方特色的书写对作家来说是必须的吗？有没有一位作家，他可以完全超越地域性？

刘醒龙：越是地域性的越是全世界的，这话有人信，也有人不信。我是信的，起码我没有发现同行中人谁个做到了对地域性的完全超越。反而是发现那些口碑最好的作品，无一不是出自某个地域，并且不曾有过超越这种地域的企图。连最了不起的神都有局限性，那些凡夫俗子中的佼佼者，能写透黄河，到了长江边，就又成了迷茫者。认清自己的局限，反而能够成就内心的大格局。如果这样的格局，是对地域性的超越，那就是可以的。

钱江晚报：您的研讨会上，有一位俄罗斯文学研究者在圣彼得堡，也是在线上讲着流利的中文，谈论着您的小说，他说，"文学可以超过国界"，您2021年出了新书《如果来日方长》，是写武汉疫情的，您当时又有眼疾，现在疫情第三年了，您觉得疫情怎样改变着您的生活？

刘醒龙：我们家几代人都是坚定的从不曾有过一丝一毫动摇的爱国者，也是自己民族文化的坚定承继者，疫情让自己的这些信仰从空虚的理念，变成必须天天执行的举动，让自己更加相信美，相信爱，相信恶有恶报，善有善报的天理。

钱江晚报：我们来到英山县，看到英山县当地也看中了《凤凰琴》三十周年带来的商机，想以此推动当地的知名度和文化旅游，我记得四川作家阿来说过，他常常因为一部文学作品去某个地方打卡。您觉得，一个作家，一部作品，是否能有这种能量，带动一个地方的文旅？

刘醒龙：这种情况过去有，现在有，将来还会有。一个作家能够带着自己的作品回到家乡，是无比的荣幸，阎晶明在开幕式上说的这话，很有力量，也很有诗意。

《凤凰琴》：一部小说的还乡

王　琼

问：今年是小说《凤凰琴》发表30周年。30年前，是什么契机使您关注到乡村小学民办教师这个群体？为什么要创作这样一部小说？

答：动手写一部小说，往往是没来由的。比如《凤凰琴》，当初自己铺开稿纸，是想写另外一部小说。然而动笔的那一瞬，自己跟着意念跑偏了。那几年，乡村教师在我心里是一种疼痛，有好几个活生生的人，活生生的事，一直挥之不去。这种选择肯定不是抓阄，不是丢硬币，是冥冥之中的那只手在点拨。让人在对的时间里，写了一部对的中篇小说。

问：对今天的读者来说，凤凰琴似乎是一个比较陌生的乐器。它有哪些特殊的寓意？为什么选取凤凰琴作为小说的重要意象？

答：各行各业都有自己特有标志，这一点在当下是如此，传统意味突出的乡村社会更是如此。有时候是群体的选择，有时候是个人在作选择。凤凰琴作为一种结构简单容易上手的乐器，结合了键盘乐器的洋气，弹拨乐器的古朴，十分简明地与乡村里的吹笛子、拉二胡的那些人作了区隔，因而受到乡村教师的欢迎。那个年代，在乡村里凤凰琴一响，就晓得那户人家里有教小学的老师。在乡村教师手里，凤凰琴是一种对生活的浪漫。

问：小说中，一群小学生在老师们的带领下，和着两支笛子吹奏的国歌缓缓升起国旗的场景，已经成为当代文学中关于乡村教育和乡村文化的经典场景。您是怎样构思出这个场景的？

答：是的，自从《凤凰琴》问世以来，有太多表现乡村教育甚至是乡村文化的场景，都在情不自禁的采用这样的镜头。这个构思与当初第一次到荒凉贫瘠的父子岭，见到一所破败的小学，操场边的旗杆上挂着一面严重褪色的国旗，在晚风中猎猎飘扬，作为茫茫大山中唯一焦点。此后很多年，这个场面一直记在心头，久久不忘，必有回响，等到后来写作《凤凰琴》时，这个场景就自动从笔下流出来了。

问：《凤凰琴》的发表及影视改编，让整个民办教师群体受到广泛关注，对全国民办教师所面临的各种切身问题的解决，起到极大的推动作用。多年来，您一直关注社会民生问题，坚持现实题材文学创作，您认为文学作品应该如何更好地介入现实？您为何一直把现实题材作为自己创作的主战场？

答：在称职的作家面前，那些意味深长的社会生活似乎会主动找上门来。同样的人，同样的事，同样的环境，在不同的作家那里，有的人毫无感觉，有的人灵感层出不穷。这其实不是问题，文学作品最大的忌讳是相互雷同，说真的，抄袭的文学极少，貌似抄袭的只是过多的类型化。好的作家必须具备人所未有的独特目光，能看到别人无法看到，或者看到了却无动于衷的东西。这一点，相比其他形式，坚持面对现实的写作难度无疑是最大的。而在最大的难度面前，想要有所建树，除了怀抱最大的真诚，没有任何捷径。另外一定要注意，真实不等于真诚，通常所言的真实，只是局部的，所涉层面较小。真诚是建立在历史与现实，人性与人心，利害与利益之上，经得起智慧与良知的双重考验。我喜欢挑战自我，在我看来现实主义文学难度最大，所以，我很愿意一试再试。

问：2021年，您的第一故乡，湖北黄冈团风县上巴河镇张家寨村与邻近的螺蛳港村行政合并，新诞生乡村庄命名为"凤凰琴村"。《凤凰琴》作为民俗和文学符号，赋予了乡村文化新的内涵。您认为文艺作品应该如何更好地助力乡村振兴？

答：一个作家带着自己的作品回到故乡，这样的荣幸，不是所有作家都能做到的！我喜欢这句话，热爱这样的文字，更赞美这种境界！每个人的人生都是一部以故乡作为开篇，无论后来的起承转合是辉煌还是寂寞，都将以故乡作为终结的作品。由于职业的不同，每个人呈现给故乡的作品也有所不同。有人驾驶火车轮船向着故乡汽笛长鸣，有人将自己在外面创办的实业轰轰烈烈迁回故乡，更多的人在外久了，带回故乡的是一身好手艺，或者是出门时孤单一人，再回来已是拖家带口，如此种种，都可以称之为献给故乡的作品。唯独文学与众不同，比如有一种情形，在那些足以等身的作品中，居然不晓得哪一部可以带回故乡！甚至于披着彩虹般的外表，进得家门后，才发现不过是两手空空。所以，文学对乡村的助力，是能合乡亲们爱上文学，通过文学精神的细水长流，使得乡村的精神风貌得以显出生存、生活与生命的真正诗意。

问：《凤凰琴》发表 30 年来，我国的农村面貌、农民生活都发生了翻天覆地的变化。乡村振兴离不开乡村教育的发展，如果今天再度书写乡村教育、乡村教师主题，您认为需要重点关注哪些问题？今天的乡土题材小说创作面临哪些新的挑战？

答：文学对社会生活的影响讲究细水长流。从《凤凰琴》小说到凤凰琴村，经历差不多三十年，乡村在变，文学也在变，这中间最大的问题是，乡村越变越出圈，文学越变越内卷。一些写作者宁可相信朋友圈中的道听途说，不去亲眼看一看那些具有指标性的乡村变化。宁可大言不惭地指责乡村的空心化，不去研究社会生活的现代化，使得城乡之间的时空关系与从前不可同日而语。不仅仅是乡村小说面临前所未有的挑战，城市小说同样被日新月异的新生活弄得神经兮兮，像是患了忧郁症，将癔念当成了理想，用小呻吟作为大爆发。深入生活显然不错，更重要的是真诚地对待文学与生活。

记得香炉山

刘醒龙

乡村的普通，人人能见着。

乡村的秘密，能见着的人则是幸运的那一个。

二〇二三年春天，因为新冠感染较重在医院待了二十多天，回家静养的之际，无意中翻出一只旧笔记本，打开来看，是自己作为奔小康工作队队员在香炉山村那些的日子的工作笔记。笔记始于一九九二年四月二日，开篇就写"香炉山村基本情况"，接下来是"大河镇奔小康大讨论骨干培训会"的会议记录。

离开香炉山村，三十年后，再次看到那时记录的一些文字。比如村委生活会上，为人实在的村支书自我检讨说："班子内部发生冲突时，也不能是是是，非是非，表面团结，其实不团结，和主任的工作没配合好，减弱了我的战斗力。"回头村主任发言："生活会不够火药味，坦率地说，书记、主任配合不够好。举个例子，在某某家喝酒，我敬你的酒，你说你想使我倒哇，还冇，倒了就是你的。跟你工作没前途，工作组住我家，书记不认为我是在为村里工作，而认为是在拉关系。书记和主任是一二把手，像夫妻，夫妻之间就不应该有半点猜疑。"那位退下来的老支书说话更有意思："支书和主任都在我手下当过干部，支书讲的谦虚一点，主任讲得透彻一点。都是四十多岁的人了，要留好名声下来。"重温这些生活现场里的文字，回忆当年现场里的人，依然深刻地感受到一种只会产生于乡村的人性力度，以及乡村的鲜活世俗。

村委生活会结束后，我将随身带去的一九九二年第一期的《青年文学》杂志送给村支书。那本杂志上，有我的中篇小说《村支书》。之所以能够参加黄冈地委奔小康工作队，正是由于这部作品的发表。

　　一九九二年春天，时任黄冈地委委员、宣传部部长的王耀斌找我说话，大部分时间都是结合他自己的从政经历来聊对《村支书》的感同身受。其间耀斌部长忽发奇想，问我想不想到村里去看看。其时，我已经将新写的《凤凰琴》交给了《青年文学》，身心正处在调整阶段。弄清楚具体情况后，我毫不犹豫地答应了。后来有人弄出一些文字，说《凤凰琴》是我参加奔小康工作队后的新创作和新收获。同是这一年的四月份，华中师范大学召开《村支书》研讨会。之后，不时有文字说，因为这个会，我才大彻大悟写出《凤凰琴》。也不晓得这些"研究"是如何研究出来的，完全无视参加奔小康工作队与研讨会召开的时间节点，按照工作流程，四月中下旬，《青年文学》五月号已经完成了校对与清样，头条位置正是《凤凰琴》，并配发有中国青年出版社总编辑阙道隆先生的评论文章。回忆这些，只是想重申自己一向以来的理念，写作是灵魂战栗时留下来的永远抹不掉的印迹。有鉴于乡村在文学中的悠久传统，这一点更加突出。

　　面对乡村，我固执地站在临时抱佛脚的采访式小说写作的对立面，不拿正眼去看那种想写乡村生活了，便带着笔记本下乡，回城之后，便对照笔记囫囵吞枣地写些"猎新""猎艳"的文字。

　　我所参加的黄冈地委奔小康工作队，具体的工作地点在黄梅县大河镇香炉山村。在这之前，我连黄梅县都没去过几次，大的方面只晓得当地有著名的五祖寺，而不清楚，还有五祖寺的前世四祖寺，以及前世的前世老祖寺。到工作点没几天，自己写了一篇散文投寄到《湖北日报》。该报的"东湖副刊"刊出来时，原稿中"四祖寺"被改成了"五祖寺"。当地人见了就讥笑，我拿出底稿来，他们看了还是不相信，坚持认为报纸编辑的水平不可能这么低。刚刚公派来村里担任第一支书的那位，才三十上下，将一件西装上衣披在肩上，嘴角叼着一支香烟，盯着报纸看了又看，最后才说出一句不无怀疑的话：编辑如果不比作者水平高，那他还如何当编辑？言下之意错误还是在我。过了不久，与"东湖副刊"的朋友见面得知，将知之甚少的"四祖寺"改为路人皆知的"五祖寺",不是编辑所为,而是管着编辑的人所为。事实上,这种错误怪谁都不合适,一九九二年初,一个没有到过四祖寺所在山沟的人,大概率不会知道大别山的莽莽群峰之间存有一处名叫四祖寺的废墟。不要说三十年后,就是电脑与互联网开始普及的十年后,只要点一点某个搜索引擎,就能及时校订出对与错。但在那时,足迹不到,哪怕只隔一座山,一条河,就有可能是人怕未知的别一番天地。这也难怪,某些采风式写作能够在都市里流行,藏在大地皱褶处乡村,有太多不为外界知晓的奇异。

多年以来,在香炉山的那段时光,总在不断地回现。特别是村支书读完《村支书》,与之相见的那番情形。那一天他显然是特地来找我,却又显得是在田间小路上偶遇。在村里,我独自住在一所空置的农民家里。房东一家人都在南方打工,新盖的这所房子里,摆着从旧房子里搬来的几样家具,四周的外墙砖缝还没有抹上泥浆石灰,倒春寒一来,北风吹得骨头都疼,满屋沙粒横飞。大白天老鼠们都敢横行霸道,到夜里更是猖獗得如同一群恐怖分子。因为缺电,夜里电灯只能昏昏暗暗地亮一个多小时。点亮一根蜡烛,不到半小时,就被从墙缝里吹进来的冷风搅得一塌糊涂。我来村里,没有安排具体任务,主要是看和听,至于写什么和什么时候写,都没有明确要求。因为夜里睡得早,早上起得也早。村里的狗多,见到陌生人就群起而攻之。早起出门时只好在门口的几棵树下转来转去。

那天早上,我正在树下转悠,村支书忽然走过来,手里拿着那本《青年文学》,嘴里喃喃地说,文章我看完了,写得和香炉山一模一样。停了停,又说,你怎么对我和村主任的情况了解得这么清楚,是不是之前来香炉山暗访过?村支书前面的话,我是认同的。《村支书》中的村支书群众基础甚好,为人勤勉踏实,不搞丁点歪门邪道。村主任脑筋灵活会搞关系,能将不明不白的事做得顺理成章,在村里人的眼里为人却有点糟糕。在香炉山待上不几天,就发现村委会的主要负责人,太像《村支书》中职位相同的二位主人翁了。

　　我也如实相告，《村支书》的原型是一位朋友的父亲。朋友的父亲一九五八年随志愿军从朝鲜撤回国内时，才二十几岁，复员回乡不久就担任村支书，历经四十多年的风风雨雨，一直稳坐在村支书的位置上，深受村民拥戴。不管面对什么样的政治风暴，村里从没有人公开或者私下说过他半点不好。整个黄冈地区还在任上的村支书，他不算年纪最大，但是任期最长。更早的时候就曾为他写过散文《鄂东第一支书》，文章的重点不是说为人之好，而是说，实行承包责任后的某个早晨，有人将他家田里长得好好的秧苗生生拔了三棵，扔在他家门口。朋友的父亲为此病了三天，说是病，其实就是躲在家里反省，自己哪里做得不好或者不对，不好意思出门见村里的人。三天过后，朋友的父亲主动提出辞职。尽管全村人一致挽留，其中肯定也包括那位拔掉他家秧苗的人，朋友的父亲终究还是遵从了自己内心的决定。

　　我的话让村支书陷入一种沉思。之后一整天都在自己的责任田里埋头干活，妻子喊他说家里来了客人也懒得搭理。那样子，与《村支书》中的村支书太相像了。我在香炉山村前前后后的经历只有三个月，离开之际，上面公派的喜欢将一件廉价西装披在肩上的第一支书已经到任了，我提着简简单单的行李，站在小河边那家简陋的餐馆门口，等候作为乡村公共交通的三轮车时，村支书从旁边的修理铺钻出来，他一句送别的话也没说，只问我以后还来不来香炉山。我嘴里说一定还会来，心里也真是这么想的。

　　三十多年过去了，当年工作队的几位都曾回去过，唯独我一直没有践行那句随口答应的话。其中或许有某些理念不同缘故。我喜欢那位村支书，其他人欣赏那位村主任。我所判断的依据当然不是那位村支书无比接近小说《村支书》，而是在他身上不经意间流露出源远流长的乡村品格。乡村就是要有点乡村自己的东西，而不可以追着城市的屁股后面跑。

　　三十多年中，因各种原因有过许多回迁徙搬家，丢失的旧物不计其数，在香炉山的工作笔记却一直留在了身边，恰似冥冥之中关于乡村的特殊情愫在起着作用。文学看上去是在为某种事物树碑立传，本质上不是关于对错的诠释，也不是对新旧的析辨。文学看重的是独一无二的美，以及贯穿在其中的勉力而为与仁至义尽。乡村之美最是黄昏，从朝阳的滋润开始，经过正午的热烈，终于得来那地平线上的一抹晚霞。此时此刻的美，是人生小试，是历史简写，使得人们用不着去那长河之中打滚，用不着非要弄得浑身血汗，就能体察命运的一如既往与不同寻常。所以，《村支书》中村支书的出现与消失，满载着的是文学理想与希望，美怎么可以被击溃呢？善怎么可以被蔑视呢？

没有美和善的发展，算法越高级，人类越沦落。

2023 年 3 月 9 日于斯泰苑

一曲弦歌动四方

——重温《凤凰琴》系列文艺活动(学术研讨会)综述

邱敏娜　张祎凡　郑冰瑕

　　将"以人民为中心的创作导向"和现实主义精神贯穿创作始终,是新时代文艺发展的重要路径。恰逢《凤凰琴》发表 30 年,2022 年 6 月 24 日至 28 日,中国文艺评论家协会、中国作家协会创研部、中国青年出版总社、湖北省文联、武汉市文联联合在湖北省英山县主办了"一曲弦歌动四方——《凤凰琴》系列文艺活动"。在 25—26 日的研讨会中,来自全国多所高校和研究机构的 100 多位专家学者,中国文联、中国作协、湖北省委宣传部、武汉市文联、黄冈市文联,英山县委、县人大、县政府、县政协等机构代表,英山县广大教师、文艺工作者代表与媒体记者以线上线下相结合的方式,围绕《凤凰琴》的经典化研究、《凤凰琴》与当代现实主义创作、《凤凰琴》与教育题材小说、《凤凰琴》的海内外传播及其影视改编等议题进行了深入研讨。

　　会议开幕式由省文联党组成员、副主席、一级巡视员肖伟池先生主持。在开幕式上,郑光文首先代表中共英山县委、英山县人民政府对活动举办表示热烈祝贺。他借李渔诗作《英山道中》"觅寻十年无所得,却从此地载诗魂"说明了英山丰厚悠久的文化底蕴与源远流长的红色血脉,认为当下正需要继承刘醒龙《凤凰琴》中的奉献精神并为其赋予更多时代内涵。李蓉(武汉市文联党组)在致辞中肯定了刘醒龙作品中现实主义文学的创作传统,并认为《凤凰琴》真实反映了偏远山区的教育状况与民办教师的生活,其轰动性社会效应及此后旺盛的生命力值得进一步思考探究。徐粤春(中国文艺评论家协会)认为《凤凰琴》、《天行者》都具有鲜有的社会效应、现实主义精神和地域美学风情,实现了文学经典"以文立心、以文立魂"的使命。张士军(湖北省文联党组)认为《凤凰琴》通过现实主义手法来发挥基层结构中文艺的乡村振兴功用,坚持为人民书写、坚持出精品力作、坚持以创新为要是《凤凰琴》文本为当代创作提出的宝贵经验。刘雪荣(湖北省人大)指出《凤凰琴》与湖北、黄冈地缘上的特殊意义,并认为需在此基础上深入研讨小说中人民史诗书写与当代现实主义的创作问题,这才能从"从时代之变、中国之进、人民之呼声"中提炼主题。阎晶明(中国作家协会)认为刘醒龙对于民办教师形象的塑造既是属于特定历史印记的角色,也高扬了人道主义和社会主义精神。在民办教师形象、地域特色与书写人民性三方面,刘醒龙都以他出色的人物塑造能力写出了时代中的众生百态。随后,来自全国各地的学者以《凤凰琴》为中心进行了热烈的学术交流。

一、跨越三十年:《凤凰琴》的经典性与经典化

《凤凰琴》之所以具备经典性价值,不仅仅因其关切乡村民办教师问题引起的社会轰动效应,与会专家学者也格外强调要从审美维度分析其文本构成。李遇春(武汉大学教授、刘醒龙当代文学研究中心主任)总结了《凤凰琴》经典性生成的三点要素:第一,感性因素。作家以饱满的情感塑造了作品独特的文学张力,同时将自身的乡土记忆转换为现代人共同的精神寄托;第二,理性因素。20世纪80年代到90年代多样化的社会心态和阶层差异催生了文本中复杂的话语体系,在《凤凰琴》中"启蒙、民族、人民"三者相交织,共同构成了改革开放后当代思想史碰撞与融合的图景。第三,形式因素。《凤凰琴》运用散点透视与焦点透视相结合的手法,继承中国传统绘画的美学理念,是中国化的文学作品,同时也包含了现代派反讽意味。从以上三点来看,《凤凰琴》的情感表现、美学价值与思想深度都通过作家细致入微的描摹与组合,为八九十年代之交中国的复杂社会状况提供了经典性意义上的文学参照。刘艳(《文

学评论》编审）指出《凤凰琴》主要从文学审美与社会效应两个层面上实现了其经典性。她认为小说发表后引起的社会关注不但促成了民办教师的改革，更对乡村启蒙教育产生了历史性的影响。刘醒龙对于地域性特征和广泛适应性的精准把控，使得小说既表现了真正的乡村与乡村经验，也让其艺术感染力历经三十年而依然鲜活生动。张丽军（暨南大学教授）认为《凤凰琴》的经典性价值在于为当代文学提供了新人物、新经验、新场域。《凤凰琴》中民办教师的人物形象、乡村教育的叙事主题与教师群体的人民性在助推作品经典化的过程中，也为民族记忆与社会发展提供了有力见证。刘保昌（湖北省社科院研究员）认为《凤凰琴》中对时代精神和文化传统的传达、情感与叙事的出色构思、浪漫主义与地域文化相交融都促成了其在当代文学史上历久弥新的价值。韩永明（湖北省作协二级巡视员）关注到《凤凰琴》对当下文学创作提供的宝贵启示：一是现实主义的塑造要有生活、有勇气、有担当，二是作品底色需要积极向上，表现人性的温暖和善意。刘益善（作家、省作协原副主席）认为《凤凰琴》的经典性表现在三方面：第一，《凤凰琴》文本从写作篇幅、情节塑造、人物设计、语言风格来说都是适当的。第二，无私奉献的家国情怀构成了作品的精神内核。第三，小说对于社会的推动促成了它长久的生命力与影响力。

　　也有学者从作家整体创作历程来看《凤凰琴》的经典性含义。如吴俊（南京大学教授、校长助理）指出书写一个时代主流文化现象的作家，才能在文学史研究中成为经典作家。从改革开放，到新时期文学，再到新时代文学，刘醒龙是记录下中国社会巨大变化的一个标杆性、经典性的作家，他的书写为当代文学史提供了再现时代面貌的重要参考。张光芒（南京大学教授）则把《凤凰琴》放在了当代文学经典的横向序列中，认为其创作与塑造具有非典型性特点。他认为作家在1992年创作时并不具有一个强大的文学理想，而是运用朴素的本能来塑造有别于理想人物的灰色小人物，这就使得小说创作表现的规律是非典型性的。然而，《凤凰琴》仍然依靠了以下四点成为了文学经典：一是这篇小说是以写实的方法捕捉了生活琐碎处的理性闪光，二是作家以敏锐的才情留下了人性善念中的逻辑链条，三是以本能的立场呵护了即将消失的人伦，四是这篇小说以一种积极姿态建构起了其独特的美学价值。九十年代消费主义思潮冲击下，人性消逝与坚守的矛盾构建起《凤凰琴》作为非典型文学经典所具有的永恒美感。何平（南京师范大学教授）认为《凤凰琴》从现象级文本到成为文学经典/文学史经典的历程值得进一步考察。他首先提出要定位《凤凰琴》在刘醒龙的整体创作历程中的重要性，包括对创作背景进行了解。同时，《凤凰琴》也与作家后续不断产出的其他作品密切相关，在作家的持续创作中，文本才会有成为真正意义上文学经典的可能。汪政（江苏省评协主席、江苏省作协副主席）认为应从语文学角度出发，将《凤凰琴》与刘醒龙的其他创作作为知识来看待，通过文学辞典的知识生产系统来帮助新一代年轻人重建对于历史的理解。汤天勇（黄冈师范学院文学院副院长、教授）则首先区分了文学经典与文学史经典的概念，指出《凤凰琴》兼具两类经典的特性。对于文学史来说，《凤凰琴》记录了社会教育变迁、乡村知识分子命运、读者生命体验，构成了国家、群体、个人三者共享的历史记忆。从文学经典意义而言，《凤凰琴》的苦难叙事与悲剧基调的融合，人道主义与乡村文化的共生都构成了其独特的审美价值。

专家学者对《凤凰琴》经典化的历程与路径也发表了意见。李师东（中国青年出版社总编、《青年文学》总编）认为当代文学经典化是中国社会文学繁荣发展的成果展示，同时也是历史自觉、文化自信的重要体现，而《凤凰琴》正是其中的重要代表。总结好《凤凰琴》三十年经典化历程中的独特经验将会为当代文学经典化研究提供新路径，并给新一代作家们的文学创作提供启示。胡一峰（中国文联理论室副主任）首先关注到与《凤凰琴》相关的学术研究在专业领域上不仅有文学批评，这说明《凤凰琴》同时具有文学、社会学和教育学文本的三重性质。此外，从网络平台的打分评价到类似书籍的智能分类，都能看到《凤凰琴》依然以其强大的文学生命力滋养着当代读者，并丰富、拓宽了现实主义文学的经典谱系。邱婕（武汉工程大学副教授）认为刘醒龙得以经典化的重要因素是文学研究多角度的深入阐释、影视改编的视觉呈现、立足家国的现实情怀。她认为《凤凰琴》为家国言书、为家国立传的创作原点，促成了文本本身与民族历史记忆的汇合，也是刘醒龙续写《天行者》的重要动因。罗季奥诺夫（俄罗斯圣彼得堡大学教授）对《凤凰琴》与其他刘醒龙作品在俄罗斯的传播接受进行了介绍，文本的译介过程也构成了其经典化图景的一部分。他以《天行者》《蟠虺》两部小说在俄罗斯举办的翻译比赛为例，既肯定了跨语际传播中刘醒龙小说情感书写的魅力，也对其语言中蕴含的中国传统民族文化表示认同。

　　除了宏观层面的讨论，学者们也从艺术表现、情感张力以及经典化概念等细节出发作出了补充。刘大先（《民族文学研究》副主编）就指出文本的经典化不但以具体的社会影响为标志，更以文学艺术中传达的人性力量为标准。《凤凰琴》中众多人物的行动观念完全区别于现代精英知识分子的启蒙，而是回到了传统的良知，这正是刘醒龙试图表现上层制度体系与民间传统间的互动关系。徐福伟（《小说月报》副主编）认为《凤凰琴》继承了中国古典小说的抒情传统，对人的内心情感世界进行深入刻画，在《凤凰琴》的传播接受过程中，正是情感的日常化和文艺化打动了一代代读者。李勇（郑州大学教授）则从自身经历出发，认为《凤凰琴》深刻形塑了不同代际人群对于乡村的情感记忆，并记录了90年代中国乡村的生存状况与发展变化，实现了文学性与历史性的高度统一，这正是其经典性的力证。李雪梅（三峡大学副教授）提出文学研究不应该只把《凤凰琴》当做一个固化的经典来考察，她认为在民办教师题材的解读模式之外，青年、城乡和理想主义问题也是《凤凰琴》书写的重要主题。以上三点立足于当下视野，在为经典文本提供再阐释路径的同时，也能够深化对于中国社会改革变迁的理解。在这种文学和社会的互动之中，经典作品因此有了不竭的动能，每一次不同的定位都将重新开启经典作品的内核，激活其与时代对话，也正是这个过程再次强化了作品的经典性。王春林（《小说评论》主编）关注到刘醒龙除《凤凰琴》之外小说的经典化问题，如刘醒龙的《天行者》与《圣天门口》也只是当代文学中初步完成经典化的作品，所以我们更应反思对当代文学经典的盲视和偏见，更多关注当下文学生产。

聚焦《凤凰琴》的影视改编等问题，何向阳(中国作协创研部主任)就指出《凤凰琴》入选百年经典丛书，改编电影、舞台剧等传播现象都是具有群众性和人民性的表现。除此之外，改编后的电影获奖也与作品本身的文学性密切相关。杨彬(中南民族大学教授)从"历史、当下和未来"三个时间维度来评价《凤凰琴》的经典化历程。她指出，《凤凰琴》首先是为民办教师历史存证的小说，而当下的电影、电视剧的相关改编进一步加强了其现实影响力。同时，小说中的理想主义精神也传递着能引领未来发展的新时代精神，鼓励着新一代的青年为各地的支教事业奉献自我。杨建兵(武汉工程大学教务处处长、教授)关注到电影改编与《天行者》对于《凤凰琴》经典化的推动作用。电影改编为小说打开了更广泛的受众基础，《天行者》获第八届茅盾文学奖也为再次深化考察《凤凰琴》提供了机遇。朴婕(武汉大学副教授)通过小说与电影改编的细读，以90年代到新时代社会秩序的发展变化为切入点，对文本本身的多元主题进行了阐释。她首先对"凤凰琴"这一题目和文本中嵌套的音乐进行了分析，认为这些细节共同构成了《凤凰琴》对50—70年代工农结合、家国叙事等主流话语的反思。其次，文本对于民办教师不同命运的塑造也提示了基层政治存在的种种问题，包括《凤凰琴》中三个层级的秩序：公家的秩序、民间的秩序和介于二者之间的民办教师的秩序，也是体现中国不同时期发展模式的重要样本。

针对电影对于小说细节的改动，专家学者们也发表了不同意见。赵勇(西北师范大学传媒学院戏剧影视文学系主任)谈到《凤凰琴》电影作为主旋律题材对于当下影视创作的启示。他认为《凤凰琴》电影在把握好原著的基础上，以展现温情的方式平衡了主旋律表达和大众的艺术需求，实现了生活、艺术、政治与技术的有机融合。如电影改变主人公性别，用女性形象来烘托民办教师群体的奉献精神，是更加符合主流意识与大众想象的。对于转正事件的表现，不但是剧中人物们的生活诉求，更是特定年代人们共同面对的社会问题。电影改编没有过度消费爱国情怀，而是在满足大众审美与期待的基础上，唤起精神共鸣和社会关注。吴行健(武汉市群艺馆助理馆员）认为《凤凰琴》的电影改编在移植式、注释式、近似式三种路径中选择了移植式，完美还原了小说中对于社会问题的多层面叙述。但也存在一些显而易见的缺点。比如人物细节的表现、主角性别的更换以及关键人物身份的变更，都不太符合原著中的叙事目的和情节设置。

二、英山守望者：现实主义传统的赓续与发展

从《凤凰琴》到《天行者》，刘醒龙始终坚持以现实主义的创作手法表达其社会现实关怀，彰显了现实主义传统生生不息的力量。部分专家学者从现实主义的艺术手法和意义内涵角度对刘醒龙的创作进行了探讨。陈思和（复旦大学资深教授）指出，首先小说中人物的塑造是饱满真实的，每一个人物前后都有合乎逻辑的变化，这种变化是出于对现实问题的考量，而不是概念化抽象化的书写。另外，《凤凰琴》不再是知识分子拯救农民、教育农民的启蒙叙事方式，而是两者的互敬互助。在这种叙事方式中，刘醒龙写出了农村潜藏的生命力，构筑了市场经济浪潮席卷前最后的传统农村的民间生活模型。丁帆（南京大学资深教授、中国现代文学研究会会长）认为"现实主义悲剧美学"这一核心概念贯穿于刘醒龙整个小说创作体系中，由此形成独具一格的美学风格。就教育题材而言，他谈到作品将英雄情节置于底层知识者或者追求知识者身上，没有停留在亚里士多德古典悲剧美学引起同情的基础上，而是开掘了一个具有现代性的悲剧描写场域，是现实主义悲剧美学的风范之作。陈锦荣（西北师范大学文学院中国现当代文学博士）指出刘醒龙作为90年代"现实主义冲击波"的代表作家，他的创作中一以贯之的就是对人的关怀、对生命的关怀，对生存意义的关怀。面对90年代社会的快速转型，他始终关注底层人民的生存状态，关注乡村社会和乡村文明的失落，试图为时代病症开一剂良方。於可训（武汉大学资深教授、湖北省文艺评论家协会主席）将《凤凰琴》放入文学史脉络中进行考察，上溯叶圣陶对基层乡村知识分子的书写，如《潘先生在难中》的灰色小人物以及怀抱教育救国理想却最终碰壁的知识

分子，指出这些作品并未摆脱当时流行的启蒙叙事框架，而刘醒龙则从这一框架中跳脱出来，着眼于中国现实与中国问题，塑造有人格、有尊严、有职业自信的民办教师群体，并且用文学作品改变了这个社会群体的命运。陈晓明（北京大学教授）认为《凤凰琴》很好地把握了90年代社会的整体气候，对社会心理、情绪、愿望都有细致入微的反映，彰显出现实主义文学的深刻性和时代性。他具体谈论了小说中吹笛子、舅舅的皮鞋等细节处理，用"螺蛳壳里面做道场"这一贴切的比喻赞扬刘醒龙精彩传神的细节描写。这种真切的生活观察与实际体验是小说真实性的基础，也是现实主义文学深沉持久的力量源泉。陈汉萍（《新华文摘》编审）结合《凤凰琴》的文学评论情况对其作出评价，认为不能仅把《凤凰琴》作为问题小说来看待。《凤凰琴》不仅是乡村民办教师群体历史生活的见证，更是90年代中国乡村现实的见证，我们要从历史载体的意义上把它作为90年代的乡村文学经典来把握。南帆（福建省社会科学院院长）用"悠长的感动"诠释了刘醒龙的现实主义创作带给读者的感受，他认为《凤凰琴》所聚焦的是文学史中"小知识分子"群体，作者在这些人物的悲欢离合和爱恨情仇之间观照社会现实，展示人性深度。相较于对人性之恶的批判，刘醒龙关心的始终是人性温暖的一面。他书写底层小人物的人间温情，从普通人的日常生活中发现宏大和诗意，这是作家人道主义情怀的体现，也是现实主义文学对人生最生动的诠释。

作为当代现实主义文学的代表作家，刘醒龙没有局限于单一的写作面向，而是在创作实践中不断探索和延展现实主义的边界，对现实主义进行超越和发展，形成自己独特的创作风格。许多专家学者都对这种文学创作上的宝贵尝试进行了高度评价。王尧（苏州大学教授）指出《凤凰琴》提供了一种"分享艰难"的写作方式，作家以自己的方式回答时代关切的问题，是现实主义的经典之作。同时，他又指出如果仅仅局限于现实主义来理解《凤凰琴》可能会对作品产生遮蔽，它还提供了一些现代性的新元素，集中体现在张英才这一人物身上，他以一个陌生人的身份"闯入"山区，这种陌生人视角"把界岭这个地方划开了一个非常大的缺口"，丰富了作品的内涵。贺绍俊(沈阳师范大学教授)在现实主义的发展脉络中对《凤凰琴》进行考察,认为刘醒龙一方面抛弃了以前现实主义被政治和意识形态赋予的固定意义,另一方面在"现实主义冲击波"的潮流下进行现实主义的意义重建,最为重要的是他拥有优秀现实主义作家把握世界的理性思考能力,对民办教师群体有自己独特的认识,即充分认识到他们的社会价值和社会意义。他们实际上在完成五四未完成的启蒙运动,并进一步将启蒙深入到乡村角落,这是作品的深刻性所在。黄发有(山东大学教授)也有类似的看法,他指出《凤凰琴》应该被放入90年代现实主义转型的脉络中来考察,从中可以窥探到90年代现实主义从宏大叙事到日常叙事,从"大历史"到"人的历史"的转变,它提供了一种"介入的现实主义",对于每一个"小人物"的现实和历史都不置身事外,饱含推动现实变革的精神动力。周新民(华中科技大学教授)进一步着眼于《凤凰琴》的发表时间1992年。他联系同年发表的两部长篇小说《活着》与《九月寓言》,指出1992年不但是中国政治、经济、社会发生巨大变化的历史时刻,也是中国当代乡村文学的转折之年。通过《凤凰琴》,刘醒龙不但完成了个人创作的转型,更开启了道德理想主义的书写模式,这是其作品的超越性所在。叶立文、王本朝、温奉桥三位学者不约而同地谈到了现实主义创作与先锋性或先锋精神的结合。叶立文(武汉大学教授、湖北省作协副主席)认为我们应该在现实主义、乡土文学这种固有观念之下寻找更为复杂的刘醒龙,这些标签往往遮蔽了他笔下的先锋性、实验性。这里的先锋性指的是一种当代性,即对八九十年代启蒙文学和人道主义文学传统的超越。王本朝(西南大学教授)认为《凤凰琴》是中国文学在80年代到90年代转折点上绕不开的界碑式的作品,它既有先锋派的文学风格,又有传统人道主义的浪漫和温情,很好地整合了传统现实主义的真实与对先锋的感知,并在传统和先锋之间找到了一个价值点,再用艺术化的方式表达出来。温奉桥(中国海洋大学教授、王蒙研究中心主任)用"越界"与"流动"定位刘醒龙的小说创作,认为他从不拘泥于固化的叙事结构或单一的写作面向。刘醒龙虽然始终秉持现实主义的立场和视角,但同时又根据自身的生命体验极力张扬现实主义文学的主体性，延展现实主义文学的边界，在"越界"的过程中"寻找"对沉沦在消费时代与物质欲望中的人的精神救赎。这是一种先锋的精神，也是刘醒龙意图恢复的现实主义的本质内涵，其最核心的价值立场即对生命的关怀，进行对生命本相的勘探，这形成了刘醒龙独特的现实主义美学品格。许春樵、张志忠、房伟三位学者都谈到了现实主义与浪漫主义气质的融合。许春樵(安徽省作协主席)认为《凤凰琴》最具审美意义的就是现实主义严酷中的浪漫主义气质，和新时期批判现实主义小说相比，它多了些温和、关怀、希望，显示了现实主义创作的多种可能性。体现在文本中，其中的凤凰琴意象、吹笛子奏国歌、升旗场景等的描写构成了整部小说的浪漫主义调性，并在当时的历史语境中构成了刘醒龙独特的美学风格。房伟(苏州大学教授)也提出刘醒龙的创作是一种在现实主义和浪漫主义交融下出现的奇妙的现象，现实主义为他提供了针对现实的真实描述，而浪漫主义提供了一种情感性，他以情写实，对笔下的人物充满怜悯和爱意。同时，刘醒龙创作本身也具有高度的复杂性——有对启蒙的反思，又有古典性的坚守，有对现代化的批判怀疑，也有建立在朴素乡土民间视野下的宽容，这都让他超越了传统现实主义的书写。张志忠(首都师范大学教授)则对《凤凰琴》所表现的诗意的现实主义进行了自己的解读和阐发。他认为刘醒龙的"诗意"是具有延续性的。"诗意"从表层来说是作品中表现的抒情性，包括对乡村风景的描写、对别的文本的融合，如反复吹响的《我们的生活充满阳光》等，从深层来说则是小说的理想色彩、理想精神和理想追求，也就是刘醒龙所说的"生命之上诗意漫天"，这也是小说现实主义内核中更重要的东西。

《凤凰琴》作为当代现实主义文学的经典之作，许多专家学者都总结了它对中国当代文学，特别是现实主义文学创作的经验与启示。吴义勤(中国作协党组成员、副主席、书记处书记)作出了三点评价，首先是要扎根生活，以真实的生活经验为基础，才能发现生活、提炼生活，产生自己的思考和情感；其次要坚持以人民为中心，《凤凰琴》的影响力之所以经久不衰，正因为作者对笔下人物的倾心，向他们致以敬意和赞美；最后，要有大历史观、大时代观,《凤凰琴》作为一个主旋律作品,是刘醒龙凭借高超的艺术创作能力打造的精品力作。潘凯雄(中国作协小说委员会副主任)也同样认为《凤凰琴》是优秀的主题性写作,从中可以总结出主题写作应重视的基本要素,即要有敏锐捕捉生活的能力、有悲悯情怀、有优秀的艺术表现力等。贺仲明(暨南大学教授)提炼出了"源于现实,超越现实"这一启发,他认为要写出有生命力的作品首先要积累丰富的生活经验,从现实中发现问题,更要对生活有所超越,通过事件写出人性、人情、理想追求等复杂面,如果只是停留在现实事件本身,那只能成为轰动一时的作品而渐渐被人们遗忘。杨晓帆(华中师范大学副教授、《新文学评论》副主编)主要谈及刘醒龙为当下重建道德理想提供的可能性。在新时期以来去政治化、去崇高化的文化潮流中,"好人文学"变得越来越可疑,而刘醒龙笔下理想人物的生成是可信的,因为他是在现实人文关系里去写个人而非基于知识观念摆放"理想"。并且,刘醒龙的作品更强调一种内在超越的力量,不是直接塑造有崇高品质的理想人物,而是注重在冲突矛盾中逐渐发展出人物与他人、社会的良性互动关系。此外,刘醒龙在很多长篇中往往为理想人物赋予历史逻辑,这就使其人物塑造有了深厚的历史意识和文化底蕴。刘琼(《人民日报》文艺报副主任)指出《凤凰琴》作为"现实主义冲击波"的代表作品,能够"冲击现实"是因为它触及了社会热点、痛点问题,并对这一社会问题所涉及的具体的人的命运进行观照,对人性进行深度剖析。她进一步归纳到,伟大的经典作品往往不是靠技巧取胜,而是对社会现实、对社会本质、对人的本质以及人与人之间关系的深刻认识。李建华(湖北省文联二级巡视员、省评协副主席)着重强调了刘醒龙的小说为当下文艺创作提供的有效经验和思想滋养,一方面是如何深入生活,扎根人民,刻画可信的人物形象,并记录、表现我们身处的伟大历史变革,最终表现中国精神中国魂。另一方面是如何在新的时代提供新的审美经验、审美逻辑,展示新的审美气质。吴道毅(中南民族大学教授)认为地域对刘醒龙的现实主义创作有着深远影响,他指出"以大别山为书写的载体走现实主义的道路是刘醒龙创作的成功经验",他扎根于大别山这一文学沃土,把被大家普遍忽略的民办教师群体作为文学的重点关注对象，勇于披露社会问题，敢于为社会弱势群体伸张正义，直面改革开放过程中严峻的社会矛盾，这是其创作留下的宝贵经验。程光炜（中国人民大学教授）从作家创作的角度进行评析，提示到在创作《凤凰琴》的时候刘醒龙还是一个业余作家的身份，一方面，他在比较偏远、信息闭塞的地方克服创作遇到的困难，另一方面，这种身份也让其不受文坛风气、文学潮流的裹挟，获得了创作的独立和自由。蒋述卓（暨南大学教授、广东省作协主席）认为《凤凰琴》《分享艰难》等作品对现在的作家和文艺发展方向的启示是深远的，这些经典作品宣示着现实主义创作是永远不会在当代文学中消退。刘醒龙没有选择当时流行的先锋形式，而是以现实主义的文学表达完成了他的经典，因此现实主义创作也能够创作出优秀的作品。

三、山村奏琴声：教育题材的社会面向

许多专家学者都从《凤凰琴》的历史价值与社会影响出发，认为这部小说有力推动了民办教师命运的转变和乡村教育事业的发展，高度肯定了《凤凰琴》所具有的人民性与时代性。学者们一致认为《凤凰琴》这部经典的成功在于它敏锐关注到了中国 90 年代的教育问题，记录了当时社会发展的深刻变化。

以"时代性"为切入点，与会者都谈到《凤凰琴》对中国教育问题起到的巨大推动作用。陈晓明（北京大学教授）指出《凤凰琴》的时代性体现在它真实地反映了 90 年代初这样一群特殊的民办教师的生活，反映了 90 年代初乡村教育的困难。何向阳（中国作协创研部主任）认为《凤凰琴》作为一部现实主义杰作，对于当代文学发展来说，真实再现了 20 世纪后半叶中国乡村民办教师的际遇、命运和人格情操，深入探讨了 20 世纪中后叶亟待解决的民办教师的待遇问题、转正问题和心理问题，展现了民办教师面对艰苦条件和现实困境时的奉献精神和理想信念；对于社会改革来说，《凤凰琴》完成了文学推动社会进步的神圣使命，引起了社会对于乡村知识分子的命运的关注，推动了 1992 年至 2000 年间民办教师群体的

转正问题的解决与社会地位的提高。胡伟（湖北省广电局一级巡视员）认为《凤凰琴》的社会价值主要体现在三方面：第一，《凤凰琴》直接改变了全国 280 万民办教师的命运。第二，《凤凰琴》深化了全社会对教育行业的全方位认知，提供了一个认识教育行业和民办教师困境的独特视角，使"再穷不能穷教育，再苦不能苦孩子"成为全社会的共识。第三，《凤凰琴》构成了一代人的集体记忆，其社会影响触及社会的方方面面。桫椤（河北省作协）认为《凤凰琴》的时代性主题中蕴含着深沉情感和对传统精神的坚守。这主要体现在两方面：一是它用民办教师与个人奉献极不相称的工作和生活境遇深度折射了改革开放第一个十年以来的中国社会的普遍矛盾，表现出了强烈的批判意识，小说中的人物遭遇和故事情节切中了时代的痛点。二是《凤凰琴》把握住了中国人集体情感的跳动节律，它描写了以民办教师为代表的人民群众，更参与了将时代精神与传统价值融为一体的民族精神和社会主义精神建构。吴晓君（武汉市文联文研所编辑）围绕刘醒龙教育题材小说的意义，把《凤凰琴》放在中国现代化变革的大背景中及城乡格局的差异中进行解读。她区别了教育题材小说的类型，并认为《凤凰琴》的特殊意义与时代价值不但在于暴露出民办教师制度设计的缺陷，更在于对国家教育现代化的进程展开了一次深切反思。冯艺（广西作协原主席）以作家身份讲述了《凤凰琴》这样一部现实主义的优秀作品如何发挥文学的力量介入社会现实。刘醒龙以敏锐的社会洞察力和高超的艺术感染力在《凤凰琴》中用真实的细节塑造了生动又有个性的乡村教师的艺术形象，展示了乡村教育的现实状态，反映了乡村民办教师的生活及其命运，推动了 20 世纪艰难生活的乡村民办教师群体命运的改变，这体现了现实主义文学介入时代进程的力量和社会审美的价值。李国平（陕西师范大学教授）从《凤凰琴》的启蒙主题谈起，强调《凤凰琴》在社会现实层面的拓展效应丰富了它的意义和价值，体现了刘醒龙的社会认识和创作初心。赵学勇（陕西师范大学教授）从《凤凰琴》的人民性特征进行阐述，认为《凤凰琴》推动了数百万民办教师的工作和生存问题的解决，带来的强大的社会效应在百年中国的小说史上是非常少见的。

从作家身份与创作特点出发，与会学者也集中评述了刘醒龙身为作家的坚守与社会责任感。孔令燕(人民文学出版社副总编)认为刘醒龙以《凤凰琴》为代表的一系列作品充分展现了作者的社会责任感，立足中国大地，关切中国现实。百年大计，教育为本，《凤凰琴》关注中国基层教育，聚焦民办教师群体，凸显了民办教师群体对于基础教育事业的投入和热爱，讴歌了他们默默付出、无私奉献的精神，客观推动了中国民办教师命运的改变，促进了基层教育和社会的进步。黄发有(山东大学教授)指出《凤凰琴》的创作依然在延续，而且还在深入。一方面，刘醒龙对于中国乡村教师整体的历史和比较有代表性的乡村教师的命运都非常了解，在写作上有非常充分的准备。另一方面，在创作《凤凰琴》和《天行者》之后，刘醒龙始终关注乡村教师的命运和中国乡村教育的发展，始终关心现实并努力推动现实的改变。

另外，还有不少专家学者从自己有关民办教师的独特回忆谈起，以历史亲历者的视角回顾了民办教师的身份变迁和中国教育的发展历程，并在此基础上诠释了《凤凰琴》的独特意义。於可训(武汉大学资深教授、湖北省文艺评论家协会主席)提到自己的母亲是一名乡村教师，他从小接受的也是乡村教育。他对《凤凰琴》的历史作用进行了高度肯定，认为"在中国现当代文学史上一个作品促成了一个社会群体的命运改变，这是绝无仅有的"。朱寿桐(澳门大学教授)也从个人体验出发，讲述了他关于《凤凰琴》促进中国民办教育改革的记忆。他回忆起在 2001 年教育部青年教师奖的授奖仪式上，时任国务院副总理的李岚清在主持讲话时对湖北作家刘醒龙以及《凤凰琴》给予了高度评价，推荐大家阅读小说《凤凰琴》和观看同名电影。李岚清认为《凤凰琴》使他对中国农村的教育有了更深的认知，是能够帮助大家下决心解决中国农村民办教育问题的一个伟大的文本。金宁(《文艺研究》主编)提到阅读《凤凰琴》唤起了他在 1969 年时对河南信阳地区乡村教师课堂的回忆，当时民办教师的窘迫、痛苦、艰难给他留下了深刻印象。《凤凰琴》通过描写这样一群小人物的微光，引发了读者的共情，推动了社会的变革。毕光明(海南师范大学教授)联系自己曾当过民办教师并转正的亲身经历，指出在城乡二元的社会结构中民办教师处于特殊的身份，《凤凰琴》写的正是特定的历史记忆中这样一群特殊的社会角色的人生悲喜剧。作为乡村知识的普及人和传道者，民办教师群体存在强烈的内在冲突，其经济待遇和文化地位不匹配，其个人需求和文化使命不统一，这种冲突构成了小说的核心。傅小平(《文学报》评论部主任)谈到他家里有两位兄长是民办教师，民办教师转正在当年是一个重大的社会问题，刘醒龙具有鲜明的问题意识和强烈的社会责任感，敏感地传达出时代的体感和温度。他期待刘醒龙能够再写续篇，展现民办教师转正以后的发展以及在此过程中整个教育界的发展。李晋雄(中央电视台纪录片频道编导)回忆起1992年自己所在的央视纪录片组因传阅刘醒龙的作品激起了乡村教育题材的选题热潮。她亲身感受到贫困地区民办教师在困境中对乡村启蒙的贡献，纪录片的宣传也引发了大众的重视和帮助。刘醒龙带领大家关注和关心民办教师群体，让大众既看到了乡村教师对人性的坚守，又看到了作者本人对文学的责任和情怀的坚守。朱小如(《文学报》评论部原主任)、何言宏(上海交通大学教授)、刘益善(作家、省作协原副主席)、陈国和(中南财经政法大学教授)也都从自身经历出发，讲述了与《凤凰琴》中民办教师群体经历相似的历史记忆。

　　一些专家学者指出民办教师群体作为特定时期的历史产物具有其值得被铭记的意义，并认为《凤凰琴》这部小说正是为民办教师树碑立传的重要文学载体。晓华(《扬子江诗刊》副主编)就具体强调《凤凰琴》记录的是出现在50年代，消失在2000年的民办教师群体。刘永(中国教师博物馆副馆长、博士)提到《凤凰琴》让广大民众更深切地了解了乡村教师、民办教师群体，激励广大教师不忘初心、砥砺前行。他结合自身工作介绍了曲阜师范大学率先创建的中国首个教师主题博物馆，中国教师博物馆以民族文化记忆、教育历史遗产、教师精神家园为主题定位，从文化史、教育史、教师史三个角度为教师撰史立言。杨庆祥(中国人民大学教授)用1970年代以来民办教师群体的数据说明至少有三代人深受民办教师影响，《凤凰琴》对于民办教师群体的书写和记载具有重要意义。他认为民办教师是中国社会主义制度和社会主义实践下的独特产物，他们是一支半工半读的文化游击队，如何安置民办教师实际是政治经济学问题，但《凤凰琴》不仅艺术地呈现了这一问题，并且特别突出了其中的伦理性难题。彭涛（华中师范大学新闻与传播学院副院长、教授）结合英山县志材料，以非常具体的数字呈现了当时民办教师群体生活困窘的现实。从社会生活史的角度进行分析，指出《凤凰琴》非常详实完整地呈现了80年代中国民办教师的生存状态，描写了鄂东地区的社会生活，具有重大的社会意义。

以《凤凰琴》为起点，与会专家们也不限于文学领域发表了他们对中国教育问题的思考。翟天山（湖北省政协理论研究会会长、华中师范大学教授）认为《凤凰琴》不仅为解决民办教师问题做出了贡献，而且对当前中国的教育问题也有一定启发。他指出随着物质条件的改善，当前的中国教育既面临顺境教育问题，又面临教师奉献精神减弱的问题。《凤凰琴》中"孩子在艰苦磨炼中才能健康成长，教师在奉献中才可以神圣起来"的教育真谛在当下依然适用，他呼吁更多的刘醒龙为中国教育的高质量发展续写新篇。郜元宝（复旦大学教授）也认为中国社会对教育的理解以及对教育的尊重和信任等问题还没有得到解决，而文学应该不断发声，继续思考、介入中国的教育事业以及社会各方面的问题。汪雨萌（上海大学中文系讲师、中国现代文学馆客座研究员）指出《凤凰琴》讲述了乡村教育乃至中国教育的一个本质，即立德树人。她提到在关于乡村教育的最新调查中，一个重要的教育目标是建立新的乡愁和新的乡土课程，这正呼应了《凤凰琴》中民办教师群体的精神和实践目标，即通过乡村教育来完成对于中国乡村文化、师生文化、教育文化的自我教育和生活教育。萧耳（《浙江日报》记者）提到随着城市化进程加快，新一代人面临的乡村问题是空心化，乡村教师遇到的问题不再是转正而是坚守。三十年后，我们依然需要《凤凰琴》中的精神来鼓舞更多青年教师为新的乡村建设和乡村教育做出贡献。

学术研讨会的总结环节由省文联党组成员、副主席、一级巡视员肖伟池先生主持。各场研讨会主持人分别向大会汇报了研讨情况。武汉大学教授、刘醒龙当代文学研究中心主任李遇春作总结发言。李遇春教授指出与会学者共同关注的主要有以下三方面：第一，从新时代文学的高度出发，探讨了《凤凰琴》、《天行者》的经典性内涵及其对当下文学创作的启示；第二，将《凤凰琴》放在百年中国新文学传统中，特别阐发了刘醒龙创作对于中国现当代文学现实主义传统的继承与发展；第三，内部研究与外部研究相结合，从文本自身的各要素构成及其跨媒介改编的传播接受角度，总结归纳了《凤凰琴》的经典性与经典化问题。

会议最后由著名作家、湖北省文联主席刘醒龙先生致答谢词。刘醒龙先生从自身深厚的文学创作经验出发，先对于本次会议中出现的两个关键词"30 年"与"经典"进行了阐释。"重温《凤凰琴》也是重温自己"，尽管三十年对于文学而言只是一瞬，但经典让时光短暂停驻，本次会议也是他携带自己作品回归故里的成熟时刻。刘醒龙联系几十年从事现实主义文学创作的深刻体悟，认为正是文学梦支撑自己一步一步走到今天，最终实现创作文学经典的终极目标。从《凤凰琴》到《天行者》，再到《圣天门口》出版之初的沉闷窒息，他感谢一路上陪伴着他的贤良方正的师长与朋友，也感谢来自英山等五湖四海的读者给予他的温情与力量。刘醒龙先生包含深情的切身感悟为本次研讨会画下了圆满的句号。

在重温《凤凰琴》系列文艺活动
开幕式上的讲话

中国作协副主席　阎晶明

　　作为小说家，刘醒龙的创作体裁多样、题材宽广。在长篇小说、中篇小说、短篇小说创作上都有不俗成绩，从题材上讲，既有革命历史题材，如《圣天门口》，也有现实与历史相互映照的题材，如《黄冈秘卷》，然而刘醒龙创作史上最具影响力、最能够体现他的社会责任和使命担当以及艺术成就的，是从《凤凰琴》到《天行者》的现实题材创作，是他对乡村教师这一具有特定历史印迹的社会角色的真切关注，真实表现，真情礼赞。乡村教师，乡村里的知识分子，文化人里的最基层者，他们身上有着多重特质，他们直面贫穷与落后的残酷，同时又承担着传承文化的责任，还有自身身份的尴尬与焦虑，比如转正与转不正，等等。

　　从小说意义上讲，刘醒龙抓住的不是一个题材，不是说他塑造了乡村教师就是为当代中国文学填补了一个形象空白，更重要的是他借助这样一个社会角色，捕捉到了人物的复杂性，刘醒龙紧紧抓住乡村教师这一社会身份的特性，并为之注入鲜明的时代特点，乡村教师是文化坚守者、传播者，也是个人理想的奋斗者，同时又是无私奉献者，在他们身上，一样，高扬着社会主义新时代的鲜明主题。

　　回首一百年前，鲁迅塑造孔乙己这一形象时，那种悲苦、窘迫，一个底层知识分子的不幸令人唏嘘。《凤凰琴》《天行者》中的张英才等，依然是小人物、小知识分子，却有一颗黄金般的心，有着高扬的理想和崇高的境界，这就是时代之变，也是作家的诚实，从中体现着文学表现时代质变的力量。自五四以来，中国现当代文学中通过描写小人物，尤其是小知识分子在大时代当中的命运变迁，从而反映历史，表现现实，有很多例证，刘醒龙的创作在这一序列里可以说是独树一帜的。

刘醒龙的创作具有鲜明的地域特色，荆楚文风与大别山的淳厚相得益彰。他的作品体现出炽热的人民性，这种人民性在刘醒龙那里，不是标签，不是口号，不是创作谈里的表态，他写出了生活里的艰辛、事业的艰难，更写出了人性的温暖。他没有回避矛盾，恰恰是在揭示利益冲突和矛盾斗争的过程当中，把平凡人的生活写得复杂多样，在揭示问题中弘扬了时代主旋律。

一个作家可以带着自己的作品回到故乡。受到故乡人的欢迎，这并不单单是人们对他所取得的成就、获得的荣誉的一种认可，或为之骄傲，更是因为他写的就是故乡、故乡人，他的作品与这片土地和土地上的人们有着直接的关联。他让故乡的人们从中感受到一种亲切和温暖，这正好体现了总书记所强调的"生活就是人民，人民就是生活"的创作宗旨。今天这个活动在刘醒龙的家乡英山举行，可以说意义是多重的。祝贺刘醒龙，感谢湖北省、黄冈市、英山县对本次活动的大力支持、长期以来对文学事业的高度重视。感谢各位专家，希望接下来的学术研讨取得圆满成功。

谢谢大家！

以现实主义创作抒写人民史诗

——重温《凤凰琴》系列文艺活动

中国文艺评论家协会副主席兼秘书长

中国文联文艺评论中心主任

徐粤春

2022 年是党的二十大召开之年，延安文艺座谈会召开 80 周年。在这样重要的历史时刻，中国文艺评论家协会与中国作家协会创研部、中国青年出版总社、湖北省文联和武汉市文联五家单位联合主办"一曲弦歌动四方——《凤凰琴》发表 30 周年"系列文艺活动，很有意义。习近平总书记在中国文联十一大、中国作协十大开幕式上的讲话指出："文艺要对人民创造历史的伟大进程给予最热情的赞颂，对一切为中华民族伟大复兴的拼搏者，一切为人民牺牲奉献的英雄们给予最深情的褒扬。"30 年前，刘醒龙发表的中篇小说《凤凰琴》，以及后来以《凤凰琴》为基础创作的长篇小说《天行者》，以高贵的人文精神为"20 世纪后半叶中国大地上默默苦行的民间英雄——民办教师"所谱写的一曲生命赞歌，以史诗品格忠实记录了人民群众为发展乡村教育事业所作出的奋斗、牺牲和奉献，成为中华民族伟大复兴壮阔进程中一只坚实而清晰的文学脚印。

借此机会，我主要从三个方面谈一谈对《凤凰琴》和《天行者》的阅读感受。

《凤凰琴》《天行者》具有宝贵的社会价值和深刻的时代意义。民办教师是 20 世纪后半叶中国一个特殊的知识分子群体。在广大农村地区，民办教师被普遍称作"代课老师"。他们没有任何"名分"，生存境遇十分艰难，身份尴尬，收入卑微，却在特定历史阶段顽强地支撑起了近半个世纪中国最底层乡村和山区义务教育的大厦，发挥着对乡村进行启智育心的重要作用。他们是在陡峭命运里开出诗意之花的默默奉献者，他们演绎的故事是中国故事的重要组成部分，是我们不应该忘却的宝贵精神财富。刘醒龙以敬畏、感恩之心来为一群坚韧苦行的乡村启蒙者立传，不仅体现了强烈的社会责任感和悲悯情怀，而且赋予了作品更为宝贵的社会价值和深广的时代意义。《凤凰琴》的发表及影视改编，让民办教师群体受到关注，一定程度上对民办教师转正工作起到了推动作用。文艺作品推动了社会进步，是其社会价值的直接体现。

在国家相关政策改变后，民办教师在纷繁的历史变革中已经变成了一种历史遗存物，渐渐被人们忘却。文学艺术是人类传承文明、保存记忆的重要方式，优秀的创作者往往善于从人们的遗忘处开始书写、打捞和诘问，通过文学作品来唤醒人们的文化记忆。《凤凰琴》和《天行者》以近乎白描的创作手法为民办教师塑像，让这个群体不至于被历史遗忘，在时过境迁之后的当下甚至多年以后，我们还能通过文学艺术，了解这个群体，并被他们的事迹感动。正因为有这样的作品，民办教师这个群体虽然消失了，但他们的历史功绩终将载入史册。从这个角度而言，两部小说具有鲜明的"史诗"品格。

《凤凰琴》《天行者》是当代现实主义文学创作的又一个典范。现实主义精神是中国文学的优秀传统，在几千年的发展历程中，现实主义文学一直是最主流的文学样式。现实主义的魅力之一就在于塑造典型环境中的典型人物。《凤凰琴》《天行者》塑造了一批生动鲜活的典型人物群像。是围绕界岭小学展开的故事，细节与整体，白描与泼墨，外在人格与内心性情，主要人物与次要人物的性格得到各自凸显，繁而不乱。这显示出作家在人物形象塑造上的深厚功力。

小说还为典型人物创造了典型环境，花了大量笔墨描写界岭的环境，包括恶劣的自然环境（界岭小学山高路陡、人烟稀少、与世隔绝，山风、暴雨甚至野狼时刻威胁生存）和复杂的乡土社会环境，抓住人物与环境抗争时的种种表现，人物形象尤其是性格充分彰显。以余校长和孙四海为代表的民办教师们尽管在物质生活上极端清贫，精神上也承受着种种偏见歧视和"村阀"余实的作威作福、百般刁难，但是他们没有退缩逃避、独善其身，反而为了界岭小学的孩子们，为了争取"高考零的突破"竭尽全力、鞠躬尽瘁。环境越恶劣，就越发凸显民办教师们的坚强不屈和崇高奉献精神。

小说以日常书写和细节真实去造就伟大崇高。作家通过大量真实鲜活的细节，详细描写了"民间英雄"们身上"人"的言行、性情。这样的人物就是我们身边的普通人，有着普通人的纠结与渴望。他们在三次转正机会到来后的挣扎转变、展现私欲又不断克制私欲的过程，是一种不断升华的过程。我们不仅感受到民办教师的时代悲怆和崇高品格，也体会到他们的心灵净化和精神成长。恰恰是因为他们身上具备普通人的人性弱点，所以，他们在平凡中创造的伟大，使得人物的精神更加熠熠生辉，也带给我们更强烈的真实感动和心灵震撼。

《凤凰琴》《天行者》具有浓郁的地域美学风情。

中外文学史上那些具有独特风格的作家，都有自己深厚的文化渊源，他们的创作也带有鲜明的地域文化印记。《凤凰琴》《天行者》中描写的湖北乡村自然景观、湖北地区特有的民风民俗、使用的湖北方言都使作品具有了明显的地域美学风情。包括两湖地区乡村风景图，当地小学样貌的描写。茯苓跑香的传说、老村长墓碑"显灵"的传说，腊肉挂面、红豆杉，等等，也都带有很深的楚地文化、生活印记。语言是文学的衣裳，独具特色的语言是形成作家创作风格的重要因素。比如"垸"子(中国湖南、湖北两省在湖泊地带挡水的堤圩，也指堤围住的地区)、"红苕""天上雷公，地上母舅""闩门"等语言都是非常地道的湖北方言。浓郁的地域风情拓宽了作品的审美意蕴。刘醒龙对地域风情的表达，并没有仅仅停留在对界岭地区风土人情的浅表认识上，而是赋予了它们隐喻和象征。比如用"男苕""女苕"来比喻人落后而愚蠢就和界岭盛产的"红苕"有关。又如在小说中反复出现的南方大雪的意象，内涵就更加丰富了。

总之，《凤凰琴》和《天行者》可以说是"以文立心、以文铸魂"

的现实主义精品力作。两部小说塑造出了吸引人、感染人、打动人的民办教师形象，他们身上体现的人性光辉和精神力量，必将激励一代又一代读者。我们期待今天的中国作家艺术家，能够深入生活、扎根人民，用满腔热情和全部身心去拥抱现实，用灵魂去反映、去描绘、去书写新时代人们的精神面貌与时代的风云激荡，为后人留下更多的属于我们这个时代的中国现实主义文艺经典。

在《凤凰琴》系列活动上的讲话

湖北省人大常委会副主任、党组成员，省总工会主席

刘雪荣

　　在全省上下正在深入学习贯彻省第十二次党代会精神，以优异的成绩迎接党的二十大胜利召开之际，今天我们汇聚在英山，隆重举办"一曲弦歌动四方——《凤凰琴》发表 30 周年"系列文艺活动。经省委批准同意，我很高兴来参加这个活动。首先对活动的举办表示热烈的祝贺！对来自全国各地的专家、学者表示诚挚的欢迎！

　　湖北历史悠久、人文底蕴深厚、精神文脉源远流长。湖北省委省政府历来高度重视文艺工作。在新时代文艺创作的伟大实践中始终活跃着湖北广大文艺工作者的身影，总能聆听到湖北广大文艺家的足音，处处篆刻着湖北文化人追求卓越的风采。新中国成立以来，湖北文坛推出了一大批优秀文艺作品，塑造了无数个经典艺术形象。30 年前英山这片热土上成长起来的著名作家刘醒龙深入生活、扎根人民，创造了聚焦现实主义题材的优秀作品《凤凰琴》，被誉为乡村教师的生命赞歌，成为一代一代读者的精神记忆。醒龙同志至今仍然笔耕不辍，是用优秀作品传播中国当代价值、彰显荆楚文化精神、反映千万荆楚儿女审美追求的榜样。醒龙同志是黄冈人，生于斯长于斯，大别山的钟灵毓秀养育了这位杰出的人才，他是黄冈人民、湖北人民的骄傲和自豪。我有幸在黄冈工作了 15 年，在这 15 年里，我和醒龙同志结下了深厚友谊，建立了深厚感情。我钦佩他、敬重他、学习他，时常为他的如椽巨笔而惊叹，为他"浓得化不开"的人文情怀而感动。

　　习近平总书记指出，衡量一个时代的文艺成就最终要看作品。

今天来自全国各地的专家学者重温经典，以《凤凰琴》创作为例研讨人民史诗书写与当代现实主义创作，是学习贯彻习近平总书记关于文艺工作重要论述的具体举措，是落实湖北省第十二次党代会加快文化强省建设要求的具体行动。当前，全省正在大力开展党员干部"下基层、察民情、解民忧、暖民心"活动，衷心希望湖北广大文艺家和文艺工作者借此机会更加积极深入生活、扎根人民，了解人民的辛勤劳动、感知人民的喜怒哀乐，从时代之变、中国之进、人民之呼声中提炼主题、萃取题材，展现中华历史之美、山河之美、文化之美，力争涌现出更多富有时代特征、中国气派、荆楚特色的精品力作，汇聚起推动湖北经济社会发展的巨大精神力量。

当代中国江山壮丽、人民豪迈、前程远大，新时代是中国人民拼搏奋斗创造美好生活的时代，必将是文艺名篇佳作如星河般浩瀚、璀璨的时代，衷心祝愿广大文艺工作者勇攀艺术高峰，创作出更多丰富多彩、群众喜爱的优秀文艺作品。

祝本次活动取得圆满成功！

在"一曲弦歌动四方——重温《凤凰琴》" 系列文艺活动开幕式上的讲话

湖北省文联党组书记、常务副主席 张士军

尊敬的各位领导、各位嘉宾：

在全国文艺界深入学习贯彻习近平总书记在中国文联十一大、中国作协十大开幕式上的讲话精神，在湖北省第十二次党代会胜利闭幕全省人民奋力谱写荆楚大地新篇章，以优异成绩迎接党的二十大胜利召开的新形势下，我们在英山县隆重举办"一曲弦歌动四方——重温《凤凰琴》"系列文艺活动。在此，我谨代表湖北省文联对活动的成功举办表示热烈祝贺！对线上线下参加活动的中国作家协会、中国文艺评论家协会、湖北省人大常委会、湖北省委宣传部领导以及来自全国各地的专家学者、文艺家表示诚挚的欢迎！

中篇小说《凤凰琴》，是著名作家刘醒龙的成名作、代表作。1992 年在《青年文学》发表后，不仅引起了文学界广泛关注，先后被拍成同名电影、电视剧，而且对推动中国乡村教育事业的改革发展产生了重要影响。"凤凰琴"被誉为乡村教师的生命赞歌、成为普通中国人无私奉献的代名词。以《凤凰琴》为基础创作的长篇小说《天行者》获得了茅盾文学奖、全国精神文明建设五个一工程奖。今年 5 月，《凤凰琴》发表 30 周年，重温这部赞美普通劳动者辛勤耕耘、恪尽职守、无私奉献，字里行间充满正能量的经典作品，对我们当下的文艺工作遵循以人民为中心的创作导向，以现实主义手法反映火热生活，以及送文艺下基层，发挥文艺优势助力乡村振兴，具有重要的启示意义。

一是，要坚持为人民书写。习近平总书记指出，"社会主义文艺，从本质上讲，就是人民的文艺"。所谓人民的文艺，就是以人民为本位的文艺，以满足人民精神文化需求，作为文艺和文艺工作的出发点和落脚点，把人民作为文艺表现的主体、作为文艺审美的鉴赏家和评判者，把为人民服务作为文艺工作者的天职。《凤凰琴》之所以感人至深，正是因为塑造了余校长、孙四海等几位扎根大山深处的乡村教师的形象，他们用朴素的情怀奏响了乡村孩子们的命运之曲，用热血和生命支撑起中国乡村教育的一片天空。文艺工作者要深入生活，走到田间地头，走入市井百姓之中，智慧与才华共存，有信念更有担当，自觉为人民抒写、抒情、抒怀，感应时代前进的步伐，才能创作出为人民所喜闻乐见的佳作。

二是，要坚持出精品力作。创作是文艺工作的中心任务，作品是文艺工作者的立身之本。衡量一个时代的文艺成就最终要看作品，建设文化强省也要以精品力作来支撑。判定一部文艺作品优秀与否，关键就在于看其是否实现了思想标准、审美标准和质量标准的统一。推动湖北文艺繁荣发展，最根本是要创作生产出无愧于伟大时代、具有中国气派、长江特色、荆楚风格的优秀作品。这既是时代的召唤，也是文艺家和文艺工作者的责任与担当。

三是，要坚持以创新为要。文艺创作是艰苦的创造性劳动。优秀的文艺作品，能呼应时代需求，激发受众情感。文艺工作者要把创新精神贯穿文艺创作生产全过程。要植根博大精深的传统文化，把传承与创新相融合，向前辈学习，向经典学习，既尊重文艺创作规律，又要在守正创新上实现新作为。当下的新理念新技术，催生了新的文艺内容和形式，让中华优秀文化穿越时空，绽放灿烂光芒，文艺工作者要做新时代的见证者，记录者，创新者，努力开拓文艺高质量发展的新境界。

当前，6100万荆楚儿女和全国各族人民一起，在新思想的指引下，贯彻落实新发展理念，为实现中华民族伟大复兴中国梦而努力奋斗。这是新时代的主旋律、主基调。刚刚结束的省十二届党代会要求，要加快文化强省建设步伐。站在新时代的历史坐标上，湖北广大文艺工作者要自觉做习近平新时代中国特色社会主义思想的坚定信仰者和忠实实践者，并转化为思维习惯和行动自觉，努力创作生产出无愧于伟大时代的优秀作品，形成名家大家迭出、青年英才辈出、文艺群星灿烂的生动局面，共同谱写新时代湖北文艺事业发展的新篇章！

"重温《凤凰琴》系列文艺活动" 开幕式上的讲话

武汉市文联党组书记、常务副主席　李　蓉

尊敬的各位领导，各位专家、学者，各位来宾：

大家上午好！

今天，我们欢聚在素有"丝茶之乡，温泉之都"美誉的英山，举办"一曲弦歌动四方——重温《凤凰琴》"系列文艺活动，这是湖北文学艺术界的一件大事，也是中国文学艺术界的一件盛事。我谨代表武汉市文联对前来共襄盛典的各位领导和来自全国各地的专家、学者、作家以及各媒体的朋友们致以热烈的欢迎和诚挚的感谢！

刘醒龙先生是茅盾文学奖、鲁迅文学奖获得者，也是中国文坛中一直保持着旺盛创造力的著名作家，在每个重要的历史时期都有代表性的作品问世。他的作品一直秉承现实主义文学创作传统，以一种深邃、深入、深刻的智慧审视和洞察人心和人性，也坚持风骨与风雅的艺术品位，维护着文学尊严。1992年发表的中篇小说《凤凰琴》是刘醒龙先生的优秀代表作，作品描写了一群乡村教师工作和生活状况，真实地反映了我国偏远山区教育的现状和乡村教师的生命价值，细致入微地刻画了他们在平凡中彰显伟大的人生，被誉为"二十世纪后半叶的一曲乡村教师的生命赞歌"。《凤凰琴》让我们看到了一名作家广博的胸襟，温暖的情怀，展示了作家对自身所处时期社会现状的深刻思考。这篇小说以沉甸甸的直面现实的担当，和质朴厚重的艺术追求，一经问世就产生了极大的社会影响力，引发了社会各界对乡村教育，对乡村教师群体的热切关注，对推动乡村教育的发展，推动乡村人口素质的提高起到了十分积极的作用。《凤凰琴》以及后来续写的《天行者》，影响和改变了乡村知识分子的前途命运，见证了文学对社会巨大的影响力。30 年后，作品仍热度不减，继续保有旺盛的生命力，这种非常罕见的文学现象，是值得我们进一步思考、研讨和总结的。

今年是党的二十大召开之年，又是毛泽东同志《在延安文艺座谈会上的讲话》发表 80 周年，在这样一个重要年份上，在全省党代会刚刚胜利召开之际，举办"重温《凤凰琴》系列文艺活动"，意义非常。毛泽东同志《在延安文艺座谈会上的讲话》就明确指出了文学艺术是为人民大众的。习近平总书记也强调，"人民是文艺创作的源头活水"，"文艺创作方法有一百条、一千条，但最根本、最关键、最牢靠的办法是扎根人民、扎根生活"。这是文艺创作想要获得广泛认可的真言。"文化兴则国家兴，文化强则民族强，当代中国，江山壮丽，人民豪迈，前程远大。时代为我国文艺繁荣发展提供了前所未有的广阔舞台。"这是习近平总书记在中国文学艺术界联合会十一次全国代表大会，中国作家协会第十次代表大会开幕式上的讲话。让我们牢记总书记的殷殷嘱托，守正创新，弘扬正道。

最后，我再次代表武汉市文联对各位领导，对来自全国各地的专家、学者、作家以及媒体朋友们表示衷心感谢，希望大家一如既往支持武汉的文学艺术事业！也祝愿此次活动成果丰硕，取得圆满成功！

谢谢大家！

在一曲弦歌动四方——重温《凤凰琴》系列文艺活动开幕式上的讲话

中共英山县委书记　郑光文

尊敬的阎主席、刘主任，尊敬的各位领导、各位专家、各位老师，
同志们、朋友们：

大家上午好！

在七一建党节来临之际，在全省上下深入学习贯彻省第十二次党代会精神的关键时期，一曲弦歌动四方——重温《凤凰琴》系列文艺活动在英山隆重举行，这充分体现了省文联和全省文艺界对我们的关心、重视和支持，必将给英山的发展带来巨大鼓舞和强劲动力。在此，我代表中共英山县委、英山县人民政府，对活动的举行表示热烈祝贺，向莅临会议的各位领导、各位文艺大家和新闻界的朋友们表示诚挚欢迎和衷心感谢。

英山地处鄂东北，是大别山主峰所在地，与鄂皖两省七县为邻，人文资源丰富，文化底蕴深厚。刑祖皋陶、殷相傅说（yuè）、淮南王英布、活字印刷术发明家毕昇等一批历史文化名人，在人类文明进程的各个时期闪耀出熠熠星光。风俗蕲黄，文化荆扬，英山是湖北首批文化先进县，英山黄梅戏在全国县市中率先演进了中南海。特别是20世纪八十年代开始，英山文学创作创造了新的辉煌，从英山相继走出了熊召政、姜天民和醒龙主席三位誉满文坛的文学大师，书写了当代中国文坛的传奇佳话。两位茅奖得主同一个故乡，成为我们最亮的文化名片，最强的发展资本。

近两年来，英山县委县政府紧扣创建国家"两山"实践创新基地、打造华中地区文旅康养核心区的发展定位，实施"五抓五建"

战略，推进"七个新英山"建设，并将中国文学之旅特色旅游线路打造、英山文学馆和大别山文艺谷建设列入县"十四五"发展规划重要项目。今年，恰逢醒龙主席以父子岭小学为原型地，创作的经典现实主义作品《凤凰琴》发表三十周年，我们有幸与省文联系统相关共同承办此次活动，这是英山经济社会发展中浓墨重彩的一笔。重温《凤凰琴》，让我们一起缅怀那段艰苦的岁月，寻找久违记忆；重温《凤凰琴》，让我们一起见证日新月异的变化，增强竞进信心；重温《凤凰琴》，让我们一起接受经典作品的滋养，砥砺情怀初心。《凤凰琴》所展现的乡村教师坚守、大爱、奉献的精神，应当成为我们全县党员干部和广大群众决战乡村振兴、推进高质量发展的力量源泉，我们应当让这种精神永续传扬，并不断赋予更多的时代内涵。

各位领导、各位专家、各位老师：英山自然风光秀美，生态环境优越，发展空间广阔，是中国茶叶之乡、中国温泉之乡、中国漂流之乡、中国最美休闲乡村，已成功创建国家全域旅游示范区。明末清初文学家、戏剧家李渔在他的诗作《英山道中》里写道，"觅句十年无所得，却从此地载诗还"。勤劳朴实的 40 万英山人民，正在以开拓创新为核心的毕昇文化和以坚守奉献为核心的凤凰琴文化的感召下，赓续红色血脉、加快绿色崛起，戮力同心、拼搏奋进，已经取得一系列喜人的成绩，必将取得更大的胜利。我们热忱欢迎大家常来英山旅行观光、采风创作，感受英山红与绿，体验大别风和情，同时给我们经济社会发展提供指导和帮助。

三十功名尘与土

——《凤凰琴》发表三十年学术研讨会答谢辞

刘醒龙

一个作家带着自己的作品回到故乡，这样的荣幸，不是所有作家都能做到的！

我喜欢这句话，热爱这样的文字，更赞美这种境界！每个人的人生都是一部以故乡作为开篇，无论后来的起承转合是辉煌还是寂寞，都将以故乡作为终结的作品。由于职业的不同，每个人呈现给故乡的作品也有所不同。有人驾驶火车轮船向着故乡汽笛长鸣，有人将自己在外面创办的实业轰轰烈烈迁移到故乡，更多的人在外久了，带回故乡的是一身好手艺，或者是出门时孤单一人，再回来已是拖家带口，如此种种，都可以称之为献给故乡的作品。唯独文学与众不同，比如有一种情形，在那些足以等身的作品中，居然不晓得哪一部可以带回故乡！甚至于披着彩虹般的外表，进得家门后，才发现不过是两手空空。

从《凤凰琴》到《天行者》，在漫长宽广的岁月中，曾经错过一个个春秋，不是太重带不来，也不是太轻带不得，不是太美有所矫情，也不是太丑见不得江东父老，或许，一切的"不是"都不是，真正的关键是在等一个可以公告天下的时机，以及等待足以见证这一切的一群人。在座的师长、同仁与朋友，正是这样的一群人，是你们宽容大度让我有所领悟，也有胆量告诉自己，哪些作品可以带回故乡，才能够与家乡的男女老少肝胆相照，坦然面对。

这两天，与各位相聚在一起，听到最多的两个词，第一个是"三十年"，第二个是"经典"。第一个词"三十年"，听起来很实在，没有一点歧义，也不存在任何不恰当的因素，任何人都能从中感受到青春易老，光阴不再，岁月无敌。第二个词"经典"，却像是打翻一坛陈年老醋，令人闻之味道大变，喜欢也不是，不喜欢更不是。

三十年是一个数量单位，在人生中，所表示的是各种不同的空间。经典的出场同样各不相同，对某人某事是目标，对某事某人已是结论，或许对同样的某人与某事，既是目标，又是结论。

历经三十年风雨不一定代表经典的出现。

经典的意义不经过三十年筛选很难认定与淘汰。

三十年光景，让自己从一个血气方刚的男子汉，变成一天到晚有声音在耳边说，"多栽花，少栽刺"，甚至是"只栽花，莫栽刺"的老汉。所以，去年年底，头一次听到有关方面提议，举办重温《凤凰琴》的研讨活动，在一段时间里，自己一直是不置可否。前天下午，得知毕光明教授第一个来秀峰山庄，我去敲他的房间门，想打声招呼，一连三遍，都不见有人回应，一时间有些恍惚。犹豫之下，忽然见到於可训老师出现在院子里，冒着小雨，闲庭信步，身边跟着一帮青年学者，到这一刻才感觉到这事是千真万确。

当年一个普通的青年工人，因为比身边的工友们多一种文学梦，才一步一步地走到今天。三十年来，只要回到英山，这种无法将百分之百的真实、百分之百地当成现实的感觉一直伴随着自己。三十年时光，过起日子来显得很长，对文学来说，只不过是极短的一瞬，灰飞烟灭时，哪里管得了曾经的呕心沥血。恰恰是时光如此这般且长且短，才显出经典作为文学终极目标的意义。

李遇春教授说，文学史是不以任何个人的意志为转移的，即使是作家本人也不例外……作品一经产生，它的命运就不再掌控在作家手里，当然最终也不会被批评家所操控，而是取决于文学史的选择。从三十年前，武汉大学於可训先生用《一曲弦歌动四方》，中央党校常务副校长高扬先生用《〈凤凰琴〉的悲哀》带来的清朗舒畅，到十几年前，与山西大学王春林教授共度《圣天门口》出版之初的沉闷窒息，以及十几年中朱小如兄数次相伴陪行走大别山对此山水中人心扉的知悉，再到二〇二〇年春天武汉刚刚解封之际李岚清同志亲笔来信重提《凤凰琴》精神，直至这一次，晶明、义勤和粤春三位主席率先大势开讲，作为父母官的雪荣主任莅临现场情真意切的认可，西子姑娘萧耳最后出场那鸟语花香般的言说，最感怀汪政、晓华、汪雨萌一家两代三位评论家，用美妙才华持续关注拙作，陈思和、贺绍俊、丁帆、陈晓明、蒋述卓、潘凯雄、何向阳等一百零三位贤良方正之士发表的贤良方正理念，诚如俊秀的杨晓帆教授所言，重温《凤凰琴》也是重温自己。我的责编李师东所说，潜藏在中国乡土深处的，是人民对生活对生命的热爱和执着。这是中国乡土的秘密。这一份给予，曾经成就了《凤凰琴》，打动过处境不一的其他人们，在今天，它依然会感同身受、润物无声。

　　人生要不断地重温，好的小说要经得起重温，谢谢各位用火一样的热情重新检测冰刀霜剑的锋利程度，用冰一样的严厉重新测试人间温情的美妙善良，用缜密的逻辑重新考验人性的复杂与人生的吊诡，用天然的感觉重新触摸生活的酸甜和生存的易难。

　　因为疫情管控的原因，这一次相聚不够尽兴，希望能有机会在不久的将来再次相聚！

　　谢谢从团风的巴水举水，到英山的东河西河，再到长江黄河五湖四海，所有一再赐给我动能的师长与朋友！谢谢无条件给我以关爱的亲人们！

2022 年 6 月 26 日于英山县大礼堂

后　记

　　1992年5月，著名作家刘醒龙以位于大别山腹地的湖北省英山县父子岭小学为原型地创作的中篇小说《凤凰琴》在《青年文学》杂志发表，被誉为乡村教师的生命赞歌，相继获得《小说月报》百花奖、屈原文艺奖、《青年文学》奖，开拓了现实主义文学创作的新路。改编的同名影视作品，获得国内多种奖项。以《凤凰琴》为基础创作的长篇小说《天行者》获得第十一届全国精神文明建设五个一工程奖、第八届茅盾文学奖，入选"新中国70年70部长篇小说典藏"丛书，并被译成英、法、韩、越及阿拉伯文在国外出版。《凤凰琴》在社会上产生巨大反响，党和政府更加高度重视乡村教育的发展。"凤凰琴"也成为普通中国人在平凡人生中无私奉献的代名词。

　　2022年恰逢《凤凰琴》发表30年，为贯彻落实习近平总书记关于文艺工作系列重要讲话精神，推动新时代现实主义文艺的创新与发展，中国文艺评论家协会、中国作协创研部、中国青年出版总社、湖北省文联、武汉市文联于6月24—28日在英山县联合举办了"一曲弦歌动四方——重温《凤凰琴》系列文艺活动"。活动期间了召开了学术研讨会，来自中国作家协会、中国文艺评论家协会、北京大学、清华大学、武汉大学、南京大学、暨南大学、华中师范大学、澳门大学等单位的近百位专家学者，围绕《凤凰琴》《天行者》与人民史诗书写、当代现实主义创作问题以及文学经典的影视改编等议题进行了线上线下研讨，本书为参会部分专家提交的论文汇集。

　　本书的出版得到湖北省文联、武汉市文联的大力支持。湖北省文联文学艺术院、《芳草》杂志社负责具体组织工作。

湖北省文联原党组书记、常务副主席邓长青，武汉市文联原党组书记、副主席李蓉对本次活动给予了关心和支持，一并表示感谢。

编　者

2022 年 11 月 10 日